# 河北大学
## "中西部高校综合实力提升资金"
## 资助项目

# 现当代小说论稿

*Xiandangdai Xiaoshuo Lungao*

阎浩岗◎著

人民出版社

责任编辑:李椒元
装帧设计:文　冉
责任校对:吕　飞

**图书在版编目(CIP)数据**

现当代小说论稿/阎浩岗著.-北京:人民出版社,2015.5
ISBN 978-7-01-014577-8

Ⅰ.①现…　Ⅱ.①阎…　Ⅲ.①现代小说-小说研究-中国②小说研究-中国-
当代　Ⅳ.①I207.42

中国版本图书馆 CIP 数据核字(2015)第 042663 号

**现当代小说论稿**
XIANDANGDAI XIAOSHUO LUNGAO

阎浩岗　著

**人民出版社** 出版发行
(100706　北京市东城区隆福寺街 99 号)

北京市文林印务有限公司印刷　新华书店经销

2015 年 5 月第 1 版　2015 年 5 月北京第 1 次印刷
开本:710 毫米×1000 毫米 1/16　印张:18.5
字数:275 千字　印数:0,001-3,000 册

ISBN 978-7-01-014577-8　定价:38.00 元

邮购地址 100706　北京市东城区隆福寺街 99 号
人民东方图书销售中心　电话 (010)65250042　65289539

# 目 录

## 中编　现当代小说的互文性研究

下编　作家个性、创作方法与文学史写作

# 重要的是一种眼光(代序)

刘　勇

　　20 年前王富仁先生在谈论鲁迅研究时说过的一段话,一直记在我的心里。他是这样说的:"事实证明,在此后的鲁迅研究史上,鲁迅研究的其他领域都会发生严重的危机,但唯有鲁迅小说的研究领域是不可摧毁的,而只要鲁迅小说的研究生存下来,它就会重新孕育鲁迅研究的整个生机。只要你能感受到鲁迅小说的价值和意义,你就得去理解鲁迅的思想,你就得去理解他表达自己的思想最明确的杂文,只要你理解鲁迅的前期,你就能理解鲁迅的后期,整个鲁迅研究也就重新生长起来。"①我认为这段话的意义不仅仅对鲁迅研究意义深远,而且对整个现代小说研究也具有独特的意味。对鲁迅研究而言,不仅小说,他的《野草》,特别是杂文,都具有重要的意义。为什么王富仁先生要把鲁迅的小说提到如此之高、如此之特殊的地位呢? 我想,这不仅因为五四新文学运动以来,小说创作的数量最多、成就最大,还与小说这种文体在中国文学发展历史上的深刻变革有着密切的关系。在渊源久长的中国文学演变过程中,小说从不登大雅之堂,到五四时期迅速成为人们普遍接受的文学样式,甚至是四大文体之首,可以说,小说的发展本身就是中国文学走向现代的一个充分的例证。因此对中国现当代小说的执着研究,就不仅是对一种研究内容或一个研究方向的选择,而是对研究整个中国现当代文学的一种整体性的深刻理解。从这个意义上说,浩岗兄长期以来对中国现当代小说的持之以恒的探索和研究,以及他最近问世的这部新作,体现出的是他独特的思想品位与深刻的学术眼光。正是这种眼光的获得,使浩岗兄的这部著作有了一种贯通一气、

---

①　王富仁:《中国鲁迅研究的历史与现状》,浙江人民出版社 1999 年版,第 21 页。

浑然一体的思考和表述。无论是对现当代小说经典的重读,对现当代小说一体化的考察,还是对作家自身特性的探究,都显示出一种整体性的高度。在这个高度上,我们看到的不仅仅是小说研究,而且还是人的研究,社会历史的研究,审美品格的研究等等。总之,这种研究超越了小说本身。

本书的上编主要关注现当代小说经典作品的"重读"问题。随着时代的变迁和读者的变化,以及历史的不断延伸,经典作品的解读是永远不会完结的。因此,所谓"重读"实际上是文学作品生存发展的一种常态化现象。但这里的重读是以一个学者站在特定时代高度对小说经典进行的重新探讨,是以全新的审美视角对经典文本展开的深入解析,是力图以更加客观公正的眼光对经典作品文学地位的重新评价。作者特别注意对鲁迅、巴金等作家那些关注不够、争议不小的作品做出富有深度的解读,给出了独具见地并令人信服的解说。作者没有因为"十七年"文学受到政治影响大、某种程度上存在"图解政治"的现象而绕开这一时期的文学作品,而是看到了即使在"十七年"文学中,还是存在《创业史》、《红岩》、《李自成》、《艳阳天》这些富有文学价值的优秀之作,作者的分析告诉人们,任何文学作品都会受到这样那样的时代因素的影响,包括特殊时期强烈的政治因素的影响,但是一部真正有价值的作品是会穿越时空的,它身上的那些令人感动的东西,那些给人启发的东西,那些留下真实时代历史记忆的东西,是不会因为当时的某种局限而消失的。这些东西终究会流传下来,会继续并长久地给人以感动和启发。而这就需要研究者的独到的眼光和公正的言说。同样,作家也是拥有多个侧面的,即使同一个作家,写出的作品也不会都是一个样子。只看作家的代表作是远远不够的,甚至是永远不能全面理解一位作家的。况且,什么是作家的代表作,这也是一个十分复杂的问题。在我看来,文学与政治从来都是不可能相互脱离的,虽然文学相对与政治具有独立性,但文学既然是一种反映生活的艺术形态,政治作为整个社会生活中最有分量的一部分,一部同样要有分量有价值的文学作品,就必然要对政治有所反映,而且对一部文学作品而言,反映政治的深度是与自身的艺术高度成正比的。作为政治口号的传声筒固然不能产生出有价值的文学作品,而强调所谓的"纯艺术"也是不可能催生出震古烁今的名著的。人只要在社会中生活,必然与政治发生关系。反映政治绝不可能毁掉文学的美感,毁掉作品美感的是反映不当、技巧拙劣，以及对于政治没有深入而透彻的理解。俄罗斯文学历来为世人所熟悉，在世界文学史上占据重要地位，而俄罗斯文学巨著可以说没有一部是与政治无关的。我所发的这些感慨都是受本书作者的启发而来的。本书作者重新理解鲁迅的《明天》《弟兄》和巴金的《寒夜》，且能够正确看待《讲话》的作用，以自己独到的眼光重新评价了"十七年"文学中有争议的优秀之作，这样清醒的头脑和独立思考的意识是非常难得的。

本书的中编集中探讨了现当代小说之间的"互文性"，即现当代小说的传承与变化问题。当代小说是沿着五四新文化运动的发展脉络继续发展的结果，但将现当代小说放在一起论述，并不是两段时期小说作品的简单相加，而是以同一种视角共同考察小说作品的整体发展。文学史虽然需要分段研究，但历史本身是不分段的，历史进程中每个因素之间必然存在互相影响的关系，而没有孤立存在的事物。因此，本书作者从《红楼梦》到《苦菜花》，再到《丰乳肥臀》，目光连通了古代、现代、当代的小说发展脉络。不论五四文学对于文学传统做出了怎样的变革和改造，中国文学的传统是不会轻易改变的。创造了五四新文学的作家自身就具有深厚的国学根底，现代文学的作品就必然带有古典文学的深刻印记；成名的当代作家大多成长在"十七年"文学繁荣期间，他们在今后创作中也必然有意无意地以"十七年"文学作品作一个参照。立体地看待文学的发展过程，充分意识到现当代文学之间的联系，作者对于现当代文学作品的互文性研究就特别具有启发意义。作者"互文"的不只是不同的小说文本，而且还有不同的时代背景，不同的生活内涵，不同的社会特质。这种眼光不仅对不同时期的小说研究起到了重要作用，而且对"互文性"阐释这种方法也有了新的补充和积极的推进。

本书下编则回到了作家研究上来，主要是"知人论世"研究方法的再度实践。作者着力探讨了中国现代作家"幽默"的特色、京派的浪漫、茅盾与沈从文的共同点，以及丁玲和"红色经典"等等问题。最后的落脚点是文学史写作的问题，以探讨文学史写作中对"文学"与"历史"两个方面所占的比例为结束。这一部分的内容看起来有些散漫，其实核心是很明确的，就是以人论文，以文证人。"幽默"是现代作家创作中一个非常重要的特色，现代文学史上还曾经有过针对幽默的讨论，现代作家的幽默也分为不同种类：有老舍那般充满了亲切感的诙谐,有钱钟书那般因学贯中西而充满书卷气的尖酸,还有林语堂带着"牛油气"的调侃。甚至对幽默进行过批评的鲁迅,其作品的一个最大魅力恰恰也正是深沉老辣的幽默。本书作者选取了鲁迅、老舍、钱钟书、张天翼、赵树理这几位作家来进行综合分析,所选作家从"知识精英"到"文摊"作家,作品基调也从"横眉冷对"到平淡随和,具有丰富的维度和开阔的广度。尤其是着重分析了幽默产生的原因,这涉及作家的人生观、创作态度、个人修养等诸多方面。所选的五位作家虽然同样具有"幽默"特质,但作者敏锐地看到了五者幽默之间的区别。不同的生活环境、不同的教育背景造就了作家看待人生世界的不同眼光,这也是作家幽默之所以能够如此多样化的原因。幽默的鲁迅之所以一直与现代文学史上另一位以幽默著称的作家林语堂合不来,在文学观点不同的背后是看待问题的不同眼光,而这样不同眼光的形成原因还来自于两者差异巨大的经历和家庭环境。林语堂从没有从小康家庭坠入困顿,也就没有机会如同鲁迅一般经历人情冷暖,自然也就不会对人性之恶和革命等等问题的理解有鲁迅的深刻和尖锐。此外,作者还以独到的眼光分析了各位作家的幽默都从何而来以及如何表现的,如鲁迅的幽默主要来自思想的深刻并以白描为主来实现,张天翼的幽默来自语言、行为、心理等的互相矛盾,老舍与钱钟书主要以叙述语言取胜。难得的是,作者发现了老舍作品叙述语言与相声等民间艺术手法之间的紧密联系。赵树理的幽默则往往体现在有趣的人物外号和大团圆的结局上。在论述京派的时候,面对这样一个较难界定、创作风格多样的松散流派,作者没有对其"正面交锋",而是转换角度,采取了逆向思维的方式,先论证了京派"不是什么"。作者以严密的推理和令人信服的举证证明了京派"不是现实主义的"、"不是古典主义的"、"不是现代主义的"。既然这些特点均不符合京派,那么京派的风格特色又是什么呢? 作者从"主张回归自然"、"描绘理想境界"、"抒情色彩",以及部分篇章对奇风异俗和民间文学的借鉴这几个方面论证了京派文学与浪漫主义风格的契合。然而,京派毕竟是一个极为特殊的流派,这个流派的浪漫主义是非常独特的。作者对于"京派式浪漫主义"也作了非常准确的分析。应该说,这是本书作者的一个重大发现,具有突破性的研究价值。本书还论述了茅盾与沈从文的共同点、丁玲的"革命"性格、"红色经典"的文学价值评估、对新写实主义小说的评估等等,都有非常精彩的观点。而对于文学史写作的论述尤其具有创见性。在文学史的写作中,作品的选择依据尺度不好把握,"文学史"三个字,首先是文学,而所书写的又是历史,文学性和历史价值两者均不能够偏废。而"文学性"这个概念比较抽象,作者从"真实感"、"艺术感染力"等方面论证文学性的评估标准,为文学价值的界定提供了可供参考的维度。文学史的书写过程本身是一个去粗存精的过程,文学史只可能越来越薄,绝不可能越来越厚,在文学作品筛选入史的过程中,具有历史感的作品与具有文学价值的作品均有存在的价值,并且每一部文学史的写作都带有作者自身的观点和选择原则,进行文学研究,还需要借助大量的原始材料全面了解当时的历史,这一点作者也在篇末给出了有益的提醒。

我与浩岗兄相识多年,他治学的严谨给我留下极其深刻的印象。无论是在学术会议上,还是私下闲聊中,只要话题一关乎学术,他马上就严谨起来,执着起来,更可贵的是在这些当中还始终有一种谦逊。浩岗兄为人正直,性情耿直,虚怀若谷,我一直认为这是他治学的宝贵基础,是他能够不断取得进展的动力。眼前的这部学术著作得以出版,不仅让人高兴,也令同行对他将来更多更新的研究成果充满了期待。有浩岗兄这样的学者对中国现当代小说如此执着的研究,整个中国现当代文学的研究就会始终充满生机!

**2015 年初春于北京师范大学**

# 上编　名作重读与主题新解

# 第一章　《明天》与《弟兄》的主题是什么①

反对旧道德,反对以儒家思想为核心的封建伦理体系,是"五四"新文化运动的主要内容之一。强调家族血缘关系、突出"忠孝节义"的价值观,是儒家伦理的鲜明特征。发表《狂人日记》之后不久,鲁迅在《新青年》第 5 卷第 2 号和第 6 卷第 6 号又先后发表《我之节烈观》和《我们现在怎样做父亲》两篇檄文,成为反抗旧道德、旧伦理的先锋战士之一。但是,另一方面,如众所周知,鲁迅本人在生活中以对母亲孝顺、对弟弟友爱而闻名,后来对儿子又宠爱备至,并有"无情未必真豪杰,怜子如何不丈夫"②的诗句,是个极重亲情的人。对于鲁迅抨击"孝悌"而又履行"孝悌",学者们一般是以"历史的中间物"以及"鲁迅思想的矛盾性"予以解释,或者对此无视并回避。笔者认为,鲁迅这些看似矛盾对立的言行有其内在的统一性。这些在其小说创作中也有突出表现,对此有必要予以具体分析。

## 一、不易纳入五大阐释框架的两篇鲁迅小说

虽然在《呐喊》各篇尚未出齐、集子尚未出版时胡适就说鲁迅的小说"差不多没有不好的",③虽然茅盾也说过"《呐喊》里的十多篇小说几乎一篇有一篇新形式",④但《呐喊》及《彷徨》各篇在后来的文学史著和研究论著中受到

①　本章曾以《鲁迅的亲情观及其在小说创作中的表现》为题发表于《中国现代文学研究丛刊》2013 年第 11 期。收入本书时有改动。
②　鲁迅:《答客诮》,《鲁迅全集》第 7 卷,人民文学出版社 1981 年版,第 439 页。
③　胡适:《五十年来之中国文学》,1923 年《申报》50 周年纪念特刊《最近之五十年》。
④　雁冰(茅盾):《读〈呐喊〉》,《文学》周报第 91 期(1923 年 10 月 8 日)。

的重视、得到的评价并不一样,甚至差异悬殊。中学和大学教材对鲁迅作品篇目的选择,与特定时代环境有关,是出于不同考虑、采用不同解读角度所致。比如,1949 年以后,《阿 Q 正传》《药》和《风波》等篇受重视,是因它能印证毛泽东关于辛亥革命失败原因是没有发动群众、资产阶级不能领导革命取得真正胜利的观点;《一件小事》及《社戏》成为稳居不同时期中学语文教材的篇目,是因里面劳动人民的形象是正面的;而《孔乙己》《祝福》和《故乡》可以证明旧社会制度的黑暗。除了上述篇目,大学教材也重视《狂人日记》《在酒楼上》《孤独者》《伤逝》,因为它们探讨了知识分子的道路和出路问题;重视《肥皂》与《高老夫子》,因为它们揭露了假道学的伪善,反封建的启蒙色彩也很明显。近些年来,大学里的中国现代文学史教材从思想革命、从鲁迅思想的深刻复杂性角度对以往被重视的名篇重新诠释,《离婚》也因而屡被提及。《长明灯》《示众》开始进入学者们的视野,除了其思想文化的深度,也与其独特的艺术表现手法有关。

相对而言,1949 年以后,上述篇目之外的其他篇目就受到了冷落。其中有艺术上的原因,比如《兔和猫》《鸭的喜剧》文体上比较散文化,且更像是儿童文学;[1]《头发的故事》像是议论类的杂文。但主要是因有些篇目不太好纳入"揭露旧礼教、旧制度的罪恶"、"批判国民性的弱点"、"探索中国反封建革命的道路"、"揭示民主革命中的农民问题"和"追寻旧中国知识分子的出路"这五大主干阐释框架。比如《呐喊》中的《明天》和《彷徨》中的《弟兄》。

查阅现有的中国现代文学史、现代小说史教材或著作可以发现,《明天》这篇小说享有的地位不高。大陆方面最有影响的文学史著中,从最早的王瑶《中国新文学史稿》[2]到近年的严家炎主编《二十世纪中国文学史》,[3]以及 1980 年代的杨义《中国现代小说史》,[4]都是对之几乎只字未提;港台及海外方面,司马长风《中国新文学史》、[5]夏志清《中国现代小说史》、[6]李辉英《中国

---

① 因此,1949 年以前的国文课本因重视适应儿童情趣,也曾选入过这两篇。
② 开明书店 1951 年初版。
③ 高等教育出版社 2010 年版。
④ 人民文学出版社 1986 年初版。
⑤ 香港昭明出版社有限公司 1975 年版。
⑥ 台北传记文学出版社 1979 年版。

现代文学史》、①周锦《中国新文学史》、②刘心皇《现代中国文学史话》③同样
不曾提。唐弢主编的《中国现代文学史》提到了这篇小说，但只是从写法角
度指出它的开头法"大抵采取外国文学的长处"。④ 内容解读方面，刘绶松
《中国新文学史初稿》的解释是"对旧社会又投下了沉重的一击"，⑤比较笼
统。赵遐秋、曾庆瑞的《中国现代小说史》也是笼统地将其概括为"对吃人的
旧社会的一次强烈控诉"。⑥ 林志浩主编《中国现代文学史》（以下简称林本）
注意到作品侧重写"单四嫂子的孤寡及其失子的惨痛"，对"人与人的冷漠关
系进行了挖掘和批判"，但它又将这些归根为"封建统治"，⑦与前述史著同样
显出时代的局限。进入1990年代以后，学者们更加关注个体生命体验。郭志
刚、孙中田主编《中国现代文学史》（以下简称郭本）在简述了单四嫂子的悲苦
命运后指出，作品"提出了对于这样一个守节妇女来说不能回避的重要问
题"，即孤独和空虚。但编者将小宝的死亡归罪于"社会的冷漠"，⑧有些牵
强。另外，笔者认为，在宝儿死后单四嫂子是否继续"守节"，文本本身其实并
未给我们任何肯定的暗示。钱理群等人的《中国现代文学三十年（修订本）》
也认为单四嫂子"更大的痛苦是她的孤独与空虚"。⑨ 黄修己主编《20世纪中
国文学史》（以下简称黄本）观点与郭、钱本类似。

与《明天》相比，《弟兄》更是受到冷落。绝大部分文学史著里不见其踪
影。简单提到它的，除了郭本和黄本在谈及鲁迅小说的技巧时分别指出其
"表现重心则是揭示主人公的潜意识心理动机"⑩和风格"深沉蕴藉"，⑪只有

　① 香港文学研究社1972年版。
　② 台北逸群图书有限公司1983年版。
　③ 台北正中书局1979年版。
　④ 唐弢主编：《中国现代文学史》（一），人民文学出版社1979年版，第109页。
　⑤ 刘绶松：《中国新文学史初稿》上册，人民文学出版社1979年版，第44页。
　⑥ 赵遐秋、曾庆瑞：《中国现代小说史》上册，中国人民大学出版社1984年版，第257页。
　⑦ 林志浩主编：《中国现代文学史》上册，中国人民大学出版社1979年版，第65页。
　⑧ 郭志刚、孙中田主编：《中国现代文学史》上册，高等教育出版社1999年版，第140页。
　⑨ 钱理群、温儒敏、吴福辉：《中国现代文学三十年（修订本）》，北京大学出版社1998年版，第39页。
　⑩ 郭志刚、孙中田主编：《中国现代文学史》上册，高等教育出版社1999年版，第146页。
　⑪ 黄修己主编：《20世纪中国文学史》新一版·上卷，中山大学出版社2004年版，第116页。

林本涉及其内容。但它把主人公归纳为四铭和高尔础一类：

> 《弟兄》中的张沛君，就其生活的年代来说，可能比以上几个人晚一点，但就其精神面貌来说，却是和四铭、高尔础类似的伪善者。①

这种解释笔者不敢苟同。笔者认为，《弟兄》的主题就是亲情，是弟兄之情，是对传统的"悌"观念的反思与对个人内心世界的自省。同样，《明天》的内涵虽然比较丰富（比如它确实表现了主人公的孤独感，也间接涉及旧制度下妇女的命运问题），但它极力渲染的，也是亲情——是失子之痛，是母子之情。正因这一内容与阐释鲁迅小说最权威的五大框架不合，也由于人们印象中鲁迅反旧礼教、反传统伦理的斗士形象与"重亲情"的人格形象有反差，才导致了长期以来鲁迅这两篇作品的被忽视或漠视。

## 二、《明天》与《弟兄》的亲情内涵

《明天》情节非常简单，故事时长只有两天三夜：

第一夜：宝儿病重，单四嫂子为其求签、许愿、吃单方无效，期待明天好转。

第二天：早晨，宝儿不见好转，单四嫂子去看中医何小仙。回家路上遇蓝皮阿五借机揩油。午后，宝儿病亡，邻居们帮其办孩子的后事，晚上各自回家。

第二夜：单四嫂子面对孩子尸体幻想，通宵未眠。

第三天：早晨，棺材到了。下午，邻居帮忙将孩子下葬。

第三夜：单四嫂子独对空房，感到空虚孤独难耐，幻想孩子活着时的天伦之乐。期待梦里见到宝儿。

单四嫂子的命运和《祝福》里的祥林嫂有些类似。但是，在《明天》里，所谓的"四大绳索"都未直接现身："政权"或者象征"政权"的符号影子不见；单四嫂子孤身一人，丈夫已死，没有公婆，以及族长之类，也未见舆论对她有什么压力，所以"族权"、"夫权"不在场；她曾求神签许愿，也许勉强可以往"神权"

---

① 林志浩主编：《中国现代文学史》上册，中国人民大学出版社 1979 年版，第 76 页。

联系一下，但她并没有祥林嫂必须捐门槛以及不被准许碰福礼的精神负担，没受到精神歧视。宝儿死后单四嫂子是否改嫁小说没有交代，但文本中也没有她不得改嫁的明示或暗示。改嫁或像祥林嫂一样进城打工的可能并非不存在。所以，有些论著根据其他文本或既定研究框架对主人公未来命运的预测或断言是不合乎作品实际的。笔者认为，作品的真正主题就是写一个母亲的失子之痛。旧社会、旧制度下有寡妇失子之痛，新社会、新制度下这种悲剧也未必不会出现；旧社会有丈夫死后不被准许再嫁的女人，新社会也有丈夫死后自己选择不再婚的女人。所以，这篇作品至今读来仍能使人共鸣，并不因封建宗法制的消失而显得隔膜。

说《明天》表现了人与人关系的冷漠不算错，但与《孔乙己》《阿Q正传》和《祝福》等篇相比，这篇小说里单四嫂子的邻居们并没有拿她的痛苦取乐。相反，邻居们对她或多或少给予了帮助：对门的王九妈见到单四嫂子抱孩子看病回来主动上前问询，宝儿咽气之后她又主持了丧葬过程，包括"替单四嫂子借了两块洋钱，给帮忙的人备饭"，以及安排抬棺材的人选等。埋了宝儿之后，她又帮单四嫂子煮饭。咸亨掌柜帮着买来棺材，又"替单四嫂子雇了两名脚夫"，"抬棺木到义冢地上安放"。作者没有写大家不闻不问，冷眼看单四嫂子自己买棺材、自己抱孩子去埋。使单四嫂子不免于孤独和空虚的，是大家对她心疼和思念自己儿子的心理不能同情、不能理解：来帮忙的人不少，但老拱阿五之流是来凑热闹，甚至别有所图——阿五一看没便宜可占，下葬时整天未到；王九妈虽然一直积极热心，但不能体谅单四嫂子的痛苦，看到单四嫂子不肯死心塌地盖上棺材，她就"等得不耐烦"，甚至还"气愤愤的"。因为对王九妈来说最重要的不是安慰孩子母亲，而是完成程序！《明天》的主要作用或艺术效果，正是引起人们对失子之痛的同情。

这篇小说全文大约3419字，其中有超过一半的篇幅（2129字）是写单四嫂子为儿子的病焦虑、奔波以及儿子死后她的强烈思念。可以说，亲情描写占了这篇作品的最大比重，也给人印象最深。这篇作品最精彩之处，是对单四嫂子的心理描写。比如它写第一天夜里单四嫂子对宝儿病情未来的推测或愿望，很合乎照护患病亲人者的心理。作品将"心理时间"与物理时间对比，写单四嫂子等候天明"却不像别人这样容易，觉得非常之慢，宝儿的一呼吸，几乎长过一年",反映出她的极端焦虑。作者又从人物感觉角度入手,写第二天单四嫂子抱孩子看病回来,"休息了一会,衣服渐渐的冰着肌肤,才知道自己出了一身汗",显示出她当时的焦灼和全神贯注。写宝儿死后单四嫂子"眼睛张得很大,看看四面的情形,觉得奇怪:所有的都是不会有的事。他心里计算:不过是梦罢了,这些事都是梦",如果没有失去亲人的类似体验,是写不这么细腻的。特别是写面对空屋子的女主人公感觉"屋子不但太静,而且也太大了,东西也太空了。太大的屋子四面包围着他,太空的东西四面压着他,叫他喘气不得",描写新奇而又合乎情理,独创性地揭示了人物的真实心理感受。茅盾在《自然主义与中国现代小说》一文中曾批评中国旧派小说只会叙述不懂描写,①其实新文学初期许多新派小说也犯有类似毛病。鲁迅这种细腻逼真而又新颖独特的艺术描写,显示了作者很高的艺术起点。也许《明天》在思想的深刻复杂性上不及《阿Q正传》与《祝福》等名篇,但它的艺术感染力、情感冲击力,却在鲁迅小说中居于前列! 这与它对母子亲情的出色描写有直接关系。

在《明天》之前,《药》写到了华大妈对儿子小栓以及夏母对儿子夏瑜的思念;《明天》之后,《祝福》写到祥林嫂对儿子阿毛的思念,《在酒楼上》写到吕纬甫母亲对夭折幼子的思念,《孤独者》写到魏连殳与老祖母相依为命的浓厚亲情。只是,《药》《祝福》《在酒楼上》和《孤独者》还有其他更重要、更丰富的内涵,亲情成分在其中并不占主体。而在《明天》里,如果去掉这些亲情成分,小说便不能成篇,或者会成为另外一个样子。我们可以说,《明天》是对《祝福》中居于插叙地位的女主人公丧子悲剧的正面描写或大力渲染。我们还可设想,《药》中的两位母亲和《在酒楼上》中的吕纬甫之母也曾有过单四嫂子类似的心理感受、心理过程,只是在那些作品中作者不曾展开正面描写而已。至于祥林嫂,她的哀痛、她对儿子的思念,较之单四嫂子是有过之而无不及的。她反复叙说以及最后的疯癫即是证明。可见,母爱与亲情内涵也融合或暗含于上述作品中。至于弟兄之间的伦理亲情,除了《弟兄》一篇正面表现,《在酒楼上》中也有,虽然后者表现得较淡,且处于被自我嘲讽的地位。

---

① 沈雁冰:《自然主义与中国现代小说》,《小说月报》第13卷第7期(1922年7月10日)。

新文学中以写亲情而闻名、而传世的作品不乏其例,最著名的是朱自清的《背影》。当代则有季羡林的《赋得永久的悔》、张洁的《世界上最疼我的那个人去了》以及史铁生的《我与地坛》等。一般读者对鲁迅“横眉冷对千夫指”的一面印象更深刻,而他“俯首甘为孺子牛”的一面往往被忽略。这主要是因鲁迅被定位为反封建斗士,对鲁迅作品的一切阐释均以此为基调。“俯首甘为孺子牛”里的“孺子”一般被解释为转义的“人民大众”,其实对这一词语作狭义理解也未尝不可:鲁迅对儿子的疼爱人所共知,并有《答客诮》为证。鲁迅又是公认的孝子。他与朱安的婚事固然由于母亲的压力,但个性极强的他能接受这种压力、这种安排,恰恰说明他对母亲感情之深。他向往兄弟怡怡、永不分离的弟兄关系,若非突生变故,他会尽力维持大家庭的生活。这一切都说明亲情在鲁迅心目中的位置。这些不能不在他的作品中有所表现。由于他从事创作的主旨是改造国民性、指出病苦,所以亲情内容一般不在其小说中占有主导地位,但这不排除它会成为作品的副主题或次主题,不妨碍它在个别作品如《明天》和《弟兄》中成为正主题。

鲁迅能把单四嫂子和祥林嫂的失子之痛写得如此真切、如此细腻、如此感人,能写出《孤独者》和《弟兄》这样内容独特的小说,应该与其个人的直接生命体验有关。鲁迅弟子孙伏园指出:

> 《在酒楼上》的吕纬甫与《孤独者》的魏连殳,都没有一定的模特儿,也未必是作者自己,但其中所说的事情有几件却是有事实的背景,而且是作者亲历的。如纬甫讲给小兄弟迁葬,那是民国八年的事,小说里说小兄弟是三岁上死掉的,事实则生于清光绪癸巳,戊戌年卒,所以享年六岁。他的病据后来推想大概是急性肺炎吧!假如经西医治疗或者也还可救,可是那时基督教医院还未开设,中医有什么办法呢。老太太一直都忘不了他,当时找写真的叶雨香凭空的画了一个小像,裱成立幅,以后三十六七年间都挂在她的房内……①

---

① 孙伏园:《〈呐喊〉索隐》,《鲁迅研究月刊》2011 年第 2 期(作者写于 1948 年,孙惠南整理发表)。

母亲将夭折四子的画像挂在自己卧室三十六七年之久,可见思念之深、内心之痛。孝子鲁迅颇能体察母亲心情,他对母亲的心理感同身受。比如,在出外求学与母亲分别时,他知道"母亲没有办法";发现母亲哭了,觉得是"情理中的事"——除了对学洋务前景的不安,还因"伊又看不见自己的儿子了"。①《呐喊·自序》对这一情景的描述,显示出他们母子之间各自的矛盾心理,从而也衬托出其母子感情之深:母亲不愿离开儿子,但为儿子前途还是由其自便;儿子虽"顾不得这些事"了,但内心深处其实是牵挂着母亲和弟弟的。在《戛剑生杂记》中他写游子别绪:"一念及家乡万里,老亲弱弟必时时相语,谓今当至某处矣,此时真觉柔肠欲断,涕不可抑。"②《孤独者》所写魏连殳与非血缘的老祖母的感情,也以鲁迅自己与祖母的关系为底本:鲁迅与继祖母蒋氏感情很好,他幼时经常听蒋氏给他讲故事。继祖母病逝时鲁迅回乡亲自为其办理丧事,情景与《孤独者》所写魏连殳奔丧情景近似。所以孙伏园说"这本是小说,大家觉得描写得好,但同时也是事实"。③

至于《弟兄》一篇,孙伏园和周作人本人都认为里面所写生疹子的靖甫就是周作人本人。那么沛君的原型就是鲁迅自己。这篇小说的写作时间是在鲁迅与周作人兄弟失和之后。据现有资料看,周作人一方是分道扬镳是主动者,而鲁迅本人对于兄弟情义的失去一直很痛惜。有理由推想,《弟兄》是作者对以往兄弟怡怡情景的怀念,又是对自己灵魂的自我解剖:他发现自己潜意识中也有自私的成分。从心理学上说,这样就减弱了对背叛者的怨恨,从而某种程度上获得了自我解脱。说《弟兄》的主题是揭露主人公张沛君的伪善,不合作品实际:作者岂能将自己置于四铭和高尔础之列?

关于鲁迅的看重亲情、重视作品表现亲情主题,从他编选《中国新文学大系·小说二集》时对蹇先艾《水葬》的选择及解读亦可得到证明。1980年,蹇先艾在为《蹇先艾短篇小说选》写《后记》时曾提到当年这一事例。在阶级斗争话语尚未彻底退出时代舞台的语境中,蹇先艾表白自己写《水葬》的目的

① 鲁迅:《呐喊·自序》,《鲁迅全集》第1卷,人民文学出版社1981年版,第415—416页。
② 鲁迅:《戛剑生杂记》,《鲁迅全集》第8卷,人民文学出版社1981年版,第467页。
③ 孙伏园:《〈呐喊〉索隐》,《鲁迅研究月刊》2011年第2期(作者写于1948年,孙惠南整理发表)。

"本来打算通过农村中一个暗无天日的事件来控诉地主政权的残酷罪行",自觉写主人公骆毛的反抗情绪"还写得很不够",但想不到鲁迅偏选中这一篇,因为鲁迅认为它写出了"在冷酷中的母性之爱的伟大"。蹇先艾指出:

> 这是因为鲁迅平常深深体会到母爱是一种不可抵制的力量,恰好他看一个作者描写了这方面,他又是最肯培养文艺青年的,当然要鼓励(也是鞭策)两句。①

确实,正因鲁迅本人对亲情和母爱有深切体会,他才会在一篇作者表白主题是"阶级对立"的小说里,特别强调突出其"母爱"内涵。

## 三、反叛意识与亲情意识在鲁迅小说中的内在统一

这样,反对旧道德、旧伦理,曾在一系列散文、杂文和小说作品中对封建"孝悌"观念进行过猛烈抨击和辛辣嘲讽的鲁迅形象,与对母孝、对弟爱、重亲情的鲁迅形象,似乎明显矛盾。那么,怎么来理解这种矛盾? 或者说,这种矛盾的对立在鲁迅思想意识中是否有其统一性呢?

我们先来看鲁迅反"旧伦常"具体反的是哪些方面、哪些内容,是在哪种意义上对之否定反叛的。他在《我们现在怎样做父亲》一文中对之进行了正面论述,概括起来是:第一,他反对"旧伦常"、"旧见解"中长辈对晚辈的绝对权力,反对"旧伦常"、"旧见解"中父母将子女视为个人财产、试图永久占有的观念,认为子女或晚辈在人格与权力上与长辈是平等的,"祖父子孙,本来各各都只是生命的桥梁的一级";②第二,反对长者本位,主张幼者本位;第三,反对把抚养后代视为"施恩",主张对子女给予不计利害、不图回报的"爱",给予其"天性的爱"、"无我的爱"。在《朝花夕拾·〈二十四孝图〉》中他对历史上被视为典范的孝子传说予以解构,也是基于上述观点。他认为传统的孝悌观

---

① 蹇先艾:《蹇先艾短篇小说选·后记》,人民文学出版社1981年版,第309页。
② 鲁迅:《我们现在怎样做父亲》,《鲁迅全集》第1卷,人民文学出版社1981年版,第129页。

念对子女过于苛刻甚至残酷,违反人的天性、不近人情,最终走向反面,造成子女与长辈客观利益上的对立,成为戕害人性、压抑人性,使人望而生畏的东西。而且,这种所谓孝道也不具有可操作性,"本来谁也不实行"。①

但不论在哪篇文章中,鲁迅都没有否定过亲子之爱、兄弟之爱。在以反旧道德为主体的上述两篇文章中,作者也是呼吁这种天性的爱。他自己对长辈特别是对母亲的爱,对兄弟的情,皆发自天性,而不是为了符合教条或社会惯例,不是由于社会外在的要求。

《明天》里单四嫂子对宝儿的爱,《祝福》里祥林嫂对阿毛的爱,《在酒楼上》中吕纬甫母亲对夭折儿子的爱,以及《药》中华大妈对华小栓的爱、夏母对夏瑜的爱,都是天性之爱,完全合乎鲁迅心目中真正的亲子之爱,因为这几篇作品里母亲对儿子的爱不是为了"养儿防老":夭折的孩子根本无法回报父母,相反还可能因治病而让父母破费钱财,亡故又惹父母伤心;但这几篇作品里面的母亲没有一个骂儿子是"索债的冤家",她们只是一遍遍回忆儿子活着时的幸福时光,试图在梦里或阴曹与儿子相会!

《孤独者》里魏连殳对老祖母的爱,应该是有报恩的成分在内。魏连殳一方面"常说家庭应该破坏",一方面"一领薪水却一定立即寄给他的祖母,一日也不拖延";祖母死后,他痛哭失声,像一匹受伤的狼一样长嚎,并且要将所有的器具大半烧给祖母。除了报恩,还有对一切孤独者的大悲悯在里头:他将祖母的一生浓缩在眼前,又联系世间更多其他的孤独者,不禁悲从中来。

鲁迅批判旧伦理中关于"孝"的观念,是因它实际上把父母的生育和抚养子女看做"施恩"或"放债"。这种布施或"放债"要求子女必须回报,必须"还债",其方式是对父母无条件服从。这种伦理要求子女为长辈的快乐牺牲自己的幸福乃至生命。心理学研究证明:

> 如果施惠者强迫受惠者去感恩,那么受惠者将有更少的感恩体验;当外部对受惠者回报恩惠的期望增加时,受惠者的感恩体验会进一步减少,而负债感会增加。这个发现对互惠理论也有一定的启示:施惠者把互惠

---

① 鲁迅:《〈二十四孝图〉》,《鲁迅全集》第 2 卷,人民文学出版社 1981 年版,第 256 页。

标准定得越明显,受惠者就越少地感恩;施惠者越强调人际关系中的互惠,受惠者越不可能感到感激。①

所以,在谈及亲子关系时,鲁迅否定观念的"恩",却赞同天性的"爱"。《明天》《祝福》《药》以及《在酒楼上》写了母亲对儿子的天性的爱,《孤独者》则间接涉及了孙子对祖母天性的爱,或曰自发的感恩报恩心理。《在酒楼上》中吕纬甫认真去做自己理性上认为无聊的事,也是出于对母亲天性的爱与感恩。感恩心理不同于负债感,它是正面的、健康的心理状态。

在亲子关系方面鲁迅强调"幼者本位的道德"有其特定的语境,就是在中国长期的封建社会中"长者本位"被推向极端,导致许多负面的东西,比如巴金的《家》所揭示的老年人对青年人的压抑,以及许多并非出于内心真诚的爱而只为博取名声或利益的所谓孝子孝行。就鲁迅本人来说,如一些学者所言,他一方面深爱他的母亲,另一方面又感到来自母亲的压力,特别是在个人的婚姻方面,母亲的包办更是其婚姻悲剧的直接原因。因而,鲁迅笔下"会出现有关'感激'好坏的奇谈怪论",认为对母亲的感激、对母亲的报恩尽孝限制了自己某些方面的自由意志。②

但是,不论从历史长河来考查,还是放在今天的语境中反思,我们都应看到"长者本位"与"幼者本位"这一伦理道德问题的两个方面各自产生的合理性及各自的偏颇。对于自己亲生幼子的爱连一般动物都会有,这可以说有本能的成分在里面,正所谓"知否兴风狂啸者,回眸时看小於菟"。但"尊老"却可能是人类所独有。据说有些动物也有报恩行为,但最懂得感恩、报恩的,无疑是文明的人类。"尊老"观念中报恩的成分应该占主导,对于社会来说,在相当长的历史阶段中,它也是维系社会、整合社会的重要力量。不能说"尊老"和对父母的报恩就不是人的天性,但相对于对子女的爱,对长辈的爱更要诉诸个人的良心,因为一般来说老年人特别是病弱的老年人确实是晚辈的负

---

① 胡瑜、孙灯勇:《感恩:人格研究的新专题》,《华东师范大学学报·教育科学版》2010年第4期。

② 参见汪卫东:《"梦魇"中的姊妹篇:〈在酒楼上〉与〈孤独者〉》,《鲁迅研究月刊》2012年第6期。

担:他们有的已失去了劳动能力,他们对子女的义务已经完成,从个人利益来说,有些子女已经不需要他们了,而子女被看做未来。因此,"孝"伦理的出现有其必然性,当然也带有某种强制性。对于对父母确实心存感激、有意报恩的子女来说,尽孝与尊老也是出于天性的爱,而对于没有这种心理和愿望的子女来说,尽孝与尊老就变成了强制性的东西,而对于没有对父母天性的爱而又要标榜孝道以博取名声或利益的子女来说,"孝行"就成了一种虚伪的东西。当然,也存在这种情况,就是父母对自己的子女只生不养,没有尽到做父母的义务,子女对之因而也没有感情。鲁迅所说"性交的结果,生出子女,对于子女当然也算不了恩",①以及据传孔融所言"父之于子,当有何亲? 论其本意,实为情欲发耳。子之于母,亦复奚为? 譬如寄物瓶中,出则离矣",②应该是指这种情况。笔者认为,如果说父母对子女有恩,那么主要是因为"养"而不是"生"。因此,那些非血缘的亲子之爱甚至比血缘之爱更能感人。魏连殳与老祖母之间的亲子之爱,正由于两人相濡以沫、相依为命的共同经历。孔融所言如果用于辛辛苦苦抚养儿女的父母,就确实是过于冷漠了。

在西方,康德的义务论伦理观影响很大。在康德看来,只有当意志由义务感决定,没有或不管任何爱好的时候,一个行为才具有道德价值。③ 亚当·斯密的观点与之类似:

　　自然女神,为了最为贤明的目的,使父母对子女的温柔慈祥,在多数人类身上,甚至也许是在所有人类身上,成为一种比子女对父母的孝心更为强烈的情感。人类的延续与繁衍完全依赖前一种情感,而不依赖后一种情感。……自然女神使前一种情感变得如此强烈,以至于它通常是不需要被鼓舞的,而是需要被节制的。道学家们很少致力于教诲我们,要如何对我们自己的子女,放纵我们的溺爱,放纵我们的过分眷恋,……反而

---

① 鲁迅:《我们现在怎样做父亲》,《鲁迅全集》第 1 卷,人民文学出版社 1981 年版,第 131 页。

② 范晔:《后汉书·郑孔荀列传第六十》。

③ 参见[德]弗里德里希·包尔生:《伦理学体系》,何怀宏、廖申白译,中国社会科学出版社 1988 年版,第 299 页。

经常教诲我们要如何压抑那样的溺爱、眷恋与偏袒。相反,他们劝勉我们要敬爱孝顺自己的父母,而且要在他们年老时,适当地报答他们在我们的青幼年时期给予我们的亲切呵护。十诫中,有命令我们孝敬父母的戒条,却没有提到我们必须爱我们的孩子。①

这说明了"长者本位"伦理观产生的历史合理性。可以想象,儒家伦理那么强调"孝",恰恰是因现实中"不孝"的太多,需要社会强化宣传推广这一伦理原则。要社会成员都做到"孝"不易,所以除了制定一系列的"礼"来从外部予以框范,还大树特树"孝"的典型。后来出现"举孝廉父别居"的虚假道德模范,其意味也不都是负面的。对父母孝顺的情感"至少在那些假装这种情感的人看来是值得赞扬的,而假装本身就是这种看法的一项证明。"②只是宋明理学出现以后,"长者本位"在内的封建伦理原则被推向极端,到"五四"时期它成了社会文化进步的直接障碍,成了启蒙思想家批判的重要标靶。鲁迅的亲子伦理观正是在这一特定语境中产生的。所以他反其道而行之,强调"幼者本位"。而骨子里他最看重的是天性的爱、发自内心的爱。由于特定语境,鲁迅小说写长者(特别是母亲)对幼者爱的笔墨较多,但也并非没有涉及晚辈对长辈的爱,例如吕纬甫对母亲、魏连殳对祖母。生活中鲁迅自己对父母、祖父母的孝顺,是其作品所表达观念的重要补充。魏连殳"常说家庭应该破坏,一领薪水却一定立即寄给他的祖母,一日也不拖延",鲁迅本人的行为与之不无类似之处。但不论长辈对晚辈的爱,还是晚辈对长辈的爱,鲁迅都主张基于平等,发自内心,出乎天性,而不可强制。

如今,时过境迁,我们面临的语境更类似于康德与亚当·斯密的年代,而不同于鲁迅写《呐喊》《彷徨》时所处的"五四"前后。鲁迅抨击和解构子女要对父母"感恩"的观念,而如今,感恩心理研究是中外人格心理学研究领域的热点。在"独生子女"问题逐步成为重要社会问题、众多青少年缺乏感恩心理的当下中国,也许是关注矛盾另一方面的时候了。在学术领域,有学者连《祝

---

① [英]亚当·斯密:《道德情操论》,谢宗林译,中央编译出版社2011年版,第169页。
② [英]亚当·斯密:《道德情操论》,谢宗林译,中央编译出版社2011年版,第169页。

福》中阿毛的"听话"也当做负面的东西,他死后手上紧紧捏着的那只小篮也被当做束缚其成长的"枷锁"的象征,这一观点与目前真正的现实语境形成的强烈反差,确实耐人寻味。

# 第二章 《寒夜》:不同生命 欲求之间的冲突①

《寒夜》是巴金最后一部长篇,也是他最优秀的一部。说它最优秀,并非意味着它比《家》影响更大,而是因它用更成熟完美的艺术形式,表现了比作者任何其他作品更丰富、更复杂、更深刻的内涵,具有超越特定时空的永久魅力。《家》一类小说内容单纯,主题一目了然,对其内涵很容易形成共识,后来者难以挖掘出新的东西,而且,当封建家长制、等级制逐渐成为过去时,它除了历史认识价值,就所余无多了。《寒夜》则不然,现在的研究者仍可对其内涵进一步研究探讨、争论思考,普通读者也能不断从中受到新的启发。

## 一、悲剧冲突的实质在于生命欲求差异

《寒夜》是一个悲剧,巴金自己称之为“好人的悲剧”。他一如既往地把罪恶根源归之于社会制度,认为:“要是换一个社会,换一个制度,他们会过得很好。使他们如此受苦的是那个不合理的旧社会制度。”②“罪在蒋介石和国民党反动政府,罪在当时的重庆和国统区的社会。”③似乎只要改变了社会制度就可一了百了,似乎在新社会里就不会出现这样的家庭悲剧。许多中国大陆学者也认同于这种解释,认为这部长篇“愤怒地控诉了国民党的黑暗统治,揭示了这个反动政权及其所代表的社会制度必然崩溃的

① 本章曾以《不同生命欲求之间的冲突——重读〈寒夜〉》为题发表于《河北大学学报》2006 年第 5 期。收入本书时有改动。
② 巴金:《创作回忆录》,《巴金全集》第 20 卷,人民文学出版社 1993 年版,第 696 页。
③ 巴金:《谈〈寒夜〉》,《巴金全集》第 20 卷,人民文学出版社 1993 年版,第 503 页。

18　现当代小说论稿

历史命运。"①

　　无疑,汪文宣一家关系的恶化以及各自的悲剧命运,与当时的社会环境有密切关系。小说中主人公曾多次抱怨老实人、奉公守法者郁郁不得志,难以施展抱负、实现理想、得到幸福。但,我们若细究起来却发现,他们的抱怨并不针对某一具体政府或制度。他们都多次谈到"从前"的美好生活:汪文宣说:"从前我也常坐咖啡店。"曾树生说:"从前我们都不是这样过日子的","从前在上海的时候我们做梦也想不到会过今天这样的生活。"那么,他们指的"从前"是什么时候呢? 书中交代得很明白,是"八九年前"。故事开始是1944年,结尾是抗战胜利的1945年,可以推算:所谓"八九年前",应当是抗日战争爆发前的1930年代中期。当时上海华界地区的政府就是国民党蒋介石政府,社会制度与1940年代中期不会有本质区别。不同的只是战争——是战争夺去了他们以前比较好的环境和比较好的生活。当然,除了战争,汪文宣也诅咒"那些冠冕堂皇的门面话,还有街上到处张贴的告示",可"那些冠冕堂皇的门面话"和"街上到处张贴的告示"此前就有,此后也还可能有。近年来,有的研究者在"社会悲剧"说之外,又提出了"文化悲剧"说,主要着眼于汪母与树生所受的不同教育以及由此导致的不同文化观念、伦理观念。笔者认为,"社会悲剧"说与"文化悲剧"说分别揭示了《寒夜》悲剧内涵的不同侧面,但《寒夜》的悲剧内涵不是单一而是丰富复杂的。除了社会环境以及汪母和树生之间文化价值观念的差异乃至对立,汪文宣一家悲剧的根源,还在于他们自身的因素。我们还应分别从三位主要人物各自的人格结构、内在欲求与性格特点角度进行更细致的剖析。社会环境的恶化只是家庭矛盾激化的大背景和催化剂,人物不同的物质与精神欲求才是人物之间矛盾的直接原因。文化以及价值观念的差异,也必然表现为人物主观欲求的差异。

　　到目前为止,对于由汪母与树生各自成长的时代环境和所受教育的差异造成的她们价值观念的差异对立,以及由此导致的婆媳间几乎无休止的、不可调和的矛盾冲突,研究者比较关注,论述也较充分。而汪文宣与曾树生夫妻之

---

　　① 唐金海:《"挖掘人物内心"的现实主义佳作——评巴金的〈寒夜〉》,贾植芳等编:《巴金作品评论集》,中国文联出版公司1985年版,第341页。

间的矛盾被研究得则相对较少。这首先由于文宣一直处于对自己的压抑状态，树生对丈夫又一直怀有怜悯并常作一定妥协，甚至在提出离婚后还关心并资助他。书中提到的他们之间唯一的一次正面交锋，即导致小说开头所写树生出走的那次比较激烈的争吵，还被作者推到幕后，没作正面表现，没有交代他们具体讲了什么话。但，他们之间的矛盾是客观存在。文宣对妻子的不满虽未正面说出，我们却可从小说的字里行间分析出来。首先，作为一个丈夫、一个男人，他对自己的妻子在外面与别的男人比较密切的交往决不会不在乎，妻子充满活力和魅力的健康肉体，既引他爱慕，又使衰化了的他嫉妒并为此感到痛苦。其次，他希望妻子对母亲多忍让，妻子去兰州后他甚至妄想她能给母亲写道歉信；树生虽在婆婆挖苦辱骂自己时有所克制，在给文宣的信中也表示出对婆婆一定程度的理解，但她并未完全如丈夫所愿，文宣肯定对此也不满。当无法解脱时，他曾偶尔暗自埋怨："没有人真正关心到我，各人只顾自己。谁都不肯让步！"第三，对妻子远走兰州，他虽表示理解，内心最深处其实并不情愿，可最终她还是走了，后来又提出离婚；他虽未指责树生，此事对他的伤害却几乎是致命的。另外，他对树生与儿子之间的淡漠关系在内心也偶尔涌出一丝不满："她并不关心小宣，小宣也不关心她。"树生对文宣的不满，则是直接表露：她不只一次地指责他懦弱，抱怨他过于忍耐，冲动下甚至当面对文宣说，自己当初与他的结合是"瞎了眼睛"。

要理解他们夫妻间矛盾的实质，首先应了解他们各自不同的内心欲求，他们不同的人生态度。在上大学时以及他们婚姻生活的初期，即战前，他们的差异与矛盾尚未浮上表层。但笔者以为，这并不意味着他们夫妻间的差异以及树生与婆婆的矛盾是战争爆发后才产生的。我特别注意到文本所留下的一个不小的叙述空白：作者始终没有交代从小宣出生到战争爆发他们流落到重庆之前，他们的工作与家庭状况。故事开始时，作者交代，文宣与树生都是三十四岁，小宣十三岁。可以推算出，小宣出生于 1931 或 1932 年。从 1931 年或 1932 年到 1937 年这五六年时间，他们一家生活在上海，过着可以经常坐咖啡店、经常去电影院娱乐消遣，汪母也不用自己洗衣服的日子。那么，他们是凭什么经济来源维持这样的生活呢？他们肯定没有失业（在战时的异乡尚且能找到工作）。文宣与树生大学毕业后各自的职业究竟是什么？对此小说未作交代。文宣曾对树生提到："那个时候我们脑子里满是理想,我们的教育事业,我们的乡村化、家庭化的学堂。"估计他们是一起从事教育;事业进展虽然未必完全如愿,起码理想没有破灭。不过,即使在这个时候,汪母对儿媳也不会有多少好感,因为小说中她总以树生没有与儿子举行正式婚礼为把柄辱骂儿媳是"姘头",她肯定一直看不惯、看不起儿媳的生活作风、生活态度;树生与小宣母子感情不深,她忽略儿子的存在,估计也并非始自到重庆以后。她是较早受现代教育——西式教育的城市女子,把作为独立个体的自我的价值看得重于自己在家庭中作为妻子和母亲、儿媳的伦理角色的价值。她的变化是,战前在年轻而物质条件又较好的情况下更重视自我精神理想的追求,战时她逐渐进入中年,物质环境恶化,因而不得不忍痛放弃纯属精神理想的东西,转而竭力抓住"青春最后的时刻",抓住物质享受和精神自由,抓住光和热,因为她"怕黑暗,怕冷静,怕寂寞"。过去把她和汪文宣连接在一起的是他们共同的理想,以及文宣的活力。可到了战时的重庆,文宣也被迫放弃了理想的追求,且复失去了生命的活力,懦弱敷衍的一面充分暴露出来。与妻子不同,他没有太多的物质精神欲望,能够忍受单调寂寞、没有活力的生活,这一点倒是与其母相像。

　　许多论者指责曾树生的出走,这是无视或忽略了不同生命个体在生命欲求以及精神忍痛与承重能力方面的差异。生理上忍痛与承重能力的个体差异容易得到理解,精神上的这种差异却常常被忽略。事实上,对于文宣与汪母来说尚能忍受的,树生却难以承受;另一方面,汪母可以忍受做"二等老妈子",却不能忍受儿媳的存在、忍受儿子对儿媳的爱。这些差异的形成,有后天教育与环境影响的原因,也有个体先天素质的因素,还与每个人的具体现实条件分不开:树生尚未显老,生命力还很旺盛;她能生活得较好,除身体外貌的资本,也因适应环境的个人能力强于文宣。这些条件使她对生活抱更积极更进取的态度,无法忍受寂寞、冷清、单调,无法忍受与满含敌意的人密切相处的痛苦生活。文宣处境的艰难当然主要因为战争环境以及人际关系的冷漠,但他自己的性格与处世态度也是重要因素。他怯懦软弱,没有男子汉的冲劲与魄力,思想多于行动,忍耐力强于意志力。他在心里多次替自己辩解,认为自己不比周主任之流以及那些翻译文稿的作者差,可除了个人道德品格上的不害人、富于同情心与忍让精神,除了文字功夫方面不写不通的句子,他并未表现出其他的个人能力。他自己也很清楚,他已经没有任何吸引妻子的地方;除了乞求怜悯、施舍,他又能做什么呢? 他失去树生,还因他对妻子的爱不及对母亲的爱。当母亲不只一次得意而残忍地骂树生是儿子的"姘头"时,他甚至没有站出来说明,是自己主动反对举行结婚仪式的,更不曾公正而坚决地在母亲面前指出她观念的保守和她对儿媳态度的偏狭顽固,坚决制止母亲的主动挑起争端。在小说所表现的汪文宣与曾树生的夫妻现实关系中,树生基本是一个付出者,文宣则完全是一个索取者。假如树生坚持下来不远走兰州,也许文宣不会死得那么早;那么,她就会成为一个完全放弃个人利益、为别人牺牲自己的圣徒。可是,《寒夜》里只有普通人! 文宣的忍让并非主动牺牲(即本来有过更好生活的可能而主动放弃的牺牲),汪母的牺牲则是出于母爱本能以及现实需要的不得已选择。假使树生不走,社会环境改善,文宣有了比树生更多的足可养家的经济收入,汪母逼儿子休弃儿媳、重演"钗头凤"悲剧的可能性,也并非不存在。

## 二、人道话语与个性话语的平等对话

已有学者指出了《寒夜》的复调性。不论作者本人理性自觉意图如何,笔者认为,这部作品内含意蕴中比较突出的是个性话语与利他型人道主义话语之间的对话。广义人道主义,即人本主义或人文主义,包括个性主义与狭义人道主义(利他型人道主义)两大类型。"五四"以来的中国现代文学中,既有表现并同情劳工大众"血与泪"的利他型人道主义小说,又有郁达夫、庐隐、丁玲等创作的追寻个体生命独立价值的个性主义作品。巴金早期作品多属利他型,即,同情受苦受压抑者,赞美为别人而牺牲的革命者。产生于1920年代中后期的"革命小说"以及后来主要体现阶级话语的"普罗文学",也是提倡为他人而牺牲个人利益,与利他型人道主义有一致之处。巴金1940年代的小说仍坚持对于小人物的悲悯,悲悯的对象从以前作品中那些受压抑迫害者,扩大到《秋》里的克明,再扩大到《憩园》中的杨梦痴这种在《激流》中完全被否定的人物类型身上。《寒夜》无疑更充满作者对于小人物的悲悯。不过,《寒夜》中的悲悯又含有对于人物个体生命独特性的尊重。这主要体现在曾树生形象的塑造上。虽然作者一再声称对三个主要人物"全同情",但经反复阅读文本,笔者感到,作者对于这三个人物的态度并不完全一致。其中,对汪母否定的成分较多一些。她代表着旧的(即封建的)价值观念和生活方式。虽然作者没有像《家》里那样把这种类型的人物当作反面形象,虽然作者揭示了她一生的寂寞与现状的无助,对其人穷志不短的气节持肯定态度,但在小说中我们看到,她总是家庭争端的发起者,她不能容忍与自己不同的生活方式,对儿媳刻薄甚至有些恶毒,对于儿子与儿媳关系的恶化竟暗中高兴。而对于曾树生,作者同情的成分更多些。研究者对她非议最多的是她离开患病的丈夫远走兰州,又提出离婚。但我们不应忽略,小说用了大量篇幅,多次详细描写她在走与不走问题上的矛盾,展示她激烈的内心冲突,揭示出她的不得已。

曾树生的内心矛盾,其实就是个性主义与利他型人道主义思想的矛盾。她并不乏对别人的同情、理解和怜悯,不论是对丈夫,还是对邻居张太太。即使对充满敌意的婆婆,她也并不恨她;想到"她也在吃苦啊","她的生活比我苦过若干倍",树生对于婆婆的进攻基本持忍让克制态度。但她毕竟不同于汪文宣,尽管她也曾扪心自问为什么不能牺牲自己,并多次为此而自责。如果利他原则至上,让对丈夫的怜悯与对儿子的责任占据首要位置,她就应选择不走;如果自我价值至上,即把个人幸福放在首位,她就必须选择走。在树生的内心斗争中,后者最终占据了上风。其原因,除了婆婆的态度让她绝望,丈夫的缺乏丈夫气、缺乏生命力使她既怜悯又厌恶,还有就是她认为即使她不走、即使她牺牲了自己的幸福,对丈夫也不单不会有太大帮助,还会继续互相折磨、互相损害。况且,如她自己所言,她还年轻,生命力还很旺盛,她爱动,爱热闹,需要过热情的生活,不能忍受刻板单调寂寞冷清的日子。她也曾试图做一个贤妻良母,但最终无法做到。所以,如果不带意识形态偏见,读罢《寒夜》,读者会像作者一样,会对她理解,对她同情。

这并不意味着汪文宣和汪母不令人同情。汪文宣是作品中最富于自我牺牲和利他精神的人。像《激流》里的觉新一样,他总是自己忍辱负重,是个"作揖主义"者。这种利他达到极点,甚至使他压抑下自己的醋意,赞同妻子和别的男人出走。与觉新不同的是,他对妻子和母亲的"作揖"不只因为怯懦,更出于理解和同情：他总能站在别人角度想问题，总能替母亲与妻子着想。见了门口在寒夜中露宿街头的流浪儿，他想"让他们到他的屋子里去，他又想脱下自己的棉衣盖在他们的身上"。假如汪文宣对他人的同情、为他人的牺牲是主动的，假如他不怯懦软弱而敢作敢为、勇于行动，那他就不再是普通人，而成为冉阿让式的英雄了。可他还是普通人。他的忍让与自我牺牲没有给妻子和母亲带来任何好处，对于那两个流浪儿最终"他什么也没做"。尽管作者对于汪文宣寄予了更大同情，但对他的丧失生命活力、放弃个性追求，一味忍让与自我牺牲，作者虽不像对觉新那样批判多于同情，却也并非赞美肯定。

所以，在这部小说中，利他型人道主义话语与个性主义话语之间，并没有哪一方占据绝对优势，它们之间是平等对话的关系。所以，尽管巴金自己对于创作意图表白为"控诉制度"，但文本本身实际并没有一个简单明确的结论。《寒夜》有别于作者其他作品的丰富复杂的内涵，有待于研究者们不断开掘，不断发现，不断讨论。

这部作品并没有放弃作者一贯的对封建意识的批判、对人道主义的呼吁。虽然我们可以从中发现作者对汪母这类旧阵营人物的人道主义同情悲悯，作者仍把她看作"好人"，写她的吃苦耐劳，写她对儿孙的慈爱，但我们又能感到，作者对汪母的封建意识残余是否定的。她是一个既未表现出人道主义的广泛宽容和悲悯，又缺乏现代个性意识的受害、害人又害己的人物。她的受害，是受环境、受战争之害；她的"害人"——从精神上伤害儿媳与儿子，是一种不自觉的伤害（虽然得知儿子因患肺病受到同事歧视时，她愤激地说过："要是我，我就叫他们都染到这个病。要苦，大家一齐苦"）；说她"害己"，是因她对儿子与儿媳的分手、对汪家的分崩离析负有重要责任。《寒夜》的深刻，就在于它在坚持巴金作品一贯主题的基础上，让"五四"以来个性主义与人道主义两种价值准则之间持续对话，让不同价值观念为各自的合理性进行辩解，又对其各自的局限性予以展示。

## 三、鲜明独特的艺术个性

不论在整个中国现代小说史上，还是在巴金自己的所有作品中，《寒夜》

都是非常独特的一部。

　　除了巴金的《寒夜》,同样出现于 1940 年代的钱钟书的《围城》和张爱玲的《传奇》也以普通人日常生活状态为对象。关注"大时代"的小人物,这是他们的共同点。不论是钱钟书笔下的方鸿渐,还是张爱玲笔下的大多数沪港男女,都是胸无大志、在命运面前被动敷衍的"不彻底"的庸人。《寒夜》中的汪文宣其实也属于这类人物。巴金说他"只希望自己能够无病无灾、简简单单地活下去"。①

　　但是,作者价值观念、生活态度以及由此决定的创作宗旨、情感倾向的差异,使得三位作家类似题材的作品呈现出各不相同的特色,显示出其鲜明个性。钱钟书固然对于方鸿渐不无同情,但《围城》给人印象最深的是,作者站在远远高于人物的观察点上审视众生,他对除唐晓芙之外的几乎所有人物都进行了讽刺挖苦,连轮船上孙太太孩子的长相、旅社老板娘哺乳的姿态都不放过。他的讽刺笔触主要针对人物的虚荣和平庸。钱钟书对于人物的这种态度,是由于他远远高于普通人的知识水平与人生境界,以及由个人秉性导致的与社会特别是下层社会普通人的相对远离。钱钟书也并非没有悲悯,但他的悲悯是上帝对自己创造的芸芸众生的悲悯,是感到人类既可怜又可笑的一种具有形而上色彩的悲悯。张爱玲有所不同:她对于自己笔下芸芸众生的基本态度是理解的同情,包括对于近乎疯狂变态的曹七巧。以往在评论张爱玲时,有人根据胡兰成以及其他一些人的回忆、根据她我行我素的个性及其小说叙事语调的客观冷静,判定她是个冷漠的没有同情心的人,说她"亦并不多愁善感。从来不悲天悯人"。② 但笔者以为,她并非一个真正冷漠的人,只是在人道主义与个性主义两者之间,她更偏重后者而已。她很熟悉巴金早期《灭亡》一类表现革命与爱情的小说,但她不热衷于革命等极端行为。她对于笔下人物的悲悯表现为理解并同情其平凡、平庸乃至庸俗的内心欲望和处世准则。张爱玲也是通过对于被社会忽略的边缘人物日常生存状态的展示以及对其内心世界的细腻描写,表现出她对于小人物的悲悯。就连坚持古典诗学观念的

---

① 巴金:《谈〈寒夜〉》,《巴金全集》第 20 卷,人民文学出版社 1993 年版,第 500 页。

② 于青:《张爱玲传略》,《张爱玲文集》第 4 卷,安徽文艺出版社 1992 年版,第 451 页。

傅雷，也从张爱玲在对其小说中唯一较明显的否定性形象曹七巧的描写中感觉到了"作者深切的悲悯"，认为作者没有简单地谴责曹"自作自受"。当然，张爱玲自己并不等同于她笔下的人物，她本人在现实生活中是个进取者、成功者，但她对于自己的人物，却是站在接近于平视的稍高位置上，在理解和同情中微含讽喻。她并不怨天尤人、痛恨社会环境或具体制度。在感到"悲凉"、"苍凉"的同时，她似乎又对读者说："世界就是这样。我们只能抓住自己能抓住的东西，尽量让自己过得快乐。"

《寒夜》则不然。

从《灭亡》到《寒夜》，巴金的创作方法发生了很大变化。后来在谈到《灭亡》时，他说："所有这些人全是虚构的。我为了发泄自己的感情，倾吐自己的爱憎，编造了这样的几个人。"[1]当时的读者、评论者也认为，杜大心"可以说是作者理想化了的人物，这种人物在现代的中国社会中是寻不出来的"。[2] 为此，他的好友沈从文提出批评：

> 你看许多人皆觉得"平庸"，你自己其实就应当平庸一点。人活到世界上，所以成为伟大，他并不是同人类"离开"，实在是同人类"贴近"。你，书本上的人真影响了你，地面上身边的人影响你可太少了！……一堆好书一定增加过了你不少的力量，但它们却并不增加你多少对于活在这地面上四万万人欲望与挣扎的了解。

沈从文还劝他"把哀乐爱憎看得清楚一些，能分析它，也能节制它"，"能够从各个观点去解释"。[3] 巴金后来的创作果然逐渐向沈从文所指出的方向转变：在继续虚构革命与爱情传奇的同时，他写出了取材于自己最熟悉的生活的《家》，后来又创作了《春》和被夏志清誉为"中国现代长篇小说中的一部巨

---

① 巴金：《谈〈灭亡〉》，《巴金全集》第 20 卷，人民文学出版社 1993 年版，第 392 页。

② 知诸：《巴金的著译考察》，《现代文学评论》第 2 卷第 3 期、第 3 卷第 1 期合刊（1931 年 10 月 20 日）。

③ 沈从文：《给某作家》，《沈从文全集》第 17 卷，北岳文艺出版社 2002 年版，第 223、221 页。

著"的《秋》。《激流》世界里已多是日常生活中常见的普通人，而在《火》以后，巴金更是有意识地去"发掘人心"，去写"小人小事"。虽然他还是表白自己的创作意图是批判制度、批判社会，但给人印象最深、使他取得更大成就的，却是"发掘人心"。这方面的顶峰便是《寒夜》。《寒夜》写的是作者周围每天都在发生的事，小说主人公身上有作者的朋友、亲戚或邻居的影子。写《寒夜》时，巴金虽仍充满激情，却已能"分析"人物的哀乐爱憎，能"从各个观点去解释"人的欲望和不同价值取向。

　　《寒夜》与《围城》或《传奇》的差异，首先就表现在其复调性，即"从各个观点去解释"人的欲望和不同价值取向。《围城》与《传奇》作者的视角基本是固定的，其观点虽未必清晰明朗，却也是确定的。《寒夜》的作者则分别站在汪文宣与曾树生两个人物的角度观察和思考问题，为他们各自代表的含有对立因素的价值取向进行辩解。偶尔还从汪母角度辩解几句。如果说汪文宣与《围城》和《传奇》里的人物在被动敷衍方面有些类似，那么曾树生却不是一个安于现状、被动敷衍的人。她始终没有放弃自己的个性、放弃摆脱不合理现状的努力。《寒夜》里大量出现的那种对于汪曾二人各自激烈的内心矛盾冲突的描写，在《围城》和《传奇》中也不多见。

　　《寒夜》的这一特色还是源于作者与人物同呼吸共命运的创作态度。对于人物深切的同情与悲悯，使得《寒夜》与钱钟书、张爱玲二人同以平庸的普通人为主人公的小说区别开来。在写《寒夜》时，巴金不是居高临下对人物进行讽刺，也不是冷静地表达"苍凉"之感。他说："我进行写作的时候，好像常常听见一个声音在我耳边说：'我要替那些小人物申冤。'""我虽然不赞成他们安分守己、忍辱苟安，可是我也因为自己眼看他们走向死亡无法帮助而感到痛苦。"①"我写到汪文宣断气，我心里非常难过，我真想大叫几声，吐尽我满腹的怨愤。我写到曾树生孤零零地走在阴暗的街上，我真想拉住她，劝她不要再往前走，免得她有一天会掉进深渊里去。"②

　　《寒夜》与《围城》《传奇》同在 1940 年代乃至整个中国现代小说史上最杰

---

① 巴金：《谈〈寒夜〉》，《巴金全集》第 20 卷，人民文学出版社 1993 年版，第 501 页。

② 巴金：《谈〈寒夜〉》，《巴金全集》第 20 卷，人民文学出版社 1993 年版，第 503 页。

出作品之列,它们都具有超越时空的魅力。它们的不同风貌以及由此产生的不同审美效果使得它们互不可代替:《围城》虽也能激发人的某种情感,却主要诉诸理性;虽在读后让人产生悲凉乃至虚无感,给读者最突出的印象却是幽默与机智。《传奇》将中国古典小说情调与现代意识结合,虽有终极悲观的感受,却又哀而不伤,怨而不怒。《寒夜》则在使人感受到灵魂战栗之余,又引发哲理思考,其思想内涵超越了作者自己原先设定的批判具体制度和否定具体政权的意图,艺术冲击力并不因故事发生年代的逐渐远去而消失。可以说,叶绍钧开创的普通人日常生存状态小说,到《寒夜》达到了一个高峰。

# 第三章 《创业史》的魅力与梁生宝的形象[①]

《创业史》写的是农业合作化时的故事。如今,农业合作化运动已成过去,而以合作化为题材的《创业史》却并未失去其艺术魅力,因为其魅力并非源自具体政策,而产生于作品饱含的人伦挚情和创业激情,以及对人类善良品质的歌颂、对人类尊严的维护。这些内容超越了时代阈限,使今天的读者仍能受到感染和激励,陶冶和启迪。

## 一、非血缘的人伦挚情

曾有人撰文论及"十七年"农村题材小说中"亲情的退场",我以为柳青的《创业史》不应归于此类。该作写到了生宝妈、振山妈以及姚士杰的母亲对儿子的母爱,而给人印象深刻、许多论著也已论及的,还是梁生宝和其继父梁三老汉之间的父子情。由于他们二人之间没有血缘关系,我们可以将其称为"拟亲情"或"准亲情"。

《创业史》表现梁三、梁生宝之间的继父子关系时,虽然也展示了其隔膜的一面,并把它作为个人发家与互助合作、共同富裕道路之间斗争的表现形态,但给人印象更深也最感人的,却是其温馨的一面。当年,丧父的生宝随母亲流浪到蛤蟆滩时年仅四岁。梁三决定和生宝妈结婚时,看到孤苦伶仃的生宝冷得颤抖,马上要给他改修一条棉裤,"说他将要把孤儿当做自己的亲生儿

---

① 本章曾以《〈创业史〉的艺术魅力》为题发表于《文艺报》2014年2月21日。收入本书时有改动。

子一模一样抚养成人,创立家业哩……";"梁三的一个树根一般粗糙的大巴掌,亲昵地抚摸着宝娃细长的脖子上的小脑袋。他亲爹似的喜欢宝娃。"婚后,生宝妈"喜欢他心眼好,怜爱孩子",有人偷听其夫妻夜话,听到的"除了梁三疲劳的叹息,就是两口子谈论为了他们的老年和为了宝娃,说什么他们也得创立家业"。生宝在成长过程中,"接受了继父和他妈给他的足够教导"。听说生宝在财主家受到欺负,"一直关切地站在旁边的梁三老汉,脸色气得铁青";个人创业失败后,梁三安慰生宝;牛是庄稼人的命根子,但生宝被抓壮丁时,"梁三老汉坚定地卖了大黄牛,赎他回来"。可见,合作化运动之前,梁三与生宝感情很深,他们家的家庭关系是和谐的。合作化开始之后,即使在对生宝的行为不理解、讽刺地称其"梁伟人"时,他的心里也一直称儿子"俺生宝"。儿子要进山,他担心,他难受,不忍当面告别;听说山里出了事,他昏倒在地。从生宝小时候起,梁三就为他而自豪,说"三岁就可以看出成年是啥样";儿子买回小牛犊,他开始不同意,被说服后感到自己"心眼远不如这个刚出世面的小伙子灵巧哩"。第二部里写建社之后,他称儿子"主任",这已不是嘲讽,而是有点敬重,又有点得意了! 其实,当初称之"梁伟人",除了嘲讽,又何尝不带点骄傲呢? 第一部结尾,灯塔社成立以后,听到街上人们对生宝的称赞,他的自豪感达到顶峰。有同情心的读者肯定也莫不为之感到欣慰,感到快乐。生宝对继父的感情,作品也有表现:进山前坚持当面话别,在县区领导面前为继父辩护,特别是第一部结尾为老汉"圆梦",做一身全新的棉袄棉裤,感动得老汉落泪。作品虽也有多处写到他们父子之间关系的隔膜,写到梁三甚至一度对儿子强烈不满,因误以为其"不孝"而伤心,生宝不在时他大吵大闹。作品还多处写到邻居乃至领导提醒他们父子关系的非血缘性及他们自己也意识到这种关系,但这些描写的作用与效果,一是引出了两条致富道路的冲突,一是使得这种特殊的父子之情的描写更具张力,父子和解时产生的情感冲击力也更强。

判断在意识形态影响占压倒地位的那个年代产生的作品能否传世,能否使后来的读者感到有可读性、受到艺术的感染,并进而有所得,就看在剥离了意识形态的外壳或因素之后,它是否还有某种普世价值和艺术感染力。笔者认为,在"样板戏"中,《红灯记》的艺术感染力最强,今天的观众看了也会受到感动,除其表达的民族情感、爱国精神,更直接的原因是它所表现的李玉和一家三代三口的非血缘深情特别感人。这种情感在文本中被解释为"阶级情",在阶级话语退出历史舞台的今天,又可解释为一种"义"——李铁梅在刑场上对养父唱出的"十七年教养的恩深如海洋"最催人泪下:在腥风血雨饥寒交迫中,含辛茹苦把一个与自己无血缘关系的未满周岁的女孩抚养成人,这是什么样的感情!而把自己养大的义父就要那么悲壮地永远离开,这又是什么样的感受!这方面,《红灯记》与《创业史》有异曲同工之妙。

## 二、生气蓬勃的创业激情

《创业史》中感人至深、至今仍不会使人感到隔膜的另一种情感,就是全书洋溢着的创业激情。这是人物热爱生活、生命力旺盛、生气蓬勃的表现。这种激情不仅表现于正面理想人物身上,也同样表现于中间人物乃至"反面人物"身上,使得整部作品产生一种强烈的情感冲击力和感染力。这也是这部作品与其他合作化题材小说的不同之处。

如今,小说及报告文学表现主人公"创业"经历的并不少见。新时期出现的长篇《平凡的世界》也写到了孙少安的创业,这是它与《创业史》内在联系及路遥与柳青精神联系的一个重要方面。二者创业的方式与途径不同,但那种激情与闯劲是一样的。读《创业史》我们可以发现,这部书里人物众多、立场身份各异,但主要人物在创业激情方面是比较一致的。梁生宝、梁三老汉、郭振山、郭世富、姚士杰、梁大老汉和儿子梁生禄、"铁人"郭庆喜是其中最突出的。"题叙"部分写了梁三老汉及其父亲为创业发家而拼命奋斗的经历,以及梁生宝早年和继父一起试图个人发家创业的激情和奋斗过程。作品对"劳动"的歌颂,表现出一定程度的超意识形态成分:它多次写到郭振山是农业劳动的一把好手,尽管对其只顾个人发家、不热心互助合作持批评态度,但写到其劳动时则并不乏赞美之意:

> 劳动是人类永恒的崇高行为!人,不论思想有什么错,拼命劳动这件事,总是惹人喜爱,令人心疼,给人希望。(第一部第二十九章)

　　小说还写到土改时富裕中农郭世富精神受到刺激得了重病，"一个挺爱劳动的人，不知不觉要死了——郭振山觉得怪可惜，"（第一部第三章）而对不务正业、游手好闲的二流子白占魁，则表现出相应的轻蔑，尽管他是个贫农，"革命性"也很强。高增福、任老四等由于基本条件较差，没有多少个人创业发家雄心，但加入互助组、合作社后，其潜在激情也被激发调动出来，积极投入到集体创业的事业中来。

　　梁生宝与众不同之处，就是他最先超越了个人发家创业的追求，这也使他不再是一个传统类型的农民，而成为一个"新人"。蛤蟆滩另一个强人郭振山在庄稼人中也属出众人物，他的某些方面让人联想到《红旗谱》中的朱老忠，比如他的敢想敢干的魄力，关键时刻敢于挺身而出，与强敌面对面争斗的勇气，与普通农民相比较远大的见识。他鼓动改霞进城市当工人，潜意识里也许有破坏她与生宝婚姻的动机，客观上却表现出其超越乡村生活的视野。他懂得"念书和种地不同，心杂了念不进去"，替改霞物色对象，关心对方"思想儿怎样"、"入团哩没"。但是，他毕竟是一个庄稼人，如作品所说，他是庄稼人郭振山和共产党员郭振山的合体。他没有更进一步的开拓精神，可以设想，这种类型的农民即使遇到改革开放的年代，也未必能成为领先的农民企业家，至多在其他人创业成功后成为跟着起来的创业者。

　　梁生宝为什么放弃了个人发家之路？从文本表层说，是因解放前那次发家创业失败，激情受挫所致。但文本的叙述"空隙"还昭示我们，这条路也并非根本走不通。例如，郭世富原来也是贫农，他们弟兄三人是"穿着高增福现在穿的那种开花烂棉袄，从郭家河搬到蛤蟆滩来"的。他"破命地干活，连剃头的工夫也没"。梁大老汉最初和其兄弟梁三一样穷，每天马不停蹄磨豆腐、卖豆腐、下地干活。可这两家后来都发了家，成了富裕中农！不过，他们的发家是由于偶然因素：郭世富靠机遇以及个人的处世灵活，独家承租地主的土地；梁大则是靠冒生命危险替地主贩运大烟土。凭生宝的干练机灵，也不是绝对不可能遇到并抓住类似的机遇，起码他可以像郭振山那样过上相对宽裕的日子。但他与郭世富、郭振山及梁大父子有重要区别：一是他作为更年轻的一代人中的杰出者，善于接受新事物，能迅速适应并顺应时代的变化，二是他更善良，更有对别人的同情心。当遇到互助合作的大趋势时，他的这些天赋就有了生长发展的适当气候和土壤，使其成为走在时代前头的人。梁生宝这种素质、这样性格的人，新时期以后的真正传人，应当是《平凡的世界》里的孙少安，而非田福堂。我们不能根据他们的官职和一度走过的"路线"，而应根据其基本性格与素质，判断他们谁是梁生宝的传人。梁生宝性格的根本是沉稳而实干（不像郭振山那样张扬）、精明又敢闯（不像梁三那样迟钝保守）、善良且公正（不像梁大父子那样自私自利）。

### 三、人类善良天性的发掘与人格尊严的维护

"善良"或"好心"在《创业史》中并非无关紧要的词语，它其实是作者臧否人物的标准之一，尽管这也许处于其潜意识中。作品多处写到人物的善良和好心，如写梁生宝："他胸怀里跳动着这样一颗纯良而富于同情的心"，"有啥法子呢？眼看见那些困难户要挨饿，心里头刀绞哩！"（第一部第九章）。梁三老汉想凭收利息催任老四还账，梁生宝说："你还不如干脆直说：任老四！你活不成！我要拔你的锅！就是这话，实际就是这话。你好意思吗？爹！"具有"善良"本性的人，就会"不好意思"。改霞喜欢生宝，也是因为其品性："生宝——他的心地善良，他的行为正直，他做事勇敢，同他的声音、相貌和体魄结合成一个整体，引起改霞闺女的爱慕心。"（第一部第十五章）作品还多次写到其他人物的善良，如第一部第十三章写任老四"松软的眼皮里，包着一包对高增福同情的眼泪"，第一章写他到梁三家劝架时"他肚里一片好心肠在翻滚，就是嘴不会说话"；而这时"十七岁的欢喜在梁三老汉面前蹲下来，把心掏出来安慰"。第二部第二十六章："好心肠的生茂嫂子帮助急忙的房客擀着面"。即使是郭振山，有时也不乏"好心"，虽然这种"好心"往往伴随着杂念，例如对改霞母子；还有，当生宝在他面前表现出委屈时，"他带着领导人的优越感和庄稼人朴素的好心"予以劝慰。与此形成对比的，是姚士杰、郭世富、梁大老汉和梁生禄的冷酷无情。

《创业史》里另外一个关键词是"尊严"。马斯洛将人的需要分为生理需要、安全需要、归属与爱的需要、自尊需要和自我实现需要五个层次，认为"自尊需要的满足导致一种自信的感情，使人觉得自己在这个世界上有价值、有力

量、有位置,有用处和必不可少。"①《创业史》里的几个主要人物,梁生宝、郭振山、梁三老汉、郭世富等,乃至二流子白占魁,都表现出比较强烈的自尊需要。表现得最明显的是郭振山。对于他来说,"威信"和"发家"虽然都重要。他选择"在党",首先是满足了"归属和爱得需要",最终是满足了自尊的需要。即使是老实巴交的普通农民梁三,也有着很强的自尊心。他的前半生致力于个人发家创业,当然首先是为生存,但同时也是为了人生的尊严。他饱受穷困带来的屈辱,他之所以能最终改变态度,支持儿子的事业,很大程度上是因儿子给他争了气,使他作为"灯塔农业社主任梁生宝他爹"得到了别人的尊重。小说开头一章就写了他去看郭世富家盖房架梁仪式时受到的蔑视和屈辱,而在第一部结尾,梁生宝从事的互助合作事业初步取得成功,互助组进山赚到了钱,庄稼获得丰收,灯塔农业社成立之后,在黄堡镇大集上,在排队买东西的人群里,听到大家对生宝的称赞以及对梁生宝"他爸叫啥"的询问,穿着全新的棉袄棉裤的梁三老汉流出热泪。他想到:

　　人活在世上最贵重的是什么呢? 还不是人的尊严吗?

　　人们得知他的身份后不让他再排队,"大伙硬把他推拥到柜台前面去了",他"庄严地走过庄稼人群。一辈子生活的奴隶,现在终于带着生活主人的神气了"。这和开头的场面恰成对比,形成首尾呼应。《创业史》不正是人性尊严的颂歌吗?

　　郭振山、郭世富、姚士杰、梁大父子们的自尊,与梁生宝自尊的不同,在于前者的自尊没有和善良、同情心结合在一起,而在梁生宝身上这两者是不可分割的。从心理学上说,梁生宝的奋斗,他对互助创业之路选择的内在动因,在于其善良天性和自尊需要的统一。关于他从小就表现出的善良和精明,作品多处写到,那么,自尊是他奋斗的动力吗? 这个问题,由于作者在写其心理活动时与一些意识形态分析夹杂在一起,看上去并非一目了然。而若结合文本仔细分析,却也不难得出结论。

---

　　① [美]A.H.马斯洛:《动机与人格》,许金声、程朝翔译,华夏出版社 1987 年版,第 52 页。

梁生宝四岁时是作为一个孤儿来到蛤蟆滩的。刚到这一个生地方,他的感觉是"骇怕",肯定还有自卑。成为在蛤蟆滩地位低下的穷汉梁三的养子,有了依靠,但这并不能满足他的自尊心。在吕二财东家熬半拉子长工时他受到的最大伤害,也主要是心理上的。在合作化之前,他"创家立业的锐气比他继父大百倍",早年买牛遇到继父阻拦时,他说继父的"过法"是"没出息的过法",说明他的进取心、好胜心有多么的强烈。但新中国成立前创业的失败,使他认识到了"政权"的重要性,所以,共产党一来,当发现共产党是给穷人撑腰、要依靠他这样的人后,梁生宝以他的抱负、他的精明与远见,马上抓住机遇,当了民兵队长。虽然梁生宝看上去沉稳低调,他内心深处却是要过得轰轰烈烈!他"做出一些在旁人看来是荒唐的、可笑的、几乎是傻瓜做的事情",这"旁人"的观点,正是普通农民的观点,而梁生宝不是普通农民,他是农民里面少见的具有雄心壮志的杰出人物。

梁生宝这种热情,与《子夜》中的吴荪甫并非没有任何相似之处:他们都属于将理想和事业置于爱情之上的那类人物。和其他农民一样,梁生宝也是在追求活得带劲儿、活得有味儿;但对于如何才能活得带劲儿、有味儿,他和普通农民有不同的理解和处理方式。带领大家实现理想,就需要有权力。当在大会上听到省劳模王宗济的事迹后,就想到"王宗济能办成的事,咱办不成吗?……只要有人出头,大伙就能跟上来!"想到自己"威信不够"时,他有些犹豫,而想起"有党领导"时,他抛弃了自卑,毅然跳上有三千听众的会场的主席台,向王宗济的"挑战"表示应战决心,从而受到上级领导的重视,他在领导和群众中的"威信"开始向超越郭振山的方向发展。在与改霞的爱情问题上,梁生宝可能处理不当,但却也是自尊心使然,性格使然——他这样处理,也是为了自己的"威信",因为他"总觉得四周稻草棚棚外面,有人盯他和改霞说话,很担心他在村里的威信受到损伤。他的威信不够,为了能办好党交给的事业,必须尽力提高自己在群众中的威信,使群众跟着走的时候,心里很踏实"。

有学者提出:"经典的判断标准只能是全人类共通的人的价值和尊严,人的独立和自由,是全人类共通的人的真善美。'十七年'革命历史长篇小说表现出狭隘的政治功利主义和革命的原教旨化,艺术上唯革命标准是从,充满了宣扬仇恨的语言暴力,叙事模式化,故不能成为文学经典"。① 该文也把《创业史》等合作化题材小说包括在"革命历史长篇小说"之内。笔者同意以上推论的大前提,尽管它还不够充分;但认为其小前提不尽正确,对其结论也就不能完全赞同了。这一论点起码不符合《创业史》的实际。《创业史》中不乏对"全人类共通的人的价值和尊严"、"全人类共通的人的真善美"的歌颂,也并未"宣扬仇恨的语言暴力,叙事模式化"。作品里有反面人物,但没有暴力场面,也没有强化"仇恨"意识,其叙事方式在中国 20 世纪小说史上具有明显的独创性。与之类似的小说出现在《创业史》之后。至于"人的独立和自由",这难以界定。不错,梁生宝是"在党"的,但是否"在党"且执行上级指示的人都没有"人的独立和自由"呢? 未必。作品真实可信地告诉我们,梁生宝的政治选择出于自愿,他是在实践中根据不断变化的实际情况,将上级的指导和本人的感悟理解结合,探索出互助合作之路的。农业社后来的命运是另一回事,反正在"创业"阶段梁生宝是充分发挥了其聪明才智的。正是"在党"使他获得了"威信",获得了"自由",取得了前所未有的成就。

　　《创业史》真实生动地给我们讲述了一个"生活故事",感人地表现了人伦挚情与创业激情,歌颂了人的善良与尊严等普世永恒的道德价值,这使它具有了不可否认的文学价值和文学史地位。

---

　　① 刘思谦:《"十七年"革命历史长篇小说的经典化与非经典化》,《河南大学学报》2008 年第 3 期。

# 第四章 《红岩》的文体价值与超时空精神价值①

《红岩》是与文学史上（包括"十七年"时期）其他作品不同的一部奇书。说它"奇"，原因有四：第一，它以写地下斗争与监狱生活为主，题材与众不同；第二，它将本属南北两极的"纪实性"与"传奇性"奇妙结合，产生了独有的艺术魅力；第三，自问世以来，它不仅作为文学文本产生审美的社会影响，同时也一直与《钢铁是怎样炼成的》等作品一起，被当作对青少年进行意识形态教育的政治文本；第四，为上述三种因素所决定，它是"当代发行量最大的小说"，②其社会影响罕有匹敌。对这样一部奇书，中国当代文学史写作不宜忽略，也无法忽略。这里我们且不论其意识形态功能，单从文学本身角度，即从小说文体与超时空精神价值角度，看看它究竟有无独特价值、有什么样的独特价值。

## 一、《红岩》的纪实性与艺术真实性

虽然被称作"红色经典"的那批长篇小说大多具有一定史实依据，但与其他作品相比，《红岩》所写人物和事件与史实的对应关系更为直接。书中主要人物及一些次要人物都有生活原型，人物的性格、行为乃至特定情境下的神态都与原型非常接近，就连姓名也类似或相关。书中所写主要事件大多实有其事，或与史实相去不远，作者被认为"是书中所描写的事件的亲历者"。③ 在

---

① 本章曾发表于《现代中国文化与文学》第 13 辑（四川大学文化遗产与文化互动研究基地、现代中国文化与文学研究中心主办，巴蜀书社 2014 年出版）。

② 洪子诚：《中国当代文学史》，北京大学出版社 1999 年版，第 111 页。

③ 洪子诚：《中国当代文学史》，北京大学出版社 1999 年版，第 112 页。

《红岩》接受史上,其纪实性一面也更多受到强调。真实感是读者和评论家评价文学作品的重要标准,《红岩》的纪实性曾给其真实感提供过天然保障:在全民革命热情高涨、充满理想主义激情的年代,有不少读者完全把它当作了纪实,对书中人物搞"对号入座",使得作者不得不一次次出面澄清,一遍遍声明:这是小说,里面有些人物和事件是虚构的。

但近十多年来,质疑《红岩》真实性的声音开始出现。质疑的方式与焦点,一是以历史真实责备艺术描写,二是以今天的、自己的价值观念"逆推"过去人事,评估其真实与否。

就前者而言,最具代表性的,是2004年《炎黄春秋》第1期所载孙曙《党史小说〈红岩〉中的史实讹误》一文。该文指出了这部小说与历史事实的几个乖舛之处:一是关于地下党组织遭到破坏的原因不是像小说所写那样由于《挺进报》事件以及甫志高一个人的叛变,而是由于一大批地下党领导人的叛变;二是中美合作所其实与"瓷器口大血案"以及"九二火灾"无关。后者的代表,则是2002年第6期《海南师范学院学报》刊登的几位本科生的《红岩》读后感。这些读后感代表了当今一部分青年读者的看法,其中对《红岩》持基本否定态度的占多数。否定的主要理由,就是认为作品具有"谎言性与滥情性","它在叙述故事时主观人造的、政治化倾向颇为明显。这些大学生认为,既然刘思扬的家庭是富有的,他的坚持马克思主义"没有理由"。书中的英雄人物缺乏人类应有的七情六欲,他们所能够承受的超出平常人所能承受的范围,江姐见到丈夫人头"却能完全抑制自己的感情冲动,没有半点失态之举,甚至连泪水都没有流一点,这在我们常人看来是不可思议的"。① 这使笔者联想到在网上看到的一位网友发的帖子,他(她?)说自己连手指扎根木刺都难以忍受,所以认为江姐受竹签刑而不屈的情节不可信。

孙曙质疑《红岩》的方式,与某些读者、评论者以《三国志》质疑《三国演义》的方式其实一样,就是用历史真实、用史书的标准要求具有纪实色彩的小说。孙曙对《红岩》价值判断的错误,则由于对小说文体特征的忽略。孙文也

---

① 廖述务等:《"探索者之夜"——本科生读〈红岩〉》,《海南师范学院学报》2002年第6期。

许有其史料价值,但与《红岩》小说本身的文学价值关系不大。孙曙也承认自己是"从史实的角度看"的。小说文本的文学价值该不该用是否符合"史实"的标准衡量,这对于专业文学研究者本不是问题。对于文学作品我们不必问其是否完全符合史实,而是要问它是否具有艺术的真实性,即是否给人以"真实感"。而"真实感"存在与否,又与接受者本人的生活阅历与价值观念相关。时过境迁,进入历史新时期以后,世俗精神、平民精神取代理想主义、英雄主义成为社会文化思想的主流。1980 年代以后出生的读者正是依据今天的社会价值标准质疑这部小说的真实性。他们以己度人,以今天"逆推"历史,因而怀疑刘思扬参加革命的可能性。这其实表现出对历史的无知:过去出身富家而信仰马列、投身革命的人太多了。且不说"农运大王"彭湃,单是历史上真实的"红岩英雄"中,类似情况就有刘国鋕、王朴以及《红岩》作者之一的罗广斌。这些青年读者之所以不相信富家子弟参加革命的可能性,是因其忽略了人的精神追求、超越性追求在人生中的位置和作用。

对《红岩》的质疑,还有部分缘自新时期以后大学中国当代文学教育"培训"形成的对"红色经典"的成见,即,有些青年学生在未认真细读文本的情况下事先接受了教科书及相关批评文章对这些作品模式化的描述。这样导致了对文本的某些误读。

例如,关于《红岩》对反面人物的描写,有的同学认为小说没有令人信服地揭示出甫志高的思想缺陷与其叛变革命之间的必然联系。这不符合文本艺术描写的实际。《红岩》没有将甫志高这个人物简单化、漫画化,而是写出了其特定情境中的心理。根据小说文本提供给我们的东西,假如甫志高不从事地下工作,没有被捕,用日常的观点和逻辑来看,他应当是个虽有缺点但又有工作能力、人品基本不错的人:他能比较出色地为组织筹集经费。对下级,"他的领导很具体,而且经验丰富,办法又多,很快就博得陈松林对他的尊敬和信赖。"对同志、对工作很热情:党组织给他布置任务时,"他毫无难色地接受了任务。不管做什么,增加工作,现在都是使他高兴的事。"他能替别人着想:"新年期间,他特地雇用的老妈子回乡去和家人团聚。这几天,就由他夫妇自己煮饭吃。"他上特务郑克昌的当,除了自己急于立功的虚荣心,也是因为对后者穷学生的样子产生了怜悯心。对缺乏经验的下级陈松林,他"一直鼓励他大胆工作,而且关心、体贴,很少说重话。"对妻子,他富于家庭责任感,应当说是个好丈夫,身份暴露需要转移时,他一定要先回家告诉妻子一声,还给她买了一包她最爱吃的麻辣牛肉,他认为"不向他打个招呼,不把她今后的生活作好安排就离开她,他不能这样狠心!"这一文学形象虽无单一原型作依据,却概括了历史上一些叛徒的特点。罗广斌在《关于重庆组织破坏的经过和狱中情形的报告》中指出:那些叛徒"不遇风浪确实是很优秀的,但是在严格的考验下,毒刑、拷打,单凭个人的勇气和肉体的忍耐是没法子忍受的,没有坚强的革命意识,没有牺牲个人贡献革命的思想准备,便不可能通过考验……"。① 与那一时期其他描写反面人物的作品有所不同,《红岩》没有抹煞甫志高成为叛徒前"优秀"的一面。但是,小说又揭示了这个人物叛变的性格与心理依据:他好大喜功,头脑不冷静、做地下工作不够慎重细心,更重要的是,他缺乏真正的信仰,参加革命是怀着投机心理。选择革命,意味着要打破日常生活,放弃一些世俗享受,还要冒生命危险,而他却不肯放弃世俗日常生活,看到革命即将成功,便赌博似地参与进来,被捕后很快变节并危害他人生命。这与当今某些混进党内、窃据高位的腐败变质分子在品质上是一致的。甫志高形象塑造得真实可信,也有一定的深度。

当然,受作品产生的特定年代限制,《红岩》对这个人物性格复杂性的揭示还不够充分,特别是其叛变后就变成了一种符号,细腻的心理描写基本没有了。史料告诉我们,现实中有几个叛徒的叛变并非那么简单:李文祥被捕入狱后经受住了刑讯逼供,却被敌人用感情因素诱降,他想到自己看不到即将到来的胜利,感到太惨太冤了;涂孝文虽然对敌人供出了一些情况,但事后受到良心谴责,没有进一步交代组织的秘密,最后被枪杀。假如写出李文祥的情况,就可以和许云峰与徐鹏飞最后的对话形成对比;假如写出涂孝文的情况,更可见出叛徒心理的复杂性,更加真实可信,也更能显示出狱中英雄们的感召力。这是这部小说艺术上的微瑕和遗憾之处。但这并不影响作品总体上的真实性,因为像小说中甫志高这样被捕之后马上叛变,一叛到底,拼命出卖过去的同志的叛徒更多。

---

① 厉华、孙丹年:《〈红岩〉小说与重庆军统集中营》,重庆出版社1998年版,第113页。

　　还有学生认为作品中"二处"的特务"一律是鼠头獐脑,歹毒残忍,这种描写是很难服人的"。① 对此笔者亦不能苟同。确实,《红岩》中漫画式的特务形象不少,如猩猩、狗熊、猫头鹰等。但它对大特务徐鹏飞、严醉等的描写并没有漫画化:从形象上说,徐鹏飞被写成"浓眉大眼的大高个子",就绝非"鼠头獐脑"了;而如果把他们写得不"残忍",倒是不符合历史事实了。读一读沈醉的回忆录《魔窟生涯》,看一看有关大屠杀的史料,就不难判断。当然,若写出个别特务的良心发现(如史料告诉我们的那样),作品中特务的形象会更丰富多样些。

　　总之,《红岩》中正面人物的精神境界、现实行为及性格特征的描写是真实的,反面人物甫志高、徐鹏飞等的心理和行为的描写也是真实的。笔者赞同新历史主义关于一切历史叙述皆有"文本性"的观点。即使被称作"回忆录"的《在烈火中永生》,其中也有一些虚构,比如江竹筠在奉节县城见到丈夫人头、陈然写《我的"自白书"》的故事。但我们不能因此陷入历史虚无主义。应该肯定,历史上出现过叛徒,也确实出现过富贵不淫、贫贱不移、威武不屈,富于牺牲精神的烈士! 那些英雄、烈士确确实实经受了各种毒刑、各种考验而没有叛变,是英勇牺牲了的!

## 二、《红岩》的传奇性及其与纪实性的奇妙结合

　　《红岩》的纪实性又是与一定程度的传奇性结合着的。《红岩》的传奇性主要表现为情节的惊险曲折性、题材的神秘性、人物的英雄性。论情节,"沙坪事件"、双枪老太婆劫刑车、刘思扬被"释放"又被重新逮捕、"红旗特务"的故事、白公馆《挺进报》事件、渣滓洞白公馆的越狱等,都引人入胜、脍炙人口;论题材,狱中生活不为一般人所熟悉;论人物,里面的地下工作者除甫志高外,几乎都是英雄。

　　我们在文学作品中常见的英雄形象,大致可划分为"能力英雄"和"道德英雄"两大类。"能力英雄"是指在武力(体力、武功)、智力方面高于一般人的

---

　　① 廖述务等:《"探索者之夜"——本科生读〈红岩〉》,《海南师范学院学报》2002 年第6 期。

人；"道德英雄"则是在道德品格方面高于普通人的人。有不少英雄形象是能力英雄与道德英雄的合一，也有一些偏于一端。《红岩》中的英雄许云峰、江雪芹等人在道德方面是理想化的，他们身上体现的是共产主义道德，是为集体牺牲个人、为未来理想牺牲个人现实生活的人，但这并非这部作品独特的地方，因为其他"红色经典"里的英雄人物也都能做到这些。能力方面，书里面没有写他们有什么出众的体力或武功，只有双枪老太婆的枪法出众，但除了一个"双枪"的绰号，小说也没给她展示的机会。许云峰、江雪芹等虽有比较出色的工作能力，但在智慧方面也没有到怎么神奇的地步，例如，在"沙坪事件"的处理上，许云峰虽然嗅到了危险气息并马上布置陈松林撤离，但没有充分估计到甫志高的麻痹大意与对于家庭的依恋蕴含的极端危险性，终于给敌人造成突破口，使地下党组织遭到严重破坏。事实上，历史真实中许云峰的原型许建业在这方面犯的错误还要大。江姐、成岗等人智慧方面又不及许云峰。刘思扬被"释放"软禁在家时，几乎上了"红旗特务"郑克昌化装的"老朱同志"的当，而且也没有能像冉阿让那样成功逃跑。倒是白公馆的齐晓轩在处理狱中《挺进报》问题时表现出沉着机智，算是给小说增添了一个有趣的小插曲，但那不过体现了一个老地下工作者的经验与必备的应变能力，再加上一点运气，也够不上多么神奇。所以，他们都不属于能力英雄。

　　笔者以为，《红岩》英雄最独特之处，是他们都是一种特殊类型的英雄，即"意志英雄"。在这方面，书中的主要英雄人物许云峰、江雪琴、成岗都有给读者留下深刻印象的事迹。华子良按上级安排装疯三年多，每天在院坝里跑步，不与任何人交流，凭的也是坚强意志。

　　大家最熟知江姐受刑的情节。在受刑过程中，身为女性的江姐居然没有一声尖叫，甚至"没有一丝丝呻吟"，这应该说超乎寻常：即使是好汉，虽然不屈服，不由自主的惨叫有时也是难免的。另一个主要英雄人物许云峰经历的考验，除了酷刑，还有孤独。在渣滓洞时他虽然被单独囚禁在一间牢房里无法与难友交谈，但在难友放风时尚且可以在楼上窗口用目光与院坝里的同志们交流，互相鼓励，并参加了龙光华的追悼会以及狱中新年联欢会；而在被转到白公馆以后，他被囚禁在地牢里陷入绝对的孤独。如果说江姐受刑还有观众和听众，还能得到战友的鼓励和赞美，许云峰这时则全凭个人本身的意志坚持斗争。那里没有光线,没有声音,没有白天也没有黑夜。很长时间内连自己被囚禁在什么地方和经过了多少日子也不知道。在黑暗中长期生活,触觉和听觉渐渐代替了视觉。为了寻求越狱的机会,他选准了左面的石壁,硬是用手指,用摸到的半截铁箍,锲而不舍,最终为难友挖出了一条通向外面的通道。在集体事业的胜利即将到来之际,自己作为生命个体却面临毁灭,他和江雪芹一样,表现得非常坦然。成岗的意志力则更为惊人,那就是他能在基本失去知觉的前提下控制自己的潜意识。第一次是被捕不久,在刑讯室里遇到许云峰时,第二次是被囚禁在白公馆时,敌人见包括电刑在内的常规刑罚不起作用,便用催眠术、测谎器诱供;仍不见效,就给他注射一种美国新研制的药物"诚实注射剂",导致其麻醉,精神处于幻觉状态。可他能"始终顽强地控制着神经末梢","抗拒着,不肯失去知觉,不肯陷入下意识。成岗和不断从他的控制下滑走的知觉斗争着,终于使自己清醒了一点,甚至意识到自己的存在,并且知道自己正躺在手术床上,面对着美蒋特务。"最终敌人的诡计也未得逞。这就将人的意志之坚强推向极致!

《红岩》艺术上的独特性不在于其纪实性,也不在于其传奇性,而在于二者的奇妙结合。将这两种本处于两极的特性集于一身,而且做到了有机结合,这与作品题材的特殊性分不开:历史上出现过的这些人和事,其本身就是非日常的,带有强烈的传奇色彩,我们在读有关回忆录等纪实文学时就有此感受。这方面与《三国演义》有些类似,毛宗岗评点《三国》时就感叹"天然有此等波澜,天然有此等层折,以成绝世妙文"。① 《三国演义》引起的争论往往与其对史实与虚构关系的处理相关。不论是三七开、二八开或四六开,一般论者都认为《三国演义》史实的成分占主导。在对这部古典名著的评价中,也出现过纯粹以"史"的标准予以褒贬的情况,毛宗岗是这种观点的代表;而不同意这种观点,以文学本身审美标准衡量其得失的更多。清代金丰就认为:以历史事实为依托的小说,"事事皆实则失于平庸,而无以动一时之听"。② 这也可以回答

---

① 毛宗岗:《读三国志法》,《中国历代小说论著选(修订本)上》,江西人民出版社 2000 年版,第 344 页。
② 金丰:《新镌精忠演义说本岳王全传序》,《中国历代小说论著选(修订本)上》,江西人民出版社 2000 年版,第 378 页。

一些指责《红岩》中虚构成分的观点。当然,历史小说的虚构应有底线,就是对历史上著名人物基本性格的描写要符合事实,不能把岳飞写成奸、秦桧写成忠。就这一点来说,《红岩》的文学虚构是成功的:既然历史上的江姐受刑时被用竹筷夹手指没有招,那么我们就可以相信,即使像小说中那样被钉竹签子,她也不会招。历史事实是她没有见到丈夫的人头,但见到的可能性是存在的;根据她的性格,如果见到了,其表现也当会如小说所写的那样,而不会明显失态:在那种情况下,感情的流露会带来极大危险,像她那样非凡的革命女性,是能够控制住自己的。许建业(许云峰)没有机会为战友挖地洞,但若有机会,他会干的;他临刑前没有和徐远举(徐鹏飞)对话,但小说所虚构的那段对话应当是代表了他的心声,否则他就会成为李文祥那样的叛徒,而不是烈士了。当然,也如同《三国演义》一样,由于史实和虚构结合,又由于虚构部分那么生动逼真,使得一些读者产生了一些误会,将虚构当作了历史。最典型的例子是关于成岗(陈然)写《我的“自白书”》的场面,许多读者将其当作了史实。而小说作者曾说明,那是他们的艺术虚构。之所以产生这种误会,也正因其虚构合情合理:历史上秋瑾、夏明翰等烈士临刑赋诗之事早已广为人知。虚构虽然导致误会,其作用却主要是正面的:没有张飞喝断当阳桥、诸葛亮借箭祭风施空城计等虚构情节,《三国演义》就不会这么脍炙人口,流传这么久远。认清了历史著作和历史小说区别的读者,若真有志于考证和研究历史,这些虚构当不会给他们构成太多误导。即使从普及历史知识角度说,《三国演义》也是功大于过。至于《红岩》中成岗被注射致幻药物而仍能控制自己理智这样有些超乎自然的情节,笔者认为虚构得也是成功的。文学史上有许多名著,在写实基调上添加个别超自然细节,每每为之增色,使人印象深刻。且不说拉美的“魔幻现实主义”,即使是中国现实主义文学的巅峰之作《红楼梦》,也有空空道人、风月宝鉴、通灵宝玉等超自然情节。《水浒》中也有鲁智深倒拔垂杨柳等明显夸张的片断。这些夸张或超自然虚构只要有助于表现人物性格、表达作品内涵,就值得肯定。

　　现在有一种比较普遍的看法,认为内涵的丰富复杂性是文学经典的必要条件。笔者对此不以为然。文学的艺术美有丰富复杂美,也有单纯明朗美,文学史上存在着大量内涵相对单纯、格调比较明朗的经典名著。就《红岩》这部作品来说,他是一曲英雄的赞歌,而不是对历史的理性反思,亦非哲学思辨式小说。所以,作品没有写出英雄的缺点、没有更多表现敌方人物性格的丰富复杂性,除了当时体制的"规约",从文学本身来看,也是其总体风格决定的:假如多写英雄缺点,或如某些根据"红色经典"原著改编的电视剧那样表现英雄的风流韵事、写出敌方人物身上的"人性",作品也可能取得成功,甚至是更大的成功,但那会是与现有《红岩》全然不同的另外一种审美类型的作品了。此一类型与彼一类型互不可以代替。

可以肯定,迄今为止,从文学艺术角度说,《红岩》是成功的,以后的读者大概也不会把它彻底遗忘,因为它曾经产生过极其巨大的影响,在中外文学史上又是风格非常独特的一部长篇。

## 三、《红岩》的超时空精神价值

假如一部小说只能供人娱乐消遣而无其他价值,它只能算是一般通俗文学作品。有学者指出:"不仅仅是'认识'也并非单纯的'娱乐',而是二者的同舟共济、荣辱与共,这便是小说功能的基本构成。"①我们肯定了《红岩》艺术上的成功,肯定了其审美愉悦价值,而且认为它的思想内涵不算丰富复杂,因而其认识社会、启迪思想的价值虽有,却并不突出。那么,除了审美愉悦,它是否还有其他价值呢? 在"后革命"的和平建设年代,在一个非英雄的时代,《红岩》的价值究竟何在呢?

笔者认为,在于它对读者的精神陶冶价值。

《红岩》塑造的是意志的英雄,这些英雄极为坚强的意志来源于其坚定的信仰。当某种信仰偏向于"迷信"、表现为"狂热"时,确曾给人类社会带来过负面影响乃至灾难后果。但人类不可以没有任何信仰或精神追求,信仰是人的精神支柱。没有任何信仰或精神追求的人会精神贫瘠、庸俗粗鄙,行事唯利是图,没有原则和道德底线。思想和实践中没有任何超越性的东西,就会只相信"好死不如赖活着"、"舒服不如倒着好吃不如饺子"之类的常识,在引用哲

---

① 徐岱:《小说形态学》,杭州大学出版社 1992 年版,第 172 页。

人名言"这种无情的名利追逐,这种占有和贪婪的欲望,没有它们,人类的一切自然将永远沉重,得不到发展"①时忘记了过分的贪欲曾经和正在引发的犯罪,在肯定"恶"在推动历史前行时客观上所起的作用时放弃了对它的道德谴责。而文学史上许多现实主义、浪漫主义名著就是以这种谴责为主题的。一些人将"现代性"作为一种绝对正面价值并据以衡量一切,他们忽略了现代性其实有"五副面孔",审美现代性其实是对工业现代性某些方面、某种程度的批判。有的青年学生在怀疑《红岩》的真实性的同时,也否定其精神价值,甚至断言:

> 印刷了几百万册的《红岩》让整整一个时代的人(尤其是青少年)对它疯狂地仿效,然而不管从什么角度出发,仿效,无论是对社会开放还是社会创新都是极其有害的。……当《红岩》"英雄"逝去的时候,大量的英雄崇拜者却作为主角而出场,他们无法摆脱"英雄情结"的蛊惑,因而习惯于让心中完美的"英雄"来支配自己的生活、思想和行为,而封锁和僵化了自己的思想。②

"五四"的启蒙发现了人,启发了国人个体生命意识的觉醒;新时期以来的思想解放重新肯定了人的核心地位,肯定了普通人过平凡生活的权利,某些"新写实"小说甚至将这种普通人的平凡生活神圣化,"朦胧诗"开始怀疑以往那些被认为神圣的东西的虚幻性或虚伪性。这些反映了社会文明的进步。然而,历史的发展总是很难自行把握好纠偏的"度",往往在"纠"的过程中产生了相反方向的另外一种"偏":在肯定了现实世俗生活、平凡人生的价值之后,对一切超越性的东西都产生了怀疑和否定,肯定了"哈姆雷特"之后就全盘否定了"堂吉诃德",嘲笑一切堂吉诃德精神,或认为一切堂吉诃德都是"假堂吉诃德"。上面所引青年学生的言论甚至干脆认为理想主义、英雄主义是有害

① 廖述务等:《"探索者之夜"——本科生读〈红岩〉》,《海南师范学院学报》2002年第6期。
② 廖述务等:《"探索者之夜"——本科生读〈红岩〉》,《海南师范学院学报》2002年第6期。

的。笔者以为,让人人都成为圣贤、都做殉道者是不现实的,硬要付诸实际操作必会导致社会性的虚伪,这些已屡被历史所证实。但社会的发展又离不开理想,离不开为理想而献身的富于牺牲精神的英雄,哈姆雷特精神和堂吉诃德精神是历史大车不可或缺的两轮。历史上确曾出现过不少殉道者,这些殉道者的殉道精神是人类精神文明的财富,是人性没有堕落为兽性的证明。现代文明社会尊重个人选择的权利,是选择殉道献身还是选择过平凡生活应全凭个人自主的意愿,不能强迫;现代文明社会也强调任何理想主义不能以损害其他人的利益、尊重别人的人权为原则。在这一前提下,理想主义、英雄主义就绝对不是"极其有害的",而是社会必需的。

孟繁华充分肯定《红岩》的超时空精神价值。他指出:

> 《红岩》作为一部"红色圣经",它除了表达共产党人的信仰和意志外,在新的历史语境中,作品还提供了关于身体、灵肉、施虐、受虐、家国、生死等可以解读的众多的内容。《红岩》的时代已经成为过去,但《红岩》的浪漫、激情以及对革命信仰的描写,已经植入几代人心理意识的深层,它仍然散发着巨大的思想魅力和道德感召力。[1]

文学史上的任何名著经典,其具体内涵都不会永不过时。它对于后世的意义,除了审美愉悦价值、认识价值,就是其所体现的基本精神。哈姆雷特、堂吉诃德的具体主张人们可以不再感兴趣,但哈姆雷特精神、堂吉诃德精神不会过时;对保尔·柯察金为之奋斗的具体理想,不同国家、不同时代的人可以不赞同,但他对于生命意义的那段思考、他生命不息奋斗不止的顽强精神,却能超越时空和意识形态的限制,而成为人类的精神财富;对许云峰、江雪琴以及谭嗣同、秋瑾等所殉的"道"的具体内容,如今的青年学生可以有不同看法,但我们不应误解这些先烈、更不应贬低他们,认为他们缺少"对生命的热情"。[2]

---

① 严家炎主编:《二十世纪中国文学史》下册,高等教育出版社 2010 年版,第 86 页。该书第 24 章为孟繁华执笔。

② 廖述务等:《"探索者之夜"——本科生读〈红岩〉》,《海南师范学院学报》2002 年第 6 期。

他们在狱中坚持学习、锻炼身体、憧憬未来,难道不是对生命强烈的热情?《红岩》英雄和历史上一切舍生取义、杀身成仁的志士一样,是民族的脊梁。对"《红岩》精神",后世读者不应弃之不顾。

这里所谓"《红岩》精神"并不完全等同于意识形态宣传所说的"红岩精神",它是指这部书超越意识形态的那部分内容,那就是:对于超越性的精神价值的追求,无比坚强的意志,为他人利益而牺牲自我的献身精神。这些虽不能要求人人做到,但作为一种美好品质,却值得赞美;现实中的人不可能绝对完美,但用比自己更完美的榜样衡量自己、让英雄主义鞭策自己,促己向上,并不意味着思想"僵化"。事实已经证明,受过"《红岩》精神"陶冶、受过英雄主义教育的一代,并不反对改革开放。在新的时代,英雄主义鼓舞他们中许多人战胜各种困难,创下了新的业绩。对于在物质条件相对优越的环境中成长起来的独生子女一代来说,如果存在着性格懦弱、情感脆弱、意志薄弱现象,如果出现了将个体自我意识的觉醒推向极端功利主义、个人中心主义倾向,"《红岩》精神"也有助于帮其克服匡正。

# 第五章　《李自成》解读评价中的九个关键问题①

　　曾被茅盾、朱光潜、秦牧、刘以鬯等名家予以高度评价、广受读者欢迎的长篇历史小说《李自成》,近20多年来的接受和评价却接近冰点:为数不多的有关《李自成》及其作者姚雪垠的文章,除却亲友故旧的访谈回忆以及偶尔一见的普及性简介,研究论文多是将其作为反面材料,按"现实的就是合理的"之逻辑论述其"没落"的必然性,或按进化论逻辑论述当下历史小说超越或高于《李自成》之处。故旧亲友的文章之外,给《李自成》较高评价的论著屈指可数。近十多年出版的较有影响的中国当代文学史著作,或对之漠视、无视,或只作为一种"现象"几笔带过;列了专节的,在简单肯定其艺术成就之外,更突出它怎样"参与了对现代历史本质的揭示"。② 对之作较充分肯定的,似乎只有王庆生主编的《中国当代文学史》。③ 笔者认为,现在《李自成》受到的这种冷遇,并非其实际文学成就的真实反映。之所以会出现这种状况,除了读者兴趣转移这种常见和自然的原因,大学文学教学、文学史著作以及批评家对大学生、研究生和其他普通读者的导向,在其中起相当重要的作用。而有些专家学者对《李自成》的评价中,非文学因素又起很大甚至主要作用。此外,对作品本身还存在某些多种原因造成的误解曲解。这大大影响了对这部巨著总体艺术成就、文学价值的评估。要客观公正地评价《李自成》的文学价值和文学史地位,就要排除那些非文学的干扰,将被误解曲解的方面还其本相。

---

　　① 本章曾以《〈李自成〉:被曲解遮蔽的当代长篇小说杰作》为题发表于《中国现代文学研究丛刊》2011年第2期。收本书时有重要改动。
　　② 洪子诚:《中国当代文学史》,北京大学出版社1999年版,第121页。
　　③ 王庆生主编:《中国当代文学史》,高等教育出版社2003年版。

## 一、对创作动机的曲解

文学以外因素影响对作品文学价值的判断,这在其他当代小说的评价中也存在,而在对《李自成》的评价中表现得尤为突出。首先就是对作品创作意图的歪曲:说姚雪垠创作《李自成》是为政治投机,并由此出发贬低《李自成》的文学价值。先是台湾的陈纪滢,他在台北《传记文学》1982 年第 2 期发表《记姚雪垠·三十年代作家直接印象记之十》一文,称"因毛自比秦皇,又以李自成自况。姚雪垠窥透了毛的心理,才有此一著作",所以《李自成》"只是他替毛泽东完成一部'影子传记'"。八年后,又有大陆学者重复这一观点。陈纪滢远在海峡对岸,与姚雪垠隔绝多年,其推断属于"想当然"自不必说;大陆学者除了同样想当然地推论,也并未提供可靠论据。而曾为姚雪垠故交的姜弘,也为此一观点提供了缺乏旁证、亦属推论的"佐证"。① 对此,姚雪垠生前两任秘书俞汝捷和许建辉分别撰文,以自己掌握的一手资料以及对姚雪垠为人的切身了解,逐一进行了辩驳,指出:《李自成》的创作动念始于上世纪三四十年代,与毛泽东毫无关系;作者 1957 年开始写《李自成》时,完全没有指望生前能看到书出版,他想到的是"藏之名山,传之其人"。② 笔者在此再补充一证。1983 年,在一次长篇小说座谈会上,姚雪垠就说过:

> 当时也没有想到生前还能出版这部书。……也正因为不准备出版,所以我敢于把崇祯、把宫廷生活写得那样细,否则发表出来还得了?③

若认真查阅相关资料,依据事实按事理推断,真相本不难判别。在不同历史时期,姚雪垠曾一再表示,他是要写一部描绘明清之际广阔社会生活画卷、

---

① 姜弘:《姚雪垠与毛泽东》,《黄河》2000 年第 4 期。
② 见俞汝捷《为姚雪垠辩诬》,《长江文艺》2000 年第 5 期;许建辉《"回忆"岂可失真?》,陈浩增主编:《雪垠世界》,中国青年出版社 2001 年版。
③ 姚雪垠:《对长篇小说创作的一点粗浅看法——在长篇小说座谈会上的发言》,《姚雪垠书系》第 18 卷,中国青年出版社 2000 年版,第 113 页。

足以留传后世的空前史诗,绝不迎合时俗。他也确实是这么做的。如果他真的是为讨好毛泽东,那在那个特定的历史年代里,他直接写中国工农红军和八路军、直接歌颂毛泽东岂不更好？姚雪垠的两次上书毛泽东,只是为了争得最起码的创作条件。将自己的文学创作当作政治投机手段的人,怎会用42年时间去写一部书？若将姚雪垠在自己的三项创作计划(《李自成》《天京悲剧》《大江流日夜》)中选择先写《李自成》,解释为是为迎合毛泽东,那么,在毛泽东提倡"评法批儒"时,他坚持不写李自成反孔,则作何解释？① 姚雪垠选择写《李自成》,自己感兴趣、有强烈的创作欲望是主要的,他是找到了"想写"和"能写"之间的最佳契合点。

## 二、作者性格及特殊历史机缘导致的误解

除了创作动机被曲解,影响对《李自成》评价的非文学因素还有人际关系问题。姚雪垠在春风得意时狂傲自负、不知收敛的性格弱点,也是影响人们对《李自成》价值判断的因素之一。谦虚谨慎、中正平和是一般国人所推崇的行为准则,最会做人的人,常常是功劳成就让别人说,即使自己认同这种赞誉,也要故意自贬几句。而姚雪垠却全不顾这些,文字或言谈中,每每毫不掩饰对自己倾注半生心血的《李自成》所取得成就的自信、自负。这种做法,在《李自成》正红火的时候,虽也有人不以为然,还不至影响多数读者的接受心理,但1980年代中期以后,社会心理和时代审美风尚发生明显变化的情况下,就显得特别刺目刺耳、不合时宜了。而恰在此时,他却被动卷入了一场带有政治色彩的文学论争,闹得满城风雨,使自己成为众矢之的。② 一般读者(包括大学中文系学生)在整个时代潮流作用下,也对《李自成》罕有问津:既是不合时宜的"老左"所作,学界权威又将其判为体现"三突出"原则、塑造"高大全"人物

① 当然,《李自成》前两卷的个别段落也有时代色彩,但在那个特定年代里这难以避免。这种细节的出现,固然也有作者本身思想局限的因素,更多是作者为给自己作品刷上一层"保护色"使其得以发表,还有的干脆就是编辑给硬加上去的。这类段落在《李自成》这样一部超级巨型大书中所占比例极小,而且,删除之后并不影响全书的有机整体性。俞汝捷的"精补本"就将其删掉了。

② 事件缘起与经过参见湖北长江出版集团、湖北人民出版社2007年出版的许建辉著《姚雪垠传》第329—338页。

的"文革"文学,说得一钱不值,追新逐异的读者不能不受强烈影响。虽然作品价值应由作品本身决定,可《李自成》是一部超长篇幅巨作,其内容难以一目了然,第一卷第二版卷首的《前言》里面,又确有一些引用领袖言论的黑体字,以及"阶级"、"革命"之类的字眼,"70 后"以后的普通读者自然就望而却步了。许多批评《李自成》者并未看完全部 5 卷 12 册,即使是年纪大一些的"60 后"及其以前的读者,也有许多连第三卷亦不曾认真读过。许多轻率的否定观点就是在这种情况下产生的。

## 三、狭隘"启蒙"批评视角的盲点

影响对《李自成》文学价值与文学史地位进行公正评价的因素,还有批判者的狭隘"启蒙"批评视角造成的误读误解。

1985 年以后文艺界的主流是追逐新潮,文化思想界的大趋势是以"五四"启蒙话语质疑和颠覆以往的阶级与革命话语,史学界和文学界都以"现代性"标准对农民起义乃至整个农耕文化持否定态度。这直接影响到《李自成》的评价。二月河"清帝系列"与唐浩明《曾国藩》等问世之后,历史题材长篇小说在题材选择与价值取向上来了个陈忠实所谓"翻鳌子",帝王将相重新成为被同情、被歌颂的对象。然而,当代长篇小说中,最早同情皇帝和封建大臣的,不是二月河与唐浩明的小说,而是姚雪垠的《李自成》。后者在全书的第一、二卷即已对崇祯皇帝及其大臣卢象升、杨嗣昌甚至洪承畴表现出程度不同的同情,第四卷更是把崇祯当作几乎和李自成同样重要的悲剧主人公来写,第三卷以后对清朝方面的君臣也表现出欣赏的态度。但是,由于作品的主线或主体毕竟是农民起义,作者又确是把农民起义的领袖当作英雄来写,在新的潜在的"题材决定论"观念下,它还是显得不合时宜,或难以被时评所容。

其实,写农民起义、同情农民起义,并不意味着作者认为农民起义是推动历史进步的力量。否定《李自成》的学者说《李自成》等作品"建立起了农民起义进步性的神话",①基本肯定这部作品的,也认为姚雪垠与其他写农民起义

---

① 丁帆、许志英主编:《中国新时期小说主潮》,人民文学出版社 2002 年版,第 1037 页。

的作家一样，"对农民起义根本性质及其在中国历史上的作用是缺乏反思的：往往只看到它的正义性、进步性，而没有看到它的狭隘性、落后性以及给社会带来的破坏性，没有看到它毕竟只是一种没有实际力量的悲剧革命形式。"①因为姚雪垠同情和歌颂了李自成、把李自成写成英雄，就认为他看不到农民起义的局限性、狭隘性、落后性，那是"想当然耳"。对此，姚雪垠本人在不同时期不只一次作过明确阐述。

他认为李自成并不反封建：

> 李自成……他是封建社会的革命英雄，革命的结果必然重新建立一个封建朝代，而他是新朝皇帝。有些人不讲历史唯物主义，不读历史文献，硬说他没有皇权思想，没有天命观，要建立的是所谓"农民政权"，未免太不实事求是了。②
>
> 古代的农民革命，包括李自成领导的革命在内，都是封建社会内部的革命运动，革命者并没有进步到要从根本上推翻封建制度和打倒封建的伦理道德。③
>
> 农民起义，只反皇帝，并不反对中国传统的封建伦理道德，如果把农民起义写得很理想，就违背了历史真实。④

他指出李自成后期并不代表贫苦农民利益，失去民心，导致最终失败：

> 李自成过于着眼和满足于军事斗争的步步胜利，而忽略了切实地"解民倒悬"，这是他的悲剧主因。现代史学界常有人喜欢称道李自成的

---

① 吴秀明：《中国当代长篇历史小说的文化阐释》，文化艺术出版社 2007 年版，第 32 页。

② 姚雪垠：《李自成为什么失败——兼论〈李自成〉的主题思想》，《姚雪垠书系》第 19 卷，中国青年出版社 2000 年版，第 91 页。本文原载香港《文汇报·文艺副刊》1979 年 10 月 21 日—12 月 16 日。

③ 姚雪垠：《〈李自成〉人物谈·序——关于李自成等人物形象的塑造问题》，《当代文学》1982 年第 2 期。

④ 姚雪垠：《文学创作问题答问（根据 1990 年 10 月 24 日录音整理）》，《姚雪垠书系》第 18 卷，中国青年出版社 2000 年版，第 468—469 页。

均田口号,我认为是一偏向。……他也从来没有实行,没有在任何地方试行。……李自成后来遇到的对手是清朝政权,同他的作法恰恰相反。①

有些史学工作者就是不肯从事实出发,而一口咬定李自成始终代表农民利益,凡是反对李自成的地方零星武装都叫做封建地主武装。其实,李自成并不代表反封建革命,他做的事情触犯了农民和一般地主利益的时候必然遭到反抗。②

由于"左"的思潮在史学领域的影响,过去多少年中,大家讳言李自成后期的失去人心,讳言由于传统的封建正统观念,北京城中和四郊人民对李自成的敌视态度。好像李自成是农民革命领袖,广大人民当然拥护。其实不然。……李自成此时已经不代表贫苦农民。③

他知道李自成及其农民军不代表先进生产力:

在李自成身上,连当时在长江下游的江南地方已经出现的市民思想也没有,而只有封建思想和流寇思想。到了武装斗争的后期,他只能建立封建政权,不可能走另一条道路。④

这些多是公开发表的观点。在改革开放之前,姚雪垠的公开表述中,不可能明确说农民起义破坏生产力(在当时的中国大陆绝大部分人都做不到),所以《李自成》第一卷 1977 年第二版的《前言》在充分论述了李自成的帝王思想、天命观等历史局限性以后,还是捎带了一句"在一定程度上推进了社会生产力的发展"。而后来在私下与助手的谈话中,他却明确指出:

---

① 姚雪垠:《李自成为什么失败——兼论〈李自成〉的主题思想》,《姚雪垠书系》第 19 卷,中国青年出版社 2000 年版,第 99—100 页。

② 姚雪垠:《论历史小说的新道路——当代中国历史小说的若干理论问题》,《姚雪垠书系》第 19 卷,中国青年出版社 2000 年版,第 215 页。

③ 姚雪垠:《创作体会漫笔——〈李自成〉第五卷创作情况汇报》,《文艺理论与批评》1990 年第 2 期。

④ 姚雪垠:《创作体会漫笔——〈李自成〉第五卷创作情况汇报》,《文艺理论与批评》1990 年第 2 期。

当《李自成》第一、二卷投入创作的时候,正是"在中国⋯⋯只有农民的阶级斗争、农民的起义和农民的战争才是推动历史发展的真正动力"的论点在历史界占统治地位的时候。而《李自成》的主题却是:历史上的大规模农民起义,只能破坏旧的政权和一部分旧制度,而不可能推动历史前进。社会的发展一般情况下只能出现在阶级斗争比较缓和、政治比较清明、社会比较安定的时代,如文景之治、贞观之治等。黄巢起义的规模倒是很大,时间也长,但其结果不仅对当时的社会经济造成极大破坏,而且随后导致了唐末的军阀割据。太平天国运动也没有推动中国社会经济的发展。从这种历史观出发,李自成将被写成一个只能适应"人心思乱"而不能适应"人心思治"的人物,并且最终的归宿只能是悲剧。①

## 四、不该写农民英雄、阶级斗争?

质疑《李自成》的"现代性"并因而贬低其价值的论者,除了说它过高评价农民起义的历史作用,还有一种理由就是认为它不该写英雄,更不该写农民造反英雄:

> 作者是以《战争与和平》和《红楼梦》为榜样的,⋯⋯你能从那两部名著中找到英雄人物吗?而《李自成》全书就是写英雄的,而且是农民造反英雄。文学史上的英雄时代早已经过去,特别是,中国历史上这种专制与愚昧相结合,欲做奴隶而不得和暂时坐稳了奴隶的一治一乱的改朝换代,也已经被鲁迅先生用"阿Q式的革命"做了判决,为什么还要把他们当作英雄来写呢?②

这里的逻辑有些荒唐可笑:

---

① 许建辉:《与雪垠老谈毛泽东》,陈浩增主编:《雪垠世界》,中国青年出版社2001年版,第9页。

② 姜弘:《姚雪垠与毛泽东》,《黄河》2000年第4期。

大前提——《战争与和平》和《红楼梦》是名著。

小前提——名著《战争与和平》和《红楼梦》没有写英雄,而《李自成》写了英雄。

结论——《李自成》不可能成为名著。

事实上,文学史上的名著中,写了英雄的不也不胜枚举吗?比如荷马史诗、《悲惨世界》和《静静的顿河》。即使当下的文艺作品,写英雄且给人留下深刻印象、得到首肯的,也并不鲜见。以"现代性"标准,"农民"成了"愚昧落后"的代名词。但是,不代表新的生产力不等于成不了英雄。谁规定的只有知识分子或皇帝、贵族才能成英雄?"英雄"和阶级出身有必然联系吗?当农民"欲做奴隶而不得"时,不该为求得起码的生存权而奋起反抗?斯巴达克斯是奴隶,在西班牙名著中不也是被写成了英雄?最"现代"的美国不是也将斯巴达克斯的故事拍成了同名电影?

若真按职业特征,其实李自成也并非最典型的"农民"。他三十几年的生涯中大部分时间在军旅中度过,可以说是个军人——早期是"体制内"的军人,后来成了"体制外"的军人(朝廷的"叛军")。如果说农民不能做英雄,那么李自成可以以"军人"身份做,他当了皇帝(虽然极短暂)后还可以贵族地主身份做。难道岳飞、戚继光、郑成功做得,他就做不得?朱元璋做得,他就做不得?康熙、雍正、曾国藩做得,他就做不得?

还有人否定《李自成》的价值,认为它"过时",是因它重点写了阶级斗争。笔者认为,既然历史上确曾存在阶级斗争,现实中经济地位、财富多寡、社会地位不同的人,确实存在利益与价值观念上的差异和矛盾冲突,文学作品就有必要表现。我们不应从过去的唯阶级论走向另一极端,变为讳言阶级和阶级斗争。判定《李自成》因其"坚硬的"阶级斗争框架而"过时",这是对作品的误解:姚雪垠多次表示,虽然小说名为《李自成》,但他的创作意图并非单纯为李自成树碑立传,或揭示"哪里有压迫,哪里就有反抗"的简单主题。在与日本作家松本清张的对话中,姚雪垠表示:"我决不是写农民受压迫而起义的主题,因为这个主题很一般。我力求写出一些历史的规律",[①]"要在一部小说中

---

① 姚雪垠:《漫谈历史小说创作——与松本清张对话录》,《当代文艺思潮》1984 年第 3 期。

写出明清之际封建社会的各种矛盾和比较广阔的生活画面"。① 实际上,这部小说除了写农民阶级与地主阶级的阶级斗争,还将明朝(以及大顺)与清朝之间的民族矛盾作为极重要线索,全书的开端与结尾都是写民族矛盾,在第五卷中民族矛盾甚至成为主要矛盾。除此之外,小说还以不少篇幅写了农民军内部、地主阶级内部各种错综复杂的矛盾,到最后还写到了由于李自成已不代表贫苦农民利益,失去人心,以及一些百姓的正统思想,农民军与底层农民的矛盾!

　　了解历史、正视现实的人,谁也不该否认阶级和阶级斗争的存在。至于僵化的阶级论,其错误在于把一切矛盾看作阶级矛盾,对人们的立场观点简单地按照阶级出身一刀切地定性,而看不到社会关系的复杂多元性。僵化阶级论者的偏颇,与当下某些僵化的性别文化论及僵化女性批评视角一样:历史与现实的文本中确实有许多性别歧视,揭示这种性别歧视对深入理解文本的文化内涵及推进男女平等确有重要作用,但有些女性文学研究者也有性别"过敏"倾向,将一些与性别无关或无直接关系的问题,也解释为性别歧视。这样做的结果,也同"阶级斗争扩大化"一样。我们不能因有"性别矛盾扩大化"的偏向就否认性别歧视、性别矛盾的客观存在,以及性别观念分析的必要性、有效性;同样,也不能因为曾有机械阶级论与"阶级斗争扩大化"现象,而否认阶级和阶级斗争的客观存在,否认阶级分析的必要性和有效性。古人不会使用"阶级"的概念术语,但可以有朴素的、不自觉的、非系统的阶级意识,后来的作家在写到古人的生活时,也可用阶级观点来解释其思想与行为方式,只要不是简单机械地将人物按阶级出身作"好"与"坏"、"正面"与"反面"的划分即可。这本不应成为问题,但现在的一些文学批评中,谁要运用了"阶级"之类术语或运用了阶级分析观点,谁就被认为机械僵化、守旧过时。有趣而奇怪的是,阶级区分"过时",性别区分却一直"时髦",虽然两者把握不好都可能走向机械、偏颇或僵化、僵硬。事实上,总体说来,《李自成》的阶级观点并不机械和"僵硬"。作品固然在许多地方体现了作者的阶级分析观点,但它与当时与后来一些作品不同的是,没有把每个阶级和阶层写成铁板一块。作者固然同情

---

　　① 　姚雪垠:《〈李自成〉创作余墨》,《红旗》1978 年第 1 期。

李自成,但同样也同情崇祯皇帝,①把崇祯、杨嗣昌也写成了悲剧人物,②甚至
对清朝统治者的描写还透出作者某种欣赏赞美的态度。

## 五、不应试图揭示历史规律?

《李自成》要揭示历史发展的本质和某些规律,也是它被认为"过时"或
"没落"的原因之一。西方现代哲学反对历史决定论和各种本质论,如今国内
批评界似乎一看到"必然"、"本质"、"规律"就觉得不合时宜。事实上,认为
历史发展单由于"偶然"与认为其单由于"必然"一样,都不合乎实际。在姚雪
垠的历史观中"偶然"也占有一席之地,特别是在明朝灭亡问题上,他多次指
出并在小说中交代,当时崇祯除了亡国自杀,还有多次逃出北京,在南方另立
朝廷的机会;李自成除了急于进北京,还有许多更好的选择;吴三桂的降清也
不是"必然"。虽然姚雪垠不同意"冲冠一怒为红颜"之说,但他认为吴的降清
是因他看出大顺政权不能长久。虽然现在很少有人相信先于"存在"的宿命
般"本质",但在历史与现实泡沫般的表象后面,还有某种深层的东西在起作
用,这即使在今天也是具有理性思维能力的人不会否认的。如果不把"规律"
看作宿命般的"必然"而只理解为某种现象的周期性出现,那么揭示某种"规
律"就仍有必要。气象观测及一切自然科学、社会科学研究,就是建立在对于
这种"规律"和"本质"承认的基础之上。

那些"题材决定论"式的指责,也与《李自成》本身的文学价值无关。

## 六、历史题材的"现代化"

自《李自成》诞生迄今,谈及其缺点,批评者说得最多的,就是其在艺术描
写方面的"现代化"和人物塑造方面的"理想化"问题。即使在该作被交口称

---

① 这在《李自成》前三卷初版的年代里作者不可能公开承认,就像茅盾不可能公开承认自
己同情吴荪甫、蒋光慈不可能公开承认自己同情丽莎一样。

② 美学上,只有正面人物才能成为悲剧主角,因为"悲剧是将人生有价值的东西毁灭给
人看"。

誉的年代里,这种声音也一直存在。而对《李自成》的这一判断,又与前述对作者创作动机的误判互为因果。因而,若评价这部长篇的艺术成就和文学价值,这两个问题首当其冲,不能回避。两个问题互相联系,又有所区别。这里先说所谓"现代化"。

许多读者和论者可能不知,姚雪垠本人最不能接受也最戒备的,就是历史题材的非历史化。他一再强调写历史小说要"深入历史",就是为还原和再现特定的历史环境。他多次明确表示反对历史题材创作中借古喻今、影射现实的做法:

> 有些人写历史小说或剧本,临时找一些材料进行创作,目的在借古喻今,不讲求如何忠实地反映历史生活,反映历史事变的本质和规律。《李自成》这部小说的写法,走的是另一条新的道路,就是先深入研究历史。到底有多深入? 这是相对的,但要尽我的力量,力求它忠实于历史。……过去有些写历史题材的作品,虽然名字是历史的,但是穿的衣服未必经过研究,说的话是现代的,思想感情也不一定是古人的,这叫做"借他人杯酒,浇自己块垒"。这类作品缺乏历史生活感,就是这个道理。……假如我对于中国历史生活没有认识,所写的是明朝末年的历史生活,但看来和我们现代的生活差不多,人物差不多,这样,艺术效果就失去了。①

谈到 20 世纪二三十年代出现的历史剧本或诗剧时,姚雪垠不满于"剧中人物发挥着现代人的思想感情,对话是现代人的说话口吻。作家并没有考虑如何表现古人,仅是急于表现自己"。②

他也承认《李自成》在再现历史时个别细节有反历史或疏漏之处,但这有些是因特定环境下不得已而为之,有些是因篇幅太长、赶进度,未及仔细检查、推敲、修改,还有的是校对疏忽,或干脆是编辑硬加上去的。对于环境的压力,

---

① 姚雪垠:《与杜渐谈历史小说〈李自成〉的创作》,香港《开卷》1979 年第 3 期。
② 姚雪垠:《论历史小说的新道路——当代中国历史小说的若干理论问题》,《姚雪垠书系》第 19 卷,中国青年出版社 2000 年版,第 186 页。

姚雪垠是尽力顶住，"在大的地方不让步，但在小的地方作了些让步"。① "文革"结束以后，创作条件改善，他对此更加注意。所以，《李自成》的创作中绝不可能出现作者为政治投机而搞影射的有意"现代化"倾向。

批评者关于李自成形象存在"现代化"倾向的判断，除了认为他过于高大（这属于下文将讨论的"理想化"问题），主要依据是"作者赋予他不少现代无产阶级军事家和政治家的素质（如'一分为二'的辩证法观点、阶级分析等）。为了表现李自成高于其他义军领袖，作者着力强调他'路子'对头，这显然是受了'四人帮'把一切都说成'路线问题'的形而上学观点的影响。"②若仔细阅读作品便可发现，上述批评的依据其实经不起推敲：了解一点中国哲学史的人都知道，辩证法思想并非在现代社会里凭空产生，中国古代早就有朴素的辩证法思想；阶级的存在如果是客观事实而非思想家的杜撰，那么不同出身造成的思想与行为方式的差异，即使是古人也不会感觉不到；至于"路子"，做任何事都有"路子"对头不对头的问题，此事并不分古今。比如解一道数学题，比如种庄稼，比如治军。只是"辩证法"、"阶级"和"路线"这些术语是近现代才出现的，只要不让古人口里出现这些专门术语，就不算"现代化"。对于有人开玩笑说李自成爱护百姓、懂辩证法，像共产党员，姚雪垠自己的解释是：

> 我们中国历史上并不是光八路军纪律好，我们历史上有不少这样的例子。比如岳飞的部队即是如此，据史书记载，岳飞的部队每到一处，在开拔前总要把场院打扫干净才出发。后来，冯玉祥也以这一套来带兵。这说明，并非纪律好的军队，就都是八路军。那么，李自成是否懂辩证法呢？实际上，辩证法的观念从《易经》就有了，老子、庄子也都充满了辩证法思想。从经验而不是从理论方面懂得辩证法，是自古就有的，汉刘邦用陈平就是一个典型的例子。③

---

① 姚雪垠：《与杜渐谈历史小说〈李自成〉的创作》，香港《开卷》1979 年第 3 期。

② 郭志刚等主编：《中国当代文学史初稿》，人民文学出版社 1980 年版，第 892 页。张钟等著《当代文学概观》以及后来的一些当代文学史著作也持类似观点。

③ 姚雪垠：《文学创作问题答问》，《姚雪垠书系》第 18 卷，中国青年出版社 2000 年版，第464 页。

真是很有意思,很"吊诡":若不仔细辨正也许想不到,包括许多以质疑和颠覆以往权威的意识形态话语为己任的启蒙者在内的嘲讽《李自成》"现代化"倾向的人,居然认为在漫长的中国历史上,只有共产党、八路军的纪律好,纪律好的军队都是八路军! 以治思想史的方法研究文学作品的学者中,居然有人认为古人不可能产生朴素的辩证法思想和阶级观点!

有趣的是,当年姚雪垠出版《长夜》后,左翼批评界对该作的指责却是"没有把农民形象提高",姚说:"我何尝不愿意将农民形象提高,写他们有阶级觉悟,有进步思想呢? 但我以历史观点写人物,决不能将人物拔高,现在看来,我这么做是正确的。"①

## 七、人物形象的"理想化"

对《李自成》指责最多的,除了上面所说的"现代化",就是这个与"现代化"相关的"拔高",即人物塑造的"理想化"。有一种流行的说法,叫"高夫人太高,红娘子太红,老神仙太神,李自成太成熟,老八队像老八路",说的就是《李自成》人物塑造中的"拔高"和"理想化"问题。

姚雪垠在《李自成》中确是有意塑造英雄人物的,他曾明确表示:"我的创作意图是要塑造一个封建社会后期农民革命的杰出的英雄人物,而不是一般的英雄人物","我将高夫人这一小说人物作一位'巾帼英雄'的形象塑造,而不是作平平常常'女流之辈'写,当然要将她写高。不然,我何必写她?"②但是,姚雪垠一直注意在特定历史条件许可的范围内、在不违反可能性的前提下塑造人物。他认为自己塑造的李自成"他的光辉行事都没有超出封建社会所提供的历史舞台(或历史基础),许多故事细节都是古人曾经有的,我不过移用到李自成身上并在使用时加以改造罢了。"③他写李自成的优秀品质都有历史依据。留传至今的正史野史,没有一种是参与或同情起义的人士所修,都是

---

① 姚雪垠:《文学创作问题答问》,《姚雪垠书系》第 18 卷,中国青年出版社 2000 年版,第467 页。
② 姚雪垠:《〈李自成〉人物谈·序》,《当代文学》1982 年第 2 期。
③ 姚雪垠:《〈李自成〉人物谈·序》,《当代文学》1982 年第 2 期。

在农民战争中利益受到损害、对起义深恶痛绝的封建文人所撰,它们不可能把李自成当作正面英雄来写,不可能故意突出其优秀品质;可即使如此,我们还是不难从中发现关于李自成优秀品质的只言片语。例如,关于李自成的俭朴自持,《明史》记载:"自成不好酒色,脱粟粗粝,与其下共甘苦。"①而被一些《李自成》的否定者嘲讽的李自成的"民主集中制"作风,其实史书中也有明确记载:

> 每有谋画,集众计之,自成不言可否,阴用其长者,人多不测也。②

批评者大概没读过这段史书,以为《李自成》中姚雪垠对李自成主持会议情景的描写是"现代化",是"拔高"。

至于高夫人,史书中记载极少,但写到了李自成死后她成为大顺军残部的精神领袖,以太后身份在决策上起了很大作用。姚雪垠根据这些,以及当时明朝湖南巡抚堵胤锡去见她时行跪拜大礼、隆武帝封其为"贞淑夫人"之事,把她塑造成巾帼英雄的形象。可以推断,如果是一个平庸女性,又非皇室贵胄,在丈夫已经不在的时候,怎还能享有如此地位?

《李自成》第一、二卷中有一些表现李自成出众胆略见识的情节,比如义送摇旗、谷城会献、石门谷平叛,既曾成为脍炙人口的故事被传诵改编,又成为后来被否定者指为"拔高"的标靶。笔者认为,这些情节并无不合情理之处。

"石门谷平叛"和"谷城会献"都有很强的冒险性,但这两件事或是不得已而为之,或是战略上必走的一步。其实,古代和现代都有许多这类孤胆英雄的故事。姚雪垠自己说,前者是受唐代《郭子仪免胄图》、李秀成苏州平叛和西班牙伊利莎白女王平叛救子故事的启发。大家熟知的"关云长单刀赴会"也属此类。张钟等所著《当代文学概观》(以下简称"张著")提到"谷城会献"一段中,李自成对张献忠说"有朝一日打了天下,只要你张敬轩对百姓存仁义……我李自成愿意解甲归田,做一个尧舜之民,决不会有非分之想",认为

---

① 《明史》第 26 册,中华书局 1974 年版,第 7960 页。
② 谷应泰:《明史纪事本末》第 4 册,中华书局 1977 年版,第 1355 页。

"这就把李自成的帝王思想掩盖了,不符合人物的思想状况。① 张著是误把姚雪垠对李自成的语言描写当成了心理描写。其实,不是姚雪垠把李自成的帝王思想掩盖了,而是姚雪垠在写李自成把自己的帝王思想掩盖了! 这是李的一种话语策略。小说交代,李自成说过这番话后张献忠根本不信,李自成也知道他不信。但李自成此时的想法是"不管你多么诡诈,只要你肯暂时同我合作,肯听我的话在谷城起义就成!"小说从第一卷起就写李自成的帝王思想,而在第三卷中又写李自成几乎杀掉前来投靠他的张献忠,谁看了李自成这段表白会认为这是真心话呢? 在处于弱势时李自成避开张献忠的锋芒,"以大局为重",并非是"把李自成写得过高,过分成熟了",②这是李自成为了自保的不得已选择,这样写没有什么不真实。

关于"义送摇旗"的情节,对于李自成没有杀掉因受不了苦而欲带兵出走、前来辞行的郝摇旗,反而赠其军资马匹,并告之以后倘遇困难就来联系,"我好立刻帮助你"云云,近年也有学者认为"不可思议",理由是"历史上的李自成也绝无这样的思想境界",并举出他与张献忠、罗汝才互相猜忌乃至残杀之事为证。对《李自成》这一段描写的指责,其谬误如同前面张著对"谷城会献"时李自成的表白的指责一样,是把小说所写李自成口头说的与他实际心里想的混为了一谈。读者稍微留意一下就会发现,作品明确交代,李自成得知郝摇旗出走的消息时,第一反应也是杀掉他。而李自成稍微冷静下来以后,想到杀掉摇旗会使其他义军将士寒心,放走他倒可以使其牵制一部分官兵,以后还会"重新拢家",为己所用,遂决定不杀。本来这写得合情合理,可批评者带了有色眼镜后,硬是将其解释为对李自成的"拔高"和"纯化",把小说对李自成真正动机的明确交代,解说为是批评者自己"窥见"的。倘若平心而论,姚雪垠能让读者"窥见"这些,并且感到李自成"很深的个人用意",感到他这些言行"多少有些虚伪",③正说明作者这些描写是现实主义的。

"英雄"并不等于"理想人物",虽然有些作品中的英雄(包括武力英雄、智

---

① 张钟等:《当代文学概观》,北京大学出版社 1980 年版,第 461 页。
② 张钟等:《当代文学概观》,北京大学出版社 1980 年版,第 461 页。
③ 吴秀明:《中国当代长篇历史小说的文化阐释》,文化艺术出版社 2007 年版,第 189 页。

慧英雄和道德英雄)同时也是理想人物,比如《三国演义》中的诸葛亮,《红岩》中的许云峰、江雪琴等。而从《李自成》全书来看,姚雪垠虽然把李自成当作英雄来写,但并没有把他塑造成一个完美的理想人物,尽管在前二卷中他的优秀品质写得更突出,有点接近理想人物。其实,李自成一出场作者就写了他一个重大失误:错误判断形势,坚持向潼关进军,陷入官兵重围,导致几乎全军覆没。第三卷以后,随着由逆境逐步转入顺境,事业走向顶峰,李自成的弱点和失误越来越多。在围攻开封时,李自成暴露了草莽英雄残忍的一面:捉住那些被迫给开封送粮的五百老百姓以后,竟将其每人砍去一只手。而这些描写,在认定姚雪垠"拔高"李自成的论者看来,竟也成了他"拔高"的论据:

> 一旦对地主老财、敌对阶级进行了命名,找出了历史的罪人,实际上便已对这些历史罪人进行了非人化处理,使之物化成了草、萝卜和白薯。甚至于被迫给开封送粮的五百老百姓,一旦落入"救民水火"的李闯王手中,不杀头也得砍去一只手。历史的残酷一旦被历史的进步神话所笼罩,一切对流血的反思和残酷的规避,都可能视为对革命的凶残和敌人的怜悯。①

这段情节见于五卷本《李自成》第三卷下册第五十一章。笔者重新细读,觉得它恰恰是有意揭示李自成弱点的重要一笔:本来李自成同意按郝摇旗的办法杀掉这些百姓。田见秀劝阻,说"老百姓并没有罪,他们是被迫给开封送粮",劝闯王慈悲为怀,牛金星和李岩也为百姓说情,李自成这才将"杀头"改为"砍手"。小说前面已明明白白交代,这些百姓是普通的"青壮农民",运粮是在官军"逼迫之下"的无辜之举。他们并非"地主老财"、"敌对阶级",并没被作者写成"历史罪人"、进行"非人化处理"!李自成和郝摇旗把这些百姓"物化成了草、萝卜和白薯",并不等于小说《李自成》及其作者姚雪垠将他们"物化成了草、萝卜和白薯"!这一情节倒是让人联想到现代京剧《杜鹃山》中

---

① 丁帆、许志英主编:《中国新时期小说主潮》,人民文学出版社 2002 年版,第 1037—1038 页。

柯湘劝阻雷刚不要伤害为地主干活的田大江一段。不过,这里的李自成不是"柯湘",而是"雷刚"。有的论者在谈及《李自成》一书的缺点时曾指出"在李自成身上写出些草莽气,可能增加这一形象的可信程度",①而这段恰是李自成"草莽气"的表现!全书中表现李自成"草莽气"的笔墨还不止这一处,即使在前两卷中也有,比如李自成发怒时打人,石门谷平叛时在丁国宝住处一脚将被丁掳来的民女踢翻等等。

　　前两卷确实主要写了李自成的优点,因为那是李自成事业处于低潮、从逆境向顺境上升的时期,如果那时不写他超出一般草莽英雄的杰出之处,就无法令人信服地说明他何以有后来的辉煌。批评"李自成"人物塑造的"拔高"或"理想化"的人,主要是针对前两卷,许多人并未认真读完其后的三卷。关于李自成起义的宗旨,虽然前两卷曾不只一次让他本人说过"救民水火",但又写他心里想的更多的是推翻旧王朝,自己做新皇上。小说写他越到后来越将"救民水火"忘得几乎一干二净,失去民心,导致最终失败被杀。由此,读罢全书的读者有理由认为,所谓"救民水火",与其说是他起兵的根本宗旨,毋宁说是与"剿兵安民"、"不纳粮"一样的宣传策略。作者同情李自成、把他当英雄来写,却并未放弃现实主义原则,这使得"救民水火"之说也具有了某种反讽意味。所以"砍手"一段不但不是"拔高"李自成,反应看作者有意进行的现实主义描写;不但不是败笔,反而体现了作者的匠心!

　　还有一些论者认为第三卷"洪水滔滔"单元对张成仁、香兰一家悲剧的大段描写脱离主题、过于冗长,属于"累赘"。笔者却以为,这些描写的意义在于揭示战争的破坏性和悲剧性,在于反思战争(不论是农民军发起的还是官军发起的)给普通百姓带来的深重灾难,体现出强烈的人道主义精神,具有强烈的艺术震撼力。之所以有人认为它"脱离主题",是因他们先入为主地认定《李自成》的主题是单一的歌颂农民起义、反映农民战争的"进步性"。

　　现在的语境中,似乎一提到"理想人物",就意味着"拔高"和"虚假";评论文学作品时,常见批评者说作者倾力描写的一号主人公不及那些"落后人物"或"反面人物"。这反映出塑造文学作品理想人物的难度:果戈理《死魂

---

① 张钟等:《当代文学概观》,北京大学出版社 1980 年版,第 461 页。

灵》第一部写现实的地主很成功,当他试图在第二部中塑造理想地主形象时却失败了。评价柳青的《创业史》时,许多人认为梁生宝写得不及梁三。同样,评价《李自成》时,许多论者也说李自成写得不及张献忠、郝摇旗、崇祯皇帝成功。事实上,中外文学名著中也不乏给人留下深刻印象的理想人物形象,例如《三国演义》中的诸葛亮,《悲惨世界》中的米里哀、冉阿让,金庸《天龙八部》中的乔峰(萧峰)等。如果不带意识形态偏见的话,还应包括《红岩》里的许云峰、江雪琴,《钢铁是怎样炼成的》里的保尔·柯察金。这些理想人物给古今中外大量读者带来精神鼓舞、被当作行为楷模的社会作用,是难以否认的。《李自成》第一、二卷也曾激励鼓舞过众多读者。

文学作品里的理想人物产生社会作用有一个前提,就是读者有相应的精神需要,首先是相信理想人物的存在。在 20 世纪 80 年代中期之前,普通读者还是欢迎作品里的英雄或理想人物形象的。甚至《李自成》第三卷部分章节在刊物上发表时,还有工人读者不满于作品写李自成的封建思想,希望这一形象更完美些。① 直至 1990 年代央视版电视剧《水浒传》播出时,一些观众还因李雪健塑造的宋江形象不够高大、英雄气不足而感不满。电视剧《还珠格格》里的紫薇也是个理想人物。青春偶像剧里的主人公也都是理想人物。不过,如今"后现代"文化语境中的读者和观众比较容易接受的是能力英雄(武力的和智力的)或能力方面的理想人物,道德方面的理想人物越来越被认为虚假、没人相信。"神圣"纷纷被拉下"神坛"、请出"圣殿"。社会价值尺度多元化固然是时代进步的标志,但一个时代也需要全社会公信的道德楷模、精神标杆,否则这一社会就失去了整合力、凝聚力。只以"成功"与财富衡量人的价值,而没有道德理想、道德底线的社会,是一个病态和野蛮的社会。

所以,塑造理想人物不应是作品受到诟病的理由。"理想的"永远是彼岸的、非现实的,那只是人试图达到的目标,是促人前行的动力源。《李自成》前两卷中比较理想的李自成形象之所以越来越被质疑,除了由于前述阶级斗争、农民起义的历史作用被否定,还因"农民"形象本身如今被妖魔化:它从"真正的英雄"一下子沦为落后、狭隘、肮脏、野蛮的代名词。其实,作为社会群体的

---

① 姚雪垠:《〈李自成〉人物谈·序》,《当代文学》1982 年第 2 期。

"农民"，"英雄"的一面和"落后"的一面、"干净"的一面与"肮脏"的一面都是客观存在。阿Q、闰土形象的真实性，不应成为否定朱老忠、梁生宝、李自成形象真实性的理由。更何况，李自成并非真正地道的"农民"呢？

## 八、《李自成》的主题与姚雪垠的立场

这部作品的主题究竟是什么？它表达了怎样的思想内容？在作品重点表现的当时几种主要政治势力——明朝、清朝、李自成大顺军以及普通百姓之间，姚雪垠究竟站在哪一方的立场？作者通过作品表现了什么样的价值观和历史观？在相当一部分读者和评论家看来，这似乎不成问题：《李自成》不是歌颂农民起义的吗？作者当然是站在李自成大顺军一方了！李自成是作者全力歌颂的理想人物。作者为的是以小说的形式证明毛泽东关于"农民起义是推动历史前进的动力"的论断。

若只看前两卷，这样说似乎很有道理。但若接着细读第三卷和第四卷、五卷，读者的感受和认识必会变化。尽管第三卷以后仍是以同情态度写李自成和他的事业，但也逐步揭示了他的缺点和严重局限性：除了战略的重大失误——流寇主义、忽略清朝势力（不智），还写到其残酷一面——让人砍断为开封城中运粮的无辜百姓的右手、后来征战中还曾下令屠城（不仁），袭杀友军首领罗汝才（不义）。写到直接导致李自成大顺军覆灭的清朝方面人物，作者用的竟是赞美的笔调！而李自成的死敌——崇祯皇帝之死的描写，充满浓重的悲剧气氛，全无所谓"地主阶级头子"被消灭时大快人心的欢乐氛围。姚雪垠曾明言：崇祯是全书两大悲剧主角之一。悲剧是"将人生有价值的东西毁灭给人看"，悲剧的主角不会是反面人物。

要理解《李自成》的主题，需先明确两点：一是认识到这部创作历程达四十二年、纵贯不同历史时代的多卷本长篇，作者动笔之前已有总体艺术构思，但其主题又有一个不断完善深化的过程；二是要将作者的理性表述与作品艺术描写实际透射出来的内涵区分开来。写前两卷时因作者心境与时代环境的缘故，作品"励志"色彩较浓；写后三卷时经历过社会巨变，作者对时代和历史有了新的认识，总结历史经验教训的意图更突出些。此外，姚雪垠在新时期以

前的理论表述受时代意识形态"规约"严重,我们要区分它与他本人内心真正认识的差异:时代意识形态对写作的"规约"有时通过编辑对原稿的修改体现出来,比如第一卷本来有一段写高夫人以常言"女子无才便是德"教女儿,编辑未经作者同意将高的训词改为"我们是革命的人"。作者实际艺术描写中对某些表述也有修正。在长篇小说的创作过程中,作者对主题不断修正和深化的例子,在中外文学史上比比皆是;而判断作品主题,除了参考作者本人的意图表述,更要看作品艺术描写本身所透露出来的实际信息。这也是文学批评、文学研究界的共识。

由于姚雪垠事先有总体艺术构思,所以尽管《李自成》全五卷创作年代不一,却不影响它是一个结构严密、内涵统一的艺术整体。研究该书的思想内涵时,我们既要看到各卷的分主题或副主题,更要理出全书的总主题。如前所述,迄今为止,相当一部分解读者认为《李自成》的主题是歌颂农民起义,表现毛泽东关于"农民的阶级斗争、农民的起义和农民的战争,才是历史发展的真正动力"的历史观。这是对作品实际内涵和作者本意的严重曲解。姚雪垠在《漫谈历史小说创作——与松本清张对话录》一文中表示:"我决不是写农民受压迫而起义的主题,因为这个主题很一般。我力求写出一些历史的规律。"[①]他还说:"《李自成》的总主题就是要挖掘和表现这种既是具体的、特殊的成败经验,也是具有普遍意义的规律。"[②]这些规律当然包括农民起义的经验教训,但细读文本并参阅作者自述,笔者认为它又绝不是只站在农民起义军的立场上为之总结经验教训,而是站在最广大的底层普通百姓立场上看历史上的成败得失,表现的是"得民心者昌,失民心者亡"的主题。站在百姓立场与站在李自成农民军立场,并不是一回事!关于历史兴亡成败,姚雪垠的看法是:

> 决定的因素是这个运动是否始终符合于客观规律,如果它违背了客观规律就要失败。所谓客观规律,是在当时经济基础所允许的条件下,人

---

① 姚雪垠:《漫谈历史小说创作——与松本清张对话录》,《当代文艺思潮》1984 年第 3 期。
② 姚雪垠:《李自成为什么失败——兼论〈李自成〉的主题思想》,《姚雪垠书系》第 19 卷,中国青年出版社 2000 年版,第 78 页。

民在这个经济基础上所产生的合理的愿望。你不符合这个愿望,不满足人民的现实利益,人民就逐渐离开你,那你就埋下了无可避免的失败因素的种子,这样就产生了悲剧。①

有人说,由于小说前两卷里李自成的形象过于高大,后三卷的转变显得突兀,笔者对此不敢苟同。细读前两卷,笔者发现,作者其实已经为后来李自成的转变埋下了伏笔,只是这种埋伏比较隐蔽:这前二卷在突出表现李自成及其队伍的"得民心"、符合百姓愿望的一面同时,也显示出李收买民心是一种策略,是为其"得天下"的总目标服务。从第三卷开始,这种"目的"与"手段"的区分愈益明显。所以,后来一旦处于顺境,"天下"唾手可得时,他便忘了"民心",忘了百姓最迫切的愿望。第三卷对开封的围困充分揭示了李自成与百姓关系的变化及其微妙之处:他不惜一切代价要攻下开封,是为在这里建立政权;为了这个目的他仍有收买民心之举,如允许饥饿的妇女老人出城采青。但他又命人剁去为城中运粮的百姓的手。围困的直接结果是全城百姓大批饿死,而水淹开封导致全城百姓罕有幸存的罪魁是谁虽是历史悬案,终极原因则是闯军的围困。第四、五卷则更多写到了李自成军队的逐渐民心尽失:他们没有兑现宣传口号中提出的让百姓休养生息、安居乐业的承诺,进北京后甚至没有进行开仓放赈,大部分军队军纪大坏,成了百姓的祸害,最终导致百姓对他们的仇视。姚雪垠明确认识到:后期的李自成并不代表百姓利益:

> 有些史学工作者就是不肯从事实出发,而一口咬定李自成始终代表农民利益,凡是反对李自成的地方零星武装都叫做封建地主武装。其实,李自成并不代表反封建革命,他做的事情触犯了农民和一般地主利益的时候必然遭到反抗。②

第二卷"李自成星驰入豫"时之所以由十几骑很快发展为几十万人,是因

---

① 姚雪垠:《与杜渐谈历史小说〈李自成〉的创作》,香港《开卷》1979 年第 3 期。

② 姚雪垠:《论历史小说的新道路——当代中国历史小说的若干理论问题》,《姚雪垠书系》第 19 卷,中国青年出版社 2000 年版,第 215 页。

他们的做法符合了处于生死线上的河南百姓的基本愿望;兵败山海关后他再也没能像潼关南原大战之后那样东山再起,除了清军远比明军强大,就是因大顺军失去了过去曾拥有的百姓的支持。而与之形成对比的是清军入关以后的做法:他们一方面恢复新占地的政权,镇压反抗,一方面又下令免除过去明朝所增加的全部赋税,所以政权得以逐步巩固。用姚雪垠的话说就是"在广大老百姓看来还是肚子重要,有安定生活重要。这是起码的唯物主义。"最后两卷写出了百姓心理的复杂性:怀念前明、民族意识强烈者有之,希望安居乐业者亦有之。

如有些论者已经提及的那样,在历史观方面,《李自成》还表现出了民族意识的开放性和政治伦理观念的宽容性。它一方面同情于反抗清军的大顺军余部,歌颂他们不屈不挠的英雄主义,另一方面又没有将决定投降而不失风度的宋献策等人丑化为"汉奸",写高夫人最后时刻允许手下愿降者出降。这些都与此前乃至其后的同题材作品不同。

这样,读完全书后,读者能感到,很难说作者的同情单在顺、明、清中的任何一方。这也许可以用"现实主义的胜利"来解释,即,像恩格斯所称赞的巴尔扎克那样,现实主义的创作方法使作者克服了自己本来的主观倾向。但也可以说,姚雪垠真正的同情在普通百姓一边,真正的立场在普通百姓一边:谁代表百姓利益,作者就倾向于谁! 姚雪垠写农民起义、同情农民起义,也正因为他认为在生死边缘上的底层人民奋起反抗具有道义上的合理性。而这却并不意味着作者认为农民起义是推动历史进步的力量。读者在读完《李自成》后,会得出李自成起义推动了历史前进的结论么? 作者明确指出过,李自成推翻崇祯后,他会是又一个朱元璋式的封建皇上(他短暂的帝王生涯也已经证明这一点),虽然王朝初期会有一段清明,但后来还会重蹈覆辙。历史会再来谈一次循环。作品倒是写到了清朝方面的蓬勃气象,但我们能因此而说异族入侵(或换一个说法"入主中原")是推动历史向前进的动力么? 显然作者也并无此意。《李自成》虽然揭示了农民起义的必然性,但全书的主题并非写农民起义的进步性,作品对于农民战争的破坏性没有避讳(如写到屠城、焚烧故宫以及被攻下的其他宫殿和村寨等)。但这也并不妨碍他歌颂起义将士的英雄主义精神。像司马迁一样,姚雪垠不以成败论英雄,也不单以历史进步性论英雄。他曾说古人和今人撰写的史书都夸大了纣王的罪状,原因是殷民族是战败民族,纣王本人已死,"没有人能够为纣王进行申辩,时间愈久,纣王的罪款愈被夸大"。① 如果说姚雪垠替被史书贬抑的李自成、张献忠翻案是为迎合毛泽东,那么又如何解释他替被推翻了的统治者纣王说话呢?

此外,姚雪垠在写出历史某种必然性的同时,并未忽视"偶然"在其中所起作用,比如吴三桂的降清不降闯,并非像《圆圆曲》所写"冲冠一怒为红颜",实因见大顺朝不能长久;崇祯本也有机会逃亡江南,使明朝不至迅速覆灭。《李自成》重点表现了阶级斗争,但它涉及的矛盾并非仅仅是阶级矛盾,除了满汉民族矛盾这一贯穿始终的副线,它还突出表现了不同系统的农民军之间的矛盾、明宫廷和清宫廷内部的矛盾,特别需要指出的,还有李自成与以农民为主体的普通百姓之间的矛盾。这些都说明,作者对历史的把握并不受"坚硬的阶级斗争框架"局限。作者虽也重视写日常生活与民风民俗,但叙事的主体确实是政治斗争和军事斗争。政治史、军事史不是历史的全部,但在历史剧变时期,它们确是历史生活的主导部分,重点表现它们并不是作品的缺点。我们不能因现在出现了重点叙述"民间"历史的作品,就反过来否定或贬斥正面表现历史风云人物的政治军事斗争的历史小说,不能用刘震云的《故乡相处流传》作标尺去否定《三国演义》。

《李自成》在高扬英雄主义主旋律的同时,还表现出明显的人道主义精神,而这一点被许多论者所忽略。有人认为第三卷"洪水滔滔"单元对张成仁和香兰一家生活和命运的描写过于冗长,与主题游离,那是因他们对作品主题内涵的复杂性以及作者的匠心缺乏了解:作者若只为写"阶级斗争"或歌颂农民起义,这段确实与主题无关,不单有些冗赘,还存在解构或颠覆主题的可能。但作者写这段其实正在于显示,李自成军的行为与普通百姓的利益距离正在拉开。这个由 13 章组成的大单元突出表现了作者人道主义的悲悯意识。在改革开放之前和开放初期,作者谈到小说中的人物时,曾说田见秀是大顺军中的"右翼",在当时的语境中似有贬义。但细读全书我们可以发现,正是田见

---

① 姚雪垠:《论历史小说的新道路——当代中国历史小说的若干理论问题》,《姚雪垠书系》第 19 卷,中国青年出版社 2000 年版,第 229 页。

秀和李岩、高夫人、宋献策以及王长顺、尚炯等人代表了大顺军中的理性和良心。当读到李岩、田见秀与李自成意见相左的情节时,笔者感到似乎作者的价值立场与感情倾向更在岩、田而不在自成,或者他们各自有其合理性。例如李岩屡次提出在河南建立巩固的根据地,不同意悬军东征,却终不被采纳;田见秀谏阻自成杀害为开封运粮的百姓、怜惜他们被剁手,又不忍见长安百姓被饿死,在退出时没有遵旨烧粮而导致以粮资敌。

作品各卷的分主题也自有其独特之处,例如第一卷表现当人生面临困境、事业处于谷底时不屈服、不气馁、不放弃的"忍"与"撑"的精神,就曾给许多面临绝境的人以精神的资源。据作者讲,他曾收到好几封类似的信,发信者告诉他,"文革"期间曾有过绝望甚至想自杀的念头,看了《李自成》第一卷后改变想法,增强了活下去的勇气。

《李自成》表达的总主题和分主题至今仍未失去其现实意义,今后还有其价值:它以李自成为例告诉我们,曾经代表百姓利益,并不意味着永远代表百姓利益;不论何种政治势力,要想长盛不衰,必须一直把最广大人民的愿望和要求放在心上。这样的总主题在此前的中国长篇小说中似不曾见,以如此引人入胜、震撼人心的方式突出表达这一内涵的作品,其后似也未曾见。

## 九、走出"跨元批评"的怪圈

《李自成》篇幅有 5 卷 320 万言之多,从第一卷到最后两卷出版历时 36 年,特别是第三卷和第四、五卷的出版间隔 18 年,其间跨越了不同历史时期。这使得包括专业研究者在内的许多读者并未看完全部 5 卷,一些人甚至连第三卷都未看过。大部分人谈及《李自成》时其实头脑中的印象主要是第一、二卷。说李自成形象过于高大完美、性格没有发展的人,没有看到第三卷中李自成缺点的开始暴露,第四、五卷中他与下属的逐渐隔膜、与穷苦百姓的离心离德。而全书出齐后,一些专业研究者在没有读完整部作品或没有以平常心认真读完作品的情况下,仍按以往印象作评论、下断语,并且以此影响了众多青年学生和普通读者的观点和阅读选择,这是治学态度和方法上的问题,不能不说是令人十分遗憾的事情。

在对《李自成》的评价中，还暴露出我们当代文学批评和当代文学史研究中存在的另一偏向，就是以对作家的评价、对文学生产机制的阐释代替对作品本身的具体分析。评论文学作品当然需要"知人论世"，但熟悉文学批评史的人知道，"文"与"人"不尽一致的现象并不鲜见，不应完全以"人"论"文"，亦不宜完全凭"文"推"人"。说到底，文学批评的核心还应是对作品文学价值、艺术魅力本身的审美分析。对作家经历与思想的研究、对作品产生年代的了解、对作品反映内容历史本相的了解和揭示有助于我们解读领略作品中含蓄隐蔽的内涵或费解之处，但也有另外一种情况，就是我们对作者为人了解不多、不深、不具体，作品完全凭其本身的文学魅力征服读者：事实上，我们被《窦娥冤》《西厢记》《三国演义》《水浒传》的艺术魅力所征服，并非因为我们对关汉卿、王实甫、罗贯中、施耐庵的生平与为人了解很多；不去研究"曹学"、考证《红楼梦》的"本事"，也并不会对非专业研究者的读者欣赏这部作品造成根本障碍。近年常见有研究者"爆料"某著名作品生产的"内幕"如何如何并因此断定该作毫无价值，说《李自成》的创作动机是迎合毛泽东，也属这种情况。有些不曾读过《李自成》全书的读者，有可能就因此而随着贬斥该作。

严家炎在《走出百慕大三角区——谈二十世纪文艺批评的一点教训》一文中，曾指出了 20 世纪中国文学批评中存在的"异元批评"或"跨元批评"误区：

> 就是在不同质、不同"元"的文学作品之间，硬要用某"元"做固定不变的标准去评判，从而否定一批可能相当出色的作品的存在价值。譬如说，用现实主义标准去衡量现代主义作品或浪漫主义作品，用现代主义标准去衡量现实主义作品或浪漫主义作品，用浪漫主义标准去衡量现实主义作品或现代主义作品，如此等等。①

他认为这种"跨元批评"在现象在 20 世纪中国文学史上普遍存在。笔者在论及学界对叶绍钧小说的评价时，也认为以"革命现实主义"标准衡量叶绍

---

① 严家炎：《中国现代小说流派史·附录》，人民文学出版社 1989 年版，第 329 页。

钧小说犹如以斤两论短长,导致了不良后果。① 在对《李自成》的评价中,这种"跨元批评"的现象同样存在,而且表现得相当严重,直接导致了某些中国当代文学史著作对《李自成》的误解、贬抑、无视或遮蔽。比如,有学者在只读了前三卷(而且估计第三卷读得也不细)的情况下说《李自成》"人物性格没有发展",这属于前面所说的治学态度和方法上的问题;而指责它没有写出人物"灵魂的搏战",则是用胡风"七月派"的创作方法要求与之艺术观点不合的姚雪垠;断言《李自成》对李自成杀李鸿恩、慧梅大义灭亲时心理矛盾的描写"只是层次较浅的内心冲突而已",属于用现代主义标准衡量现实主义小说;指责《李自成》"没留一点'神秘的余数'去让人养家糊口",②那是按《红楼梦》甚至《尤利西斯》的尺度评判另外一种风格的作品。文学史上的名著中确有能让研究者不断阐释、供其"养家糊口"的类型,但小说的首要功能是供普通读者阅读,而非供专业研究者"养家糊口",那些故意留下"神秘的余数"以使专业研究者不断解读分析的作品只是文学大家族中的一支,托尔斯泰、契诃夫、莫泊桑的小说就不属这一类型,"所以研究托尔斯泰、契诃夫、莫泊桑的学者寥若晨星"。③

若不带偏见成见、不以"跨元"标准衡量《李自成》,就不会无视这部小说所取得的巨大成就:它追求历史科学与小说艺术的结合,实现了塑造人物性格与描述历史事件、展现历史风貌、揭示历史规律的有机统一;实现了全景展示时代风云与细腻描写日常生活情景的有机统一;在长篇小说的结构艺术上,它"横云断岭"的单元联合体式网状复线结构独具一格,与其巨大容量和超长篇幅相适应,达到了中国长篇小说的艺术高峰,在世界小说史上也独树一帜;艺术描写上,作者追求"笔墨变化,丰富多彩",人物语言充分体现出其阶级身份、文化修养、职业习惯与地域特色,战争描写打破了《三国演义》以来的模式,更具真实感与现场感,气势恢宏,多而不乱,互不重复,视角变换方面借鉴了《战争与和平》而又有所超越。《李自成》还创下中国 20 世纪文学史的诸多

① 见阎浩岗:《重新认识叶绍钧小说的文学史地位》,《文学评论》2003 年第 4 期。

② 以上引文均见王彬彬:《论作为"人学"的〈李自成〉》,《上海文论》1988 年第 1 期。

③ 以萨克·辛格语。转引自崔道怡等编:《"冰山"理论:对话与潜对话》上册,工人出版社1987 年版,第 126 页。

"之最":它不仅是第一部现代白话长篇历史小说、第一部正面反映大规模农民战争的长篇历史小说,也是当代第一部以如此众多篇幅详细描写古代帝王和宫廷生活的小说,第一部把封建皇帝及其文臣武将作为悲剧人物予以正面表现的当代小说。它不仅同情最终失败了的李自成,也同情地写崇祯,赞美地写皇太极、多尔衮和庄妃等清朝人物,因而又是第一部不以成败、不按阶级或民族界限论英雄的当代小说。它的史诗规模与恢宏气魄、它一系列悲剧人物和悲剧故事构成的总体悲剧氛围具有强烈的艺术震撼力。对于取得如此成就的当代长篇小说杰作,文学史是不应忽视、无视和遮蔽的。

# 第六章 《艳阳天》的主题与
浩然的文体探索①

　　不论从文学史叙述角度,还是从文学本身角度、小说文体发展角度,浩然的小说创作特别是《艳阳天》都是一个不可绕过的独特存在。讲述中国当代文学史,不能不讲文革十年;讲述文革文学,不能不讲作家浩然。在新时期文学阶段,浩然小说也显示了自己的特点,我以为也值得写上一笔,起码要"捎带"一笔。茅盾先生说文革时期文艺园地只剩下"八个样板戏,一个作家",乃是愤激夸张之词。准确的说法,该是"八个样板戏,一个作家"在当时成就最高、最突出;除此之外,还有许多当时广泛传播的作品。进入 1970 年代以后,单是小说方面,就有《闪闪的红星》《万山红遍》《海岛女民兵》《沸腾的群山》《大刀记》《桐柏英雄》等凭借广播或电影而家喻户晓的作品;各种曲艺、地方戏的种类及其普及程度远超今天;美术方面,以"红、光、亮"风格塑造工农兵形象的年画产量很大。"八个样板戏,一个作家"之所以在当时众多作品中脱颖而出、独占鳌头,是因其确为同类作品之翘楚。奠定浩然文学史地位的最重要作品,是他的长篇小说《艳阳天》。

　　"文革"结束之后,许多论者、读者因为《艳阳天》被作者自己和评论家贴上了反映"阶级斗争"标签而不屑对该作再予细读和具体研究,该作在长篇小说文体探索方面所取得的成就也一直被忽略。笔者认为有必要在此对之予以重读、重审和重评。

---

　　① 本章曾以《浩然对现当代小说的独特贡献》为题发表于《文艺报》2014 年 10 月 27 日。收入本书时有重要改动与补充。

## 一、《艳阳天》的真正主题是乡村权力斗争

倘若抛开作者表白及当时评论给读者造成的先入之见,按事理逻辑细读文本,我们可以发现,《艳阳天》所表现的主要矛盾冲突并非"阶级斗争",而是萧长春、马之悦之间的权力斗争、品格意志之争!不论作者是否意识到,所谓"阶级斗争"其实只是萧马权力之争的附属物,政治风云的变幻只是他们斗争的背景,而"阶级斗争"只是刷在作品表层的一层油漆,这层"油漆"使其在特殊年代里得以独享尊荣,在后来的岁月里又使其蒙受误解。

这部小说虽然写到了自然因素雹灾、暴雨对东山坞人的考验,写到了社会政治方面的因素——北京城里大鸣大放的消息传到这个小山村时引起的反响,写到农业社内部富裕中农和贫下中农对生活资料分配的不同主张,写到了地主富农的一些活动与言论,但若进行具体文本分析就可发现,这些并非作品所表现的主要矛盾和或矛盾的主要动因。甚至"路线斗争"也并未构成作品的主题,像柳青的《创业史》和浩然后来的小说《金光大道》那样。在《艳阳天》中,矛盾冲突的发起者是"反方"的主将马之悦。没有马之悦,地主马小辫、富农马斋、富裕中农弯弯绕和马大炮之流都成不了什么气候,无法形成萧长春及其所领导的农业社的真正对手:地主富农已经被严密监视、严格管制,几个富裕中农也是成事不足败事有余。故事开始时,东山坞农业社已经巩固,马之悦并未主张拆散农业社搞单干;他的父亲虽然曾是富农,但他出生不久他们家就已变为穷人。成年后他本来决心恢复家业,但当其凭着有胆量、有手腕、擅投机而"成了东山坞的要人"之后,对权势的欲望压倒了对财富的欲望。对他来说,只要能使其获得权势,共产党、国民党甚至日本人都一样。由于看到共产党在本地势力日益强大,而他还有起码的爱国心,觉得"为外国人卖命,屠杀中国人,的确是可耻的事情",便参加了共产党。在抗战和后来的土改中表现积极,当了干部后还做了一些能显示"政绩"的事情。当互助合作运动兴起以后,他不是像《创业史》中的郭振山那样忙于个人发家致富,而是"工作劲头更足了。他把临时互助组改成常年的",成为互助合作的模范人物。当了党支部书记,真正成为东山坞的权威之后,他更不会反对共产党、反对党

的政策，因为"他爱惜自己那个'老干部'的光荣招牌"，也"爱惜自己的东山坞；他也觉着共产党不错，对得起他"。在《艳阳天》的艺术世界里，正面出现并且真正构成一种政治势力的"阶级"其实只有一个，就是"农民阶级"。马之悦的政治身份其实就是农民兼共产党员干部。作为前者，他有其不同于一般农民之处，就是野心、心计和胆量，作为后者，他与萧长春不同的是没有那种真正的"革命理想"，而且生活作风败坏。但他与萧长春斗争的初始动机并非是推翻共产党、反对农民阶级、恢复地主阶级的统治（这并不符合他的利益，他也知道并不具有多少可能性）。第五十五章写马小辫接到儿子马志新发自北京的关于要"变天"的来信去找他，他的分析是："这么多年，共产党拼死拼活，为的哪一宗？为夺国家的印把子；这会儿夺在手里了，能那么轻易地交出去吗？"当然，按其投机性格，假使真的"变天"，他也决不会坚持其共产党员身份。说到底，他是一个只对权力感兴趣而并无不论是"革命"的还是"反动"的政治理想的人。可以肯定地说，他并非哪个阶级的代表，马小辫、弯弯绕们只是他进行权力斗争的工具而已。萧长春和他的斗争也就不具有"阶级斗争"的性质。

作品为了让马之悦和地主有联系，特意安排了他和马小辫侄女马凤兰的婚姻。这桩婚姻乍看起来有些突兀，似乎不太尽情理：既然马之悦那么在乎自己的政治生命，他决不会不知道"家庭成分"、亲属关系在当时非同寻常的重要性，怎么会在地主最倒霉的时候，他不顾领导和同志们的一再劝阻，付出使领导对他"印象不好"、在党内开始挨批评的代价，执意要和一个地主子女结亲呢？按照事理逻辑，只能说他是因色欲太重，以至于压倒了也是很强烈的权欲。可是，马凤兰又绝非美女。她的脸"本来就不大好看"，到了在小说中正式出场时，形象"整个看上去像一只柏木筲，要多难看，有多难看"。马之悦爱她，作品用"情人眼里出西施"，"爱的就是这身膘"的理由来解释。一个权欲那么重的人，本来该攀附一个党员干部家庭才合正常情理，而他竟为这么一个政治上大拖自己后腿的丑女，使自己处处被动，用今天的批评观念解释，只能说是表现了"人性的复杂性"。但即使如此，马之悦也决不同于那些被地主拉下水的党员干部形象，因为那类人物是被地主役使利用，而马之悦是利用地主。笔者估计，浩然并非有意写马之悦"人性的复杂性"，作品这样安排，主要是为和"阶级斗争"挂上钩,或为小说刷上"阶级斗争"的油漆。但整个故事的框架并未变,就是萧马之间的权力斗争。马之悦打击农业社的目的是为了打击萧长春。作品多次写到马之悦的心理活动:在被萧长春顶了支部书记的位子后,他开始意识到"坏事就坏在这个娘们(马凤兰)身上了"。他满脑子想的是"基业"、"江山"、"天下"、"大权"。当然,这里的"江山"和"天下"限于小山村东山坞,他并无推翻整个"无产阶级政权"以及现行社会制度的想法。东山坞这个村子以沟为界,沟南住"贫下中农",沟北富裕中农以上的户多。他选择"要在沟北买个好",是因萧长春已经"在沟南买了个好"。他选择暗中支持麦收后按土地分红,是因事前他的判断是"沟南的沟北的,赞成粮食统购统销的有几个,不愿意土地分红的有几个? 萧长春一讲,群众准不听"。而且他并不希望萧长春赞成他的做法,怕事成之后"功劳就让他分了多一半去"。马之悦的失败,源于他对形势判断的失误,以及萧长春棋高一着,且有非凡的意志力;再就是他个人品格上"好色"的弱点。

由于没有把这个"反面人物"漫画化,写成一个阶级的符号,现在看来这一形象也显得有血有肉,真实可信,性格也比较鲜明独特。他的形象有些类似于《创业史》中的郭振山,但又与后者有明显区别。他们的类似之处是:是本村资格最老的党员干部,土改中表现积极,有魄力,在村里一度享有最高的威信。他们不同的是:郭振山在土改后、在受到年轻人的挑战前,发家的欲望、对财富的欲求超过了对权力、对个人威信的追求,而马之悦不然。小说第六章写到,他在村里掌权、受到大家信任和尊敬之后,想的是"管他有千层房子万顷地也比不上这种突然得势的神气呀!""他把'创业'、当财主的心思先搁在一边了,一心一意要往'官势'上靠"。因此他对互助合作态度积极,热心公益事业。他还"教育"马立本:

> 人生在世,不能光为金钱二字。……最要紧的,是趁着自己年轻力壮,多给东山坞的群众办点露脸的事情。人家一见你的面,敬着,人家一听你话,从着;出了东山坞,一提名,人家全知道——这个荣誉,金银财宝是比不上的。为什么放着这条路不走呢! 旧社会你想干一番事业,要担惊受怕,如今这是多坦然;只要你想干,你就干吧,共产党给你撑腰,东山

坞的老百姓给你当后盾,你还怕什么呀!(第七章)

这哪里有要"变天",有要和哪个"阶级"进行"斗争"的意思啊! 他只是"要在东山坞称雄"。现在和萧长春争,是因萧在台上;二十多年前马小辫在台上时,他还想和马小辫争,"夺下马小辫的天下"呢。上面这段属于马之悦和他的"自己人"的私语,而且与前面对他本人的心理描写逻辑一致,应当看作他真实的内心声音。作品没有剥夺这个"反面人物"的话语权,对他的心理描写能够设身处地、遵从其性格逻辑:他之所以选择和萧长春对着干,是因萧夺去了他党支部书记的职务,而且他感觉萧在压制他。假如选择忍耐,"这份气不好受,谁敢保险萧长春能容下他?"当然,萧长春是"正面人物",小说在写到萧时,交代他起初并无排挤压制马之悦的意思。以现在的公正观点看,马之悦有这种想法,一方面因他自己权欲太强又心胸狭隘,另一方面也可看作他们之间的误会。当局势不利,想到"往前冲,实在难"时,马之悦也产生过退却妥协的念头;第四十一章还写到了他内心的委屈感:他觉得自己对东山坞有功,而东山坞的人抛弃了他:

> 马之悦想到这一切,他的两眼有些潮湿了。他现在才感到为人处世的真正难处。想安生,就得像韩百安那样,一生一世窝窝囊囊,受人摆布;有他不多,没他不少,潦潦草草地过一辈子;他要想出头露面,有所追求,就得经历千辛万险,就得遭受各种各样的折磨,就得花尽心血,绞尽脑汁,可是又忽东忽西,自己也看不到前途是个什么样子。唉,算了吧,都五十岁的人了,儿子中学一毕业,也是自己的帮手,也能养活自己了;放着安定的日子不过,何必奔波这个呢! 人世间不过是这样乱七八糟。不过是你讹我诈,你争我夺,讹诈一遭儿,争夺一遭儿,全是空的。胜利者是空的,失败者也是空的,毫无价值。

这是很真切也比较深刻的人生体验,就这一点来说,作品没有将其妖魔化。接下来还写到他回想起二十年前他赶大车时,一回家,"瞎妈和多病的媳妇就迎出来了。媳妇跑去开了大门,瞎妈站在屋门口,问他生意顺手不顺手,问他挣了多少钱",展示了他内心温情柔软的一面。马之悦的有些思想和言论,在今天看来还具有对书中正面表现的当时主流话语的某种解构作用。作品写他同情"落后"群众,也许本意在"贬",但今天可看作对普通农民命运的同情和对农村未来的担忧:"昨天互助组,今天农业社,明天还会出什么花样呢?""有人找到他炕头上哭天抹泪地诉苦了。马之悦同情这些人,挨他们的埋怨也觉着是合情合理的。""他觉着老百姓越来越不自由,一步一步往大堆归,这样下去,天下要变成个什么样子呢?""能让别人这样糟蹋东山坞吗?"

当然,萧长春是作品倾力塑造、正面歌颂的英雄人物。作品第十八章在成了"吵架会"的干部会上,写他在斗败马连福后,

> 他又想找一个难攻的人试试。找谁呢? 马大炮,会前已经较量过了,不是对手。对了,弯弯绕,看他有多少脓水⋯⋯

这种"与人奋斗,其乐无穷"的好斗性格,就与梁生宝、刘雨生等形象区别开来,与同样想"打天下"的马之悦恰成对手。作为斗争的一方主将,他比对手马之悦高明之处,除了对形势判断准确、智谋上棋高一着,就是意志超凡地坚强,这一点在打麦子丢儿子时表现最为突出。再就是道德方面无瑕疵。在对"女色"方面尤其如此,对比萧马二人对孙桂英的态度即可见出高下。在他身上寄托的作者的另一道德理想,就是他有强韧的"穷人的骨头"。这应该与作者出身穷人的身份有关。提及毛泽东时代,人们普遍有一种感受,就是认为那时的价值观是"越穷越光荣"。其实这未必是毛泽东的本意,他领导的社会主义建设目标也是使国家富强、人民富裕,只是在使国与民富裕的方式上他更强调"共同富裕",不赞成一部分人先富一部分人后富(暂时相对贫穷)。作为从下层成长起来的农村知识分子,浩然在价值观上与毛泽东的思想有着似属天然的共鸣。他对富人怀有也许有些偏执的反感,对穷人有着天然的同情。当"穷人"处于劣势时,他在道德上就看重"骨气"。萧长春以及《金光大道》里的高大泉就成了他的理想人物。

## 二、《艳阳天》的可读性来自何处?

在《艳阳天》里,浩然能把本来寂寞单调的乡村日常生活写得动人心魄、引人入胜。能将乡村日常生活写得令人神往的,中国现当代小说作家中早有其人,比如废名、沈从文和孙犁。他们采取的方式是将自己的乡村记忆美化、诗意化。而浩然选取的是与之不同的另一路数。由于自小生长于农村、长大成名后也未曾远离乡土,浩然对乡村生活丰富的直感经验使他在描述乡村生活与农民性格方面具有得天独厚的优势。他的小说提供了一些城里长大而凭想象写乡村的作家难以提供的乡村日常生活细节。这一优势使浩然小说即使主题明显指向政治,也仍不失其扑面而来的泥土气息。能把乡村日常生活写得真实细腻不易,能将其写得使读者拿起放不下就更难。浩然能做到这些,凭的是设置激烈尖锐而颇为戏剧化的矛盾冲突,同时使人读来又不觉虚假做作的艺术技巧。在现实的日常生活中,这样集中和尖锐的冲突本不多见,这使得作品带上了某种传奇色彩。我们可以把它叫做"日常生活传奇"——如果说《红旗谱》是"传奇"的日常化,《艳阳天》就是"日常"的传奇化。"传奇"与日常琐事的客观写实有所不同,它肯定要对原生态生活进行过滤,即滤除主题之外的"杂质",删削一些枝蔓,并适度夸张某种成分,集中某些因素,以达到"更高、更强烈、更有集中性,更典型、更理想"的艺术效果。武侠小说、言情作品一般都需要做这样的处理。浩然小说写的既非武侠或爱情,也非暴力革命,他对叙事张力的制造,主要靠精彩描述人物之间的性格、欲望及意志品质之争。

日常生活的传奇化在给小说带来可读性或吸引力的同时,也使其可信性受到某些质疑。对明确标示的"传奇"人们一般不予"较真"细究,但由于《艳阳天》写的是农家日常生活,这使得其真实性在"后革命"年代、在日常环境中会受到读者质疑。而在《艳阳天》风行的上世纪六七十年代"阶级斗争"被大肆渲染的阅读环境里,普通读者一般能予默认或宽容。

当然,为了适应当时的政治形势,《艳阳天》中有几处明显不自然的描写。人物语言方面的,例如第七十二章写马老四送儿子去工地,自嘲自己的疼儿子是"贱骨头"时,萧长春把这种很自然的人伦情感解释为"阶级感情";全书结

尾处,王国忠给萧长春送《毛泽东选集》:

> 萧长春把书接过来,紧紧地贴在自己那激动的胸膛上,大声说;"毛主席,打从我入党那天起,您就教导我:生活就是斗争,为了革命的最终胜利,要把自己的一切都交给党。我一定要斗争一辈子! 我们东山坞的人,一定永远听您的话,跟着全中国的人民一道,为咱们的社会主义战斗到底!

这段完全是"文革"文风了。这不是在入党宣誓仪式上,又不是在做祷告,一个农民突然抛开在场的上级和群众,对着并不在场的毛主席讲话,如果不是"作秀",便有些不可思议。情节方面的,就是许多论者已经指出过的萧长春对儿子丢失和死亡的反应:虽然也写到了他的悲痛,写得也比较动人;写他制止大家为找孩子而停止打麦子,对这个把"江山"看得重于"美人"及儿子的人来说也合乎性格逻辑,但在胜利后还是只渲染欢乐而没有提及那死去的独生儿子,没有写到欢乐中的酸楚,就不合情理了。不过这种不合情理的描写并不多,这也是小说产生的特定年代给其带来的不可避免的局限:看看肖洛霍夫《一个人的遭遇》当年在中国受到的批判,我们就能理解浩然为何这样结尾了。

但是,除了个别细节,《艳阳天》总体还是写得合乎事理逻辑、真实可信的。浩然多次表示,他是以自己的生活积累为基础而创作的,从感性和理性上他对毛泽东的一些理论颇多认同,有些还产生强烈共鸣。虽然他为适应形势而加进了一些"阶级斗争"因素,如马凤兰对新社会的仇视、马小辫的报复杀人,但写得基本合乎情理,而且并未把这些作为引发矛盾、结构全书的主导因素。

浩然作品的局限是时代共同的局限,浩然小说的某些成就却是他所独有。从今天高度审视,浩然新时期以前小说的最大问题是对地主富农均予以妖魔化,原先的穷人被写得过于高大完美。这类描写也许不合乎客观事实,却未必完全违背作者自己的直觉。对富人的反感、对物欲膨胀的警惕一直延续到浩然进入新时期以后的创作。不是说浩然喜欢穷——他作品里的正面主人公们也一直在为过更富足的生活而努力。但浩然对物质财富导致的人性人品堕落,确实一直特别警惕。"共同富裕"道路是当时的政策,同时也合乎浩然自己的道德理想。幼年失怙的他特别关注鳏寡孤独、无势可依、没条件"先富"者的命运。这与柳青的情况类似——如果说赵树理和周立波对农业合作化的必要合理性还暗自有些将信将疑,那么柳青和浩然一直坚信不疑,所以他们才对此写得那么有激情,同时能尽情发挥其艺术才情,在"图解"政治的同时揉进自己的见解和感受,编织出吸引读者的故事。也正因此,那些不受时代和意识形态阈限的海外学者才会欣赏浩然的小说艺术。

## 三、浩然的文体探索及其新时期
### 小说主题的独特性

浩然对中国当代长篇小说文体的贡献,除了独特的"日常生活传奇化",就是他对长篇小说结构艺术的探索以及时空关系的独特处理。

结构问题是长篇小说写作的重要问题。柳青就曾说"最困难的是结构,或者说组织矛盾"。"五四"以来的中国现代长篇小说多为线型结构,即主要单线叙述一个人或一群人的经历。这样写起来比较好驾驭,但不利于表现更广阔的生活场景和更丰富的社会内容。茅盾的《子夜》以三十多万字篇幅写两个多月间上海工业、金融业的争斗,描绘了比较广阔的社会画面,它采用的网式结构是对中国现代长篇小说艺术的一大贡献。浩然的《艳阳天》在长篇小说结构方面又有新的探索:它的文本篇幅有 135 万字之巨,若不计"三部曲"之类虽有联系又各自具有独立性的作品而单论作为有机整体的单种长篇小说,这在当时是创纪录的(姚雪垠的《李自成》当时仅出版了第 1 卷),而它的故事时间仅有十几天! 这不禁让人联想到乔伊斯的《尤利西斯》:该书汉译本有 157 万字(按萧乾、文洁若译本),故事时间为 18 小时。它们都是最充分地向空间拓展,这样又"使小说中的时间,借着不同的空间呈现,作了极度的扩张"。① 在具体内容方面,

---

① [加拿大]嘉陵(叶嘉莹):《我看〈艳阳天〉》,《艳阳天》第一部,华龄出版社 1995 年版,第 11 页。

它又与《尤利西斯》恰恰相反:二者虽然写的都是普通人的日常生活,《艳阳天》却突出集中了各种尖锐的矛盾冲突,有许多戏剧化场面,是日常生活的传奇化。这种探索不论是成是败、是得是失,其勇气与创造性是不可否认的。

浩然对中国现当代小说的第三个贡献,是其文革结束以后乡村变革题材小说创作中所体现的独特关注焦点与价值取向。

提及新时期乡村变革题材小说,大家首先会想到高晓声《陈奂生上城》、何士光《乡场上》、张一弓《黑娃照相》之类歌颂农村新面貌、歌颂党的富民政策的作品。这一时期的浩然虽也反思文革、批判极左路线,拥护改革开放,他的小说却并不一味歌颂,而致力于揭示改革所带来的新问题,特别是那些不占据任何资源优势而又身无特长的老实农民的命运,以及乡村基层政权广泛存在的腐败行为。

与文革及其以前的作品相比,浩然新时期创作的小说有变又有不变。变化的是其中乡村基层干部形象,不变的是他对穷人命运的关注。

新时期以前浩然塑造的萧长春、高大泉等村干部形象以及梁海山、田雨、王国忠等县、乡干部形象都是正确路线的化身,是符合主流意识形态理想的形象。这类形象虽有一定原型作依据,却比任何一个现实中的人物都更高尚完美,他们属于"应当如此"的人物,体现了意识形态希望现实中乡村干部达到的水平。而《艳阳天》《金光大道》所写马之悦、李志丹、张金发、谷新民、王友清等,与现实中的普通县、乡、村干部更为接近。虽然作品将这后一类人物符号化为错误路线的代表,乃至妖魔化为"反面人物",但由于作者细腻的心理描写与性格刻画,这类人物往往反倒显得真实可信。进入历史新时期以后,浩然摆脱了原有"无产阶级专政下继续革命"意识形态的框范束缚,不再塑造理想人物形象,放手写起自己生活实感中的现实。这一时期他塑造的乡村干部形象,大多是不管百姓疾苦、一心以权谋私的官僚主义者或腐败分子。例如《误会》里的单支书、勾主任、史组长,《苍生》里的邱志国、《笑话》里的史先进等。他们的思想境界和人生追求,与马之悦、张金发等非常相似。《笑话》里那位离休的省级领导,也只是酒后偶尔想起战争年代救过他命的黑三老头。

如果说浩然的合作化题材小说随着社会环境变化而显示出其时代局限性,那么浩然这些写于改革开放初期的作品反倒显示出其预见性,因为其所揭示的现实问题迄今仍不过时。例如写于 1994 年的《衣扣》反映了丈夫进城打工后"留守妇女"的遭遇和命运。而若将浩然的《俊妞》和铁凝的《哦,香雪》对比,则能发现其不同价值:俊妞和香雪处境非常近似,但后者揭示了外部世界带给封闭空间的清新气息和憧憬向往,前者却描写了欲望被唤醒后乡村少女的悲剧命运,使人联想到丁玲的《阿毛姑娘》。

如果单以政治视角看,批评者会指责浩然思想不够解放、对新形势有抵触情绪,但若从文学本身看,正因浩然与新时期以后"改革文学"主流保持了距离,反倒显示了他自己独特的价值。若单看主流改革文学,不了解农村实情的读者或许会对乡村现实有一种过于乐观的印象;而浩然小说专门关注没有"先富"的人群,让大家看到许多底层农民仍挣扎于贫困线上,体现了真正的人道主义精神。浩然对过于膨胀的物欲使人性堕落的忧虑,也显示出其"反现代的现代性"。倘因不合新时期"主流"而否定浩然的新时期小说,其逻辑正如因合乎旧意识形态"主流"而否定浩然新时期以前的作品一样,都是以"政治正确"判定作品文学价值。从政治上说,农村改革开放成就巨大,其正面价值毋庸置疑;但是,"前进中的问题"同样不应忽视,作家自有对其采取质疑批判立场的权利。这也是同样源自西方发达国家的"审美现代性"与其"工业现代性"有别的理由。

# 第七章　《讲话》"源于生活,高于生活"命题重审①

　　毛泽东《在延安文艺座谈会上的讲话》(以下简称《讲话》)的评价,大致经历了两个阶段:前一个阶段是从 1942 至 1980 年,后一个阶段是 1980 年迄今。分界点定在 1980 年,是因这年 7 月 26 日的《人民日报》社论正式提出以"文艺为人民服务、为社会主义服务"代替"文艺为政治服务"的口号。此前一年召开的第四次全国文代会上邓小平的祝词已为这篇社论奠定了基调。这前后两个阶段对《讲话》的总体评价有明显区别:前一个阶段,《讲话》被视为"永放光芒"的金科玉律;后一阶段,虽然每年五月前后仍时见纪念文章出现,但文艺圈内特别是文艺理论与批评领域,对之持怀疑否定态度的渐占主流:有人认为《讲话》束缚了文艺的发展,也有人认为它在抗日战争的特定环境下曾发挥过积极作用,而时过境迁之后已不适应新时代的要求。

　　中国社会和中国当代文学经过了上世纪 80—90 年代和新世纪十年这整整三十年的发展,目前又呈现新的态势。2010 年 11 月 27 日至 12 月 1 日在海口召开的"新时期与新世纪文学国际学术研讨会暨中国当代文学研究会第 16 届学术年会"上,有学者提出重新认识文学和政治的关系,也有学者呼吁作家批评家关注底层人民的生活与要求。这当然绝不意味着要重提"文艺为政治服务",却喻示着,在新世纪的新情势下,《讲话》的某些内涵有重新加以讨论的必要。其中,关于社会生活是文艺创作唯一源泉、文艺作品可以而且应该比

---

　　① 本章各节部分内容曾分别以《文学·社会生活·个体生命——重评毛泽东的文艺源泉论》《否定之否定的反思——新世纪视野下重读〈讲话〉》《重论"高于生活"及"理想人物"塑造》为题发表于《理论与现代化》2000 年第 9 期、《河北大学学报》2011 年第 2 期和《长安学术》第 5 辑(陕西师范大学文学院编,商务印书馆 2013 年出版)。收入本书时有重要增删改动。

实际生活更高的观点，有必要以新世纪视野予以重新审视。

## 一、"源于生活"

文艺源泉论是毛泽东文艺思想的一个重要组成部分。如果说文艺为工农兵服务、为政治服务是毛泽东文艺思想的主导和核心，那么，强调社会生活作为文艺源泉的唯一性则是这一体系的基础和前提。

单从哲学本体论讲，毛泽东的文艺源泉论并无多少新鲜之处。从亚里士多德到车尔尼雪夫斯基，西方文艺理论史上一切唯物主义美学家、文艺理论家都坚持文艺模仿或再现现实。自马列文论产生之后，文艺反映生活的能动性又受到重视。作为辩证的唯物主义者，毛泽东并不否认文艺家的主体作用，他有关文艺高于生活的六个"更"字便突出了这种主体能动作用。不过，毛泽东文艺源泉论的逻辑重点还是在于强调客观物质世界、现实社会生活的第一性、本原性，而这几乎是所有唯物主义者的共识。那么，毛泽东的文艺源泉论在中国文学史上的意义和地位究竟何在呢？笔者认为，在于他所说的"社会生活"的具体内涵。将工人、农民和普通士兵这些最基层的人民大众的现实革命斗争、社会实践活动作为文艺创作的主要对象并从理论上予以旗帜鲜明的倡导，这是前所未有的。从这个意义上说，毛泽东的文艺源泉论与其文艺功能论是密不可分的。

在毛泽东的文艺理念里，工农兵群众既是文艺家师法的对象，又是教育的对象。其实，毛泽东也是相信精英文化及其对群众的指导作用的。毛泽东心目中的精英，就是无产阶级先锋队，是中国共产党；精英文化，便是无产阶级文化，是马克思列宁主义。与一般精英文化论者不同，毛泽东认为"精英"不能脱离群众。近些年来，不少学者认为毛泽东对知识分子的社会作用估计过低，这主要是因新中国建立前后他曾发起一次又一次对知识分子的思想改造运动。然而，毛泽东本人即是知识分子出身，他虽未把知识分子等同于精英，但他似乎也是把知识分当作"准精英"的。"准精英"要变为真正的"精英"，必由之路便是接受马克思主义，同时深入工农兵群众，了解工农兵群众，将先进的马克思主义灌输到没有文化的人民群众中去。要当群众的"先生"，先当群众的"学生"。当群众的"学生",实即了解群众,了解其思想方式、行为方式,学习其朴实的生活作风,在这一过程中改造知识分子的思想,去除非马克思主义的成分,最终还是为了当好教育群众的"先生"。从工农兵中培养新的知识分子,也是扩充文艺精英队伍之一法。但事实证明这种做法收效并不太理想,要教育民众还得主要依靠由学校培养出来的或多或少受到封建文化或资产阶级文化教育的知识分子。而这些知识分子一直不太令他满意。为此,新中国建立后他一方面试图改革学校教育,培养新型知识分子,一方面继续号召包括作家、艺术家在内的一切知识分子深入工农兵,强调工农兵群众的革命斗争和日常生活实践是文学艺术创作的唯一源泉。要求文艺家深入到工农兵中去,是毛泽东文化建设的一种策略:他希望作家、艺术家通过这种"深入生活",真正具体、细致地了解劳动群众的思想感情和生活方式乃至语言习惯,创作出能真正为人民群众所喜闻乐见而又体现出无产阶级新文化精神的作品来教育群众,从而更好地为无产阶级政治服务。

　　毛泽东在新中国建立前后的文艺思想既有其一贯性,又有较重大的不同之处。之前发表的《在延安文艺座谈会上的讲话》虽说明了文艺"高于生活",但更强调"源于生活";之后,特别是提出"两结合"创作方法的 1958 年以后,他虽然仍号召作家"深入生活",却更突出了文艺的理想精神即"高于生活"的一面。以赵树理为代表的"山药蛋派"作家建国前后的不同命运即映射出毛泽东文艺思想前后期的不同侧重。40 年代的毛泽东特别重视"实事求是",赵树理式的从农村基层成长起来的作家由于特别熟悉农民生活,其作品形式又为老百姓喜闻乐见,正合乎毛泽东的文化建设思想和文艺功能观。然而,建国之后的毛泽东,理想主义精神逐步压倒了实事求是精神,他希望文学作品能塑造出充分体现共产主义理想的工农兵形象,而赵树理的"吃不饱"、"小腿疼"乃至小二黑、李有才、孟祥英之类皆难当此重任,所以,"山药蛋派"从体现"工农兵方向"的文艺先锋沦落为"中间人物论"者。于是,塑造出萧长春、高大泉之类人物形象的作家浩然理所当然地取代了赵树理的位置。

　　毛泽东的文艺源泉论在文学史上的地位不容抹杀;然而,它的局限性也非常明显。如前所述,其主要贡献在于给几千年来一直处于边缘地位的下层民众以文艺对象的中心地位。但在后来的具体操作工程中,工农兵的生活几乎

成了文学创作的唯一对象。以知识分子及其他社会阶级、阶层人物为主人公
的作品在解放区文学以及建国后三十年的大陆文学中很少见到。题材的相对
单一不能说与这种文艺源泉论无关。胡风派提出的"到处都有生活"之说正
好弥补了毛泽东文艺源泉论在实际操作中的疏漏或偏颇。胡风并不否认文学
是社会生活的反映,但他认为文学反映的对象应当是一切人的生活和斗争,不
只限于工农兵。从哲学本体论讲,胡风的文艺思想与毛泽东并无二致,甚至在
广义的文艺功能观上,他们也有一致之处,即强调文艺要教育人民,要为现实
斗争服务。但在文艺的具体社会功能上,分歧就出现了:毛泽东要求文艺直接
服务于政治,配合阶级斗争,而胡风仍坚持"五四"时期鲁迅倡导的文艺改造
"国民性"的功能观。他认为,文艺的作用不在于向民众灌输某种具体而现成
的政治观点,而在于强化民族精神,医治民众"几千年精神奴役的创伤",激发
其生命的"原始强力"。在对待民众的态度上,胡风反对将"人民"神圣化,他
更偏重于把群众看作改造和教育的对象,虽然改造、教育的目的还是为之服
务。因而,胡风文艺思想的思想启蒙色彩远远浓于政治教化色彩。正因重思
想启蒙,胡风历来主张表现人与人之间的心灵冲突及人物自我的心灵搏斗,即
各种政治思想和伦理观念、人生准则之间的斗争,特别是表现人的奴性与原始
强力、个人主义与集体主义之间的冲突,而且这种冲突表现得异常复杂尖锐甚
至惊心动魄;他们反对把人们的思想及命运转变简单化,反对把转变简单归结
为外力作用。路翎对李季的叙事诗《王贵与李香香》的批评正体现了胡风这
一文艺思想。其实,依照毛泽东文艺思想,《王贵与李香香》已完成了它的历
史使命,即用形象的方式证明"不是闹革命穷人翻不了身"的政治道理,这同
《白毛女》证明"旧社会把人变成鬼,新社会把鬼变成人"一样,达到了用革命
道理教育人民的目的。这个道理浅显易懂,虽未必能激发农民从精神上真正
脱胎换骨,具备真正的现代意识,但却能激励其积极踊跃地参加到革命斗争中
来。除了对文艺具体功能的理解不同,对"社会生活"的具体理解,毛泽东与
胡风的文艺思想也不相同。相比之下,茅盾本人的小说虽大多不以工农兵为
主人公,因而不能成为体现毛泽东文艺方向的样板,但他对文学创作对象的理
解同毛泽东具有更多的一致性,即都是从社会科学家或政治家、革命家的角
度,将社会生活看作一个整体,将人看作阶级的人、群体的人之一员,从群体来

把握个体；而胡风派看重的是个体生命的具体存在，他们是从个体生命出发来理解民族与阶级，理解民族性与阶级性的。从这个角度讲，胡风对文学创作具体对象的理解更符合文艺本身的特殊规律，更具有现代性。

但是，胡风派对生活的理解仍有过于片面化之嫌，他们对生活只看到了"斗争"的一面而忽视了其"和谐"一面。将社会生活理解为个体生命的具体存在固然有其真理性，但文艺表现个体生命存在状态的领域要比"人生搏斗"广阔得多：它可以是一种生存状态、生存方式，也可以是一种独特的生命体验或对人类生活与生命的一种感悟与理解，或人的一种感觉、直觉、情感或情绪、心境。对于诗歌来说，表现对象就更多是一种人生的感受与体验，或一瞬间的感觉与思绪乃至幻想、直觉。其实，作为诗人的毛泽东与作为小说家的茅盾，都是很懂创作规律的，他们的成功之作并不去图解政治观念，而是表现了自己对生命的感受与思考。"人生易老天难老"，"战地黄花分外香"，"苍山如海、残阳如血"，"三十八年过去，弹指一挥间"，都是作为革命家的诗人真切而独特的生命体验。"战地黄花分外香"，"苍山如海、残阳如血"固然是政治家和革命战士的体验，"人生易老"却是所有曾经沧桑的个体生命共通的感受。毛泽东既强调社会生活是文艺的唯一源泉，又肯定"诗言志"的古训。"诗言志"与"诗缘情"的命题既可作唯物主义的解释，又可作唯心主义的解释。如果把"情"、"志"当作文艺的终极源泉，无疑属于唯心主义；但若把它们理解为文艺的直接来源，则并不违反唯物论：是"气之动物，物之感人"，才"摇荡性情，形诸舞咏"①的。从生活到艺术的过程可大致表述为：生活→情志→艺术。

依照这种思路，对于现代西方的各种一直被称作唯心主义的文艺观，比如直觉说、情感表现说、本能说等等，我们若扬弃其哲学本体论部分，而把各种非理性的主观因素作为文艺创作的直接来源之一，也许更接近文艺的审美特质。文艺表现直觉、本能、潜意识等人类存在的非理性领域，它反映的仍是人的生活；不过，这不是人的外部实践活动，而是人的内在生命体验，而且表现的是19世纪以前整个世界文学史极少涉足的领域。如此说来，真是"到处都有生活"了！不是吗？卡夫卡和加缪们虽未深入工农兵，却也创作出了具有真正

---

① 钟嵘：《诗品序》。

"生活"体验的文学作品。

毛泽东关于社会生活是文艺作品的唯一源泉的命题具有永久的真理性,作家确实需要了解占人口绝大多数的工农兵群众。只是我们不应把终极源泉理解为直接来源,把"生活"局限为工农兵的社会实践活动。即使现实主义作品,其直接来源也是作家对生活的感受、体验、理解或解释;所有职业,所有阶级、阶层的个体生命的生活或生命体验都是文艺作品的直接来源。那些反映工农兵生活的优秀作品,其价值就在于将以往很少被人关注的那些个体生命的人生体验进行了正面表现。我们衡量古今中外的一切作品价值的标准,应当是看它对生命意义的思考深刻不深刻,或对生命体验的表现真切不真切、独特不独特、精彩不精彩。

我这里特别指出,现代主义和后现代主义的绝大多数作家们与西方各种形式主义批评家们在对待文艺源泉问题的看法上是并不相同甚至截然对立的。他们不论把人类现实生活理解为异化还是荒诞、多元,都承认作品表现的是作家对世界的独特感受和理解,并不认为文学作品与作家、与现实生活无关。他们对上帝之死、对两次世界大战、对奥斯威辛集中营之类人类生活中的重大事件耿耿于怀,没齿难忘,这些成为他们文学创作的重要源泉。形式的冒险正是为了表现生命体验的独特。形式主义批评家们对于探索文学形式上的审美特征功不可没,叙事学理论填补了以往文艺理论与批评的空白。但一切形式主义批评的致命弱点是割断了作品与现实生活、与作家生命体验的关系,将文本看作是与生活无关的独立自足体。这违反了文学创作的实际,违反了艺术的真正规律,因为作品总是要传达某种社会文化信息、表现作者的某种生命体验的。作家单凭掌握花样迭出的讲故事技巧,是创作不出优秀作品的。创作优秀作品的关键在于独特生命体验与高超艺术技巧的融合。

## 二、"高于生活"

文艺虽然源于生活,却毕竟不能等同于生活。《讲话》谈及文艺与生活的区别时,提出了著名的六个"更",就是:

文艺作品中反映出来的生活却可以而且应该比普通的实际生活更
高，更强烈，更有集中性，更典型，更理想，因此就更带普遍性。①

这六个"更"的内涵，后来被概括为文学艺术"高于生活"的命题。"高于
生活"其实有两重含义。第一重含义，即文艺比生活"更强烈"，"更有集中
性"，"更典型"和"更带普遍性"。文艺不能等同于生活，这毋庸置疑，否则艺
术失去了其存在的价值。对此大家基本没有异议。即使是号称"生活流"、
"原生态再现"的写作，例如新时期以来的新写实小说和新生代诗歌，其实在
当时也产生了比真正"流水账"式生活记录强烈得多的艺术效果；那些"私语"
类散文或诗歌，除了"集中"（浓缩）与"强烈"（诗的感染力、情感或理性冲击
力），其实也具有一定的普遍性、典型性。这种普遍性、典型性虽非"放之四海
而皆准"那种意义上的普遍性和典型性，却仍须超越一己体验和感受的阈限，
否则就不会发表，就不会有读者。

争议较大的，是其第二重含义，即文艺比现实生活"更高"和"更理想"。
其实质在于塑造理想的人物形象、表现理想的人际关系。与此相关，新时期以
来，在文学创作和文学批评、文学史研究界，对受《讲话》影响的"革命浪漫主
义"②创作，产生了质疑或非议。这种质疑或非议主要集中于：1）后世解读者
发现那些"革命浪漫主义"文本与现实生活、与历史事实有较大差异，特别是
那些被一直当做历史来读、来理解的小说文本，使读者产生的幻灭感最大。因
而，当知道了另外一方面的史实后，产生的逆反心理也最大。2）"革命浪漫主
义"文本塑造的那些理想人物形象因被认为过于完美高大，被讥为"高大全"
式人物，被认为虚假不可信。3）"革命浪漫主义"本身被称为"政治化的浪漫
主义"，被认为与浪漫主义的自由精神相违背，不利于文学艺术发展。

但是，在"革命浪漫主义"之前和之后的文学史事实告诉我们，文学文本
与历史事实有差异甚至有较大出入，不一定导致作品文学价值的降低；在文学

① 《毛泽东选集》第3卷，人民出版社1991年版，第861页。
② 笔者认为，1958年以后出现的"两结合"（革命的现实主义与革命的浪漫主义相结合）创
作方法，也可视为一种特殊形态的"革命浪漫主义"，因为在被"结合"的两者中，"革命浪漫主
义"是主导。

史上,"革命浪漫主义"之外的文学文本中,也有不少理想人物形象,而且能被读者接受。"革命浪漫主义"作品是否有其价值,也还需要予以具体而辩证的分析。即使在当下,英雄人物、理想人物的塑造问题,也并非过时的话题。

近年不断有对"革命历史小说"及其他"红色经典"祛魅解构的文章出现。祛魅解构的方式,一是在小说创作中反其道而行之,即笔者所谓"反着写",①一是撰文指出作品与历史真实的差异相悖之处。2002 年《炎黄春秋》第 1 期孙曙《党史小说〈红岩〉中的史实讹误》一文指出小说《红岩》所写与历史事实的几个不合之处。近年更有人为南霸天、周扒皮这类"恶霸地主""平反",指出原型人物"善"的一面以及文艺作品对其"恶行"的"无中生有"与"移花接木"。其实,若依此思路再进一步深究,还可指出许多这类作品明显违背史实之处,大的如关于抗日战争时期正面战场与敌后游击战争各自所起作用的表现,小的如现代京剧《智取威虎山》中解放军的服饰。同样,若依此思路细究,许多中外历史题材名著也大有问题。如姚雪垠所说:"马致远的《汉宫秋》,完全违背历史事实","莎士比亚的历史剧并不要遵照历史的本来面貌","司各特的历史小说也不是严格地尊重历史"。② 但人们似乎对上述名著不合历史事实处非议不多。

而对《三国演义》事实与虚构成分多少、效果好坏的争议,一直存在。否定这部作品的意见中,除了明代谢肇淛等个别人责其"事太实则近腐"③外,大多针对其虚构成分。清代李慈铭和章学诚都认为其虚实错杂、"事多近似而乱真"④的写法会使读者"为所惑乱",⑤鲁迅的意见与李、章一致。他认为《三国演义》的缺点首先就是"容易招人误会。因为中间所叙的事情,有七分是实的,三分是虚的;惟其实多虚少,所以人们或不免并信虚者为真。"⑥批评者之

---

① 参见本书第 13 章。

② 姚雪垠:《论历史小说的新道路——当代中国历史小说的若干理论问题》,《姚雪垠书系》第 19 卷,中国青年出版社 2000 年版,第 222—223 页。

③ 谢肇淛:《五杂俎》,《中国历代小说论著选(修订本)(上),江西人民出版社 2000 年版,第 167 页。

④ 李慈铭:《荀学斋日记》,孔另境编:《中国小说史料》,上海古籍出版社 1982 年版,第 52 页。

⑤ 章学诚:《丙辰劄记》,《乙卯劄记 丙辰劄记 知非日札》,中华书局 1986 年版,第 90 页。

⑥ 鲁迅:《中国小说的历史的变迁》,《鲁迅全集》第 9 卷,人民文学出版社 1981 年版,第 323 页。

所以对这部书有与对《汉宫秋》《长恨歌》之类别的作品不同的要求,是因它属于一种特殊的文体——历史小说,也就是说,它是以历史上实有的社会重大事件为题材、以对历史发展走向曾起重要作用的重要历史人物为主人公或主要人物形象的。学者非议它,是因它传播了错误的历史知识,并使读者信以为真。但是,在今天看来,《三国演义》的这一"副作用"与其正面社会效果相比非常次要,而且也不难克服:一方面,对于不以学术研究为业的普通读者来说,历史细节的历史真实究竟如何并不太重要,如果他确实对此感兴趣可以去查看史书;而专业研究者不会被小说迷惑,否则只能说明其做学问不够认真、不够严谨;作家和诗人犯此错误虽显示了其知识储备有缺漏,但"错误的历史知识"并不妨碍其写出经典名作,例如苏轼的《前后赤壁赋》及《念奴娇·赤壁怀古》。这和"错误的自然知识"不妨碍产生关于月亮的文学名作道理一样。对作家和诗人来说,最重要的是情感的真实、想象的逻辑。对普通读者来说,《三国演义》最主要的价值是在让其获得审美享受的同时,受到什么样价值观念的影响、这些影响是正面还是负面,其次才是获得一定的历史知识。绝大部分读者和研究者都不否认《三国演义》的巨大艺术魅力,它宣传的忠、义、勇、信等道德观,对仁厚爱民君主的向往,对暴政的批判,在由后世不同时代读者赋予其不同具体内涵之后,仍显示出其持久价值,《三国演义》包含的政治、军事和外交智慧,给后世中外广大读者以启迪,被视为宝库,甚至被当做教科书。同为各自领域里的经典(文学和史学),《三国演义》比《三国志》影响大得多,这不能不归功于其精彩的艺术虚构。熟悉《三国演义》的读者明白,如果《三国演义》写得完全与《三国志》一样,如果没有了"草船借箭"、"借东风"、"空城计"之类虚构故事,这部小说的魅力就失去大半。"假如有一天,历史固执地要揭开幕布去看文学的真实,那可就麻烦了。"①

近年某些学者对以《红岩》为代表的"革命历史小说"的指责,与以往学者对《三国演义》的批评有类似之处:他们是以再现历史真实的标准,把这些小说当做"党史"来看的。这样做也事出有因:在"十七年"以及"文革"时期,革命历史题材的文艺作品确实肩负着向普通读者和观众传播或灌输主流意识形

①　葛兆光:《文学与历史》,《国学》2010 年第 5 期。

态认可的历史知识、历史观念的任务。"革命历史小说"与《三国演义》《李自成》之类严格意义上的历史小说不同之处在于:它虽以历史上实际发生的重大历史事件为背景,但一般不以真实的、在历史上产生重大影响的重要历史人物为主人公或主要人物①——《保卫延安》写到彭德怀,《红日》写到陈毅,但都未将其作为主人公,他们甚至也不是作品的主要人物;《红岩》的主要人物都有原型,但许晓轩、许建业、江竹筠、陈然等也并非重要历史人物。过去确有将《红岩》中有原型的人物与纯虚构人物混淆的现象,为此作者之一的杨益言多次撰文澄清。其实小说毕竟是小说,它的写法与历史著述有不同的规律和要求。在当下市场经济的语境中,《红岩》之类作品传播主流意识形态的历史观念、历史知识的职能已被淡化,因而它们对历史的解释也不被当做唯一的、权威的解释,而只是各种历史解释之一。在后世读者面前,"革命历史小说"作为文学文本存在的主要问题是:众多文本的历史观——观史角度和基本结论都如出一辙,即,都基本是毛泽东的角度、毛泽东的结论,若将它们等同于历史本身,就否认了历史另外的侧面,抹杀了历史的复杂性,给人一种印象,仿佛历史全貌都是这个样子。比如地主大都为富不仁,穷人大多人穷志不穷,知识分子往往软弱动摇,国民党及其军队都品质恶劣……从传播历史知识角度看,若所有文本都这样写就属谬误了。"新历史小说"之所以出现之后使人耳目一新,就因它补充了历史的另外一些侧面。但笔者认为,在评价"革命历史小说"和"新历史小说"时,必须明确两点:如果"新历史小说"完全按"反着写"的方法来重述"革命历史小说"叙述过的历史,完全否定"革命历史小说"的真实性和合理性,势必走向另一种偏颇,导致另一种谬误。因为,毛泽东的历史观毕竟也是具有重要学术价值的历史观之一,也会有许多作家艺术家与毛泽东的历史观一致——或是不谋而合,或是由衷被其折服,从而认同。若按单个文本来评价,"革命历史小说"之优秀者自有其存在的价值,也有可能产生更长久的魅力,因为除了较强的艺术感染力外,其核心价值观念在今天也并非没有可取之处,例如它体现的对弱者的同情和关爱,它肯定的为公益事业献身的精神,它对建立在坚定信仰基础上的坚强意志的宣扬歌颂。

---

① 争议较大、屡次被禁的《刘志丹》例外。

后世读者阅读体现"革命浪漫主义"精神的"革命历史小说"时,其"历史"的意义会逐渐淡化,而文本自身的独立价值会日益凸显。剥除其特定意识形态外衣,或特定意识形态内涵随时间推移而自行褪色之后,其审美价值和道德价值剩余多少,决定着这类作品文学史地位的高低。对后世普通读者来说,"革命历史小说"不再具有权威历史观念灌输的功能,它只是一个具有内指性的文本。这和今天我们对待《三国演义》的情况一样:喜欢这部古典名著的读者,未必都赞同罗贯中的循环论历史观以及拥刘反曹立场;若非为专门的探究兴趣,或为学习文学创作技巧,这部小说中哪些情节属历史事实、哪些纯属艺术虚构,也并不重要。近年一些国内研究者质疑《红岩》的"史实讹误",批评《暴风骤雨》和《太阳照在桑干河上》这类"土改"叙事作品对群众暴力场面描写的价值取向,自有其道理、自有其价值,这些质疑和批评文章实际是借文学批评说文学以外的事情,文学作品只是其谈社会思想文化问题的切入点和进行社会历史批判的分析标本。比如前述孙曙《党史小说〈红岩〉中的史实讹误》一文意在说明"中美合作所"与重庆渣滓洞白公馆大屠杀无关,说明共产党领导干部叛变者远不止一个,澄清历史事实;刘再复等的《中国现代小说的政治式写作》及唐小兵的《暴力的辩证法》①意在否定暴力"土改"这一历史事件的正义性。但不太关注这些历史具体问题的普通读者,比如后世读者和海外读者,有可能只是把这两部"土改"题材小说当做"除霸复仇"、"除暴安良"的故事来读,正如我们读大仲马的《基督山伯爵》之类作品。菲律宾作家柯清淡谈及他在海外初读《太阳照在桑干河上》所写下层人民翻身故事的感受时,就说这部书"既很能满足他读武侠章回小说而对英雄侠士所产生的那种崇拜,也很符合深深影响过他的所信仰的基督教的平等博爱教义规范"。②"文革"期间,梁斌的《红旗谱》及其第二部《播火记》被扣上宣扬"左倾盲动主义路线"的帽子而被否定;按史实细究,作品里滹沱河的位置可疑,"锁井镇"

---

① 参见刘再复、林岗《中国现代小说的政治式写作——从〈春蚕〉到〈太阳照在桑干河上〉》及唐小兵《暴力的辩证法——重读〈暴风骤雨〉》。二文均收入唐小兵编:《再解读:大众文艺与意识形态(增订版)》,北京大学出版社2007年版。
② [菲]柯清淡:《一恩师　补一本——自述生平与丁玲的海内外奇特文缘》,《丁玲与中国当代文学》,厦门大学出版社2012年版,第47页。

所在具体县份也很模糊。但普通读者对这些并不在意,他们在作品独立的艺术世界中得到的是对其艺术描写的审美享受。从政治路线角度说,《创业史》《艳阳天》的是农业合作化,但《创业史》最能感动后世读者的是梁生宝与梁三老汉这对非血缘父子的伦理亲情,是作品中人物的创业激情,是梁生宝不忍看穷人受苦的善良品格与为大家做事的热心肠。海外学者嘉陵(叶嘉莹)对《艳阳天》的激赏,①是拉开时空距离客观评价这部作品的重要范例。

虽然将"革命历史小说"当做社会批判、文化批评材料的学术研究自有其价值;但若从文学本身看,客观评价"革命历史小说"及一切"革命浪漫主义"作品文学价值的前提,就是把它们当做一个虚拟的艺术世界来看,不再让其承载过多的历史知识、历史观念灌输使命,不再将艺术空间与现实空间画等号。文艺作品的"普遍性"是相对而言,普遍性再高,也不可看做"唯一"真实,不可因此而否认事物另外侧面、另外真实的存在。任何时代、任何阶级阶层的典型,也不只有一种。我们过去文学批评中那种将一个形象作为一个时代的象征、某一阶级唯一"本质"代表的做法,已被证明是偏颇的。我们不能因为老通宝的真实性而否认朱老忠的真实性,因为白嘉轩的真实性而否认冯兰池的真实性。他们各自的真实性应按其各自文本内部的事理逻辑来判断。

作为虚构的艺术世界,文学文本自有历史文本不可取代的价值,自有其独特的审美魅力。"文学记住了美丽和浪漫,忘记了平凡和真实甚至低俗。可历史却总是要我们记住它平凡的生活,常常遗忘了那些曾经在心灵中有过的浪漫与美丽。"②文学艺术首先要求"美";它也求"真",但那是艺术的"真",不是历史的"真"。因此,艺术世界与现实世界的距离感是必需的。"贴近"只是比较而言,只是一种形容,距离永远存在。"新写实小说"的世界,仍然是艺术的世界。《烦恼人生》所写印加厚的一天看似平凡,其实仍是被艺术"诗意"化了的一天。两个世界的距离若完全消失,艺术将不复存在。艺术世界实际是一个相对于现实世界的"彼岸世界"。苏联电影《莫斯科保卫战》虽追求纪实风格,但导演奥泽洛夫这部电影"真实再现"的莫斯科保卫战,也绝不等同于

---

① ［加拿大］嘉陵(叶嘉莹):《我看〈艳阳天〉》,《艳阳天》,华龄出版社1995年版,第1部卷首。

② 葛兆光:《文学与历史》,《国学》2010年第5期。

发生于 1941 年的作为真实历史事件的莫斯科保卫战,因为前者音乐和画面交融,体现了编导的艺术想象与审美情感,我们对它的记忆总是与这些音乐、画面、想象和情感联系在一起的。

## 三、理想人物塑造问题

《讲话》发表以后,直至 1950 年代前期,第二重含义之"高于生活"的美学思想,在解放区或中国大陆文学创作中表现还不充分。被视为解放区文学最优秀代表的作品中,赵树理小说、丁玲《太阳照在桑干河上》、歌剧《白毛女》都未塑造可作全民"榜样"的理想人物形象。周立波《暴风骤雨》中的萧队长和赵玉林比较接近后来"革命浪漫主义"作品中的理想人物,但在社会事件过程与人物性格塑造之间,该作更偏重前者,所以这两个形象性格不太鲜明。刘白羽《无敌三勇士》中的"三勇士"各有其明显缺点,不是后来意义上的理想人物。孙犁《荷花淀》和《嘱咐》《山地回忆》一类小说写了比较理想的人际关系及人情美、人性美,却也并未倾力塑造理想人物形象。这种局面直到赵树理《三里湾》仍未突破。提到"革命浪漫主义"及"两结合"作品中的理想人物,大家首先想到的一般是梁生宝、杨子荣、朱老忠、许云峰、江雪琴、萧长春、高大泉、李玉和等。而新时期以来备受诟病的,也正是这类人物形象。

文学作品可以而且应该表现理想,作家可以按自己的理想进行艺术描写和人物塑造,这本来不成问题。亚里士多德说索福克勒斯是"按照人应当有的样子来描写",①周作人将"人的文学"分为两大类,其一便是"正面的,写这理想生活,或人间上达的可能性"。②"理想人物"是指体现作者道德理想和审美理想的艺术形象。"典型人物"未必是"理想人物",但文学史上的著名艺术形象中确有许多属于理想人物,这些理想人物属于不同类型的英雄。西方文学史上,有普罗米修斯、哈姆雷特、罗密欧、朱丽叶、安东尼奥、浮士德、米里哀、冉阿让、艾斯米拉达、列文、丹柯等艺术形象,中国古代文学史上,诸葛亮、

---

① [古希腊]亚里士多德:《诗学》,罗念生译,《诗学　诗艺》,人民文学出版社 1962 年版,第 94 页。

② 周作人:《人的文学》,《周作人批评文集》,珠海出版社 1998 年版,第 32 页。

关羽、赵云、孙悟空、鲁智深、贾宝玉、王冕、杜少卿等都体现了作者某些方面的道德理想和审美理想。以平凡人物或非英雄、反英雄做主人公是西方文学19世纪以后的事。中国现代文学中虽也不乏理想人物形象,例如鲁迅笔下的人力车夫、大禹、墨子,老舍笔下的钱默吟、黄学监,曹禺笔下的袁任敢父女,沈从文笔下的傩送、翠翠、龙朱、虎雏,钱钟书笔下的唐晓芙等,但相对而言,理想人物在中国现代作家笔下出现较少,而且位置不太重要。这应与中国现代文学的"启蒙"批判传统有关。所以,1950年代以后理想人物形象在中国大陆文学中大量出现并占据中心位置、做主人公,是一种值得注意的新的文学现象。

在1950—1970年代,中国大陆文学界将理想人物塑造视为文学创作中的重要问题,为此而产生的理论与创作中的争议也较多。周扬1953年9月在中国文学艺术工作者第二次代表大会上所作的报告《为创造更多的优秀的文学艺术作品而奋斗》中,专门谈到"正面的英雄人物"塑造问题,为这一时期中国大陆文学创作定下权威意识形态的基调。不久,邵荃麟与冯雪峰也先后分别撰文谈及这一问题。针对文学界关于是否可以写英雄人物缺点、如何表现其缺点,几位文艺界领导人或批评家有不尽一致的理解,强调的重点因而也有所不同。周扬虽然也同意可以写英雄人物"在政治上思想上的成长过程",写英雄人物"性格上的某些缺点以及日常工作中的过失或偏差",但强调必须将其"和一个人的政治品质、道德品质的缺陷加以根本的区别",因为在他看来,塑造英雄人物的目的是使之充当千百万群众"学习和仿效的榜样"。而且,他还特别说明,写英雄时不一定非要写其缺点,"许多英雄的不重要的缺点在作品中是完全可以忽略或应当忽略的"。① 邵荃麟也指出作品中的英雄可以"比实际的英雄更高,更强烈,更有集中性,更理想,更典型,因而也有更大的教育意义和作用","因此在创造英雄人物的时候,有意识地舍弃实际英雄人物身上某一些非本质的缺点,是完全允许和必要的。"② 但若联系后来邵认为《创业史》中梁三老汉形象塑造优于理想人物梁生宝,以及他在大连会议上主张写"中间人物",我们可以认为他的这一表态可能只是为官方代言而非本人内心

① 周扬:《为创造更多的优秀的文学艺术作品而奋斗》,《人民文学》1953年第11期。
② 邵荃麟:《沿着社会主义现实主义的方向前进》,《人民文学》1953年第11期。

真实想法。也可能是他后来的观点有了变化发展。比较而言,冯雪峰虽也肯定作家可以"概括出比实际存在的先进英雄人物更充实的崇高品质和精神,创造出更突出、更典型的先进英雄人物形象",但他更强调"典型化并非'理想化'"。① 1950 年代初期这次提倡理想人物塑造的潮流,至 1950 年代后期随着"两结合"创作方法的提出达到第一个高潮。虽然 1960 年代初期一度受到质疑,但"中间人物论"很快受到批判,到"文革"时期,"塑造高大完美的无产阶级英雄典型"更是被当做了文艺创作的核心问题、"根本任务",②出现了著名的"三突出"理论。

1950—1970 年代文学作品塑造的某些理想人物之所以受到质疑,主要是因他们被认为不真实、不生动、过于完美,概念化、类型化、模式化严重,政治色彩过浓,几乎没有七情六欲。这类人物身上所体现的"理想",主要是符合毛泽东文艺思想的"理想",说到底,体现的是"毛泽东的理想"。如果这种"理想"没有与作者本人的生命体验、审美体验融合,就会导致上述弊端的产生。但是笔者认为,对于这一时期出现的理想人物形象,其艺术价值需要具体分析、区别对待。还要在经过时间过滤之后,以新的视角来理解和把握。也不能排除另一种可能,就是作者本人的理想与"毛泽东的理想"内在一致,或有较多一致处。在这种情况下塑造的理想人物就未必失败。正如嘉陵(叶嘉莹)所说:"如果一位作者的生活体验和思想及感情,都是与他所要表达的政治目的相合一的话,那么政治的目的对于他的创作生命便不仅是一种遏抑,且有时还会成为一种滋养"。关键是作者对所表达的政治内容"具有深切的了解和热爱,而且这种了解和热爱要真正出于他内心的生命"。[11]③况且,"十七年"时期的优秀作家们在被统一"规训"之下还是表现出了自己不同程度的创作个性,在创作中融入了自己独特而深刻的生命体验。

"文革"期间塑造的理想人物形象,其共同的致命弊端不在于所表现的理

---

① 冯雪峰:《英雄和群众及其他》,《文艺报》1953 年第 24 期。

② 初澜:《塑造无产阶级英雄典型是社会主义文艺的根本任务》,《人民日报》1974 年 6 月 15 日。

③ [加拿大]嘉陵(叶嘉莹):《我看〈艳阳天〉》,《艳阳天》,华龄出版社 1995 年版,第 1 部卷首。

想,而在于缺少基本的"人情味"。这一时期文艺作品理想人物塑造中的失误或失败,除了政治意识形态"规训"的外部因素,也有文艺本身的内部规律值得探讨。

笔者认为,如果不考虑提出者的政治身份、摒除其特定政治内涵,单从艺术本身来看、单论具体个别文本,"三突出"并不必然导致人物形象塑造的失败。《三国演义》中诸葛亮形象的塑造其实就暗合"三突出":在所有人物中,突出了被认为是"正面"的蜀汉方面人物,尽管在三国中蜀汉势力最弱;在蜀汉方面人物中,突出了刘备、关羽、张飞、赵云、诸葛亮等英雄人物;在众多蜀汉人物中,突出了"主要英雄人物"诸葛亮。诸葛亮出山之前,刘备屡战屡败;出山之后虽然开始仍是败退,但作品的艺术描写却让人感到刘备的事业蒸蒸日上;诸葛亮死后,蜀汉国力急转直下。而且,《三国演义》也基本没写诸葛亮和赵云的缺点。即使写到失误——失街亭,也马上有"空城计"的沉着、胆略和智慧予以补救。尽管鲁迅批评过《三国演义》对刘备、诸葛亮形象的塑造,说其"似伪"或"近妖",千百年来的广大读者还是非常喜爱这些艺术形象。"文革"时提倡的"三突出",其要害在于宣称这是"文艺创作塑造无产阶级英雄人物必须遵循的一条原则",①在于"必须"二字过于武断,在于其强迫命令色彩,在于它抹杀了文艺创作方法的丰富多样性。另外就是在舞台演出时对"反面人物"的戏份过于删减,僵硬规定其不能占据舞台中心,在舞台调度、舞台灯光方面正反面人物的对比过分夸张。

"英雄人物"与"理想人物"是相互联系又有所区别的两个概念。这两个概念在很多情况下是重合的,但也有错位。英雄人物虽在某些方面体现出作者的理想,但未必处处"理想",文学史上有些英雄人物有明显缺点,甚至是致命缺点。比如阿喀琉斯的计较和愤怒、哈姆雷特的犹豫、奥瑟罗的嫉妒、张飞的因酒误事、关羽的大意失荆州等等。而有些理想人物若称为"英雄"也不太合适,例如米里哀主教、紫薇格格,因为提及"英雄",人们首先想到的是超乎常人的勇与智,其次才是品德方面的肯定性内涵。

新时期以后出现的理想人物或英雄人物中,李铜钟、乔光朴、李向南和李

---

① 于会泳:《让文艺界永远成为宣传毛泽东思想的阵地》,《文汇报》1968年5月23日。

高成等其审美实质与道德内涵与"十七年"及"文革"时期的理想人物或英雄
人物是一致的：他们都是大公无私，勇于为民请命或为党、为国献身的人，只是
他们抗争的具体对象与此前有了时代的差异，比如反对极左路线、勇于开拓进
取等。乔光朴的新内涵是勇于当众承认自己的爱情追求并认为合情合理；
《抉择》中的李高成既可视为因全书对官场阴暗面深刻揭露易造成政治上的
"副作用"而采取"补救"措施的结果，也可看做作者本身对"清官"的理想想
象，如同柯云路塑造的李向南一样。

　　从莫言的《红高粱》系列塑造了"抗日土匪"余占鳌起，"匪性英雄"成为
当代英雄的新类型。此后又有李云龙、狼毒花等。这才是实质上与1950—
1970年代的英雄人物有别的新的英雄类型。"十七年"时期以及新时期初期
文艺作品中也有带有"匪性"的英雄，比如长篇小说《铁道游击队》中的刘洪、
《苦菜花》中的柳八爷，《桥隆飙》中的桥隆飙，以及电影《独立大队》中的马龙
等。不过这一时期的"匪性"英雄最终的归宿都是被共产党改造收编。"匪性
英雄"的价值观与主流意识形态倡导的价值观有其一致处，就是对旧法统的
反抗或破坏、对旧道统的蔑视或忽略。但主流意识形态最终的目的，除了破坏
或改造旧体系、旧观念，还包括将一切体制外的散兵游勇收编到新秩序里来，
使之接受新的秩序与规范。作家写这类题材，既符合主流意识形态的诉求，又
适应了民间普通受众特定的审美心理，就是在严格秩序下潜意识里对自由放
纵的向往。读者喜欢《水浒传》一类作品，当与这一心理有关。新时期以后的
"匪性英雄"，其所体现的"慷慨热血、敢生敢死、快意恩仇"的道德观念和审美
实质与水浒英雄有些类似，又被赋予一些与《水浒》《三国》等旧小说禁欲的英
雄不同、与西洋式浪漫豪杰相近的价值内涵，即"敢爱敢恨"，英雄亦爱美人。
李云龙"冲冠一怒为红颜"的行为并不受到谴责，反而被欣赏，因为作者赞美
的是其"汉子"气、"爷们"气，这种气质与民族情感挂上钩，便获得了合法性。
"狼毒花"常发的形象比李云龙更进一步，作者突出了他强烈的性欲要求。我
们当然不能简单地说余占鳌、李云龙、常发是作者心目中完美的理想人物，但
这类人物的某方面的气质特征的确代表了作者的某种道德的和审美的理想。

　　《古船》中的隋抱朴、《白鹿原》里的朱先生和白嘉轩，以及《亮剑》里的赵
刚，可算作新时期文艺作品理想人物的典型。如果说上述"匪性英雄"只是

"水浒英雄"的现代版、情爱版,是作者与读者合谋的一种压抑心理的宣泄,那么这类理想人物体现了更多的理性文化内涵。在"没有英雄"甚至连"人"都"死了"的后现代价值虚无主义语境中,这类理想人物尤其显得不同寻常。如果我们说隋抱朴与柳青笔下的梁生宝有相通之处,有人也许会诧异,但,一个农民而读《共产党宣言》,而心忧天下,而有极其丰富的内心生活,这与梁生宝的"想大事"、"说大话"不是类似么? 而且他们都富于同情心,都有高度内敛克制的精神,都体现了作者从"人本来是什么"到"人应该是什么"的探索。因时代原因而不同的是,梁生宝思考的是如何避免贫富分化、实现共同富裕,隋抱朴思考的核心是如何超越人类残忍与暴力的循环。赵刚形象则可看做作者对李云龙形象的补充,或者对"匪性英雄"某些缺憾的反思。新时期以后出现的最独特的理想人物形象,还是《白鹿原》里的朱先生。

笔者认为,"英雄"可分为"能力英雄"与"道德英雄"两大类。其中,前者还可分为"勇力英雄"与"智力英雄",后者则包括"品质英雄"与"意志英雄"。有些理想人物兼具能力英雄与道德英雄特征,例如《三国演义》里的诸葛亮、关羽和赵云;有些则仅以道德上的超凡脱俗见长,例如《悲惨世界》里的米里哀主教。"十七年"和"文革"时期的理想人物形象,除"革命传奇小说"《林海雪原》《铁道游击队》《烈火金刚》里的杨子荣、刘洪、史更新和肖飞等以智慧或勇力见长外,大多属于道德英雄。在新时期以后文学中,"道德英雄"逐步失去了中心位置。新时期之初对"高大全"人物的批判,除了其政治指向、其概念化和非人性化,就是针对其"道德人格完美无缺"想象的虚幻性。但李铜钟之类形象仍属道德英雄。从 1980 年代迄今,在知识分子精英话语中,传统意义上的"英雄"、理想人物几乎成为过时概念,①而在民间审美意识中,能力英雄更被推崇。因而文艺作品里的道德理想人物鲜见。因此,《白鹿原》里朱先生的形象显得格外不同凡响,也因此而引发了一些争议。朱先生也是一个几乎没有缺点、近于完美的人物,是一位现代"圣人"。不论朱先生是"儒"还是"道",还是对传统儒学的现代—后现代改造,他都体现了作者的一种道德人

---

① 当然,精英话语体系中还推崇陈寅恪、钱钟书这样的学术"理想人物"和鲁迅、顾准这样的思想斗士,但这与作为艺术形象的理想人物是两回事。

格重建的理想。

　　哪些形象"真实可信"，哪些不"真实可信"，除了其自身因素，还与解读它的历史语境有关。按加达默尔的"效果历史"理论，存在着两种"真实性"，就是"历史的实在以及历史理解的实在"。① 历史真实的存在其实有多种方式，它与不同历史叙述者及其接受者的带有自身历史性的"前理解"、与其当下视域密不可分，也与文本解读者自身的生命体验、审美经验以及置身其中的社会文化、时代精神及主流价值观念系统联系在一起。程光炜曾谈到自己的一次切身体验：他最近读浩然的《金光大道》第一部关于高大泉冬天在建筑工地脱下棉衣棉鞋跳进冰水劳动的描写时，刚开始感到不舒服，可他"清楚地知道，这种不舒服是因为接受了新时期文学观念的培训后才产生的，认为它很假"。可以推论，在接受新时期文学观念"培训"之前，或者说在接受 1970 年代文艺观念"培训"的时候，他读了后有可能不感到其虚假、感到不舒服。接着，他：

　　　　恍然想起 1974 年我在插队的农场，也经常会在冬天的水利工地上穿着单裤这么拼命地任劳任怨地干活，不计较任何回报的情形，又觉得它虽然有些夸张，但却非常地真实。

　　于是他得出结论："一个人的切身经验会决定他对历史和文学的判断。"② 笔者认为，对于当下的解构和祛魅潮流，也应作如是观。

　　解构、祛魅的时代是"无梦"的时代。祛魅、解构首先从社会偶像开始。过去带有神秘色彩的大人物纷纷走下神坛、走出圣殿。现实中的英雄模范人物董存瑞、雷锋、白求恩等都成为被解构祛魅的对象。鲁迅写《故事新编》要把神话人物和圣人贤士还原为血肉之躯，但他在写出其凡俗一面的同时，仍把这些人看做英雄、看做杰出人物。而当下的祛魅风是想把现实中的英雄模范塑造成庸俗、低俗乃至丑陋的形象。我认为不能仅用"后现代"理论解释这一社会现象。这一现象的出现有着实实在在的历史的和现实的原因。从"十七

---

　　① ［德］汉斯—格奥尔格·加达默尔：《真理与方法——哲学诠释学的基本特征》上卷，洪汉鼎译，上海译文出版社 1999 年版，第 385 页。
　　② 程光炜：《为什么要研究七十年代小说》，《文艺争鸣》2011 年第 18 期。

年"到"文革"，社会理想主义被推向极端。物极必反，狂热年代结束之后人们大多变得非常现实，相当多的人对原来的理想主义产生怀疑，有了幻灭感，而那一时期树立的英雄模范典型有相当一部分被揭露为虚假。于是，现在的社会大众不仅对过去树立的一切正面典型难以像过去那样笃信不疑，对现在新树立的先进典型也不再相信。在商品经济社会里，大众更看重的是物质利益，是"实惠"，理想主义的沉沦似乎在所难免。现实与艺术中的"道德英雄"失位，中小学教育中，"智育"独尊，几乎是衡量学生价值的唯一尺度。本真意义上的"德育"几无立足之地。在社会上，能守住基本的道德底线也成了"美德"。没有了道德自我完善的追求，没有了"向上"、"向善"戒律的约束，人确实变得空前自由；如果还有需要崇拜向往的"偶像"，那就是"能力英雄"，是事业的成功者，包括商界大亨、影星歌星；亦或在潜意识中向往"匪性英雄"以使本能得以宣泄。如果说过去这样做要冒被道德上非议之险的话，现在没有了后顾之忧，还可披上"人性化"的华美外衣。

儒学及其后裔理学的道德要求对于个体的人来说是一种"他律"，而西方式"道德律令"强调"自律"。"他律"的规范往往要求过高，还强制性要求全社会成员遵守，要求人人成圣贤。1942年萌芽、1950年代在中国大陆全面展开的社会思想改造运动，其道德要求与儒学理学的道德律令要求内涵有别而方式相同，"毫不利己专门利人"、"狠斗私字一闪念"也是要求人人为圣贤。这很不现实，还致使社会性虚伪泛滥。中国哲学讲究"义利之辨"。在"义"与"利"的关系方面，1942—1976年间作为主流意识形态的马列主义、毛泽东思想价值体系，其态度很有意思：就群体来说，它强调的是"利"，就是为无产阶级（或为大多数人）谋"利益"，毫不讳言自己是某一阶级"利益"的代表，而且强调经济利益的最终决定作用；但对个体来说，它又强调为群体利益（阶级、民族或政党）牺牲个人，为大"义"、为"主义"、为社会理想而牺牲个人利益乃至个体生命。从个体生命安身立命的原则角度说，这一价值体系的实质还是"重义轻利"。这种价值体系对社会"思想改造"的失败，使道德理想主义受到重创，在接下来的时代中相反的价值取向占据了社会主流。道德价值的虚无主义倾向也已出现。

"无魔"是历史进步，而"无梦"的社会在文化上精神上是贫瘠荒凉的。所以，在新语境中，在弄清了"人本来怎样"之后，有必要重新探讨"人应该怎样"。尽管社会价值观念随时而变,但探讨"什么是好"是文学永远的使命,"学为好人"的吁求永不过时。失去向善意志的社会是无可救药的社会。人性包括动物性,也包括沈从文所谓"神性",包括人类独有的道德、情感、信仰,包括个体生命的超越性追求。"解放人性"并不只意味着解放人的本能欲望、解放人的动物性。因此,塑造体现时代思想道德水准的理想人物形象,应与深刻认识现实本相、无情揭示人性幽微一样,是每个时代作家艺术家的重要职责。

《讲话》关于文艺源于生活又高于生活的观点,今天仍有其现实意义。极左路线时期出现过假、大、空的伪浪漫主义、伪理想主义,这种"高"是脱离了生活的"高"。可新时期以后又出现另一极端,即,某些作家只满足于照相般写实,或将本能欲望无节制地宣泄,其人生境界与普通读者没有区别,有的甚至低于社会平均水平。还有人为现实中的丑恶现象辩护。在人们普遍厌弃假大空文艺统治文坛的时代刚结束之时,照相式写实与宣泄本能欲望之作确能给人新鲜之感,但读者若长期接触这类作品,也同样会感到厌弃,因为读者欣赏文艺作品,除了为一般意义上的消遣娱乐,还想寻找或感受一种超越现实世界、能提升自己的东西。这就要求作家的人生境界要高于一般读者,还要将自己真实的生活感受、生命体验进行艺术加工,使之产生强烈的艺术感染力。中外文学史上的优秀之作无不具有这种特征。

《讲话》中有些内容,比如文艺从属于政治的观点、关于人性与阶级性关系的理解等,在今天看来确实显示出其时代局限性,但其中还有许多具有永恒价值的东西,我们若能结合新世纪的新形势,予以新的理解和阐释,将发现它无愧于中国文艺理论史上的一个经典文本。

中编　现当代小说的互文性研究

# 第八章 《祝福》与《一生》及《疯妇》①

当代西方互文性理论认为,一切文本都是互文本。也就是说,每一部新作品的产生都是以往著名作品以不同方式在不同程度上影响的结果。新作品与其前文本构成一种对话关系。那些达到时代高峰的作品给后来者造成巨大的超越压力,即"影响的焦虑",而既有作品又会启发天才作家创作出更深刻更精彩的经典之作。在中国现代小说史上,鲁迅的《祝福》无疑是经典,而它与其两个前文本——叶绍钧的《这也是一个人》(即《一生》)及许钦文的《疯妇》——构成的互文关系,有必要予以具体分析研究。通过这一个案研究,我们可以理出中国现代小说文体从萌芽到成熟的轨迹。这一互文性研究使我们对于鲁迅在中国现代文学叙事方面的贡献,也会产生新的认识。

## 一、《祝福》前文本 1:《这也是一个人》②

叶绍钧的《这也是一个人》(以下简称《这》)作于 1919 年 2 月,最初发表于《新潮》杂志第 1 卷第 3 号,是作者第一篇公开发表的白话小说。我们先来看这篇作品的前文本。在这篇作品面世之前,虽然陈衡哲、王统照、汪敬熙等已有白话短篇发表,但都未产生太大影响,我们可以设想当时远在穷乡僻壤的叶绍钧不曾读过它们,或读过之后对其未产生太大影响。此时已经发表过现

---

① 本章曾以《〈祝福〉及其两个前文本的互文性研究》为题发表于《鲁迅研究月刊》2011 年第 11 期。收入本书时有改动。

② 《新潮》第 1 卷第 3 号"目次"标题为《这也是一个人!》,内文标题为《这也是一个人?》;收入《隔膜》集时更名为《一生》;江苏教育出版社 1987 年版的《叶圣陶集》第 1 卷则为《这也是一个人》。

代白话小说且产生全国性影响的作家只有鲁迅,而在叶绍钧写这篇作品的时候,鲁迅也仅有《狂人日记》一篇发表。可以说,《这》的前文本除了《狂人日记》,就是鸳蝴派小说及其他旧小说。这些属于隐性前文本。

它与《狂人日记》的主题是基本一致、遥相呼应的,只是较之后者更单纯些,没有表现对中国文化乃至自身的深刻反省,而只停留于人道主义层面。这也是"五四"时期中国现代小说的共同主题,类似主题后来又表现于作者本人的《低能儿》(《阿菊》)等作品中。小说主人公是一个农妇,这一主人公身份的选择体现了"五四"新文学的精神,同时构成对鸳蝴派小说的否定或"修正"。开篇一句,说女主人公"没有享过'呼婢唤女''傅粉施朱'的福气",是明显针对其前文本的。作者意在表示:本篇的主人公与以往所有其他作品不同,不是旧小说里常见的大家闺秀、千金小姐;而说她"也没有受过'三从四德''自由平等'的教训",意指她既不是旧式小姐,也不是现代知识女性。接下来的整篇,就是讲她动物般的一生:她的出嫁与爱情毫无关系,娘家嫁她是怕再浪费钱财,婆家娶她是为省一个帮佣,或相当于得到半条耕牛。不仅婆家将其视为"很简单的一个动物",连生身父母也是如此。她为夫家生了儿子,按后来小说常见到的情节模式,本来地位该有所提高,但不然,这孩子本身也被视为简单动物,最后不到半岁就死掉了。她的情感、感受丝毫不被顾及,甚至没有表达的机会:孩子死了、丈夫打她,都不许哭,就连丈夫死了,公婆也不许她哭,因为她是被当做一条牛。最后终于又被牛一样卖掉了。在作品中,叙述者的声音与作品中人物形成对比:叙述语言虽然没有写她是否有爱情的追求、没有写她出嫁时是抵触还是有所憧憬,却写到孩子死后她的痛苦以及思念,写到她对丈夫沉溺赌博的不满,写到了她的反抗——出逃到城里当女佣,以及当女佣后的满足,写到她看到丈夫尸首时"很有些儿悲伤",同时又念及其坏处。城里的主人和主妇是作品中除叙事人以外的另一人道主义声音,但这种声音也是软弱无力的。于是,作品的主题非常单纯明朗,就是揭示劳动妇女生存的非人状况。

不只主题单纯,这篇小说在叙事上也很素朴:全篇完全按时间顺序写主人公的"一生",主要使用"概述"和"省略",穿插几处简单的"场景"。几乎没有景物及人物外貌描写,心理描写也很简单,人物语言个性特征不太明显。与其主题相应,作品没有出现主人公的姓名,而只称其"伊"。作品中也未出现其他任何人的姓名,因为个性塑造不是本篇的追求。作品的叙述直奔主题,一些叙述或议论比较直露,而未能化为艺术的描写。譬如"这一番伊吃得苦太重了"之类。这也是新文学初期"问题小说"共同特点。但"伊"出逃时船上人的议论倒是有点后来鲁迅小说的味道。

## 二、《祝福》前文本 2:《疯妇》

《疯妇》作于 1923 年 10 月,同年 11 月 18—20 日连载于《晨报副刊》,是许钦文"乡土小说"的代表作之一。严家炎先生在《中国现代小说流派史》中说"许钦文的《疯妇》,显然受了《祝福》等影响",①这是个小疏漏,因为鲁迅的《祝福》完成于 1924 年 2 月,同年 3 月发表于《东方杂志》第 21 卷第 6 号,写作与发表的时间都晚于《疯妇》。严先生作此推断,大概是"先生影响学生"的习惯思维所致。其实,那一时期鲁迅很关注许钦文的小说。创作稍晚于《祝福》而同年同月发表于《妇女杂志》第 10 卷第 3 号上的《幸福的家庭》,其副标题就是"拟许钦文",鲁迅也曾明确说明这篇是受了许钦文《理想的伴侣》的启发。所以,《疯妇》也是《祝福》的前文本,而非相反。

我们却可以认为《疯妇》的前文本是《这》:后者发表于当时影响全国的刊物《新潮》,作者是早已成名的作家、文学研究会发起人之一,作为文学青年的许钦文不可能看不到,不可能不受其影响。事实上,除了这篇《疯妇》,许钦文的《津威途中的伴侣》②在创意上应该是受了叶绍钧《旅路的伴侣》③启发,而其《重做一回》④从情节模式到人物主题都明显与叶绍钧《两样》⑤类似,二者属于直接互文本或显性互文本。

《疯妇》写的也是一个农妇的悲剧。但与《这也是一个人》不同的是,作品

① 严家炎:《中国现代小说流派史》,人民文学出版社 1989 年版,第 52 页。
② 1923 年 12 月 27 日发表于《晨报副刊》。
③ 1922 年 3 月 10 日《小说月报》第 13 卷第 3 号头条。
④ 1924 年 10 月 31 日发表于《晨报副刊》。
⑤ 1923 年 2 月 10 日《小说月报》第 14 卷第 2 号创作类头条。

中主人公的夫妻关系变了，主题也丰富了一些。

　　与《这》里的"伊"一样，双喜夫妇等生存仍带有一定的动物性，就是为活着而活着，不考虑生命的意义：究竟为什么日复一日、月复一月地劳碌，他们"从未切实的想过"。但与"伊"不同，双喜夫妇之间有着自然健康的爱情，尽管这种爱情并不像才子佳人小说中那么浪漫。双喜的妻虽"脸孔圆稳稳、矮胖胖"，相貌平平，却很能干贤惠。他们一年当中"三百二十多天的忍受，似乎专为一个多月的好梦"，就是在城里当跑堂的双喜每年至多不过两次的回家探亲。作品用具体细腻的描写来展示他们夫妇之间朴实的爱情。丈夫回乡时，双喜妻虽然照常劳作，但作了精心打扮："她穿着绿布夹裤，簇新的月白的包棉袄的布衫外面罩着青布的背心；头发梳得精光，脸上擦着胭脂"，"她把秋海棠叶形的耳环也挂在耳边，裹金的调羹簪也插在头上。鞋子也换上了新的"。这是"女为悦己者容"。最能见证她对双喜爱的，是"双喜刚给她买归的粉红洋袜也穿在脚上"。虽然只是一双线袜，"但是在她的心中，比什么都还贵重"。双喜也爱妻子：专为她买来礼物，妻子不太协调的打扮"在双喜的眼里，却比什么都好看"。母亲数落妻子的不是，"他总是不开口，似乎不承认他老婆的错处"，"对母亲常常有不顺从的神气"。

　　若只有这些，小说内涵就停留在一般爱情故事层面。而紧接着，另一重主题出现了：婆媳矛盾。这似乎也是文学永恒的主题之一。儿子与儿媳的恩爱，引起婆婆的嫉妒。双喜娘心里想的是："哼，我好容易把双喜苦了出山，倒给你这婆娘来享福！""多房媳妇，少个儿子！"客观上加重双喜家婆媳矛盾的是邻居廿六婆婆。她虽然当着双喜妻的面对双喜娘称赞双喜妻"如花似玉的，又会做，又肯做，这样的好媳妇村里有几个"，但又建议双喜娘少做，"许多事情让媳妇大娘做去就得了"。婆婆对儿媳求全责备：虽然褙锡箔出色，却不会经布。这种潜在的婆媳矛盾，正是后面双喜妻成为"疯妇"、最终走向死亡的心理因素。导致双喜妻疯癫直至死亡的直接因素，竟是这样一件事：双喜回城，双喜妻依依不舍，送行后精神恍惚，以至到河边洗菜淘米时被猫将鲞头（干鱼头）叼走，米连同淘箩掉进水中。这使她很恐惧。按《这》里的做法，婆婆会马上对媳妇责打，双喜妻也是"只得希望应受的责罚早早发生，快快的过去"。也就是说，双喜妻认为婆婆的责罚是自己"应受"的。如果责罚马上实施、很快过去,也不至发生后面的悲剧。但是,婆婆知道后却什么也没说,立即往外走——出去宣传媳妇的"罪过"。双喜妻又退而求其次:"她的希望只得改为她的婆婆早点回来"。但婆婆很晚才回,回来后仍然不责罚她,却放声大哭,为心疼鲞头、米和淘箩而大哭。于是,一星期后双喜妻疯了,又三个多星期后死了。双喜妻的死使人联想到契诃夫的《小公务员之死》:不是因为责打,而是因心理的自责与恐惧而死。

双喜妻死后婆婆到儿媳坟前哭诉,使作品主题又增加了新的内涵:婆婆也陷入自责懊悔中。她大概也想起了儿媳的能干,想起一个干鱼头和一把米送掉一条人命的不值。可是,小说还不就此打住。最后一段"满脸生着水波纹的"廿六婆婆的心理描写,将双喜娘的悲哀又拉回到经济层面:"现在讨房媳妇多为难,一出一进,象双喜的十年难翻身呢!"这样,造成双喜家悲剧的根源有二:一是婆媳矛盾,它涉及心理、伦理、人性、文化和制度层面;二是贫穷,这属于经济层面。

与《这》相比,《疯妇》不仅内涵丰富了,叙事技巧上也更成熟。1922 年茅盾曾撰文批评旧派小说只会记账式叙述,不懂得描写,而早期新派小说描写技术仍然粗疏,或是"勉强描写素不熟悉的人生",[①]写得不够真切。再就是内容单薄。叶绍钧的《这》仍然有此缺憾,大概也与作者是苏州城里人,对乡下生活不太熟悉有关。而许钦文生于绍兴乡下,有直接生活体验。我们有理由推定,许钦文写《疯妇》时(1923 年 10 月)读到了茅盾这篇一年多前发表于当时最重要文学刊物之一《小说月报》上的文章,并且认同其观点。《疯妇》描写当地风俗,写经布、织布、裯锡箔的过程使人如临其境,风俗描写之外穿插着环境描写、人物外貌和心理描写。出场人物只有四个,性格却较为鲜明。人物语言也较有个性。双喜夫妇都很沉默,作品中出现双喜妻的语言只有一处,就是发现鲞头和米淘箩不见了时的一声惊叫"吓!"而对她劳动过程和外貌、心理描写较多,显示了其埋头苦干,而性格内向压抑,不善言辞,使得其后面的结局比较自然。我们也可由此推想她在娘家所受教育以及现实生存环境对她的影

---

① 沈雁冰(茅盾):《自然主义与中国现代小说》,《小说月报》第 13 卷第 7 号(1922 年 7 月 10 日)。

响。双喜的不开口则是因既爱妻子又心疼母亲,不好表态。人物对话主要是双喜娘和邻居廿六婆婆,也符合其各自的身份性格:当着媳妇面,双喜娘冷嘲热讽,话语带刺;媳妇死后一句"我的苦媳妇",又显示了其内疚。廿六婆婆伶牙俐齿,褒中带贬,可以说她是双喜妻悲剧的间接推力。小说篇幅不长,却不乏耐人回味处。例一:双喜妻每日劳作,双喜娘认为她是在"享福",因为她毕竟有爱自己的丈夫,而双喜娘却守寡多年。作品追叙,双喜进城做学徒时十三岁,那时双喜爹已在"泉下"。故事场景开始时双喜二十八岁,双喜娘五十岁左右,可以推知,双喜娘三十五岁左右时已是寡妇。除了与儿媳争儿子的爱这个"永恒"因素,这是她嫉妒儿媳的另一原因。例二:双喜娘得知儿媳闯祸后,转身出去了。我们可以推想她先是去了廿六婆婆家,廿六婆婆肯定没帮双喜妻好话。例三:结尾处双喜尚不知妻子疯癫与死亡之事,他还在城里的酒店里"安心的从店堂跑到柜头"。这一结尾加重了作品的悲剧氛围。

### 三、《祝福》:思想内涵的扩展深化与小说技巧的成熟

可以判定,鲁迅的《祝福》与叶绍钧的《这》及许钦文的《疯妇》具有显在的或直接的互文关系。张铁荣曾指出:"鲁迅在写《祝福》以前,受了叶绍钧《这也是一个人?》的影响,产生了强烈的共鸣"。他引鲁迅 1919 年 4 月 16 日致傅斯年的信为证:"《新潮》里的《雪夜》,《这也是一个人?》,《是爱情还是苦痛》(起首有点小毛病),都是好的。"①笔者认为,鲁迅虽未必对叶作多么激赏、"产生了强烈的共鸣",但可以肯定他认真读过这篇小说,其评价是肯定的。他后来由此产生了创作的灵感,有了"重写"并将这一题材深化的欲望。而鲁迅对许钦文小说的关注及有意识拟写,以及《祝福》与《疯妇》的题材相似性和主题相关性,则是鲁作与许作互文关系的证明。

与上述两篇小说类似,《祝福》也是写一个农妇的悲剧命运。它与《这》的相似处:

1)女主人公曾有过一个夭折了的儿子;

---

① 参见张铁荣:《比较文化研究中的鲁迅》,南开大学出版社 2003 年版,第 46 页。

2)丧夫；

3)逃离夫家进城做女佣；

4)被婆家转卖。

与《疯妇》相似之处：

1)女主人公勤劳能干；

2)女主人公因精神崩溃而疯狂、死亡；

3)外人的言语是主人公精神崩溃的原因之一。

与《这》相比，思想内涵方面，《祝福》无疑更为丰富和深刻了。虽然两篇作品都含有人道主义主题，但前者只限于此，后者则远远超越于此。在《这》里，因为女主人公仅被视为牛一类的"动物"，灵魂问题被搁置。不仅婆家人、娘家人和路人不去管她的心理、情感或灵魂，不去关注她的精神世界，主人公自己的心理活动也很简单。孩子死了，她"只觉以前从没这么伤心过"；对公婆关于她"命硬"使其断绝夫家子嗣的指责、丈夫对于儿子之死的议论，她"也不去想这些话是什么意思"；丈夫和婆婆打她，她"早经习以为常"。她也想到将来的可怕，因而决定出逃，但到城里找到女佣工作之后就觉得"非常舒服，永远不愿更换了"，唯一的不快是有时想起死去的孩子。见到丈夫死尸，她只是"心里很有些儿悲伤"，同时想到他的坏处。当然，透过叙事话语，我们能感到叙事者对于主人公精神感受的不被顾及这一状况是否定、批判的，但也许是主题所限，文本本身确实也没有对其精神世界予以更多关注，没有更多的相关心理描写。对此，鲁迅一方面在后来的创作中延续并发展了揭示底层民众精神麻木的主题，一方面在《祝福》中将焦点专门对准了包括主人公祥林嫂在内的人的精神世界，锁定了人的"灵魂"问题。祥林嫂出场所说第一句话，就是对于人死之后魂灵有无的提问。祥林嫂改嫁贺老六时的反抗，是为维护某种观念(贞洁观)，她精力衰退的主因是丧子之痛的精神折磨。作品一处也没有写到婆家和雇主鲁四家对她的殴打，最后导致祥林嫂精神彻底崩溃并走向死亡的，是人们对她的歧视以及精神救赎的无望。

前文本淡化的，《祝福》予以加强，乃至使之成为"正主题"；而前文本已涉及，有些还写得比较精彩的情节，《祝福》则予以淡化或省略。

叶绍钧写到了婆家对儿媳的打骂，这种描写无疑是真实的，在旧社会这类事应是司空见惯。许作与叶作不同,女主人公与丈夫之间有较深的爱情,婆媳关系虽不和谐,婆婆却并不对其打骂,而仅限给以冷言、冷语、冷脸。这是另一种真实。

　　关于祥林嫂在第一个婆家与丈夫及婆婆的关系,《祝福》予以省略,或语焉不详。它将主人公在婆家的生活场景放在了幕后。与《疯妇》一样,主人公在作品中只以第一个丈夫而得名,但那"祥林哥"没出场就死了,所以无法知道其夫妻关系,仅知他比妻子小十岁。丈夫去世时祥林嫂二十六七岁,可推知这祥林是个十六七岁的少年。祥林嫂与第二个丈夫贺老六似乎有一定感情,①文本依据是:1)她与贺老六结婚后"年底就有了一个孩子","母亲也胖,儿子也胖"。2)柳妈调侃她为何最终依从了贺老六,她回答"你不知道他力气有多么大呀",而且"笑了"。与年少不解风情的祥林相比,贺老六的男子气肯定更能打动妻子。但祥林嫂夫妻关系的直接描写文本中未见片言,因为这与主题无关。婆媳关系方面,贺家没有婆婆;在祥林家,可以推知她与婆婆会有冲突。依据是:我们对这婆婆"严厉"的印象,来自祥林嫂之口:来鲁镇十几天后,人们从这位"不很爱说话"的女佣口中陆续打听到"她家里还有严厉的婆婆"。以祥林嫂的敢于出逃、再嫁时的抗争,说明她不像双喜妻那样逆来顺受,反抗性甚至超过《这》中的"伊"。《祝福》在叙述上有一个醒目的裂隙:祥林嫂的婆婆在卫老婆子带领下来要人,本来与鲁四家已经谈妥,且结了账,本来领走祥林嫂就是。可接下来的情节却是:婆婆和卫老婆子走后,四婶突然发现祥林嫂出去淘米未归,一问才得知,祥林嫂被婆家的人强行绑架走了。作品未写出的当时情景应该是:祥林嫂一见卫老婆子带着婆婆来,就知道是要带她走,准备借口出去淘米而溜掉。婆婆深知其性格,早有准备。因为想要独吞祥林嫂的工钱,结账时不愿儿媳在场,儿媳溜出时她不加制止。而在河边,她带来的人早已埋伏好,她结完账一出来,那些人就迅即实施了绑架。带走祥林嫂需要这么精心布置,用智谋又用蛮力(两个男人加两个女人),可见婆婆知道儿媳不易降伏。虽然祥林嫂的反抗性超过了两个前文本的主人公,但她没有像《这》里的"伊"那样有离婚的可能(虽然"伊"也未能实施),因为雇主鲁四

①　后来据原著改编的同名电影对此予以"补写"。

夫妇绝无现代法律观念,她自己也想不到这一出路。后来被转卖嫁给贺老六时的反抗,也仅是为维护旧的贞洁观念。如王国绶所言,"祥林嫂具有反抗性,但是还不能说具有革命性。"①鲁镇人取笑她、柳妈恐吓她,也是用这旧观念。这样,作品批判的矛头就对准了从鲁四老爷到所有鲁镇人以及祥林嫂本人头脑中的旧文化、旧观念,比前文本大大深化了一步。

《祝福》较其前文本主题深化的另一个方面,是对人性中愚昧、冷漠乃至冷酷一面的揭示。《这》已涉及旧文化环境中普通民众的愚昧及冷漠,例如"伊"出逃时乘客们不问青红皂白对她的指责,她父亲关于"既做人家的媳妇,要打要骂,概由人家"的冷语。《疯妇》也提到过丈夫不在家时媳妇若打扮齐整些"就要被人们议论";廿六婆婆的形象也许会对鲁迅塑造柳妈有所启发,她那"满脸生着水波纹"的面相与柳妈笑起来"蹙缩得像一个核桃"的打皱的脸同样有些令人厌恶。但与前文本偶尔涉及不同,《祝福》将人群于愚昧之外的冷漠乃至冷酷进行了反复渲染,与叙事人的心理活动相映照,使之成为分外引人注目的东西。

《祝福》中叙事人"我"的形象具有其独立审美价值和认识价值,是作者的一个创造。笔者认为,"我"在作品中的作用,是以其对祥林嫂的"关注"来反衬鲁镇人的"冷漠"。尽管许多论者指出"我"这一人物身上的软弱性,但在一片对祥林嫂之死漠然乃至烦厌的氛围中,只有"我"对之念念不忘,内心一直纠缠;对于自己对祥林嫂所提问题的回答,"心里很觉得不安逸",过后反复回味推敲,犹如走下考场的考生回想自己答题情况。不论回答人死后灵魂"有"抑或"无",其实他都是为安慰祥林嫂。后来"这不安愈加强烈了"。他想回城逃避,故意去想城里福兴楼的清燉鱼翅,实在是因这"不安"太折磨人。试想:除"我"之外的其他鲁镇人,会如此在意祥林嫂的恐惧和痛苦、会为自己与祥林嫂的对话可能产生的后果而内疚么?所以说,这个"我"是全篇唯一的亮色。而"我"的软弱、含混、敷衍的选择,又显示了作者对未来的忧虑。这些都是两种前文本所不具备的深刻内涵。

与思想内涵的深化相应,《祝福》在艺术构思、艺术描写的技巧方面更为

---

① 王国绶:《怎样理解祥林嫂的反抗性》,《天津师范大学学报》1980 年第 1 期。

精湛。鲁迅也自认《彷徨》中的作品技术上"比先前好一些,思路也似乎较无拘束"。① 与新文学初期的"流水账"式小说不同,该篇采用了倒叙,且开头、结尾与追叙的主体部分衔接非常自然。作品实写和虚写结合。实写部分又有详有略:涉及人物性格与精神世界的部分详写,以至采用"场景"②叙事;其余部分则用"概述"或"省略"。人物对话传神,个性鲜明。景物描写、人物外貌描写方面都有为人称道的经典段落。"我"的心理描写虽不繁复,却具有层次感。议论精短,而不乏名句。如前所述,作品还有许多细节耐人咀嚼回味,读者可以像读《红楼梦》那样读《祝福》。可以说,《祝福》与《阿Q正传》一样,标志着中国现代白话短篇小说的成熟,代表着中国现代小说创作的高峰。

从《这也是一个人》到《疯妇》,再到《祝福》,可以看出中国现代小说发展成长的清晰轨迹。笔者曾指出过,鲁迅小说在中国现代小说史上是一个奇迹,即,它是起点,也同时是高峰。③ 这一奇迹的发生似乎与文学的"进化论"相反。但,这并不意味着中国现代小说文体就没有一个逐步发育成熟的过程,并不意味着鲁迅只能影响别人,而不会被别人所影响。

前文本水平一般,而受诸多前文本启发的新作后来居上,成为不朽名作,这种现象在中外文学史上并非鲜见。

---

① 鲁迅:《〈自选集〉自序》,《鲁迅全集》第4卷,人民文学出版社1981年版,第456页。
② 或称"等述"。
③ 参见阎浩岗:《鲁迅:奇迹般的起点》,《鲁迅研究月刊》2006年第12期。

# 第九章　《青春之歌》里的林道静
## 与《虹》里的梅行素①

　　若抛开具体意识形态内涵，可以说，杨沫的《青春之歌》实际叙述的是一个青年女性知识分子急欲摆脱平庸凡俗的生活方式、寻找理想、追求自我价值实现的奋斗历程。在《青春之歌》之前，中国 20 世纪文学史上类似的故事早已存在，且构成一个系列。《青春之歌》的显性前文本主要有鲁迅的《伤逝》、丁玲的《莎菲女士的日记》和茅盾的《虹》。

　　林道静为什么会献身革命事业？虽然为了合乎主流话语，作品在一开始就特别设计了林道静沙滩上看见"华人与狗不得通过"的木牌、海边迷路遇到逃荒过来的山东女人、与余永泽同居时魏老三来借钱等情节，但从文本提供的信息及人物性格逻辑看，促使林参加革命的直接的和主要的因素，却并非"救国救民"的远大抱负，因此上面设计的这些情节也显得有些生硬，有外加的痕迹。林道静从北平逃到北戴河是为逃婚，是因她要"做一个人"。为保持人的尊严她不惧颠沛流离，不惜冒险甚至牺牲生命，而决不愿为物质享受失去做人的尊严，不愿马马虎虎活在世上。她最怕的是平淡、平凡和平庸。在海边的杨庄当了小学教员后不久，"平淡的乡村，平淡的生活，甚至连瑰丽的大海，在道静的心目中，也渐渐变得惨淡无光"，"即使和余永泽的初恋，也没有能够冲淡这种阴暗的感觉"。这时，卢嘉川出现了。对林道静来说，卢的魅力就来自他的英俊的仪表和不凡的谈吐，来自他的"和一般人不一样"。小说里写她对国难的忧虑实际是"被煽动起来的愤懑情绪"。② 因此，国难发生后"她自己空

　　① 本章曾以《林道静形象的互文性解读》为题发表于《河北科技师范学院学报》2011 年第 4 期。收入本书时有改动。
　　② 着重号为引者所加。

虚的心灵"反而"也似乎充实起来了"。她还是与余永泽相爱并同居了,两人也有过甜蜜和温馨,虽然在白莉苹一类人看来他们的生活很清苦,但余在生理需要之外还给了她爱的需要的满足。不过,在低一级需要满足之后,更高的需要就占据主导了:她需要得到社会的尊重,需要自我实现,所以锅碗瓢盆的家庭生活再次使她感到了凡庸空虚,以至不能忍受。这时,卢嘉川再次出现。卢也是一见就喜欢上了林身上那种"又倔强又淳朴的美",主动和她接近,引导她走上革命的道路。林卢的接近当然有林正在寻找出路和卢要发展事业、壮大革命队伍的因素,但他们之间相互的好感乃至爱慕,不能不说也起了重要作用。卢给林看的那些革命书籍里面提供的"预约券"(茅盾语)又应和了林的不满现状、向往理想世界的性格,使之"对于未来幸福世界的无限热情激荡着、震撼着","感到了从未有过的快乐和满足",使她重新焕发了青春。卢准确指出了她的革命动机,尽管林辩护说自己绝非自私自利的人,但她确不是"为了拯救人民于水火",而是为逃避"现在平凡的生活"而革命的,这个在文本中得到了明确揭示。《青春之歌》对林这一段心理过程的描写很真实,对她后来思想转变、接受集体主义和群体观念的描写也能令人信服。我们不能因《青春之歌》没有像路翎《财主底儿女们》写蒋纯祖那样写出主人公内心深处个性主义与集体主义两种力量带来的矛盾痛苦而怀疑指责前者的真实性,因为林道静和蒋纯祖属于不同的性格类型。她对于群体或集体并不反感、并不抵触。在听说要参加纪念"三一八"的群众集会时,"她被一种新奇的神秘似的感觉兴奋得许久都不能安静下来"。林道静虽然希望得到社会尊重、寻求自我实现,并从"五四"精神那里得到思想资源,但自我实现并非只有个人奋斗一条途径可以达到,否则那些参加了集团斗争的非常著名的革命家也不能算是"自我实现"了。对有些人来说,集体固然会给其个性带来约束甚至压抑,但集团群体的斗争却又成为其自我实现的方式。杨沫及其笔下人物林道静就属于这一类型,20世纪中国的另外一位革命作家丁玲也属于这一类型。她们都达到了普通人难以达到的自我实现,而其实现途径却和萧红、张爱玲截然不同。我们不能因为丁玲、杨沫没有成为萧红、张爱玲而认为她们完全失去了个性、没有达到自我实现。她们最终成为了那样的人,是因她们本来就是那样的人!

　　林道静走向社会、走向革命的故事，使人联想到中国现代小说史上几位名家的名作，即鲁迅的《伤逝》、丁玲的《莎菲女士的日记》和茅盾的《虹》。这几部名作对于女性解放进行了各自的思考，作出了不同的回答：《伤逝》强调了经济独立的重要性，而其后的《莎菲女士的日记》和《虹》写到了经济以外的东西。困扰莎菲的不是离家之后的生计无着，也不是爱人的变心，而是找不到真正的精神寄托，寻不到真正让自己为之倾心的男性：苇弟乃一"萎"弟，缺乏男子汉气概，从肉体上和精神上都无法让莎菲折服；凌吉士的肉体曾打动了莎菲，但其灵魂的平庸又使莎菲厌弃。而《虹》所写梅行素的故事与《青春之歌》中林道静的故事具有更多可比性，两者构成直接的或显性的互文关系。笔者私下揣测，当年茅盾最先站出来肯定《青春之歌》并指出其艺术上的缺点，不是没有原因的。将它们进行比较更有益于认识《青春之歌》的特色和价值。

　　两部作品中可以构成两相对应的几组人物，除了梅行素对林道静，最重要的就是柳遇春对余永泽，韦玉和梁刚夫对卢嘉川和江华。此外，还可列举出其他次要人物，比如徐绮君对王晓燕，黄因明对林红，梅父对林母等。两部小说的主人公都是因不能忍受世俗的平庸生活特别是包办婚姻而离家出走走向社会，投向革命献身"主义"，最后都是走上街头参加了"五卅"或"一二九"的游行示威；梅行素和林道静的性格中都有不安分和为自我实现而敢作敢为、不顾流俗的一面。但梅、林二人性格和经历不同的一面给人印象更深，其中的意味也更值得分析。梅行素与林道静性格最大的区别，是梅的"疑"和林的"信"。张中行在谈到他和杨沫的分歧时，就分别用"疑"和"信"来概括。可以说"信"是杨沫终生的性格特点。杨沫的"信"有时还导致"轻信"，直到晚年还因此而受骗。[1] 作者的这一性格特点在小说主人公林道静身上表现得也很明显，第 1 部里既突出了她刚一接触"主义"便深信不疑的理想主义精神，也有多处写到她因轻信而导致的失误错误。梅行素虽然也是敢做敢闯，但她颇有心计，始终对周围男人和女人的世界保持着警惕戒备；在处理与钟情于己的韦玉、柳遇春、徐自强和李无忌的关系时，她始终掌握着主动权，除了对韦玉还有所依恋牵挂，"没有一个人能打动她的心，也没有一个人的心胸不被她看穿"

---

① 老鬼：《母亲杨沫》，长江文艺出版社 2005 年版，第 250—265 页。

（《虹》第 8 章）。即使最后单恋梁刚夫，她的爱也是伴随着征服欲。梁对她的冷淡，使得受惯了注意的梅觉得难堪，她还曾设想过"给他看了点利害以后就永远丢开他"。她参与政治活动，其实也是从要赢得梁的尊重的动机出发的。在参与了政治活动后，她还当心着被人利用。虽然她不是一个有意玩弄男性情感的人，但却有一种优越感存在。在梅行素身上，多少还有一些莎菲的影子。在这方面林道静全然不同。梅从小受到父亲娇宠，长大后又被不同的男性追逐，林虽然也是天生丽质，却自幼被父亲忽视、受后母虐待，加之离家后的生存困境，她似乎没有形成在异性和同性面前的优越感。按照初版，对林有或多或少、或明或暗恋情的男性有 5 个，即余永泽、卢嘉川、许宁、赵毓青，江华。余永泽救下道静后，"道静对这个突然闯进生活里的青年，带着最大的尊敬，很快地竟像对传奇故事中的勇士侠客一般的信任着他。"而对卢嘉川，第一次见面，"道静立刻被他那爽朗的谈吐和潇洒不羁的风姿吸引得一改平日的矜持和沉默"，第二次见面就"好像对待老朋友一样把什么都倾心告诉了他"。对江华，还没正式见面，她想象江的形象时，就"整个心灵被年轻人的狂热的幻想陶醉了。"见面后，虽然并未爱上江，但也对之推心置腹，倾诉衷肠。林道静和梅行素的差异，既是性格差异，也反映了她们各自所处时代的特点，即 20 世纪 20 年代和 30 年代的不同特点。到了 20 世纪 30 年代，阶级与革命话语已取代人道主义与个性解放话语成为主流，虽然直到 20 世纪 40 年代仍有坚持"五四"启蒙话语或在接受阶级革命话语的同时仍不放弃"五四"话语的知识分子，但林道静的经历比较典型地反映了当时许多青年从接受"五四"启蒙思想到接受阶级革命思想的心路历程。这正是这一文学形象的文学史价值。笔者认为，现在我们很难用"进步"或"倒退"来评价这一时代转变，无论如何，这是一种历史事实，《青春之歌》以自己的方式记录了这一转变，就自有其价值。

　　《虹》里的梅行素形象比较出色地反映了那个特定时代的某种精神。梅行素对于"主义"尚停留在"将信将疑"阶段，林道静却已经是深信不疑了。疑而不信或将信将疑的态度是"研究"，深信不疑的是"信仰"。在人类历史的发展中，"疑"和"信"各有其存在的精神价值，没有"疑"就没有理性，没有科学，而没有"信"就没有精神归宿和精神支柱，没有激情。"望梅止渴"典故中曹操的兵士正是凭的对曹操所谓梅林的"信"战胜了本来无法解决的强烈的干渴思饮问题。林道静性格中的不成熟和她的理想主义激情一起,正是其独特文学魅力之所在,因为它意味着青春。毋庸讳言,这青春蕴含了昆德拉指出的可怕的东西,但更象征着强大的生命力。《青春之歌》里的爱情描写虽然受到当时意识形态的"规训",但在今天看来,就初版本的描写而言,仍有其文学价值和艺术魅力。林道静绝非在男女关系方面随便的人,这一点使她和茅盾笔下的"新女性"区别开来,也与白莉苹之流迥然不同;但她又不受世俗伦理的束缚,她在处理与余永泽和江华的性关系时体现了这一点。林与余的分手主要因处世原则和做人目标的差异乃至对立,因为"道不同",而分手后林对和余在一起的生活仍有所怀恋,小说初版对林路过故居时内心感受的描写很动人;林道静与江华的理性型、现实型恋爱又不同于她与卢嘉川的恋爱,林与卢的关系具有彼岸性,因而在内心深处更具有不可磨灭的印痕,属于"此恨绵绵无绝期"类型。这和几十年后出现的张洁小说《爱,是不能忘记的》中的爱情,具有同样的魅力。它写得理想而真实,因为它是以作者本人的生命体验为基础的。

杨沫动笔创作《青春之歌》时的心理状况是"被某种说不出的创作欲望推动着,每日每时都想写——一些杂乱的个人经历,革命人物的命运,各种情感的飘浮,总缭绕在脑际,冲动在心头",[①]这使得《青春之歌》里面包含着许多作者原初的生命体验与真挚情感;而初稿完成交付出版社以及初版面世引起社会反响后,编辑、读者、著名作家和批评家们的意见对这个学养不太深、创作经验不太丰富的女作家影响很大,使她情愿和不太情愿地对原稿作了大幅度的修改。对照梁斌、柳青和姚雪垠创作时的高度自信自决,他们对老友和资深作家、批评家们提出的意见既虚心听取又能在关键问题上坚持己见的做法,杨沫的差距就显现出来了。《青春之歌》艺术上的不完整性既与其独特的题材及当时的语境相关,也与作者本人的性格和思想艺术修养分不开。

---

① 杨沫:《自白——我的日记(上)》,《杨沫文集》第 6 卷,北京十月文艺出版社 1994 年版,第 106 页。

# 第十章　《家》及《京华烟云》与《红楼梦》的对话①

作为中国古典小说的巅峰之作,《红楼梦》对中国现代小说创作影响深广,或隐或显受其影响或对之有所借鉴的现代小说难以尽数。举其显者,茅盾的《霜叶红似二月花》甫一面世,便有人说它像《红楼梦》。这部未完成长篇中的某些人物如张恂如、张婉卿使人联想到《红楼梦》中的男男女女,作品对日常生活琐事的描写亦颇得"红楼"神韵。张爱玲毕生酷嗜《红楼》,晚年作有专著《红楼梦魇》;她虽未创作与《红楼梦》类同的长篇,但从她的中短篇中人们仍可发现《红楼梦》潜移默化的影响。然而,在中国现代小说中,最明显与《红楼梦》有对应关系、显示出"红楼"血缘的长篇,当首推巴金的《家》和林语堂的《京华烟云》。

## 一、《红楼梦》与《家》:哀悼与诅咒

读过《家》的读者,首先感受到的是它与《红楼梦》在人物与情节上的对应。高老太爷类似贾母,钱梅芬类似林黛玉,李瑞珏类似薛宝钗,鸣凤类似晴雯或鸳鸯。贾宝玉一角在《家》中则分化成了觉新与觉慧兄弟二人,他们分别在爱情婚姻与异端精神方面与宝玉类似。两部作品都展示了封建大家族由盛而衰的过程,表现了包办婚姻对青年男女爱情自由的禁锢,以及封建家长对青年一代非正统思想的忧虑、恐惧与压抑,同时表现了对下层青年女性的同情,

---

① 本章曾以《具有"红楼"血缘的两部中国现代小说》为题发表于《红楼梦学刊》2002年第1期。收入本书时有改动。

甚至都是以男主人公的最后出走为结局。

　　但是,相似并非等同。任何文学史上的优秀作品都不可能没有其独特原创之处。《家》虽与《红楼梦》有些类似,但这是暗合而非有意模仿。正是那些差异决定了《家》在文学史上的地位。值得注意的是,巴金在其有关"创作谈"及《家》或《激流》的各种序跋中从未谈及《红楼梦》的影响,他谈的较多的反而是对于外国文学的借鉴。在晚年,巴金曾表示:"在中国作家中,我可能是最受西方文学影响的一个。"①他又说:"我对《红楼梦》可以说是'一无所知'。十几岁时翻看过它。我最后一次读《红楼梦》是在一九二七年一月,在开往马赛的法国轮船上,已经是五十年前的事情了。"②尽管如此,两部作品之间的血缘关系是存在的。巴金第二句话可以看作其自谦。事实上,巴金从小就受《红楼梦》熏陶,他全家都酷爱《红楼》,藏有三种不同版本。他说"最后一次"云云,恰恰证明在写《家》之前他已读《红楼梦》多遍。另一方面,他不谈《红楼》,也可能是为避免读者把《家》看作对前者的模仿。

　　确实,《家》在许多方面与《红楼梦》不同。激发巴金创作热情的不是模仿古典名著的欲望,而是强烈的生活实感。象《红楼梦》一样,《家》有明显的作家自叙传成分。虽然作者一再辩白他本人并不就是觉慧,但巴金的经历与觉慧十分相似;至于觉新,巴金就明白地说写的是他大哥。小说对高公馆及其周围环境的描写,就是以巴金故宅为蓝本的。

　　《家》与《红楼梦》的不同,首先表现在作者的创作目的方面。关于《家》的创作意图,巴金明确指出:"我写《家》,也只是为了向腐朽的封建制度提出控诉,替横遭摧残的年轻生命鸣冤叫屈。"③至于《红楼梦》的创作意图,则要复杂得多。在小说第一回中,作者提到"敷演出一段故事来,亦可使闺阁昭传",这似乎与"替横遭摧残的年轻生命鸣冤叫屈"类似。但巴金所指"年轻生命"并不限于女性,曹雪芹的"昭传"也重点不在"鸣冤"而在赞美。另外,曹雪芹写《红楼梦》似乎也不意在控诉封建制度、封建家庭,而是为封建家庭的衰落唱挽歌,为无材补天而痛悔遗憾。创作目的的差异,导致了两部作品主题的

---

　　①　《巴金答法国〈世界报〉记者问》,《巴金论创作》,上海文艺出版社1983年版,第684页。

　　②　巴金:《我读〈红楼梦〉》,巴金等:《我读〈红楼梦〉》,天津人民出版社1982年版,第3页。

　　③　巴金:《〈探索集〉后记》,《巴金论创作》,上海文艺出版社1983年版,第156页。

不同。《家》的主题比较简单明了,就是鞭挞封建家庭制度,赞美对黑暗势力的反抗,批判妥协。《红楼梦》的主题则复杂隐晦,"红学"研究的历史其实也是对《红楼梦》主题阐释的历史。在各种阐释中,笔者无法赞同"反封建"说,而倾向于"挽歌说"。《红楼梦》客观上为我们提供了许多批判封建制度的资料,"文革"期间的"红学"研究者从作品中发掘出的"血泪账"①也不能说毫无根据。然而,如果把《红楼梦》作为一个有机整体看其思想情感倾向,我们印象最深的却不是"批判"或"控诉",而是作者对大家族衰亡的痛惜、伤感,对青年女性(不论是"正统派"还是异端)的赞美或同情,对无法扭转大家族衰亡趋势的遗憾、自责,在无可奈何之际对尘世人生的幻灭和由此导致的内心痛苦,以及对解脱痛苦之道的探索寻求。书中贾宝玉寻求的解脱之道是出家,是对世俗生活的弃绝,而作者曹雪芹的解脱之道是艺术创作。

《红楼梦》中的贾宝玉与《家》中的觉新、觉慧在人生态度及价值观念方面有很大不同。他的人生态度是纯粹审美的,或如王昆仑先生所言,他过的是"直感生活"。② 他毕生所追求的是美。由于独特的生长环境,他的审美理想是阴柔之美、女性之美,确切说是少女之美、处女之美。他的"重女轻男"完全是从其审美理想出发,并不是要讲男女平等,也不是要反封建(虽然客观上有反封建的意义);他也并不像有些人说的那样具有人道主义思想,他喜欢袭人、晴雯及金钏儿等主要是因她们是漂亮少女,他对于其乳母李嬷嬷及刘姥姥就未必肯给予多少疼爱或同情。他是封建等级制的既得利益者,若无这种制度,他就不会被那么多美貌青年女子簇拥伺候。在封建大家族中,他因被最高权威贾母娇宠,享有无人可比的自由,甚至可以逃避正统教育。因此,被骗成婚后,他虽极度痛苦,却从未表示对导致林黛玉死亡的贾母、王夫人、王熙凤的怨恨、不满,他只把这些归之于"金玉良缘"的宿命。

《红楼梦》与《家》都写了丫鬟之死。《红楼梦》中金钏儿之死源于贾宝玉的调戏,但得知金钏儿被逐,宝玉没有为之说情,甚至没有出来澄清事实;获悉金钏儿投井,他虽感痛苦,但即使在内心里也丝毫未表示对王夫人不满。他对

---

① 见解放军报社编:《红楼梦研究资料》,《解放军报通讯》1975 年(增刊)。
② 王昆仑:《红楼梦人物论》,三联书店 1983 年版,第 231 页。

晴雯确实有情,在其死后专为之作了篇《芙蓉女儿诔》以示悼念。但得知晴雯死讯,他首先关心的是晴雯最后一刻是否惦记着他,因为他以天下美貌女子都为自己垂泪为最高人生理想;他作这篇悼文时专注于雕琢词句,过后还与黛玉研讨;念悼文时虽曾"泣涕",念完后听到黛玉称赞:

> 宝玉听了,不觉红了脸,笑答道:"我想着世上这些祭文都蹈于熟滥了,所以改个新样,原不过是我一时的顽意,……。

听了黛玉的修改意见后:

> 宝玉听了,不禁跌足笑道:"好极,是极! ……。"①

可见他作此文虽不乏真情,却也出于游戏之意,是为了自我欣赏,欣赏自己的"公子多情";虽不能说是"为文造情",却也不纯是"为情造文"。文中"钳诐奴之口,讨岂从宽;剖悍妇之心,忿犹未释"之句显示,他把几位美女离他而去迁怒于"诐奴"、"悍妇",丝毫没有对真正的罪魁反抗的意思。

笔者以为,《红楼梦》表现的是曹雪芹对自己一生经历的反思。小说中对贾宝玉的贬词固然是反讽,不能代表作者真意,但曹雪芹对贾宝玉也不全然是赞美。贾宝玉的"意淫"固然不同于贾珍、贾琏、贾瑞之流的"皮肤滥淫",然而贾宝玉类型后代的出现同样也是封建大家族败亡的预兆。冷子兴评价贾府"主仆上下,安富尊荣者尽多,运筹谋画者无一",贾宝玉肯定属于"安富尊荣者"而非"运筹谋画者"。我认为,写作《红楼梦》时的曹雪芹肯定对自己青年时代、对贾宝玉类型的人物不能将大家族挽狂澜于既倒而感痛悔羞愧,"举家食粥"之时,他肯定对自己"过去的好时光"无比怀念,为今日家道败落而无限伤感。虽然他不满于社会的腐败黑暗,不屑于去做禄蠹国贼,但他不会认为大家庭、认为整个封建制度是罪恶的。他痛恨的是捉弄人的命运。也许,他的理想是让王熙凤、探春式的改革家重整乾坤。

---

① 《红楼梦》第七十九回。

与此形成对照,觉新、觉慧虽也从小与姐妹、与丫鬟们相处相交,却均无贾宝玉式的"处女崇拜"。他们都受到"五四"新思潮影响,受到西方人道主义思想影响。觉慧便自称"人道主义者"。他不分男女贵贱,把一切人当人看。觉慧兄弟对其奶妈非常尊敬,因为他们的生母教导他们厚待下人。觉慧不坐轿子。他还对丫头鸣凤说:"鸣凤,我想起你,总觉得很惭愧,我一天过得舒舒服服,你却在我家里受罪"。① 性别在觉慧的心目中不是一个"关键词",他被高老太爷监禁不是因为生活不检点,而是因为参加政治活动;觉慧的出走不是因为失恋,不是因为家道中落,也不是因为对尘世人生的幻灭,而是因为对封建家庭罪恶的痛恨与对创造新生活的渴望。

巴金对封建大家庭采取的是彻底弃绝的态度,因而《家》中人物的性格、命运及人物之间的关系亦与《红楼梦》明显不同。觉新、觉民、觉慧三兄弟在家中虽也有欢乐时光,虽然物质上也很富足,但精神基本处于被压抑状态。高老太爷作为家族最高权威,与贾母不同,他决不娇宠孙辈,只有威严而无随和风趣的谈吐。说一不二是他与贾母的共性,但贾母尚且阻止贾政管教宝玉,高老太爷却唯恐克字辈对觉字辈管教不严。在《家》中,"贾宝玉"分化成了觉新、觉慧二人。贾宝玉对长辈绝对尊敬、绝对服从,但又恃宠恣意,时有越轨。觉新、觉慧的父亲不像贾政那么严厉,祖父又不像贾母那么可亲,缺了家中的制约、润滑机制,他们便走向两个极端:一个只信"无抵抗主义",另一个则公开反抗。觉慧对造成鸣凤、梅和瑞珏三个女性之死的罪魁有清醒认识,并发誓"让他们也牺牲一次"。

《家》中的人物有一定的复杂性,如觉新既喜读《新青年》,行动上又没勇气反抗旧势力的迫害;觉慧信奉人道主义,潜意识中却仍不能把鸣凤与琴同等看待;觉慧痛恨封建家长对青年一代的压抑,对高老太爷却仍未完全丧失人伦情感。但是,总体来说,与《红楼梦》相比,《家》的内涵要单纯明了得多。《红楼梦》是"形象"远远大于"思想",人们从中发掘出的东西肯定远远超出了曹雪芹的创作意图;《家》则是"形象"与"思想"基本一致,不论谁读这部书,都无法否认它的主题是"反封建",是对大家族罪恶的控诉与诅咒。

--------

① 《家》第 10 章。

## 二、《红楼梦》与《京华烟云》：模仿与新解

林语堂的《京华烟云》写于 1938 年，1939 年以英文由纽约约翰·黛公司出版。关于这部小说的创作意图，作者在给郁达夫的信中说是为"纪念全国在前线为国牺牲之勇男儿"。① 这句话显然不宜从字面来理解，因为书中主人公姚木兰是女性，她并未像花木兰那样亲自到前线杀敌。小说上卷《道家女儿》和中卷《庭园悲剧》写的主要是家庭生活。下卷《秋季歌声》②的最后写到了木兰与莫愁的儿子参军抗日，但抗日内容在全书中篇幅很少，阿通、肖夫又是性格模糊的次要人物。作者的真正目的，是"介绍中国社会于西洋人"，③也就是向外国人介绍中国社会和中国文化。

与巴金不同，林语堂创作《京华烟云》是有意识地模仿《红楼梦》，而且并不避讳这部作品与《红楼梦》之间的血缘关系。作者在给郁达夫的信中明确交代了《京华烟云》与《红楼梦》人物之间的对应关系：

> 重要人物约八九十，丫头亦十来个。大约以《红楼》人物拟之，木兰似湘云，……莫愁似宝钗，红玉似黛玉，桂姐似凤姐而无凤姐之贪辣，迪人似薛蟠，珊瑚似李纨，宝芬似宝琴，雪蕊似鸳鸯，紫薇似紫鹃，暗香似香菱，喜儿似傻大姐，李姨妈似赵姨娘，阿非则远胜宝玉。孙曼娘为特出人物，不可比拟。……④

不过，我们分析《京华烟云》与《红楼梦》之间的关系也不必完全依作者的指引，正如对其创作意图与思想内涵的发掘不必完全受作者的直接表白拘泥一样。比如桂姐与凤姐不论身份地位还是性格特征并无多少相似之处，桂姐的形象也远不如凤姐那么鲜明、生动，那么重要；我以为将珊瑚比作李纨，不如

以曼娘拟之;而将体仁(迪人)比作薛蟠亦不甚妥。至于作者所称"远出《红楼》人物范围"的人物,也并非与《红楼梦》毫无关系。读过《京华烟云》之后,笔者有一种感觉,就是《京华烟云》是对《红楼梦》在模仿基础上的重新阐释。据作者的女儿林如斯介绍,1938 年春林语堂本欲翻译《红楼梦》,后因觉得"《红楼梦》与现代中国距离太远",①所以才决定创作《京华烟云》。与《红楼梦》及《家》的作者不同,林语堂并没有在封建大家庭中成长的经历,他是从介绍中国文化给西方读者的宗旨出发,在模仿古典名著的时候,站在今天的高度,根据作者自己的理解,赋予类似题材以新的涵义。

　　《京华烟云》的主人公是姚木兰,而我首先要分析的却是被一般评论者所忽略的木兰之兄姚体仁。贾宝玉在《红楼梦》中是一号主人公,我们打开《京华烟云》自然要问宝玉哪里去了。作者给我们指出的是他化作了木兰的弟弟阿非。但阿非在上卷中不过是个道具一样的小孩子,基本未正式出场。只是在中卷中他奔走于红玉与宝芬之间,才有点类似于宝玉与钗、黛之间的关系。其实,那主要也不是因阿非多像宝玉,而是因红玉太像黛玉了。阿非并无异端思想,相反,与他哥哥不同,他是个相当"正统"的"好孩子"。到了下卷,阿非走向社会,领导查毒禁毒,更与宝玉无任何类同处。倒是他哥哥体仁与贾宝玉类似之处更多些:体仁从小在丫鬟簇拥之中长大,与贴身丫鬟银屏发生恋情,除去对自己的妹妹外,对别的女孩子都温柔。虽然生得聪明漂亮,但由于母亲娇惯纵容,也由于意识到自己家庭的富贵,从不下苦功读书,被父亲视为逆子,还因在外惹祸遭父亲痛打。他对银屏的爱超越了阶级界限,也能像宝玉一样为丫鬟喂药并对之海誓山盟;银屏死后他极其悲痛,并为此与父母翻脸。他曾对银屏谈论过他对男女之间、主仆之间关系的看法,认为这些并非天经地义、万古不变的。在第十九章几位青年谈论《红楼梦》人物时,他便明确表示他喜欢贾宝玉。

　　然而,这个"宝玉"在《京华烟云》中基本上是一个被贬抑的角色。《红楼梦》中的贾宝玉虽然不等于作者曹雪芹,但在这一形象身上作者倾注了最多的情感,这一形象传达了作者最多的体验,作者是用同情乃至赞美的笔调来写

---

① 　林如斯:《关于〈京华烟云〉》,《林语堂文集》第 1 卷,作家出版社 1996 年版,第 6 页。

贾宝玉的。而《京华烟云》中作者的理想形象是姚木兰,对于姚体仁,在第二十四章之前作者是把他作为一个不务正业、难以成器的渣滓来写的,对他与银屏的爱情也基本持否定批判态度。迄今为止,还没有人发现体仁这一形象有生活原型。笔者认为,这实际是林语堂对贾宝玉形象的重新塑造、重新解释和重新评价。曹雪芹有关"意淫"、有关贾宝玉与薛蟠、贾琏之流本质区别的描写是林语堂视野中的盲点,林把宝玉与薛蟠、贾琏看作一路货色,看作胸无大志、任性纵欲的败家子。读了《京华烟云》,我们似乎听到作者在说:贾宝玉这样的人是不足取法的,如果贵族青年都像贾宝玉这样,大家庭是必然败落的。这种观点若以日常现实生活理性衡量,本无可厚非,这也是不少普通读者阅读《红楼梦》之后的感受。然而,曹雪芹之所以伟大,是因为他塑造的贾宝玉形象所蕴涵的异端思想和客观上的叛逆精神。这一精神不仅在文学史上,而且在中国思想史、文化史上都具有划时代意义。尽管贾宝玉或曹雪芹本非有意识地对封建价值观念进行反抗,但由于作者是带着极大同情塑造贾宝玉这一形象,全书肯定异端的色彩非常明显。相比之下,林语堂通过姚体仁而对贾宝玉进行的阐释,实际又回到了"常识"层面。

《京华烟云》中的孔立夫则可看作《红楼梦》中甄宝玉的化身。立夫与体仁的相互映衬恰如"真假宝玉"的相互映衬。只是曹雪芹对"真"、"假"宝玉二人的情感与价值倾向令人捉摸不透,而林语堂却是十分明显地扬孔(立夫)抑姚(体仁),亦即扬甄抑贾。他在评论《红楼梦》后四十回宝玉做八股应科举时所说"宝玉到后四十回,所以能深深动人,就是因为他已不似前八十回专说呆话吃口红而已",①即可说明林语堂对贾宝玉的基本看法与态度。

《京华烟云》倾注笔墨最多的人物还是两位女性,即姚木兰和姚莫愁。这两个人物是作者理想道德的象征。姚思安虽为"道家",但我以为他实乃木兰姐妹的一个背景。通过这三个形象,林语堂将《红楼梦》中的悲剧都化解了。莫愁与曼娘是中国传统妇德的化身。木兰则是作者意想中中西妇女优点的融合;是儒道互补的结晶,又是"中体西用"的产物。但木兰与莫愁身上都丝毫没有《红楼梦》中"女一号"林黛玉的影子。被作者当作次要人物、"主中之

---

① 《林语堂文集》第10卷,作家出版社1996年版,第480页。

宾"塑造的冯红玉,在体弱多病、多疑任性、多愁善感方面确实类似黛玉,但也仅此而已,她身上并无多少异端色彩。她爱阿非,是因阿非"家虽富有,但无骄纵恶习,对她则用情至专"。① 而在《红楼梦》中,那些有骄纵之嫌的异端色彩恰是使得宝黛二人心心相印的基础。可以说,真正的黛玉在《京华烟云》中是缺席的,红玉只得其外壳。倒是宝钗、湘云、探春的形象,分别化入莫愁与木兰身上。木兰与莫愁分别给在香港的体仁写信,劝其坚定出国留学的决心,恰似宝钗、湘云、袭人劝宝玉留心于"仕途经济"。虽然这"仕途经济"的具体内涵有变,但实质都是希望他不再骄纵任性,而成为对家庭有用的人。对于《红楼梦》中的女性,林语堂同情黛玉、晴雯,却尊敬乃至崇拜宝钗、湘云。他在《说晴雯的头发兼论〈红楼梦〉后四十回》一文中表示:

> 飘逸与世故,闲适与谨饬,自在与拘束,守礼与放逸,本是生活的两方面,也就是儒、道二教要点不同所在。人生也本应有此二者的调剂,不然,三千年叩头鞠躬,这民族就完了。讲究礼法,待人接物,宝钗得之,袭人也得之。任性孤行,归真返朴,黛玉得之,晴雯也得之。反对礼法,反对文化,反对拘束,赞成存真,失德然后仁,失仁然后义——这些话,不能说全无道理。但是人生在世,一味任性天真,无所顾忌,也是不行的。此黛玉及晴雯所以不得不死,得多少读者挥同情之泪。若晴雯撕扇,晴雯补裘,我们犹念念不忘。所以读者爱晴雯的多。但是做人道理,也不能以孤芳自赏为满足。②

因此,在《京华烟云》中,林语堂让红玉早死以为别人让位,虽然他写到此处情不能自已。

在女性崇拜这一点上,《京华烟云》似乎与《红楼梦》是一致的,但细究起来,其中也有重要差异。《红楼梦》中贾宝玉是"处女崇拜",不论等级贵贱,却看是否已婚,原因是他认为处女不受功名利禄熏染,比男子更纯洁(他为宝

---

① 《林语堂文集》第 2 卷,作家出版社 1996 年版,第 490 页。
② 《林语堂文集》第 10 卷,作家出版社 1996 年版,第 303 页。

钗、湘云等受"污染"而惋惜);《京华烟云》中的女性崇拜不受婚否限制,却看重女性的文化教养;不在乎该女子是否贞洁,却看重她是否教男子"学好"、是否能干。因为林语堂的出发点是家庭的和谐。这也是《京华烟云》贬抑银屏而宽容华太太的原因之一。

如果说《红楼梦》是封建大家族衰亡的挽歌,《家》是对封建大家族罪恶的起诉书,那么,《京华烟云》就是一张以道家精神与少许西洋文化补充以儒家伦理为基础建立的封建大家族,以图使之起死回生的处方。

## 三、《家》与《京华烟云》:《红楼梦》的不同变体

《家》与《京华烟云》处理的是与《红楼梦》类似的题材,而三部作品却呈现出不同的思想倾向与艺术风貌,这主要是因这三部小说的作者由于生活的具体环境、个人经历、文化修养与思想观念及性格气质不同,采取了不同的创作方法。①

这三部作品都以大家族生活为题材,但对家族制度本身却有不同的立场和态度。《红楼梦》的作者亲眼目睹、亲身经历了大家族的崩溃,他对此感到无限伤感,并希望有人能够"补天"。曹雪芹在作品中客观揭示了封建家庭的阴暗面,但他对那败落前的家是非常留恋的。他通过主人公贾宝玉对男女两性的评价,客观上对封建观念有批判作用,但他主观上不可能否定整个封建制度。与此相反,《家》的作者巴金则是旗帜鲜明地批判整个封建家族制度。他对那个家不能说没有丝毫留恋,因为那里有他爱着的和爱过的人;然而,主人公觉慧的出走不是在家庭彻底败落之后悲观厌世的结果,而是因为他(同时也是作者巴金)看透了封建家族制度的吃人本质与必然灭亡的命运。《京华烟云》的作者林语堂对于封建家族制度却没有多少明显的批判。《京华烟云》中曾姚两家的败落并非由于家族内部的腐朽与后代子孙的不肖,而主要是因为战乱。作者把"家亡"与"国破"连在一起;对家族败落虽有感伤,却并不悲

---

① 本文所谓"创作方法"是指作家进行文学创作时总的指导思想、艺术追求和基本方式,包括创作目的、创作对象与创作原则三个方面。

观。他把家的复兴寄托在他所坚信的国之复兴上。

这些不同处理决定于作者不同的创作意图。曹雪芹的创作目的,是借"满纸荒唐言"挥洒其"一把辛酸泪",以使后人理解其对人生盛衰悲欢离合的感悟之"味"。巴金的创作意图则是控诉、批判封建制度,鞭挞那些害人者、压迫者,号召青年起而抗争。林语堂则是为向外国人介绍中国文化特别是家族文化。虽然在《著者序》中他宣称"本书对现代中国人的生活,既非维护其完美,亦非揭发其罪恶。……只是叙述当代中国男女如何成长,如何过活,……如何适应其生活环境而已",[①]但因该书创作于抗战期间,又写于异邦,为了民族自尊心,对封建家族制度还是明显褒多于贬。

日本学者山口守在《试论巴金〈家〉的结构》一文中指出:"在小说《家》里,人与人之间关系的基本形式是'对立'。虽说'对立'的原因依场面的变化而各个不同,但我们能够得到这样一种印象:这个故事是由'对立'构成的。"[②]这句话抓住了《家》中人物关系同时也是不同思想观念之间关系的要害。巴金是"五四"精神的忠实捍卫者,他对旧文化抱的是坚决的否定态度,对旧势力采取的是毫不妥协的斗争立场。与此不同,《京华烟云》中主要人物之间及其所代表的不同思想观念之间的关系是和谐或妥协、互补。在这一点上,它也与《红楼梦》有了分野:对于《红楼梦》的解释虽有"钗黛互补"、"钗黛合一"之说,虽然悲剧制造者贾母、王夫人、凤姐与受害者贾宝玉、林黛玉之间并未发生直接冲突,但"互补"、"合一"并未在文本内部实现,钗黛二人并未互相妥协,宝玉、黛玉的思想观念与封建家长们的观念存在着内在的紧张与对立。

在《京华烟云》中,人物之间客观利益上的对立是存在的,因为没有对立冲突难以展开情节。作为头号主人公的姚木兰便与她周围几个重要人物存在着客观上的对立关系:她与妹妹莫愁应当是情敌,与哥哥体仁有正与邪之分,与妯娌素云有温良贤惠与尖酸刻薄之别,与丈夫荪亚的关系,在别的作家笔下,更是展开冲突的素材。然而,在《京华烟云》中,这些对立、冲突却都一一

---

① 《林语堂文集》第 1 卷,作家出版社 1996 年版。
② [日]山口守、坂井洋史:《巴金的世界》,东方出版社 1996 年版,第 63 页。

化解了:对于莫愁,她退让并衷心为之祝福;对于体仁,她幼时忍让,长时劝勉,最后体仁在经历挫折之后终于改邪归正;对于素云,她委曲求全,后来以素云离开家庭而最终弃恶从善为结局;对于荪亚,她虽不能全心去爱却能忠贞不渝,荪亚的外遇事件也被她以智慧处理得三全其美。此外,小说中另外几对矛盾也以最终和谐为结局:阿非、红玉、宝珠之间的三角恋情以红玉自杀,主动"让贤",阿非、宝珠为之惋惜、怀念为结局;曾太太与桂姐一正一偏,本亦为一对矛盾;但二人一宽一让,总能和平共处。

《京华烟云》人物之间关系的"和谐",根源于作者思想观念上"儒道互补"的理想。这一理想化而为正面主人公的处世准则。儒家伦理重视尊卑秩序与道家哲学顺应自然的精神在作品中融为一体。姚思安信奉道家哲学,他的女儿姚木兰作为"道家的女儿"也体现出道家精神,表现为面对世事变故随遇而安。曾文璞与孔立夫、姚莫愁、孙曼娘则是儒家精神的代表。曾、孙二人的儒家精神表现为遵守礼法、虔信儒家道德理想;孔、莫二人的儒家精神除讲孝道守礼法外,还表现为讲究实际、有强烈的入世精神。主人公姚木兰既是道家的女儿,又是儒家的媳妇。她与孔立夫心心相印,与姚莫愁姐妹情长,与曾文璞翁慈媳孝。另一方面,孔立夫与姚思安亦翁婿相契。木兰身上吸收了一定的儒家思想:她孝敬公婆、相夫教子,处处合乎儒家伦理。道家思想主要是她的一种内心生活,一种内在精神。

在经历了彻底反传统的 20 年代和普罗文学与京派海派并存的 30 年代前期之后,林语堂小说的价值观念显得独具一格。然而,为表现其道德理想,为表现他对中国传统文化的看法,林语堂也对现实生活也作了美化、观念化处理,暴露出一定的人为痕迹。这主要表现在:为说明在中国"所谓压迫妇女乃为西方的一种独断的批判","所谓'被压迫女性'这一名词,决不能适用于中国的母亲身分和家庭中至高之主脑",①在《京华烟云》中,林语堂有意让男性家长退居二线:在姚家,姚思安潜心修道,不理日常琐事;在曾家,曾文璞也把理家大权交给能干的儿媳;在牛家,牛思道的官是太太帮着"运动"来的,牛太太外号"马祖婆",是家中的西太后。在《吾国与吾民》中,林语堂曾引《红楼

① 林语堂:《吾国与吾民》,岳麓书社 2000 年版,第 123 页。

梦》为例,说明中国妇女在家庭中的崇高地位。但《红楼梦》乃一特例,贾府乃封建社会中的一个独特环境。曹雪芹是以亲身经历为依据,借大家族中"阴盛阳衰"为主人公贾宝玉独特性格的成长提供一个客观环境,来表现其"女尊男卑"的惊世骇俗思想。设若贾母之夫贾代善健在,设若贾政、贾琏是精明强干的人,贾母、王夫人、王熙凤的地位决不会如此之高。我们对比一下巴金的《家》即可明白此言之不谬:在《家》中,高老太爷享有至高无上的权力,克字辈中男人与女人的地位亦不可同日而语,觉字辈中理事的是觉新而非瑞珏。父权制家庭无疑是中国封建家庭的常例。林语堂将特例当常例,以《红楼梦》为蓝本,虚构现代封建大家庭的故事,只是为向西方人指出:你们关于中国妇女受多重压迫的印象和观点是错误的(这与鲁迅小说《祝福》恰好相反)。

　　当然,《京华烟云》中也有未能调和的对立冲突,即姚太太与丫鬟银屏的矛盾。不过,这两个人在小说中不是作者全力歌颂的正面理想人物,作者对她们持的是带有同情的否定态度,因为她们违反了尊者慈、卑者顺的伦理准则:在作者看来,姚太太对下人未免刻薄,银屏又未免不守本分。联系林语堂一系列小说和散文作品,我们可以看出他的伦理观,那就是基本肯定封建等级制度、家庭制度,但又希望这一制度多少融进一点西方的民主平等精神。他认为长辈与晚辈、贵族与下人之间只要各守本分而又互相体谅,家庭就会和谐安宁。

　　《家》与《京华烟云》接受《红楼梦》不同方面的影响、对于《红楼梦》的不同变异,说到底既与时代相关,更与作者本人的生活经历、文化教养密不可分。《红楼梦》与《家》的作者都生长于封建大家庭,对家族内部关系与错综复杂的矛盾有切身的、真切的体验,他们的写作不是从理性观念出发,而是从生命体验出发,从强烈的爱与恨出发,笔下倾注着血与泪。林语堂没有在大家族中生活的直接体验,唐弢说他的《京华烟云》"人物是不真实的,不是来自生活,而是林先生个人的概念的演绎,因此没有一个人物有血有肉,能够在故事里真正站起来",①虽然未免责之过严,却也不无道理。林语堂"两脚踏东西文化",创作《京华烟云》时又远离抗战中的祖国,其创作因而既易观念化(从文化分

---

　　① 唐弢:《林语堂论》,《文艺报》1988 年 1 月 16 日。

析出发)，又易情感化(因民族自尊心而美化故国文化)。与他不同，巴金的《家》创作于 30 年代初，虽然此时"五四"高潮期已过去十来年，但大哥的死使他对大家庭的罪恶有切肤之痛。"五四"后的思想界普遍从社会制度方面寻求济世良方，巴金受时代思潮影响，把矛头直指封建制度。为了强化封建制度的吃人特征，他特地虚构了鸣凤、梅和瑞珏三个女性之死。而如果在林语堂笔下，觉新与瑞珏的"先婚后爱"，恰恰是说明包办婚姻未必导致悲剧的一个例证。

　　林语堂在《吾国与吾民》中也曾揭示国民的劣根性以及家庭之外社会上男女不平等的事实。那么，他为什么在《京华烟云》中更多从正面肯定封建的家庭伦理呢？这是因为他遵循的是理想主义的创作原则。他曾公开宣称，书中的姚木兰是他理想的女性。因而，围绕主人公姚木兰的家庭关系也就往往体现为理想的家庭关系。这种理想的家庭关系，使人联想到王元化所谓孔子的未能得以实现的精神理想，即"传统伦理中的抽象理想最高之境"，[①]而非现实中的家庭伦理关系。林语堂的《吾国与吾民》在论述家庭关系时，肯定"严格判别尊卑"的儒家学说："儒家学者觉得这种分别对于社会的和谐上是必要的，他们的这种见解也许很相近于真理。"[②]林语堂肯定的其实就是孔子的"原教旨"。

　　《京华烟云》的作者以西方文化为参照描述中国封建家庭生活，使这部小说具有了前所未有的开阔视野。但理论视野的开阔不等于生活接触面的广阔。直接生活体验的缺乏与以宣传为宗旨的创作方法，使该作品显出抽象化之弊。他对于中国传统文化的评价，虽有纠"五四"以来全盘否定传统与西方汉学家有意无意歪曲中国文化之偏之功，却又有不合事实实质、过分美化现实、炫丑以为美之嫌。这与他本人在国内时养尊处优、在创作时又远离祖国密切相关。《家》的作者有切身的封建家庭生活体验，在对封建制度实质认识的深度与对其批判的力度方面超过了《红楼梦》，更超过了《京华烟云》；但作者目光焦点只集中于制度层面，又使作品没能向更深处开掘。《红楼梦》的作者

---

　　①　王元化：《杜亚泉与东西文化问题论战》，许纪霖编：《二十世纪中国思想史论》上卷，东方出版中心 2000 年版，第 293 页。

　　②　林语堂：《吾国与吾民》，岳麓书社 2000 年版，第 117 页。

不可能了解西方文化,也不懂何为自由、民主、平等,但非凡的艺术感受力、思想洞察力与艺术表现天赋,使得他在小说中涉及了封建家族生活以及更广泛的社会人生的许多实质性问题,客观揭示了某些人生真谛。在思想内涵的丰富复杂深刻与艺术表现的精湛高超完美方面,不论《家》还是《京华烟云》,都还未能达到古典小说中这一顶峰的高度。

# 第十一章　互文性视阈中的
## 丁玲土改叙事①

　　丁玲的长篇小说《太阳照在桑干河上》（以下简称《桑干河上》）与周立波的《暴风骤雨》是反映中国共产党领导的土改运动最著名的两部作品。二者差不多同时写作、发表或出版，②同时获得斯大林文学奖金。但是，两者写作、发表或出版的过程以及发表或出版后的命运却不尽相同：前者动笔早于后者半年——当周立波动笔写作《暴风骤雨》上卷时，《桑干河上》中的一章已被期刊选登；而《桑干河上》全书的出版却晚于《暴风骤雨》上卷四个月。不知这两位湖南老乡是否暗中在进行有意识的竞赛，当时与两人都有较密切交往的文艺界领导周扬对两人创作状况均有了解，却是不争的事实。《暴风骤雨》写作速度很快（上卷两个月完稿，下卷五个月杀青），《桑干河上》则断断续续写了19个月。不排除周扬有出于个人某种考虑而拖延甚至阻止《桑干河上》出版的企图（在推荐斯大林文学奖金参评作品时，周扬最初也没有选送该作），但笔者认为这又不单纯是宗派主义或个人恩怨所致，它与丁玲的创作方法、艺术表达本身有关。它涉及丁玲的土改叙事与当时在解放区占据主流地位的"无产阶级革命意识形态"的关系，也涉及 1949 年后中国大陆文学创作规范的建立。

---

　　① 本章曾以《丁玲土改叙事与新时期以前主流意识形态的关系》为题发表于《首都师范大学学报》2014 年第 5 期。收入本书时有重要改动。

　　② 《暴风骤雨》上卷 1947 年 5 月动笔，7 月完成初稿，10 月完成修改增补，12 月至翌年 1 月在《东北日报》连载其部分章节。1948 年 4 月由东北书店初版。《暴风骤雨》下卷 1948 年 7 月动笔，12 月完成，1949 年 5 月由东北书店初版。《太阳照在桑干河上》1946 年 11 月动笔，1947 年 5 月《时代青年》选载其《果园》一章。9 月将基本完成的初稿交周扬征求意见，1948 年 6 月完成定稿，8 月由东北光华书店初版。

## 一、《桑干河上》与《暴风骤雨》的意识形态差异

当下有相当一部分研究者否定《桑干河上》及《暴风骤雨》土改叙事的真实性,认为它们从为宣传主流意识形态合法性服务的创作宗旨出发,遮蔽和歪曲了某些历史真实;也有相当一部分论著认识到两部作品之间的差异,认为前者在思想深度及艺术真实性上有诸多超越后者之处,比如写出了农村阶级关系的复杂性、对历史巨变中个人的命运予以关注等等。笔者认为,两部作品确实存在一些本质差异,这种本质差异,说到底是意识形态的差异。

周立波的《暴风骤雨》是当时的主流意识形态即"无产阶级革命意识形态"的直接体现,而且除了这一意识形态,文本中基本不含其他杂质。不论肯定还是否定,《暴风骤雨》研究者大都对此没有异议。研究者都认为周的这部长篇是形象化地宣传中共关于土改的一系列方针政策、指导思想、价值体系的范本。作者本人也直言不讳,承认自己写作时把宣传党的政策放在首位,把用小说"教育和鼓舞广大的革命群众"①当作自己的职责。他要"再现"的现实,是"作者站在无产阶级立场上站在党性和阶级性的观点上所看到的一切真实之上的现实"。② 说《暴风骤雨》所写的土改"更近于中共理想中的'真实'"③是没有问题的。

丁玲也一直自认"革命"作家,从理论上说,她对于"无产阶级革命意识形态"也是心悦诚服接受的。但与其他一些革命作家不同的是,她于"革命"二字之外同样十分看重"作家"二字,即使奔赴延安之后仍然如此,这正如之前在国统区时于"女作家"三字之中她看重的是"作家"二字而非"女"字。作为作家,丁玲始终把作品的文学性放在一个不可或缺的位置,所谓"一本书主义"意味着她重视艺术质量,意味着她希望自己的作品能够传世。从作品的

---

① 周立波:《〈暴风骤雨〉的写作经过》,《中国青年报》1952 年 4 月 18 日。

② 周立波:《现在想到的几点——〈暴风骤雨〉下卷的创作情形》,《生活报》1949 年 6 月 21 日。

③ 李建欣:《文艺的真实与生活的真实——试谈小说〈暴风骤雨〉和同名纪录片》,《南方论刊》2008 年第 11 期。

文学性本身出发，使得丁玲的创作具有了某些超乎主流意识形态规范的内涵，而这些内涵又体现出"五四"启蒙思想对她终生的影响。

"意识形态"是个涵义复杂的概念。我们现行各种词典或教材大多是按列宁的理解，在中性意义上使用这一概念的。按列宁的解释，"无产阶级意识形态"并非无产阶级即工人阶级所固有，需要由具有社会主义思想的知识分子从外部灌输给他们。中国共产党自成立以来，一直将自己的指导思想称为"无产阶级意识形态"。在革命年代，它实际就等同于"无产阶级革命意识形态"，实质上是一种以暴力夺取全国政权为近期目标的政党意识形态；而在后革命年代，它实际所指则是中国大陆的国家意识形态。这里所谓"革命年代"，既包括1949年以前中国共产党为取得政权而进行革命战争的年代，也包括中共取得政权以后进行"无产阶级专政下继续革命"的年代。按照"无产阶级革命意识形态"，整个社会划分为不同的阶级；在社会主义时代以前，有剥削阶级和被剥削阶级之分，其中剥削阶级凭借自己对生产资料（土地、厂房、机器设备、工具、原料等）的占有而占有被剥削阶级的劳动，这是不公平、不合理的，因而必须加以改变；由于剥削阶级不会自动轻易或心甘情愿地放弃自己的已有利益，被剥削阶级必须以暴力革命的方式"剥夺剥夺者"，没收剥削阶级的财产合理合法；在剥削阶级进行暴力反抗时，革命阶级对之进行暴力镇压也合理合法。这是一种不同于日常伦理的"革命伦理"，它与"战争伦理"类似，所遵循的是逻辑是"你不杀他他就会杀你"、"对敌人的仁慈就是对人民的残忍"、"不是东风压倒西风就是西风压倒东风"；当搏战双方杀红眼时，误杀误伤有时也难以避免。

从"无产阶级革命意识形态"来看，上世纪四五十年代中国大陆的暴力土改是非常必要、完全正当的社会革命事件，当年正面反映这一历史事件的文学作品《暴风骤雨》和《桑干河上》中的暴力叙事无可厚非。但是，进入历史新时期以后，在"后革命"语境中，站在"无产阶级革命意识形态"以外的立场，重新审视这段历史以及正面歌颂这段历史的文艺作品，一些作家和学者发出了不同声音。他们对相关历史文本和文学文本进行质疑，或予以颠覆式描写。于是，《暴风骤雨》和《桑干河上》这类传统土改叙事文本的历史真实性和道德正义性成为争议焦点。对小说《暴风骤雨》历史真实性质疑的方式，是揭示因意识形态缘故被其回避或遮蔽的另一历史侧面,借助对故事原型的调研访谈,"还原"被小说移植和夸张的部分。这方面的代表就是蒋樾、段锦川的同名纪录片。对《暴风骤雨》和《桑干河上》中"斗地主"场面中群众暴力行为道德正义性进行质疑的代表性文本,则是唐小兵及刘再复、林岗的相关论文,以及其后中国大陆学者陆续发表的一些论著。这些质疑批判性论著所持的价值立场,肯定不是"无产阶级革命意识形态",甚至也不能包括在广义的"无产阶级意识形态"范畴之内;它应该是人性和人道主义,也可说是"资产阶级意识形态"。因为"资产阶级意识形态"的基本原则或理论主张是私有财产神圣不可侵犯,是对所有公民生存权和政治权利的尊重。当然,基本原则和理论主张是一回事,现实中它是否被忠实执行、实际做到是另一回事。对任何意识形态和理论主张来说都是如此。但不管怎样,与封建主义及其以前的各种意识形态相比,它体现了历史的进步,这是无产阶级革命导师或革命领袖也承认的。

尽管质疑者的意识形态立场已明显有别于"无产阶级革命意识形态",但它却见容于现今的国家意识形态,因为"后无产阶级革命时代"的国家意识形态中已辩证吸纳进过去被视为"资产阶级意识形态"的一些内容,比如法制观念、以人为本、权利意识、个人私有财产不受侵犯等等。① 这是一种中国特色的社会主义意识形态。因此,持相关立场的文艺创作或文艺批评才得以公开发表,《丰乳肥臀》和《第九个寡妇》还被广泛传播。②

现在回过头来再看丁玲及其《桑干河上》,过去当事人为之纠结多年、评论者也争论不休的一些问题,已经不再那么难解。我们可以旗帜鲜明地指出:《桑干河上》中确实有一些与《暴风骤雨》不同、与"无产阶级革命意识形态"有别的内涵。我们肯定其文学价值特别是思想价值时,不必非要站在"无产阶级革命意识形态"角度为之辩护。这些"异端"内涵从文学本身角度来看,恰是它的优点。

由于丁玲创作思想中的两种不同意识形态成分有时会发生冲突,其理性接受的理论观点有时与其个人具体感受并不统一,而当出现这种不一或冲突

---

① 这正如现今社会主义经济理论辩证吸纳进以往被视为"资本主义"的市场经济原则。

② 张爱玲的《赤地之恋》等尚在被禁之列,纪录片《暴风骤雨》被限内部发行、有限放映,这有其另外原因。

时她并不像周立波那样毫不犹豫地遵循政策至上、宣传效果至上原则,因而在特定环境中其创作和发表过程也就不似周立波那样顺畅。

## 二、丁玲土改叙事中的"异端"成分

《桑干河上》在"革命年代"和"后革命年代"受到质疑或批评的焦点不同。在"后革命年代",有人质疑其群众暴力描写,而在"革命年代",质疑批评大多集中于这部长篇中的"地富思想",也就是它对被划为地主或富农的人物有所同情。该作这方面之所以受到质疑,是因它与当时主流意识形态的要求不符。

最早明确指出该作有"地富思想"的,是时任中共中央政治局委员、中央工作委员会常委彭真。说它有"地富思想"的根据,是小说里写农民家里怎么脏,地主家里女孩子很漂亮;①丁玲这样写的理由,则是此为自己亲眼所见。问题在于,为什么作家不能按自己所见所感来写? 为什么不能写农民家里脏、地主的孩子漂亮? 因为这样写似乎显得阶级立场不够鲜明,有可能引起读者对地主阶级人物的同情。党的领导人提出这种看法,是从当时特定历史条件下的政策宣传角度出发,亦即按"无产阶级革命意识形态"衡量的结果。当时的政治任务是发动农民斗倒地主,是激起农民以及土改干部对地主阶级的仇恨、彻底灭掉地主阶级的威风。因此,

> 中共中央指示各解放区,为了推动当前的群众运动,各地报纸应尽量揭露汉奸、恶霸、豪绅的罪恶,申诉农民的冤苦。各地报纸应多找类似《白毛女》这样的故事,不断予以登载,应将各处诉苦大会中典型的动人的冤苦经过事实加以发表,以显示群众运动之正当和汉奸、恶霸、豪绅之该予制裁。在文艺界中亦应鼓励《白毛女》之类的创作。②

---

① 丁玲:《生活、思想与人物——在电影剧作讲习会上的讲话》,《人民文学》1955 年第3 期。

② 罗平汉:《土地改革运动史》,福建人民出版社 2005 年版,第 16 页。

　　也正因此,土改运动初期,对于农民群众由于各种原因在斗地主过程中出现的某些过火行为,运动领导者并未严令制止,怕"泼冷水"会浇灭刚燃起的阶级仇恨之火。现实中,并非每个村庄都能见到黄世仁、韩老六那样明火执仗为非作歹的恶霸,地主的剥削者、压迫者"本质"并非都能一目了然,所以文艺作品的宣传鼓动作用特别重要。按照"无产阶级革命意识形态",资产阶级和封建地主阶级都是必须打倒、必须推翻的反动阶级,属于革命的敌人。暴力革命思维是一种战争思维,土改动员类似于战前动员。战争行为的双方首先考虑的问题是战争胜负,而非敌对阵营中个别官兵的个人品质。在战争形势下,一旦被判定为"敌人",就必须战胜或消灭之;人道主义、同情心和怜悯心只适用于"人民",而不适用于"敌人"。要革命,就要流血,就要杀人,就要诉诸暴力,因为反动阶级不会自动退出历史舞台,他们势必对革命阶级充满刻骨仇恨,势必以反革命暴力对待革命阶级。地主子女也被划入"敌人"阵营,是因地主本人有可能将其对新政权、对翻身农民的阶级仇恨传给下一代。

　　但是,搞土改毕竟又与正式的"革命战争"有不同之处,即,尽管1950年以前进行土改时中国大陆还有战争,搞土改的具体地区却是在中共政权领导之下,地主阶级一般并未进行有组织的武装抵抗,村庄处于和平生活的日常状态;另外,地主与本地农民的关系错综复杂,除了阶级关系,还有同乡、亲属等其他社会关系。此时实施暴力措施,农民心中势必存在一定心理障碍,比如抹不开情面、不好意思撕破脸。各种土改叙事中常写到的农民在分到土地之后又偷偷退给地主,有些可能是慑于地主威势,有些却是碍于情面,以日常思维看待,觉得土地本来就是地主的。一些当年亲身参加土改的干部,特别是知识分子干部,回忆这段经历时,也谈到自己用战争思维、阶级斗争思维的"大道理"克服自己日常伦理思维、"纠正"自己原有直观感受的心理过程:

　　　　通过各种学习和讨论,我们提高了认识,武装了头脑,并明确了几个主要问题。……对于地主,不仅没收土地,而且要剥夺其政治上的权利。因为地主是敌人,其财产是非法的。……省领导要求,在土改工作中,要彻底打破良心、命运以及打不开情面等思想问题。……同时我还希望广大村民解除思想顾虑（比如仁道、命运、变天和怕遭受打击报复，等等），……。①

　　在这种语境中，作为解放区文学，《桑干河上》确实显得不及《暴风骤雨》更合乎"无产阶级革命意识形态"的要求，不及后者符合政治和政策宣传的需要。

　　《桑干河上》对地主形象的塑造，超出了"无产阶级革命意识形态"宣传的阈限。这部作品塑造了不同类型的地主，却恰恰将"无产阶级革命意识形态"大力宣传和"推广"的地主类型排除在外。

　　单纯而直接体现"无产阶级革命意识形态"的文艺作品所塑造的地主形象，一般田产广阔，家里雇有长工或养着家丁奴仆；本人担任保长、村长或乡长，掌握乡村基层权力，或与上级政府勾结；为人阴狠刻薄，对弱者不只巧取更有豪夺，有黑社会流氓特征。黄世仁、韩老六和南霸天就是这方面的典型。为不至给人留下与主流意识形态唱反调的印象，《桑干河上》以侧面描述方式对这一类型也有提及，但却将其置于幕后。他们是：暖水屯担任过大乡长的官僚型地主许有武、孟家沟公然欺男霸女的陈武、白槐庄有地100多顷的李功德。但是，故事开始时许有武已逃到北京，陈、李二人是外村人，只在人物对话中被谈到，且已被镇压。小说正式写到的地主中，李子俊和侯殿魁显然不是恶霸流氓：李子俊是个"窝囊地主"，是性格软弱、怯懦无能的败家子；侯殿魁虽属"一贯道"，在村中却无多少势力，他对穷本家侯忠全还有所照顾。江世荣虽利用其甲长或村长职务假公济私搞乱摊派、为地租数目与佃户怄气、在雇工工酬数量上耍赖，但他家的地还不及顾涌家多，他的无赖行为虽不合道德，却并不公然违法；他还曾被动地为八路军办过事，他的村长职务直到工作组进村还未被免去。作品重点描写且最后被作为"恶霸地主"斗争的钱文贵，从经济角度说根本不能算地主：即使不分家，钱家也只有六七十亩地，分家后只有十几亩，只够中农水平。作品虽为"保留"其地主身份而将其分家描述为假分家，按农村千年习俗，儿女独立成家后与父母经济独立核算本属常见。钱文贵激起公愤、

①　万慧芬：《亲历土地改革》，中共党史出版社2014年版，第11—37页。

导致最后被暴力斗争的根本因素,与其占有土地多少无关,与其地租剥削也无直接关系,作品也未写到其高利贷剥削行为。说到底,钱文贵的被痛恨、被斗争,主要不是因为经济,而是因其人品。若不论名称而究其实质,钱文贵其实并非典型的"地主"形象,而是一个善于营构社会关系网络,通过掌握信息、暗中算计、投机钻营、上下"活动",利用人际资源操纵别人,达到利己目的,形成无形权势的特殊人物类型。这一形象告诉读者:社会关系网络资源的威力,有时可以超越具体行政职务(钱文贵可以操纵暖水屯甲长人选,担任甲长的人均对其唯命是听)。这一形象,其意义非当时的主流意识形态所能框范,至今仍有其现实价值。这是丁玲对中国现当代文学人物形象画廊的独特贡献。近年为钱文贵辩护的研究者,多着眼于其"地主"身份的名不副实,而忽略了其人品特征及超越时代的意义。

《桑干河上》关于地主富农发家史及地主与农民关系的描述,也对主流意识形态有所突破。按照主流意识形态的一般解释,地主富农都是剥削起家,靠强取豪夺致富,《桑干河上》却明确揭示了勤俭发家的可能性:顾涌家之所以能购得在全村数量仅次于李子俊家的土地,是"由于不气馁的勤苦";他的地"是一滴汗一滴血赚来的"。顾涌亲家胡泰成为富农,则凭农事之外又做运销生意。关于地主与雇工或佃户的关系,因时代语境的缘故,丁玲不可能写出台静农《吴老爹》及《为彼祈求》或陈忠实《白鹿原》里那样的交情,但侯殿魁与侯忠全之间相处确实和谐,钱文贵对程仁利用之外也有照顾,李子俊对张裕民并不敢欺负。

《桑干河上》的上述描写,客观上解构了"无产阶级革命意识形态"对"地主"与"恶霸"概念的有意焊接。

值得注意的是,这部长篇还写到封建土地制度下土地兼并的另外一种景观,即,不只地主兼并农民的土地,农民也有可能反过来兼并地主的土地和财产——李子俊家的土地和房屋,就被老实巴交的农民顾涌购去。钱文贵的假分家虽是被作为"阴谋"来表现,但这一情节客观揭示了当时因分家而使土地分散,地主变富农或富农变中农、中农变贫农的可能性。上述内容与近年来历史学、社会学界对旧中国乡村经济的最新研究结论及许多亲历者的直接感受相一致。

《桑干河上》获得主流意识形态之外更丰富内涵的方式之一,是让不同阶

级阶层、不同类型的人物都有机会发出自己的声音。比如,(通过其儿媳模拟)让富农胡泰说出这样的话:

> 共产党,好是好,穷人才能沾光,只要你有一点财产就遭殃;八路军不打人,不骂人,借了东西要退还,这也的确是好,咱们家这大半年来,做点买卖也赚了,凭良心,比日本人在的时候,日子总算要强得多。可是一宗,老叫穷人闹翻身,翻身总得靠自己受苦挣钱,共人家的产,就发得起财来么?(第4章)

作品并未把胡泰当反面人物写,写了上面这段之后也未以叙述人语言或正面人物语言予以反驳,所以胡泰的话不宜简单当作"反面言论"看待。而带有反面人物色彩(但并非纯粹反面人物,因为作品最后交代其有被教育改造好的可能)的小学教员任国忠的言论,客观上揭示了新政权建立初期也存在个别的官僚主义现象,在今天读来引人深思:

> 你有没有去张家口看一看,哼,你说那些好房子谁住着?汽车谁坐的?大饭店门口是谁在进进出出?肥了的还不是他们自己?(第6章)

小说里直接写到的土改干部老董、赵全功等人以权谋私的行为,让读者感觉上述言论并非空穴来风。这也让人联想到《三八节有感》和《野百合花》一类文本。

丁玲能够作超出主流意识形态规范的上述描写,除了她本人于意识形态宣传功能之外更特别看重作品本身的艺术真实性,除了她从自己直接感受而非理论教条出发进行创作的创作方式,还与其本人的成长经历有关。深受"五四"思想影响的她不可能放弃人本主义和人道关怀,出身地主家庭的她深知地主形象各式各样,地主并非都是恶霸,地主子女更并非都是坏人。

## 三、互文性视阈中的丁玲土改叙事

根据互文性理论,一切文本都是互文本。出现于同一时期、表现同一题材的《桑干河上》与《暴风骤雨》更是有着直接的互文关系,它们之间有一种潜在的对话。有记载证明,在《桑干河上》正式出版不久,丁玲与周立波之间有过两次面对面的直接交流:第一次是1948年9月,在赴欧途中路过哈尔滨时,丁玲与儿子蒋祖林一起到太阳岛看望周立波、林兰夫妇;①第二次是同年10月29日,周立波出席《文艺战线》编辑部召开的《桑干河上》座谈会。② 尽管由于复杂而微妙的原因,我们至今尚未见到丁、周二位作家直接评价对方作品的文字,但作品之间的对话关系可以凭借文本分析找到。例如,就地主形象塑造而言,丁玲就是有意写出一些不同于黄世仁、韩老六那样公然违反日常伦理的恶霸的人物类型。她曾表示,自己最初也曾想写一个恶霸官僚地主,也知道这样"在书里还会更突出,更热闹些";最后之所以放弃这一打算,是因她想写出"最普遍存在的地主"。③ 言外之意,她认为黄世仁、韩老六式地主并非最普遍存在的类型。当然,也许出于意识形态考虑,或出于对同行的尊重,丁玲在作品中也间接对恶霸官僚型地主的塑造表示了肯定:除了几次提到孟家沟的恶霸陈武等,小说在第4章还让顾家大姑娘讲述自己在平安镇看的《白毛女》,④ 称赞该剧艺术感染力有多强、故事有多真实:

> 她们家隔壁住的一个女人哭得最厉害,她的日子就和戏上的差不多,也是这末被卖出来的。戏演完了大家还舍不得走。

这与严歌苓《第九个寡妇》对《白毛女》的否定性直接指涉形成对照。

近年来,张爱玲的《赤地之恋》开始受到中国大陆研究者瞩目。对张爱玲和丁玲土改叙事进行互文分析的研究者,多着眼于张作对丁作的颠覆,而忽略了丁作对张作的启发、张作对丁作的肯定式呼应。这种启发与呼应,主要表现在黑妮与二妞及顾涌与唐占魁形象之间。我们有理由推定,没有直接乡村生

---

① 王增如、李向东:《丁玲年谱长编》上卷,天津人民出版社2006年版,第229页。
② 丁玲:《日记·从哈尔滨到匈牙利》,《丁玲全集》第11卷,河北人民出版社2001年版,第351页。
③ 丁玲:《关于〈太阳照在桑干河上〉的写作》,《人民日报》2004年10月9日。
④ 并未提到《白毛女》剧名,但据大姑娘对情节的概述,显然是指此剧。

活及土改经验、仅有美国"亚洲基金会"给定故事框架、但认真研读过《桑干河上》的张爱玲,从丁玲对被镇压的地富及其子女命运的关注、对黑妮和顾涌形象的塑造得到了艺术灵感。就其人品性格而言,《赤地之恋》中的唐二姐非常接近《桑干河上》里的黑妮,唐占魁则类似于顾涌。二姐与黑妮均与《暴风骤雨》里的韩爱贞形成对比。《赤地之恋》与《桑干河上》对富农或富裕中农父女形象处理的不同在于,前者是纯粹悲剧性的——唐占魁最终被冤杀,唐二姐受到肉体精神双重打击;而后者则有光明尾巴:黑妮最终跟随了贫农大伯钱文富,还有望和程仁终成眷属,顾涌则有惊无险,没被划成"金银地主"。当然,如果联系文学文本之外的历史文本、社会文本,读者还是能预感到顾涌和黑妮未来命运的悲剧性:他们土改时虽未被镇压,但作为"四类分子",后来难逃被歧视的"贱民"命运。

　　还有一部与《桑干河上》构成直接或显在互文关系而一直被忽略的土改题材中国当代长篇小说,它就是梁斌于"文革"后期"秘密"写作、"文革"结束后正式出版的《翻身记事》。

　　《翻身记事》与《桑干河上》的互文关系、它对《桑干河上》的肯定性呼应与扩展深化式"重写",首先表现在它像《桑干河上》一样表现出对地主子女的同情。《翻身记事》中刘作谦的女儿大荷花和小荷花姐妹,可以看作黑妮形象的丰富深化。在《桑干河上》的初稿中,黑妮本为钱文贵亲生女儿,后来作者根据有关领导的意见将其修改为钱文贵的侄女。而在《翻身记事》中,作者梁斌直接写地主女儿的命运。作品中的大荷花向往自由民主,对共产党"也无深仇大恨,相反有些羡慕的心情";她"向往抗日,赞成民族民主革命",积极参加革命工作,成为演出队骨干,又是青年活动的积极分子。但是,土改一来,父亲为保家产、求生存,竟让她献身给村干部;她想逃离家庭,又无足够勇气,而且按作品所写,其实她也没有逃走的可能。于是,作为个体的人,她的悲剧命运是注定了的:最后她与全家一起被扫地出门,肯定被开除出了青年积极分子队伍,成为被歧视的"贱民"。《翻身记事》写大荷花心理颇多,而且都是同情地写,即使在她将被迫献身于村干部的时候。作品写正在读中学的小荷花,更显出其天真无邪和无辜:

　　她听到老师说：要消灭地主阶级，消灭封建，她也觉得高兴，因为消灭
了封建就有民主了。她和贫雇农孩子们一块受着抗日民主教育，一说民
主都高兴。她还没有想过她是属于地主阶级的。在小孩子们来讲，属于
哪个阶级，似乎与自己无关。（第 4 章）

　　其次，与《桑干河上》类似，《翻身记事》中的三个地主，同样并非"恶霸"
类型。刘作谦在灾荒之年对本族穷人都有照顾，族人刘二青就认为"作谦这
个人还不错"；①抗战期间实行减租减息时刘作谦积极配合，他们家做过抗日
堡垒户。王健仲的穷本家王牛牛承认"灾荒年头也曾受到王健仲一点点帮
补"。② 王健仲的父亲王友三以自己的医术"济世活人"，以"为人民服务"为
宗旨，土改被扫地出门也心平气和地接受。王健仲老婆被李二虎揭出的唯一
"恶行"，就是二虎小时候偷王家的绿豆角被其打了一耳光。至于李福云，"他
不能承认是恶霸，只可说是土棍毛包"；③如果说他与别人有什么不同，那就是
他脾气不好、性格强悍，连另外两个地主都怵他。

　　第三，《桑干河上》写到顾涌的勤劳致富，《翻身记事》里地主的土地家产
则是通过合法手段"剥削"获得，并非凭借权势强取，或流氓无赖式的欺骗敲
诈。刘作谦的富裕，靠的是"祖爷留下来的产业"，再就是此前一直合法的地
租和高利贷利息收入。王健仲家本是中农，他的发家是因"赶上几年好年景，
棉花丰收，行市又好，放点账利息又高"，④此外就是靠父亲行医开药铺，自己
在集上开花店、开轧花房。李福云致富的方式则是在大集上开个荤馆（菜馆）
赚钱。作品写人们起初认识不清他们的罪行，但经过多次大小运动：

　　　人们也算明白了，他们拿着大钱下小钱儿，从贫雇农身上扒下一层
皮，用这种方法积攒下来的财物，在地主阶级专政的法律上是合理合法

---

　　① 梁斌：《翻身记事》，人民文学出版社 1978 年版，第 389 页。
　　② 梁斌：《翻身记事》，人民文学出版社 1978 年版，第 460—461 页。
　　③ 梁斌：《翻身记事》，人民文学出版社 1978 年版，第 458 页。
　　④ 梁斌：《翻身记事》，人民文学出版社 1978 年版，第 58 页。

的,可是在共产党领导下就是万恶不赦的罪行。①

这意味着,地主剥削农民是靠制度,与他们的个人品行善恶没有必然联系。

笔者认为,梁斌的《翻身记事》能有上述突破当时主流意识形态的内涵,首先与梁斌自己的独特艺术追求有关。他从创作《红旗谱》开始就追求在体现"无产阶级革命意识形态"的同时,也让主流意识形态以外的观念意识发出声音,写"革命"行为采取的是日常生活视角。② 其次,梁斌本人也是富农家庭出身,家里雇有长工,他了解农民发家的各种不同情况。还有一个重要原因:经历了"文革"的他对于家庭出身严重影响子女前途命运的社会现象肯定感受深刻,因而丁玲《桑干河上》的艺术处理方式较之《暴风骤雨》当更使梁斌共鸣。由于是"秘密"写作,写作时较少顾忌。1977 年写该书《后记》时,一方面出于自己的政治信仰与特定政治形势的考虑,也出于对同行的尊重,他重申主流意识形态对旧中国"百分之八十的贫下中农,只占有百分之二三十的土地,百分之二三十的地主富农却占有百分之七八十的土地"的总体判断,重申"伟大领袖和导师毛主席为中国革命制定了一条正确的土改路线和政策",肯定此前的相关题材作品"是有成就的";另一方面又强调:自己的新作与以往作品"感受不同,社会生活不同,人物不同"。③ 梁斌没有具体说出此前同类题材著名作品的名称,但其所指无疑包括《暴风骤雨》和《桑干河上》。通过文本细读我们能够感到,《翻身记事》与《暴风骤雨》差异明显,与《桑干河上》比较接近而又有自己独特之处。梁斌所谓"感受不同,社会生活不同",应该是指他自己家乡"地主富农多,中农多,贫雇农占少数"④的现实,以及自己领导土改时的亲身经历。他尊重自己的亲身感受和经历,于是就没有完全照主流意识形态的宏观判断进行具体描写。

---

① 梁斌:《翻身记事》,人民文学出版社 1978 年版,第 137 页。

② 参见阎浩岗:《论〈红旗谱〉的日常生活描写》,《文学评论》2008 年第 4 期。

③ 梁斌:《〈翻身记事〉后记》,《梁斌文集》第 7 卷,人民文学出版社 2005 年版,第 220—221 页。

④ 梁斌:《一个小说家的自述》,《梁斌文集》第 5 卷,人民文学出版社 2005 年版,第 2 页。

　　耐人寻味的是,与梁斌《翻身记事》几乎同时创作、同样不指望马上发表的丁玲另一部土改题材长篇《在严寒的日子里》(以下简称《严寒日子》)的重写本,采取的却是与梁斌新作相反的动向:更加向主流意识形态靠拢。

　　《严寒日子》前8章曾发表于《人民文学》1956年第6期,是为初刊本。初刊本仍有许多溢出主流意识形态之外的东西,个别地方突破尺度甚至超过《桑干河上》。最典型的,是关于全村首富李财家勤俭发家史的描述:

> 　　他们家发财置地也只是近四十来年的事,他父亲兄弟仨都是穷汉,三个人都齐了心,牛一样地在地里受苦,一年积攒几个钱,积多了置几亩地,这样又积钱,又置地,地多了种不过来,忙时就雇人,后来到有二百亩地时,也就雇长工了,李财就在这时出的世。按他的出身,算是地主没有受过罪,可是他家里日子过得太省俭,有钱也不会享福。儿子们只让念小学,还是一样叫下地。那个土里土气,小里小气,缩头缩脑,胆小怕事样儿,要是外村来个生人,不说是地主就认不出来,说出来了还不敢相信呢。……老辈子三个人腰都累得直不起来,也没坐着过,啥事不能干了,还背一个筐子拾粪……。他们自己承认他们爱财如命,贪生怕死,可是他们觉得自己是安分守己,老百姓说他们封建剥削,他们也不懂,横竖一切财产。一生心血都在地里,说有剥削,也在地里。①

　　《桑干河上》只写了富农或富裕中农勤俭发家,这部作品却写到大财主的家当也是勤俭得来!初刊本还写地主少爷李财与其奶妈之子、长工李腊月关系和谐:腊月小时候可以随便从李财家拿书看,"李财家待腊月仿佛也不错,腊月很少说他坏话";腊月的恋人蓝池(重写本作兰池)"和哪一家地主也没有私仇"。但到了重写本里,李财父辈发家史的大段描写被删除,却加上一段小时候李财与腊月不平等的描写:腊月与李财玩耍时"常常作马让李财骑"、"李财书背诵不来,总是腊月给他提词,腊月常常挨打受气,娘还说他没有伺候好人家"。初刊本中作为外来户的蓝池母女去人家地里拾麦穗被驱赶,这驱赶

---

　　① 丁玲:《在严寒的日子里》,《丁玲全集》第2卷,河北人民出版社2001年版,第523页。

他们的有可能是地主,也有可能是富农、中农甚至贫农,而重写本特别点明是"被地主家的人赶着哭回来"。

有学者将《严寒日子》重写本的发表看作丁玲被主流政治"彻底驯化"的标志,认为此后主流政治"成了支配丁玲创作活动的唯一的思想动因";①也有学者注意到该作初刊本与重写本的差异,联系丁玲"文革"后复出的曲折历程解读重写本自我否定的心理依据,认为假如丁玲不过早离去,该作得以最后完成,"定然会呈现出更为复杂的一种面貌"。② 笔者比较倾向于后一种看法。而若想具体解释这一现象,还需从"无产阶级革命意识形态"在新时期以后命运的角度予以剖析。

## 四、主流意识形态内涵的转换与土改叙事的尴尬

估计绝大部分读者不会否认,就艺术成就而言,《严寒日子》(重写本)不及《桑干河上》。尽管该作仍留有某些丁玲个人特征,但从语言风格到创作方法,它与"文革"时的主流文学已比较接近。丁玲虽曾对亲属表示自己续写、重写该作"不为出版",但将自己的文学生命和政治生命看得重于生理生命的她,肯定还是希望这部凝聚后半生心血的作品有面世机会;而在当时体制下,若想正式出版,就不能不顾忌体制许可的尺度。了解丁玲生平和人生追求的人,应该不难理解并同情丁玲急于得到彻底平反、希望在文学上复出的愿望,而不会要求她成为一个与主流意识形态彻底决裂或走向对抗的人。

丁玲的悲剧性在于,当她努力向既有主流意识形态靠拢之时,恰是主流意识形态本身酝酿巨变的时候。这种转变的实质,是由原来作为政党意识形态的"无产阶级革命意识形态"转换为具有更大包容性的"国家意识形态",淡化阶级对立和阶级斗争概念。改革开放到来之后,主流意识形态所作的第一个重要调整,就是否定作为"文革"理论基础的"无产阶级专政下的继续革命"理

---

① 秦林芳:《在"主流政治"的规训下——论丁玲〈在严寒的日子里〉的意识倾向》,《扬子江评论》2013 年第 4 期。

② 韩晓芹:《叙事策略的调整与丁玲的文化尴尬——〈在严寒的日子里〉的版本变迁》,《山西大学学报》2011 年第 6 期。

论。该理论将新中国建立之前的"革命"思维、战争思维用于中国共产党掌握政权的和平建设时期。按照该理论，在"剥削"阶级作为阶级被消灭之后，执政党仍然搞阶级斗争，原先被定为地主、富农的人在失去土地多年之后仍被作为敌人看待，其子女仍受到歧视。因为该理论认为这些人不甘心被打倒，时刻准备反攻倒算，不能给他们正常公民权。在"文革"时期，"阶级"和"革命"是出现频率最高的关键词，阶级区分、阶级斗争、暴力革命的必要性被无限强调，绝对不允许任何异端声音出现。许多新时期以后成为新的文艺思潮领军人物的著名作家，那时也发表过迎合"文革"主流意识形态的作品。梁斌"秘密"写作的《翻身记事》同样带有明显的主流意识形态印记，自认"革命作家"的丁玲重写《严寒日子》时当然也不例外。

从 1979 年 7 月《严寒日子》重写本前 24 章发表于《清明》创刊号，到 1985 年 7 月丁玲住进医院，其间整整 6 年，为何该作不再有续写篇章面世？我们可以用丁玲年老力衰或事务繁多来解释，但未住院前她本是有写作精力的。重视留下传世作品的她，不可能不重视这部未完成作品的续写。据《丁玲年谱长编》所载，丁玲这段时间确实一直惦记着续写该作，但确实一直没能动笔。笔者注意到两个重要相关信息：一是 1982 年 6 月 2 日上午，丁玲与陈明应邀去中南海看望邓颖超。当谈到要把《严寒日子》写完时，"邓颖超说，小说可以先不写，要发言，针对现实问题发言。"[1]二是 1983 年 1 月 7 日中午胡乔木来访，谈到莫应丰《将军吟》"对'文革'的态度正确"，夸赞丁玲"经过了最困难的时候，你没有动摇，大家都很佩服"，"并关心长篇小说何时完成"。[2] 请注意：丁玲去邓颖超处是"应邀"而去，胡乔木则是专程上门访问。这两次面谈都有明显的意识形态宣传目的。邓颖超和胡乔木在 1980 年代的意识形态争论中有其特定立场，他们在过去都曾对丁玲有所关心和帮助，是丁玲信赖的人，又是位高权重的领导，他们的话对丁玲会产生重大影响。另一方面，原先批判丁玲"右"的周扬等人此时代表的却是意识形态争论中的另一立场，他们会紧盯丁玲的一言一行，包括她的小说新作。丁玲精通艺术规律，她深谙小说

① 王增如、李向东：《丁玲年谱长编》下卷，天津人民出版社 2006 年版，第 623 页。
② 王增如、李向东：《丁玲年谱长编》下卷，天津人民出版社 2006 年版，第 648 页。

艺术创作不同于政治表态,人物必须鲜活,故事必须合乎情理,既不能与当前主流意识形态相抵牾,又须经得起时间考验。当时正处于变动未定状态的主流意识形态本身,也许使得饱受左右冲击的她感到有些无所适从,下笔维艰。

陈思和曾论及1949年以后土改题材本身的难度。他谈到土改中的暴力行为时指出,只有正义战争条件下的暴力行为描写才会产生令人同情的美学效果,

> 　　一旦离开了战争环境和正义性的认可,暴力就变成了强者对弱者的暴行。再联系到土改的现实,这是一场在共产党政权之下,面对手无寸铁、俯首投降的地主阶级的个体,使用暴行来消灭或者伤残其肉体的群众运动,显然不属于战争的范围。清算其以前或者祖辈的罪恶,可以用法律来解决,而不能用非法的暴力行为,这是任何合法政权都应该懂得的常识。虽然土改解决了千百万贫穷农民的土地欲望问题,但采用暴力行为强取豪夺,本身是不可取的。这一点,连领导土改运动的最高当局也明白,所以有关土改的正式文件里很少有鼓励或者支持暴力行径的政策。但是,……暴力或多或少又是领导土改的最高当局鼓励、理解和默许下形成的。根据文件精神来写作的作家们是无法解决这一矛盾的,他们既无法回避土改中的暴力现象,也无法像战争题材那样公然描写暴力美学,他们厌恶暴力,但又无法彻底给予揭露和批判,首鼠两端,形成了写作上的巨大困境。①

这里有必要区分,1949年之前和之后进行的土改,具体环境有重要不同:之后的环境是无产阶级专政已全面建立,而之前的环境是一种"准战争环境"。丁玲《桑干河上》所写正是这种"准战争环境"下发生的故事。小说写明,战争随时都会降临到暖水屯(温泉屯)。《桑干河上》与《暴风骤雨》所写土改与《赤地之恋》及《翻身记事》的最大不同,就在于暖水屯、元茂屯的土改

---

　　①　陈思和:《土改中的小说和小说中的土改——六十年文学话土改》,《南京大学学报》2010年第4期。

与战争直接相关:就村庄小环境来说,当时处于和平状态,是共产党及其军队掌握政权,但外部大环境是国共内战一触即发。当时土改的政治目的之一,就是动员农民参战。这一阶段,解放区的主流意识形态是典型的"无产阶级革命意识形态"。为了无产阶级革命最终胜利,土改发动者怕的是农民不能与地主"撕破脸",明令反对和平土改路线,而默许一些暴力行为。

当丁玲晚年准备续写《严寒日子》的时候,新的主流意识形态虽未宣布当年对地主、富农的强行剥夺、暴力镇压为错误,对当年地富及其子女的"摘帽"虽不同于"平反",但阶级对立、阶级斗争已被有意淡化,土改暴力的评价问题基本被主流意识形态悬置。《桑干河上》对暴力行为没有突出渲染,以纯战争环境为背景的《严寒日子》却对之无法回避,因为现实中农民"护地队"和地主"还乡团"的斗争你死我活,非常血腥;《严寒日子》的故事对《桑干河上》某些内涵还有解构作用:《桑干河上》批评农民有"变天思想",而后来不论是现实中的温泉屯还是《严寒日子》中的果园村,果然就变了天! 分地的农民果然受到还乡团残酷报复,护地队失败,一些积极分子被杀。这说明《桑干河上》里那些被批评为胆小的农民"怕得有理"。残酷的阶级斗争使本来基本和谐相处的乡亲反目成仇、刀兵相见。初刊本第 5 章"落后分子"七月就说:"土改的事,还不是八路军共产党叫老百姓干的,顶真说,不干也不行"。重写本虽然删除了这一句,整体故事框架还是客观透射出这一内涵。按"无产阶级革命意识形态",这些可理解为为革命胜利、为美好未来所作出的必要牺牲,而一旦脱离这一意识形态,上述血腥暴力就显得触目惊心。新时期以后,张炜、刘震云、陈忠实、莫言和严歌苓等人的土改叙事,以文学方式正面质疑和解构了暴力土改。在 1980 年代前期,曾饱受磨难刚刚复出而又坚持自己政治信仰,同时受到重要领导人政治关注和期望的丁玲,不可能选择"新历史小说"的价值立场;而新的历史环境与自身始终如一的人道关怀,使得丁玲也难以延续《严寒日子》重写本的原有创作思路。

说到底,《严寒日子》未能终篇,既有丁玲本身的原因,更与主流意识形态调整转换所导致的土改题材本身的尴尬处境有关。

# 第十二章  作为文学史链条一环的
## "十七年"长篇小说①

近年来,"十七年"文学的史料价值已被相当重视,其现代性或反现代性的内涵受到较充分的发掘。关于特定文化生产体制对这一时期文学创作影响的研究,更是当下当代文学研究领域的"显学"。但笔者认为,以长篇小说创作为主体的"十七年"文学毕竟首先是"文学",它是文学史发展链条中不可或缺的重要一环。从文学自身发展、从长篇小说文体的角度对"十七年"期间的长篇名作予以研究仍有必要。

## 一、内容圈限恰成就其特色

"十七年"文学毫无疑问都是受毛泽东《讲话》精神"规训"之作,但这种"规训"给创作带来限圈的同时,若将其置于整个中外文学史视阈来看,又恰是其独有特色。这种特色不乏正面价值,创作成败的关键在于作家本人的内在生命体验和审美感受能否与之自然融合。《讲话》中有不少观点是解放区作家和"十七年"作家们有强烈共鸣、自愿接受的,例如,对于"五四"以来文学脱离大众的弊端,赵树理就谈过与毛泽东类似的看法。这似乎不能理解成对领袖的曲意迎合。在去延安之前,欧阳山在其回顾自己创作历程的一篇文章中,在反驳了当时全盘否定"五四"以后文学传统的观点并为新文学"欧化"倾向辩护之后,也谈到自己正"为新文艺和大众读书能力不

---

① 本章曾发表于《燕赵学术》2012 年秋之卷。收入本书时有改动。

协调这一现实问题所苦",①开始着手写适合大众阅读能力的小说。他后来接受《讲话》观点并在创作实践中体现为大众写作的精神,应该看做此前思想发展的自然逻辑。

"十七年"时期的中国大陆文学是《讲话》发表之后解放区文学的发展成熟。解放区文学与"十七年"文学与此前中国文学史上的文学首要区别,就是题材方面的新开拓,即,反映工农兵的生活,将最普通的农民、士兵和工人作为作品的正面主人公。要求所有作家都写工农兵,认为只有工农兵的生活才是值得反映的"生活",作为文艺政策这当然偏颇;对于来自国统区和大城市的老作家来说,这限制了他们创作个性的自由发挥。但是,对于出身底层、特别是出身农民或士兵的作家来说,写农民或士兵却如鱼得水,游刃有余。

农民形象在小说中得到重视始于"五四"以后。1949 年以前,鲁迅及其影响下的"乡土小说"以及叶绍钧、王统照、茅盾、吴组缃、萧红、路翎等人的小说,都写到了普通农民的日常生活,但他们或者是从启蒙立场揭示其愚昧麻木及其身上各种劣根性,或者是以人道主义态度对其不幸表示同情,都是居高临下地审视;叶紫、蒋光慈、华汉以写农民的"觉醒"与斗争而闻名,并不擅长写农民日常生活;赵树理著名的《小二黑结婚》《李有才板话》写的是普通农民,但中短篇的篇幅使其只能反映"问题"而无法展开日常生活。《太阳照在桑干河上》与《暴风骤雨》写的是农民日常生活,但配合政策的紧迫要求与作者外乡人及非农民出身的身份,也使其难以真实细腻地揭示农民的"思想感情",写出其独有的喜怒哀乐与日常生活感受。与上述作家不同,梁斌出身农家,在农村度过了他的童年少年时期,抗战期间虽曾任游击队政委活动于敌后,但主要作为剧社负责人在农村从事文化活动,每天与农民密切接触。他本人在其散文和小说中表现出浓厚的田园生活情结,浓浓的乡情与亲身的经历,使得梁斌写农民不只是反映其疾苦,或只写其斗争,而是突出表现了农村的日常生活画面、农民日常生活中的喜怒哀乐。读者打开《红旗谱》便能感到生活气息扑面而来,这方面它超越了以前所有农村题材小说。对于农民,梁斌不是单纯地同情或批判,而是由衷地热爱。他明确表示:"我熟悉农民,熟悉农村生活,我

---

① 欧阳山:《我写大众小说的经过》,《抗战文艺》第 7 卷第 1 期(1941 年 1 月)。

爱农民,对农民有一种特殊的亲切之感。"①他感到:"在他们之间存在着真正的爱情:父子之爱,夫妇之爱,母子之爱。在他们之间存在着伟大的友情,敦厚的友谊",他认为这些是"宝贵的东西"并"不禁为之钦仰,深受感动"。②《红旗谱》写农民、写农村生活的这种艺术独特性,冯健男在小说第一部出版不久就一眼看出:

> 作者在反映这个历史年代的现实斗争生活的时候,固然写了农民的苦难,但也没有忘记写人民生活中的欢乐、美好、幸福、明亮的一面,虽然这些诗情画意是在巨大的丑恶的阴影下笼罩着的,是时刻受到反动势力摧残的,但是,作者仍然抓住一切机会来写,并且往往是有力的,诗意的描写。运涛和春兰、江涛和严萍的爱情,名贵的脯红靛颔的捕得,"宝地"上的耪地和说故事,大年夜的饺子和鞭炮,千里堤上的春风杨柳等等,就都是这样的描写。③

这与当时一写到"旧社会"、写到农民就是一片黑暗、就是血与泪的作品判然有别。只是这种洞见被当时各种关于其阶级斗争内涵的论述所淹没,没有引起足够的注意。废名、沈从文也曾写到乡野生活的诗意,但那是站在鲁迅小说《风波》中文人酒船上发出的感怀,而孙犁小说的诗意是与战争、与水乡连在一起,也不同于《红旗谱》里泥土气的日常生活场景的真切实感。《创业史》的作者柳青同样出身于农家,后来又长期落户于陕西省长安县皇甫村,长期生活于普通农民之中,这也使得他深切了解农民的"思想感情"。《创业史》中梁三老汉对土地的情感、强烈的发家欲望以及对"发家"的具体想象,都是地道的农民式的,郭振山与郭世富一为党员干部、一为富裕中农,但他们的喜怒哀乐也都是地道的农民式的,是不深入了解农村生活的人写不出来的。浩

---

① 梁斌:《漫谈〈红旗谱〉的创作》,《梁斌文集》第 5 卷,百花文艺出版社 1986 年版,第 241 页。

② 梁斌:《我怎样创作了〈红旗谱〉》,《梁斌文集》第 5 卷,百花文艺出版社 1986 年版,第 224 页。

③ 冯健男:《论〈红旗谱〉》,《蜜蜂》1959 年第 8 期。

然一再强调自己是"农民的子孙",主张"写农民,给农民写"。1990年在河北三河县文联成立大会上他所作的报告再次重申自己"眷恋农村这个天地"。①所以《艳阳天》里剑拔弩张的权力斗争传奇遮蔽不住其中浓郁的乡村生活气息,"阶级感情"掩盖不住农民的日常感情。周立波写《山乡巨变》的情况与写《暴风骤雨》不同,后者写的是他还不特别熟悉的东北农村,是搞土改运动时短期下乡的产物,前者写的是他的故乡生活,而且在写作前又专门回乡落户,所以《山乡巨变》的生活气息更浓郁,对于日常生活风景风情的描绘更真实、更细腻。如果说《太阳照在桑干河上》是城里人看农民和农村生活,《山乡巨变》便是久别后重回故乡的知识分子眼中的农村风景。而《三里湾》则是真正长期置身于农民之间,有着与农民相通的"思想感情"、带着对农民深深理解和对农村生活的挚爱而作的农村日常生活及风俗的实录。赵树理这部长篇涉及了农民的吃穿用住、日常起居的各个方面,就农活来说,写到的割豆、犁地、削谷穗、摊场、轧场、扬场以及打铁等,若无亲身体验是写不那么细致、写不出那其中奥妙的。里面青年男女的恋爱,不了解华北农村生活的城里人也许会以言情小说的标准予以非议,但现实中绝大部分农村青年就是那样恋爱结婚的,特别是在那个年代。新时期以后的作家所写这一历史时期农民的情爱生活时表现的那种情欲膨胀、生生死死,或纯属想象,或写的是极个别现象。这部作品里没有英雄,也没有真正意义上的坏蛋,作者对农民不是俯瞰、怜悯,对农村生活不是猎奇,而是平视地、真实地写出了农村生活原貌、农民日常生活和精神世界的实况。早有学者指出:"如果抛开农业合作化运动的政治背景,《三里湾》就是一部描写农村家长里短的小说。"②将封建大家族里的"家长里短"写得最细腻最生动的是曹雪芹,而将农村普通农民的"家长里短"写得最细腻、最生动的作家中,赵树理大概算最早的一个,其后就是梁斌、柳青和浩然。

"十七年"文学受到的另一种"规训",就是被要求写工农兵中的"英雄",体现乐观明朗基调。同样,这一"规训"既是囿限,又成就其特色。

---

① 参见孙达佑、梁春水编:《浩然研究专集》,百花文艺出版社1994年版,第1、26、76—81页。

② 董之林:《旧梦新知:"十七年"小说论稿》,广西师范大学出版社2004年版,第71页。

谈及"十七年"小说,人们一般津津乐道于那些"中间人物"、"转变人物"或"落后"人物,认为那才是较成功的文学形象。其实,"十七年"小说英雄人物或理想人物塑造的成就,同样体现了 20 世纪中国长篇小说创作的成就,因为这些人物基本都还是有血有肉的活生生的"性格"。试想,若没有了许云峰、江雪琴、朱老忠、杨子荣、梁生宝、李自成这些形象,《红岩》《红旗谱》《林海雪原》《创业史》《李自成》这些作品还能存在么?如果只有梁三老汉、老驴头、亭面糊、"糊涂涂"和"常有理"这类形象,"十七年"文学将是另一面貌。那样一种面貌的"十七年"文学,将没有了如此突出的特色,与中国现代小说相比、与现有既成历史事实的"十七年"小说相比,其艺术成就也未必能有多大超越。

"十七年"小说都是乐观的文学。王蒙在谈到他青少年时期对苏联文学的感受和认识时说:"苏联文学表现的是真正的人,是人的理想、尊严、道德、情操,是最美丽的人生。苏联的电影也是这样无与伦比地健康、清纯、欣欣向荣。"[①]站在今天的高度他又对苏联文学的性质进行概括,指出"苏联文学的核心在于正面人物,理想人物,正面典型,'大写的人'等等范畴",认为这些是"富于感染力"的。总之,"苏联文学像是一个光明的梦"。但是,"成也光明,败也光明",他在肯定了这种"光明性"的魅力之后,又指出了其重要缺憾和带来的教训。作为苏联文学曾经的迷恋热爱者,作为中国"十七年"文学与新时期文学的当事人,王蒙的论述可谓切中肯綮,比较准确深刻。但他的观点也并非丝毫没有可以商榷之处。青春激情成为过去的回忆的王蒙更加理性化,入世极深后的王蒙在"梦"与"现实"之间更偏重后者,在身边现实的凡庸性与精神理想的崇高性、超越性之间王蒙近年更多理解前者而警惕乃至"躲避"后者。即使研究古典文学也偏重现实关系的推断而少了对艺术想象世界独有事理逻辑的理解,比如屡屡指出《三国演义》里的"前现代"与某些计谋的"小儿科"。王蒙这些论著表现了他的人生智慧与生命感悟,自有其思想价值,但从文学艺术本身来说,在已经"历史化"了的文本世界中,光明、崇高、超越性追求仍然有其价值。艺术世界的光明与现实世界的光明当然不是一回事,但对

---

① 王蒙:《关于苏联》,《王蒙文存》第 15 卷,人民文学出版社 2003 年版,第 52 页。

于文学史上的名著,我们不必机械死板地拿当时的"现实世界"的实况来作为评断标准,不必在考证出诸葛亮并不那么智慧、刘备并不那么忠厚之后去否定《三国演义》给人带来的艺术享受与人生感悟。另外,我们也不应因为在成年后觉得很难做到像拉赫美托夫、牛虻、保尔·柯察金、许云峰、江雪琴、梁生宝那样,而否定这些形象对青少年树立远大理想、磨炼自己意志、升华精神世界所起的不可替代作用。即使现在,王蒙也仍然承认:"用文学来表达人们的梦想,这本来是天经地义的。"① 沈从文曾讲过,自己的小说既有写实,也有记梦。谈到他的湘西世界,他说:"这种世界虽消灭了,自然还能够生存在我那故事中。这种世界即或根本没有,也无碍于故事的真实。② 有人不理解沈的这一用心,称他是"瞒和骗的第一高手"。③

胡适曾批评中国文学最缺乏悲剧观念,迷信"美满的团圆"。④ 赵树理有段话正可与之相映成趣:"有人说中国人不懂悲剧,我说中国人也许不懂悲剧,可是外国人也不懂团圆。假如团圆是中国的规律的话,为什么外国人不来懂懂团圆? 我们应该懂得悲剧,我们也应该懂得团圆。"⑤这种"大团圆"式的乐观明朗基调,与李泽厚所谓中国传统的"乐感文化"分不开。但"十七年"小说的"乐观"又有不同于中国传统"乐感文化"之处,因为李所谓"乐感文化"是针对西方"以灵与肉的分裂,以心灵、肉体的紧张痛苦为代价而获得的意念超升、心理洗涤以及与上帝同在的迷狂式的喜悦"这样的"罪感文化"而提出的,其特点是"非常执着于此生此世的现实人生","不离开伦常日用的人际有生和经验生活去追求超越、先验、无限和本体","反对放纵欲望,也反对消灭欲望,而要求在现实的世俗生活中取得精神的平宁和幸福","在人生快乐中求得超越",⑥而"十七年"小说中既有充分体现"乐感文化"的《红旗谱》《三里

① 王蒙:《苏联文学的光明梦》,《王蒙文存》第 21 卷,人民文学出版社 2003 年版,第 441 页。

② 参见沈从文:《习作选集代序》,《沈从文选集》第 5 卷,四川人民出版社 1983 年版,第 231 页。着重号为引者所加。

③ 谢浮名:《沈从文,文坛瞒和骗的第一高手》,谢浮名新浪博客:"http://blog.sina.com.cn/s/blog_4187832501009vs5.html"。

④ 胡适:《文学进化观念与戏剧改良》,《新青年》第 5 卷第 4 号(1918 年 10 月)。

⑤ 赵树理:《从曲艺中吸取养料》,《人民文学》1958 年第 10 期。

⑥ 李泽厚:《中国古代思想史论》,人民出版社 1986 年版,第 307—310 页。

湾》《创业史》《山乡巨变》等,又有带有"罪感文化"色彩的《红岩》和《青春之歌》。

　　"十七年"作家大多是真诚地相信自己所表现的理想及价值观念的,《红旗谱》《创业史》等在表现人情方面也有独特成就与感人之处,《青春之歌》主人公的人生道路也基本就是作者的人生道路,所以里面的"光明梦"应该说出于真诚而非虚饰。当然,作者因外部规约而更突出"光明"、"乐观"而隐蔽阴暗感伤情绪的情况也存在,例如《红岩》的写作:初稿《禁锢的世界》基调"低沉压抑,满纸血腥,缺乏革命的时代精神,未能表现先烈们壮烈的斗争",[1]这初稿应该是作者的真实生命体验与情感的自然流露,而后来面世的《红岩》则是一部乐观明朗的作品。但是修改后的作品也并未让读者感到虚假矫情,其原因,一是那些"乐观"情节如"狱中新年联欢会"、"绣红旗"等确有现实依据,二是当时英雄主义、乐观主义的时代主旋律构成了适合这部作品接受的氛围。题材的特殊性使得《红岩》不能完全不顾史实而像其他"十七年"小说那样"团圆",但"乐感文化"与乐观精神还是起了作用:事实中被动的大屠杀被写成了基本成功了的有组织的越狱。可以说,《红岩》和《青春之歌》是西方"罪感文化"与中国"乐感文化"结合的产物。

## 二、对长篇小说文体的探索与贡献

　　就长篇小说文体而言,不论语言、结构还是表现技巧,特别是篇幅规模,"十七年"长篇小说中的优秀之作与"现代"阶段那些名家名作如《倪焕之》《子夜》《山雨》《家》《骆驼祥子》《长河》《围城》等相比毫不逊色,某些方面还有很大发展。虽然因受体制"规约"而体现了共同的政治理念,"红色经典"的部分作者由于其文化程度不高的工农兵出身,在艺术技巧方面比较稚嫩。但《李自成》《红旗谱》《创业史》《山乡巨变》《艳阳天》等其中的翘楚之作却在长篇小说艺术的探索方面有自己独特的贡献。姚雪垠在致茅盾的一封信里

---

　　① 罗广斌、杨益言:《创作的过程,学习的过程——略谈〈红岩〉的写作》,《中国青年报》1963 年 5 月 13 日。

写道：

> 关于写长篇历史小说,除内容方面的问题之外,我也在实践中探索一些艺术上的问题,包括如何追求语言上的丰富多彩,写人物和场景如何将现实主义手法与浪漫主义手法并用,细节描写应如何穿插变化,铺垫和埋伏,有虚有实,各种人物应如何搭配,各单元应如何大开大阖,大起大落,有张有弛,忽断忽续,波诡云谲……等等。我没有研究过艺术理论,可以说缺乏起码的常识。我把以上各种要在创作实践中探索的艺术技巧问题统目之为"长篇小说的美学问题"。①

结构问题是长篇小说写作的重要问题。柳青就曾说"最困难的是结构,或者说组织矛盾"。② "五四"以来的中国现代长篇小说多为线型结构,即主要叙述一个人或一群人的经历。这样写起来比较好驾驭,但不利于表现更广阔的生活场景和更丰富的社会内容。茅盾的《子夜》以三十多万字篇幅写两个多月间上海工业、金融业的争斗,描绘了比较广阔的社会画面,它采用的网式结构是对中国现代长篇小说艺术的一大贡献。《三里湾》《创业史》《艳阳天》对于这一结构类型有继承,又有发展。《李自成》全五卷三百多万字,规模空前,内容涉及关内关外、南国北方、清廷明朝、义军官兵、朝廷民间、王公乞丐、三教九流,但若不计最后两章尾声部分,所表现的故事时间却只有7年(1638—1645),结构上也主要是横向展开,是《子夜》之网式结构与《战争与和平》之巨大规模的结合与扩充,是《三国演义》与《红楼梦》结构艺术的发扬光大。《红旗谱》结构上有较明显缺憾:农村生活部分与"二师学潮"几章缺乏艺术上的内在有机联系,但梁斌也曾对结构问题进行过精心设计,考虑到了"哪几章形成高潮,哪几章形成低潮。哪一章是浓密处,哪一章是疏淡处",③因而全书在情感的跌宕起伏、内在的节奏感方面把握较好。

《创业史》在结构上的探索与贡献主要在于其以人物心理与精神世界的

---

① 姚海天编:《茅盾 姚雪垠谈艺书简》,人民文学出版社 2006 年版,第 58 页。
② 柳青:《回答〈文艺学习〉编辑部的问题》,《文艺学习》1954 年第 5 期。
③ 梁斌:《复读者来信》,《梁斌文集》第 5 卷,百花文艺出版社 1986 年版,第 265 页。

状态与变化为结构的枢纽。它写出了"合作化"的过程,着力点却在"对农村社会各阶层人物的精神状态进行系统的勘察、掘进、开采、提炼和加工"。① 众所周知并乐于称道的詹姆斯·乔伊斯《尤利西斯》对小说艺术的创造性探索,就表现为以"心理"结构全书。如果说传统小说以情节发展为线索、注重事件因果关系的结构方式是一种"意义结构"(表达某种主题),那么现代意识流小说再现人物意识、潜意识自然流动状态而不着力描绘人物外部行为及其因果关系的结构方式可称作"自然结构"。《创业史》则是"自然结构"与"意义结构"的结合,是"准自然结构"表象下的"意义结构"。它没有离奇曲折的情节,没有剑拔弩张的斗争,但人物关注焦点的集中(创业、致富)与人物之间性格、心理的差异和矛盾又能紧紧抓住读者,这种结构方式自然却不松散。在《创业史》之前,赵树理的《三里湾》以十五万字篇幅写一个月间一个村子里形形色色人物的性格,写各种心理、语言、行为,在结构上也有其独特之处:如果说赵树理的短篇小说继承"三言二拍"式中国古典白话短篇小说有头有尾的结构方式,像是压缩了的长篇,那么被称为"长篇小说"的《三里湾》却截取生活横断面,这种不主要依时间展开故事而将"三里湾"这个有限空间较充分展开的结构方式则像是将短篇拉长。在《创业史》之后,浩然的《艳阳天》在长篇小说结构方面又有新的探索;它的文本篇幅有 135 万字之巨,若不计"三部曲"之类虽有联系又各自具有独立性的作品而单论作为有机整体的单种长篇小说,这在当时是创纪录的(姚雪垠的《李自成》当时仅出版了第 1 卷),而它的故事时间仅有十几天! 这不禁让人联想到《尤利西斯》:该书汉译本有 157 万字(按萧乾、文洁若译本),故事时间为 18 小时。它们都是最充分地向空间拓展,而这样又"使小说中的时间,借着不同的空间呈现,作了极度的扩张"。② 而具体内容方面,它又与《尤利西斯》恰恰相反:二者虽然写的都是普通人的日常生活,《艳阳天》却突出集中了各种尖锐的矛盾冲突,有许多戏剧化场面,是日常生活的传奇化。若抛开政治上的评价,这种探索不论是成是败、是得是失,其勇气与创造性是不可否认的。而"红色经典"中在长篇小说结构方面成

---

① 柳青:《关于〈创业史〉复读者的两封信》,《延河》1962 年第 3 期。
② [加拿大]嘉陵:《我看〈艳阳天〉》,《艳阳天》第 1 部,华龄出版社 1995 年版,第 11 页。

就最高的,还是首推《李自成》。首先是它三百余万言的空前规模使其结构的难度超过此前的任何中国现代小说,其反映社会生活的空前广度、描绘人生状态的多样、张弛相间的搭配、起承转合的变化、埋伏照应的严密等方面亦可谓出类拔萃。中国古典小说中,《水浒传》《儒林外史》作为长篇在结构的有机整体性上有明显欠缺,《三国演义》写战争与政治、外交出色而未能写日常生活与民风民俗,《西游记》情节重复雷同明显而变化不足。中国现代长篇小说除《四世同堂》《财主底儿女们》等个别篇目,大多篇幅不太长,①涉及生活面不太广;即使这样,有许多在结构上还有明显遗憾之处,盖因篇幅越长驾驭起来越难。如上所述,《李自成》的作者姚雪垠在"长篇小说美学"的探索追求方面是自觉的、执着的,而且在创作《李自成》之前他已是著名作家,有了长时间的艺术积累,这是当时多数"红色经典"不具备的条件。《李自成》的大开大阖、横云断岭式结构方式增加了叙事张力,它造成悬念与解除悬念的方式不同于中国古典章回小说,而使人联想到维克多·雨果的作品;姚雪垠坚持不用章回体而自创单元体结构并为每个单元命名,给作品增添了独特魅力。对《李自成》的艺术成就,许多前辈或同辈名家如叶圣陶、茅盾、朱光潜、郭绍虞、曹禺、吴晗、任访秋等都曾给予高度评价,有关评论文章很多,在此不必多论。

由于毛泽东文艺思想的要求与作家个人的文化背景,"十七年"文学强调被老百姓"喜闻乐见"的艺术效果,但这并不意味着作家们在叙述描写与语言艺术方面没有自己独特的美学追求。《红旗谱》大量运用通过人物行动、对话刻画其性格的手法,这是中国古典小说的传统;但作品也很重视景物描写,也有心理分析,这又是受外国小说启发。只是作者一直注意不让静止的描写和分析过长过多。于是就形成了其独有的"比西洋小说的写法略粗一些,但比中国的一般古典小说要写得细一些"②的风格。《创业史》的叙事风格则距离中国古典小说更远一些,书中夹杂的抒情议论使人联想到维克多·雨果的小说,但这些抒情议论的文字比较精炼,与人物塑造、情节发展密切结合,不像雨

---

① 一些"三部曲"如茅盾的《蚀》、巴金的《激流》等每一单部具有各自的独立性,三部并非有机整体。

② 梁斌:《漫谈〈红旗谱〉的创作》,《梁斌文集》第 5 卷,百花文艺出版社 1986 年版,第261 页。

果作品那样冗长得令普通读者难耐。梁斌曾考虑过采用古典小说里句和段的排法,可当觉得其不如现代小说的排法醒目时,又否定了这一想法;《红旗谱》和《李自成》都没有采用章回体,特别是姚雪垠,即使许多名家反复向其建议采用章回体,甚至为之拟出回目,他都坚持不用。说到底,在继承借鉴中外文学传统时,他们都不忘追求自己的风格、在小说艺术或小说美学方面进行探索创新。梁斌曾说,为了要形成自己使用的一套文学语言,他作了长期的准备工作。关于章回体,他指出:

> 如果仅仅考虑用章回体写,不能用经过提炼的民族语言,不能概括民族的和人民的生活风习和精神面貌,结果还是成不了民族形式;反过来说,只要概括了民族的和人民的生活风习、精神面貌,即使不用章回体来写,也仍然会成为民族形式的东西。①

倒是新时期以后的某些小说,为迎合某些旧式小说读者的审美趣味而重拾章回体,有些历史题材小说像是学术笔记,而缺乏艺术的感染力。这类小说也许在历史观方面体现了"新时期"的特点,在小说艺术的探索方面却未必超越了梁斌、柳青和姚雪垠。

写到这里,笔者不禁思索:衡量一部小说文学价值的尺度、评估其文学史地位的标准,除了其所体现的思想的深度、思想观念的创新度,是否也应考虑其对小说艺术、小说美学所做的探索及其所取得的成就呢? 即以思想观念而论,是将其置于产生它的特定历史语境中看其与当时体制、当时主流意识形态的关系,还是仅用今天的价值尺度衡量? 拿《李自成》来说,它的历史观念可能不及《曾国藩》一类作品"新",或不及其后的诸多历史题材小说更接近"后现代"文化精神,但与它之前的同类题材作品相比,例如与《水浒传》《荡寇志》《三国演义》以及《永昌演义》相比,它的历史观不是要"新"很多吗? 在 20 世纪 50—70 年代的历史文化语境中,《李自成》当然不能与当时的体制、当时的

---

① 梁斌:《漫谈〈红旗谱〉的创作》,《梁斌文集》第 5 卷,百花文艺出版社 1986 年版,第 261 页。

主流意识形态公然对抗,否则只能停留于"潜在写作"而无法面世;但它对当时的主流意识形态也有诸多突破之处,比如没有因为肯定农民起义而否认李自成的帝王思想及天命观,还破天荒地把"地主阶级"的代表人物崇祯皇帝、杨嗣昌、卢象升等写成了悲剧人物,甚至对后来成了汉奸的洪承畴、吴三桂等也没有漫画化为"反面人物"。对导致李自成覆灭的清朝君臣将帅也予以客观描绘甚至不乏欣赏之意。而"新时期"以后出现的轰动一时的一些历史题材小说,不也是因与时下的体制、时下的主流意识形态一致,或能为其相容,而得以产生较广泛社会影响吗? 若纯粹按观念之"新旧"论,按当下价值标准衡量,《三国演义》《水浒传》甚至不及当下的普通作品,即使是《红楼梦》,它的女性观也与目前的女性主义文学有相当距离,可我们能断言当下这些作品就超过了《三国演义》《红楼梦》吗?

## 三、与新时期小说的显在互文关系

在关于 20 世纪中国文学史的研究中,"断裂说"即认为"五四"文学与新时期及其以后的文学之间存在着一大截"断裂带"的观点曾成为主流观点,在许多文学史著作中它甚至被作为"定论"。这种观点认为"启蒙"和"现代性"是 20 世纪中国文学发展的主脉,1949—1977(或 78、79)年之间的文学因"启蒙"内涵和"现代性"的缺失而被看做主脉的断裂期,或文学史的空白,因而认为这一时期的文学既没有多少文学价值,也没多少文学史价值。20 世纪 80年代中期以后大学中文系教育出来的学生大多对这一时期的文学形成了这种固定的印象,没有阅读兴趣和研究兴趣。近年来情况有所变化,有不少人开始重视这一时段文学史的研究,不过,研究的重点,或侧重于其文化史的考察或政治文化机制的描述,或先肯定以往关于这一时期文学"缺乏现代性元素"、只是"侍臣文学"和"御用的宫廷文学"、"文本质量很低"的结论,只看重它们"活化石"的意义和"历史内容的含量"。① 李杨提出"没有'十七年文学'与

---

① 丁帆:《研究"十七年文学"的悖论》,《重回"五四"起跑线》,人民文学出版社 2004 年版,第48—51 页。

'文革文学',何来'新时期文学'",笔者早有同感,深表赞同,但李用以肯定"十七年文学"和"文革文学"研究价值的尺度,仍然是"现代性",只不过他对"现代性"的内涵作了更宽泛的理解,即:"20世纪中国现代性的'启蒙'并不仅仅是指'个人'的觉醒,它同时还是作为'想象的共同体'——民族国家的觉醒,'救亡'不但不是'启蒙'的对立面,而且是'启蒙'的一个基本环节"。① 说到底,他是以"民族国家"的观念为"十七年文学"与"文革文学"的"现代性"意义同时也是为其文学史价值作辩护。

其实,李杨也已看到了"现代性"概念以外"十七年文学"及"文革文学"与"新时期文学"之间文学与美学上的联系,如对历史的道德化思考、英雄主义和悲剧色彩、苦难崇拜、超越意识、民粹主义,对被高度形式化与审美化的"青春"、"理想"、"激情"的皈依等。在这个基础上,本章将以新时期及其以后出现的作家中成就突出的莫言、刘震云、路遥、陈忠实等人的创作为例,具体探讨新时期小说与以"红色经典"为代表的"十七年"文学之间的内在关联与文本表现,并进行互文性研究。

文学史家总是对文学的发展按其总体审美特征的差异而划分为不同时段。笔者一直认为,在文学发展的不同阶段中,前一时段对紧随而来的后一时段必然产生直接的影响,即使它们的审美和思想价值取向看上去差异很大乃至相反。这是因为,与作家相距最近的前一时段的文学往往是其所受文学教育、文学影响的主要内容之一。以20世纪的中国文学为例,20世纪30年代的作家大多受过"五四"文学的教育或影响,新中国建立初期的作家大多受过建国前文学的教育或影响。对于前一阶段的文学,后代作家也许是发扬光大,也许是进行颠覆,但无论如何前一阶段文学对他的这种影响是摆脱不了的"宿命"。早在1992年笔者就指出:在文学发展中,既有顺承式的革新,即在原有基础上进一步完善,增加一些新的因素,也有逆反式的革新,即对现行的东西反其道而行之。"逆反"是文学发展史上极为常见的现象,它往往是使文学产生飞跃的动因。当一种文学倾向、潮流或创作方法发展到它的顶点、其各

---

① 李杨:《没有"十七年文学"与"文革文学",何来"新时期文学"?》,《文学评论》2001年第2期。

种特征推向极致,文坛必然会出现逆转。倘若某种文艺思潮长期占据统治地位,它在把自己的优点发挥得淋漓尽致的同时,其弱点也暴露无遗;加之文化语境的变迁,以及人们渐渐滋长的对这种审美风尚的审美疲劳乃至厌倦,当遇到某种契机之时,根据"物极必反"的道理,文艺界出现对前一阶段倾向的逆反,就顺理成章了。比如西方文艺复兴文学是对中世纪文学的逆反,浪漫主义是对古典主义的逆反,现实主义是对浪漫主义的逆反,现代主义则是对整个文学传统的逆反。中国文学史上,随时运交移而质文代变,每一变就是一次逆反。例如唐代古文运动是对六朝文学的逆反,"五四"文学是对全部封建文学的逆反,解放区文学是对"五四"知识分子精英文学的逆反,如此等等,不胜枚举。然而,"逆反"并不意味着"断裂",新的文学与传统文学总有着切不断的联系,即使是逆反,实际也是传统文学从反面对新文学产生的影响。逆反一般发生在相衔接的两代文学之间,新一代文学对更早一些的文学却往往表现出某种程度的认同。比如文艺复兴和古典主义以古希腊、古罗马文学为典范。浪漫主义与中世纪文学则有一定联系,消极浪漫主义者夏多布里昂向往中世纪,赞美基督教和中世纪文学艺术,中世纪文学的许多艺术形式、手法和技巧给浪漫主义者以启发。19世纪现实主义文学是文艺复兴时期现实主义文学的新发展。现代主义虽号称彻底反传统,但在重主观表现、弘扬自我这一点上,却与浪漫主义类似,故一度曾有"新浪漫主义"之称。即使紧邻的前代文学,也会在某些方面得到下一代文学自觉不自觉的顺承,并非全部被"逆反";后代所逆反的,只是其主导倾向。像其他许多事物一样,文学正是依照否定之否定规律螺旋式向前发展推进。①

　　新时期文学的初期阶段虽然在理论批评上有向"十七年"文学回归的倾向,创作上却确实是以对"文革文学"进而对"十七年"文学从思想上和美学上由"反思"走向"反叛"的姿态出现的。另一方面,它又与"文革文学"特别是"十七年"文学有着千丝万缕、或隐或显的联系。20世纪70年代末至90年代初影响最大的作家中,年纪长两代或一代的汪曾祺、王蒙等在新时期以前早已

---

　　① 参见阎浩岗:《也论新写实小说作家的心态》,《艺术广角》1992年第1期。另见本书第二十章。

是成名作家,他们与"十七年"文学的联系多是内在的精神联系而少有文本的实证材料,姑且存而不论。受以"红色经典"为代表的"十七年"文学影响最大、最直接的,是 20 世纪 40—50 年代之间出生的以陈忠实(1942)、路遥(1949)、莫言(1955)、刘震云(1958)等为代表的小说家,"红色经典"对他们的影响有作家本人的创作自述和小说文本本身为证。当有人问及"红色经典"是否对其创作有影响时,莫言说:"我们这些五十年代出生的作家,最早受到的文学影响,肯定是你刚才提到的'红色经典'。"①陈忠实和路遥公开承认自己的创作深受柳青《创业史》的影响,路遥还把柳青视为自己精神上的导师。

我们可以说,"新历史小说"产生于对"革命历史小说"的逆反,但更准确讲,前者是对后者的重叙和补充。莫言的"红高粱系列"和《丰乳肥臀》与冯德英的《苦菜花》有着直接的互文关系。谈到《苦菜花》,莫言坦承它对自己的创作"是有影响的",他说:

> 我觉得《苦菜花》写革命战争年代里的爱情已经高出了当时小说很多。我后来写《红高粱家族》时,恰好写的是抗日战争时期的事情,小说中关于战争描写的技术性的问题,譬如日本人用的是什么样的枪、炮和子弹,八路军穿的是什么样子的服装等等,我从《苦菜花》中得益很多。如果我没有读过《苦菜花》,不知道自己写出来的《红高粱》是什么样子。所以说"红色经典"对我的影响不仅仅是很具体的。②

他还谈到早年初读《苦菜花》读到八路军排长王东海与卫生队长白芸、农村寡妇花子之间的爱情描写,对王选择带孩子的寡妇而弃年轻漂亮有文化的白芸感到很难过、很不舒服。如今反思自己,认识到当时是因自己习惯于流行的"英雄爱美女"的模式,脑子里有根深蒂固的封建意识。他说:"我走上文学道路以后,才觉得这个排长的行为是非常了不起的,回头想想花子和白芸这两

---

① 莫言、王尧:《从〈红高粱〉到〈檀香刑〉》,《当代作家评论》2002 年第 1 期。
② 莫言、王尧:《从〈红高粱〉到〈檀香刑〉》,《当代作家评论》2002 年第 1 期。

个女人,我竟然也感到花子好像更性感,更女人,而那个白芸很冷。"①尽管《苦菜花》的残酷描写、性爱描写相当节制,但这对在那个禁欲主义年代正值青春期的莫言肯定是个强烈刺激,给他很深印象。莫言后来对这种描写的偏爱,不能不说是受到《苦菜花》影响。改革开放年代成名的他对于性当然毫无避讳,且将"残酷"描写推向极致,这方面可以说在新时期作家中无出其右者。我们若推断莫言塑造《红高粱》中"抗日土匪"余占鳌的形象是受《苦菜花》中柳八爷形象的启发,并非毫无根据。

如果说莫言小说对《苦菜花》主要是"顺承",那么他对其他"红色经典"就更多是"逆反"。莫言认为"创作就是突破已有的成就、规范,解脱束缚,最大限度地去探险,去发现,去开拓疆域",作品"是一种潜意识的发泄",②他对性欲望、对战争残酷性的渲染,正是因《苦菜花》以外大部分"红色经典"淡化或回避这两方面的内容。而他的《丰乳肥臀》中塑造的上官鲁氏形象,则是对《苦菜花》中母亲形象的逆反:《苦菜花》中的母亲与八路军战士亲如一家,《丰乳肥臀》中的这位母亲则对革命战士很冷漠;《苦菜花》中的母亲做事从良心出发,是非恩怨分明,为保大节不惜牺牲生命,上官鲁氏则除了亲情之外没有阶级党派的概念,甚至没有民族尊严意识。当然,这两位母亲形象也有相通的地方,比如都热爱自己的儿女,对他人能急人所难、乐善好施,具有顽强的生存意志等等。可见后者对前者逆反中又有顺承。

刘震云的《故乡天下黄花》则是对《烈火金钢》《苦菜花》《小兵张嘎》《暴风骤雨》等这些"红色经典"的逆反。在《烈火金钢》《敌后武工队》《小兵张嘎》《大刀记》一类抗日题材作品中,常有类似的场面:日伪军将手无寸铁的老百姓连同化装成老百姓的八路军赶到一块空地(打麦场、小学校或河滩)上,架好机枪,逼迫大家说出谁是八路。在这类"红色经典"作品中,老乡们都是同仇敌忾、大义凛然,一个个挺身而出,皆自称八路。而在《故乡天下黄花》中,虽然作者也写了老乡对鬼子的仇恨,但当在打麦场上面临死亡时,"几百个老百姓被围在打麦场中间,有哭的,有吓得哆嗦的,还有屙了一裤的。"被杀

---

① 莫言、王尧:《从〈红高粱〉到〈檀香刑〉》,《当代作家评论》2002 年第 1 期。
② 莫言:《几位青年军人的文学思考》,《文学评论》1986 年第 2 期。

的人中,既有老实巴交、默默无闻的庄稼汉、私塾先生,也有泼妇、光棍、傻子、
"老不正经"。在土改题材的《暴风骤雨》中,积极分子和农会干部赵玉林、郭
全海等人苦大仇深,立场分明坚定,经过工作队萧队长开导,他们更是脱胎换
骨,成了大公无私的革命战士。而在《故乡天下黄花》中,作者虽也揭示了阶
级关系的客观存在以及阶级斗争的残酷,比如在土改中,原先作对的地主们走
到了一起,赤贫的赵刺猬与赖和尚并肩战斗。然而,领导土改的工作员老贾与
地主李文武之间,并不只有单纯的阶级关系:老贾曾是李文武的马夫,他想到
过去李文武待自己不薄,就没有斗倒地主,土改走了过场。农民们更不是那么
快就提高了阶级觉悟。当老贾向积极分子赵刺猬问共产党为什么好时,赵刺
猬回答:"过去光鸡巴要饭,现在共产党来了,给咱分东西!"莫言曾指出,他自
己的《红高粱家族》与刘震云的《故乡天下黄花》以及张炜的《古船》、陈忠实
的《白鹿原》等都是"对占据了主流话语地位的'红色经典'的一种反拨。"①刘
震云对"十七年"小说则是断然否定,认为"五十年代的现实主义实际上是浪
漫主义,它所描写的现实生活实际在生活中是不存在的。浪漫主义在某种程
度上对生活中的人起着毒化作用,让人更虚伪,不能真实地活着。"②追求真
实、反对虚伪是对的,"新历史小说"、"新写实小说"确实揭示了历史与现实中
被"红色经典"遮蔽或忽略的一面,有其文学的和文学史的价值,但笔者以为,
不能因此一概而论地全盘否定"红色经典"、否定浪漫主义。其实,"新历史小
说"的"新"是针对以"十七年"时期的"革命历史小说"而言,它们之间的互文
本性恰恰说明其相互依存的关系,即,没有"革命历史小说",就没有"新历史
小说"——没有"旧",何谈"新"? 如果没有对"革命历史小说"的阅读经验或
接受背景,一开始接触文学就读"新历史小说",看到的历史描述都是偶然性
的堆积与历史人物凡俗性及生理怪僻的展览,这些作品还会给读者以新鲜刺
激感吗? 难道这就是全部的历史真实? 难道爱子女又爱他人、坚守做人节操
的母亲形象不真实,只有是非善恶不分、民族大义不顾的母亲形象才真实? 莫
言本人对单以解构或戏拟神圣话语取胜的文学文本的艺术生命力倒是有清醒

---

① 莫言、王尧:《从〈红高粱〉到〈檀香刑〉》,《当代作家评论》2002 年第 1 期。
② 刘震云:《新写实作家、评论家谈新写实》,《小说评论》1991 年第 3 期。

认识。谈及对"文革"话语的戏拟是不少先锋作家的话语策略时,他指出:"如果没有这种语言经历的、十八、九岁的读者,他不知道是怎么回事,不理解,那就没什么好笑的。……经过'文革'或'文革'前极左思潮的读者,看了才会会心一笑。"①20世纪90年代初期风靡大陆的以调侃以往主流意识形态话语见长的电视剧《编辑部的故事》在台湾播映时反响平平,就说明了这一点。莫言塑造了上官鲁氏,但他并没有因此而否定冯德英塑造的母亲形象。

陕西的两位新时期成名的作家对于他们的"乡党"和文学前辈、创作了"十七年"长篇小说中最重要代表作之一《创业史》的柳青充满了敬意。但他们在学习柳青的同时,超越柳青的意识也很强。如今有些论者论及《白鹿原》时喜欢拿它和梁斌的《红旗谱》、柳青的《创业史》比较,扬前者而抑后两者。陈忠实本人却说:

> 陕西许多作家的确有过学习、师承柳青的过程。我觉得柳青的遗产我们阅读得还不够。像赵树理、柳青、王汶石,我们今天重读,仍然会获得许多新的东西。后来陕西作家是有一个走出柳青的过程……②

路遥的同学回忆,路遥上大学时床头放着两本书,其中一本就是柳青的《创业史》,"他把这两本书啃得烂熟,不知翻了多少遍,还说他可以全部将它们背出来。"③《创业史》吸引路遥之处,是其乡土气息和现实主义魅力,"他从里面找到了自己对家乡,对中国农民深刻的理解和最真挚的爱,找到了农家生活温馨的情感和安谧的美感,也为柳青解剖人心的智慧而激动不已。"④他的《平凡的世界》正是一部新形势下体现了改革开放精神的"创业史"。陈忠实的中篇《初夏》被评论者认为写得像《创业史》、非常接近柳青的风格,但他站在新的时代高度创作的代表作《白鹿原》在历史文化意识方面又超越了《创业史》。这两位陕西作家所受《创业史》的影响是顺承为主,而辅之以局部的补

---

① 莫言、王尧:《从〈红高粱〉到〈檀香刑〉》,《当代作家评论》2002年第1期。
② 李国平、陈忠实:《关于四十五年的答问》,《陕西日报》2002年7月31日。
③ 王双全:《我们的班长》,《延安文学》1993年第1期。
④ 李星:《在现实主义的路上——路遥论》,《文学评论》1991年第4期。

充或"续写"、"重述"。

　　到了"80后"和"90后"作家笔下,"十七年"小说的影子才基本消失。这或许是文学发展的自然规律,或许也是"新时期文学观念培训"①的结果。

---

　　①　此处借用程光炜在《为什么要研究七十年代小说》一文中评论1970年代小说时的说法。他认为自己最近读《金光大道》时感觉"不舒服"是"因为接受了新时期文学观念培训"的缘故。见《文艺争鸣》2011年第18期。

# 第十三章 《丰乳肥臀》对"革命历史小说"的彻底颠覆①

　　"新历史小说"与"革命历史小说"之间具有明显的互文关系,其有些人物和情节甚至能在"革命历史小说"中直接找到前文本。可以说,没有"革命历史小说"就没有"新历史小说"。"新历史小说"又可分为两大基本类型:一类是对"革命历史小说"的补充或修正、超越,另一类则是对"革命历史小说"的颠覆或反写。张炜的《古船》、刘震云的《故乡天下黄花》、陈忠实的《白鹿原》以及莫言前期作品《红高粱》主要属于前者,兼有一些后者的成分,而《丰乳肥臀》是对"革命历史小说"有意进行彻底颠覆的作品。

## 一、观念的颠覆

　　莫言毫不避讳自己的创作受到被称作"红色经典"的"革命历史小说"的影响,承认自己的现代历史题材小说与张炜的《古船》、陈忠实的《白鹿原》以及刘震云的《故乡天下黄花》等都是"对占据了主流话语地位的'红色经典'的一种反拨"。② 他的《丰乳肥臀》对"革命历史小说"的反拨,更准确说其实是一种颠覆,从根本上讲是价值观念的颠覆。这种颠覆涉及道德价值观、政治价值观和美学价值观等各个方面。具体表现为:

---

　　① 本章曾以《"反着写"的偏颇——〈丰乳肥臀〉对"革命历史小说"的彻底颠覆及其意味》为题发表于《河北大学学报》2012 年第 1 期。收入本书时有改动。
　　② 莫言、王尧:《从〈红高粱〉到〈檀香刑〉》,《当代作家评论》2002 年第 1 期。

### （一）阶级身份与革命理想、政治选择

由于必须合乎主流意识形态的框范，"革命历史小说"在处理人物的阶级出身和个人政治选择的关系时，一般是跟共产党走、革命到底的人出身贫寒，跟国民党走的则多是地富家庭出身。富家子弟走上革命道路的也有，例如《青春之歌》里的林道静，《红岩》里的刘思扬，《烈火金刚》里的林丽（何志贤），但那首先要与自己原来的家庭一刀两断，也就是背叛自己的阶级。"新历史小说"之"新"，首先就在于打破了"革命历史小说"的这种处理。在《丰乳肥臀》之前，已有许多作品作出了这种突破，最著名的就是《白鹿原》中白灵和鹿兆海以掷硬币决定投共产党还是国民党的情节。但白灵和兆海毕竟是理想主义者，他们都信奉"国民革命"。白灵帮着抬革命军人的尸体是因为"良心"。而《丰乳肥臀》中上官家几个女儿的政治选择，却没有任何政治涵义，丝毫不受男女双方阶级身份的影响，完全是因为爱情：大姐来弟跟从先是抗日土匪、后是汉奸的沙月亮，二姐招弟跟从国民党军官司马库，五姐盼弟跟从共产党政委蒋（鲁）立人，都是因为疯狂的、非理性的爱。《红旗谱》里严萍参加革命虽然也是因为爱江涛，但同时又因其对共产党的同情、对革命理想的认同。《丰乳肥臀》里上官家女儿的选择与政治理想、政治追求完全无关，既不考虑阶级利益，也不顾及民族感情。大姐来弟认为参加抗日还是投降日寇"这是男人们的事"，与"妇道人家"无关。五姐盼弟为什么与蒋立人结合作品没有交代，他们不明不白地同居，给人的感觉是完全出于动物般的情欲。

### （二）政治立场与个人品德

众所周知，"革命历史小说"往往将政治身份作道德化处理，即，坚定的革命者必然品德高尚，"反动"人物则人品低下，人格猥琐，甚至乱伦。大量的"新历史小说"打破了将政治立场与个人品德挂钩的模式。在这个问题上，《丰乳肥臀》与"革命历史小说"和其他"新历史小说"都不相同，又都有某些类似之处。反复阅读文本后，笔者感觉，作品里人物的个人品德，似乎隐隐约约仍与其政治身份有一定关系，只不过与"革命历史小说"在价值取向上调了个过儿：司马库大财主出身，是国民党军官，但却是小说倾力塑造的一个堂堂

正正的男子汉,是作者最喜欢的人物①。他虽然好色,但不祸害乡里、不滥杀无辜,慷慨仗义,敢作敢为。所以那些与他有染的女人都是真心真意爱他,不惜为他冒险,甚至献出生命。蒋立人是共产党军队的政委,作品虽未对他进行太明显的丑化,还在某些方面作了某些政治上的修辞处理,例如写他不让部下骂人,注意抓部队纪律;为纪念牺牲的战友将自己的名字由"蒋立人"改为"鲁立人";"土改"时他杀无辜儿童司马凤和司马凰是被"大人物"所逼,出于无奈。但与司马库相比,他总让人感到不那么光明磊落:为促使沙月亮反正,他像绑票一样控制了其女沙枣花,因而来弟说他和鲁大队长"不是东西","拿个小孩子做文章,不是大丈夫的行为"。司马库把他从大栏镇赶走是因这是自己的家乡,并不想消灭他的部队,只施行恐吓战术,"仅仅打死打伤了爆炸大队十几个人",而鲁立人杀回来时,却让司马库全军覆没,杀得血肉横飞,甚至伤及看电影的无辜群众。而且,毕竟是他,为了自保而下令杀了罪不至死的小号手马童和完全无辜的司马凤、司马凰。甚至汉奸沙月亮给人感觉在个人品德方面也比鲁立人高大些:他追求来弟追求得轰轰烈烈,不论是给上官全家赠送皮衣,还是连夜打来野兔挂在上官家院子里,都可见出他有多么坚决执着。所以岳母说"姓沙的不是孬种",妻子肯为他赴汤蹈火。

除了国共双方的两员主将,作品里其他人物也分为两大阵营。主人公母亲上官鲁氏虽然看似中立,其实也应算是司马库阵营的人:她几次解救司马库,在情感上与对鲁立人相比她也更倾向于司马库。与司马库阵营相比,鲁立人阵营的人大多是"反面":作品在写到鲁妻上官盼弟、其女鲁胜利以及哑巴孙不言时,从形象刻画到性格描写都明显带有贬意。虽然也写到了盼弟的良心未泯,但她与其他姊妹还是判然有别。

### (三) 财富与道德

莫言的价值观念颠覆还表现在对贫富与品德关系的处理方面。从《暴风骤雨》开始,大部分"革命历史小说"给读者灌输的是"地主没有不坏的"的观念,而穷人形象则几乎都是正面,"他出身雇农本质好"成为先验的结论,个别

---

① 莫言、王尧:《从〈红高粱〉到〈檀香刑〉》,《当代作家评论》2002年第1期。

流氓无产者属于"蜕化变质"。对此,《古船》《故乡天下黄花》和《白鹿原》等早已予以修正,而《丰乳肥臀》进行了彻底颠覆。作品中乔其莎(七姐求弟)说"穷人中也有恶棍,富人中也有圣徒"。尽管莫言没有把富人都写成圣徒,但作品中的"恶棍"或反面角色确多是穷人,例如孙不言、磕头虫、斜眼花、徐瞎子、巫云雨、郭秋生、丁金钩、魏羊角。这种观念颠覆作者是借作品中主要正面形象上官鲁氏之口表达的:这位出身并非贵族的女主人公让儿子挺起胸膛宣言:"我是贵族的后代,比你们这些土鳖高贵!"

### (四) 血亲伦理与性道德

莫言对传统伦理观念的颠覆在《红高粱》时期已经开始,在《丰乳肥臀》中则推向极致。"革命历史小说"虽也涉及爱情,但讳谈性,稍微有点越轨的是《苦菜花》,但那在今天看来也完全属于"洁本"。《丰乳肥臀》则通篇充满乱伦和滥交。上官鲁氏分别与自己的姑父、赊小鸭的、江湖郎中、杀狗人、和尚以及瑞典传教士交合,生下一群分属不同身份、不同国籍的父亲的儿女。她与姑父交合竟然是其亲姑姑唆使。后来她又给儿子金童当皮条客,让其与独奶子老金交媾。上官来弟性欲勃发时让亲弟弟金童摸自己乳房,金童则屡次对自己几位姐姐有不伦之念。这种伦理观念的颠覆,在人类进入文明时代以后的中外小说中实属罕见。

## 二、经典场面的颠覆

与观念的颠覆相关,《丰乳肥臀》还对"革命历史小说"中一些经典场面进行了消解或颠覆。

### (一)"军民鱼水情"

蒋立人的队伍住在百姓家,给人的印象只是被子叠得方方正正、捆得结结实实,队列站得整整齐齐,对百姓规规矩矩、客客气气。但作品没有出现在"红色经典"中常见的子弟兵给百姓挑水扫院子的场面,作品也没写八路军与百姓同甘共苦。写到的却是:在百姓将要饿死的时候,蒋立人的队伍却在吃白面馒头、野鸡野兔,起码是萝卜熬咸鱼和"巨大的窝窝头"。所以上官鲁氏说"旱不死的大葱,饿不死的大兵",马童的爷爷大骂"抗日抗日,抗成一片花天酒地!"因而,紧接着写到参了军的五姐盼弟对台下女人们宣讲"老百姓是水,子弟兵是鱼",给人感觉就不像"革命历史小说"中那样自然,甚至构成一种反讽。除盼弟外,上官鲁氏一家对蒋立人的队伍很冷漠,乃至敌视,真正与部队关系密切的是村里那些崔干娘、李干娘们,但作品又暗示她们与队伍的"鱼水情"是另一种含义。马童被枪毙后,叙述人直接指出前面的安定幸福感是"虚假的安定幸福感"。比较而言,也许是乡亲的缘故,司马库的队伍与大栏镇村民似乎更融洽些。

### (二)抗日

"革命历史小说"中的抗日题材作品都是写共产党八路军或新四军的抗战,偶尔涉及国民党军队,例如《铁道游击队》,也是写他们假抗日、真投降,写其制造与共产党军队的磨擦。新时期以后开始出现表现国民党军队抗日的作品,莫言本人的《红高粱》系列虽以写土匪抗日为主,也同时涉及了国民党军队和共产党军队的抗日。而《丰乳肥臀》直接写到的两次抗日战斗,都直接与司马库有关:一是沙月亮伏击日军、司马库火烧村头石桥,一是司马库破坏铁路桥梁。蒋立人部队打的两仗,则都不直接涉及日本人:一次是消灭沙旅,一次是消灭司马库的队伍。

### (三)"土改"

中国现代史上,"土改"的起因是封建土地制度造成的土地占有过于集中、贫富过于悬殊。《丰乳肥臀》对此却未着点墨,未写分土地,而只写分浮财,写批斗或镇压并未占有多少土地的棺材铺掌柜黄天福、卖炉包的赵六、开油坊的许宝、香油店掌柜老金、私塾先生秦二。《古船》和《故乡天下黄花》已经写到了"土改"的另一面,即流氓分子混进革命队伍,导致土改中一些过火的暴力行为,但也写到了地主的恶霸行为。与此不同,《丰乳肥臀》对那些"诉苦"者的控诉,让在场群众当场逐一指谬解构,将"土改"写成一场令人胆战心惊的对无辜者的屠杀。"土改"干部草菅人命,尤其令人发指的是竟然杀害不谙世事的儿童:

台下鸦雀无声,孩子们懂点人事的便不敢哭泣。不懂人事的刚一哭泣便被奶子堵住嘴。……百姓们见到那些人,都慌忙低了头,连一个敢议论的也没有。①

这种场面与鬼子进村并无二致。

### (四)"还乡团"暴行

张炜的《古船》写到了地主"还乡团"对参加"土改"的干部群众的报复,写得极其血腥恐怖,比如火烧、铁丝穿锁骨、活埋、奸杀、五牛分尸等。而《丰乳肥臀》没有直接描写"还乡团"的暴行,而只是轻描淡写地转述:一处是让共产党干部上官盼弟劝母亲逃难时的话:"渤海区一天内就杀了三千人",但作品紧接着直接描写的,却是逃难路上八路军指导员殴打出伕的王金,强征王超的小车,致使王超上吊自杀;另一处是新中国成立后阶级教育展览上的解说员词,作品也是当场就解构了解说词的描述——当事人郭马氏说,她的家人被活埋是因小狮子公报私仇,并非还乡团头子司马库所为,反倒是司马库救下了郭马氏,"司马库还是个讲理的人"。小说叙述人还当场指责解说词"造谣啊!"

## 三、颠覆的意味

对既有经典的颠覆、叛逆,意味着希望创新。《丰乳肥臀》确有创新,这创新当然包括艺术表达手法或技巧的探索,但最重要的还是价值观念的"创新"或"突破"。对这种"创新"或"突破"如何认识、如何看待,其意义超越了对这一作品的评价本身。

有人将《丰乳肥臀》的"突破"描述为"突破简单地把人分为好人和坏人、革命者与反革命者的创作模式,充分展示人性的复杂性和具体性",②笔者以为这不全对。这部作品确实不是按是否革命来区分人物善恶的,但这些其他

① 莫言:《丰乳肥臀》,北京出版集团公司、北京十月文艺出版社 2010 年版,第 240 页。
② 易竹贤、陈国恩:《〈丰乳肥臀〉是一部"近乎反动的作品"吗?——评何国瑞先生文学批评中的观念与方法》,《武汉大学学报》2000 年第 5 期。

"新历史小"说(包括莫言自己的《红高粱》系列)早就做到,已不算"创新"或"突破"。不按是否革命区分人物善恶、不把人物简单地分为好人坏人,不等于不对善恶好坏作出判断;展示人性的复杂性,也不等于不表现人物的主导方面、不表示作者基本的褒贬态度。《丰乳肥臀》其实有明显的善恶价值判断,只不过区分善恶的依据不是革命与否,也不是传统道德价值体系,而是人物的人格,是人性和人道主义。依此标准,可以说,上官鲁氏、司马库、司马亭、瑞典人马洛亚、美国人巴比特以及上官来弟、招弟、领弟、想弟、念弟、求弟、玉女、金童、司马粮、沙枣花、鸟儿韩是正面形象,虽然他们各自有其缺点;而鲁立人、孙不言、上官盼弟、鲁胜利基本是反面形象,虽然他们各有其优点,天良未泯或天良并未丧尽。鲁立人的形象很独特。作者并未太直露地贬抑他,但若细读文本读者可以感到,与司马库甚至沙月亮比,此人显得比较阴险,还有些虚伪,因而岳母上官鲁氏在几个女婿中最不认同他。从外貌看,作品并未将他"写得颇为英俊"①——他上场时作品的描写是"一个戴眼镜的中年男子","白净面皮,嘴上无须,中等个头",而后面写他与上官盼弟交媾时则又写作"黑瘦"。这起码只是中性描写。上官鲁氏确实认为他有才干,但那"棉花里藏针,肚子里有牙"的评语与品德无关,而她前面对沙月亮"不是孬种"的评价则明显是赞语。上官来弟在送行时对司马库说的那句"莫名其妙的话"——"你是金刚钻,他是朽木头",根据特定情境,那个"他"应该是指鲁立人。从作品提供给我们的东西看,鲁立人并未干过真正的好事。他的妻子上官盼弟不仅形象上比其他姊妹臃肿丑陋,为人上也不及姐姐妹妹们:在危急时刻,半疯癫的来弟尚能挺身而出救孩子,盼弟虽也愤怒并出言试图制止屠杀无辜,但没有来弟那样的勇气,也没有四姐和八妹的献身精神。至于哑巴孙不言,在作品中则是个近乎野兽的形象。作品这样处理,当然不是为了某种政治暗示,只为弘扬人道主义,赞美光明磊落、敢爱敢恨、敢生敢死的人格精神。但它确实容易让习惯于将人物政治身份视为某种象征的读者产生误解,产生"共产党队伍里的人是反面人物而非共队伍里的人是正面人物"的错觉,让人感觉作品仍然是按

---

① 易竹贤、陈国恩:《〈丰乳肥臀〉是一部"近乎反动的作品"吗?——评何国瑞先生文学批评中的观念与方法》,《武汉大学学报》2000 年第 5 期。

政治身份画线,只不过正反面角色作了个颠倒。说到底,还是因为《丰乳肥臀》在处理政治与人性、财富与道德的关系时,写得不够"复杂",倒是过于阵线分明,起码与其他"新历史小说"相比是如此。作品对此的补救是在后半部中塑造了纪琼枝这个"铁骨铮铮的共产党人"的形象,但已不能扭转前面的描写给人的印象。

确实,共产党队伍里有坏分子,国民党军队里也有有正派人;"穷人中有恶棍,富人中有圣徒"。但是,当年国民党之所以覆灭、共产党之所以胜利,根本原因还是当时共产党顺乎民意而国民党失去了人心。"革命历史小说"突出共产党军队的得民心是重在表现时代的主流、总趋势;某些"新历史小说"写国民党军队也有正义正派之士,意在对前者予以补充;《古船》和《白鹿原》超越国共分野而指向人性与文化的探寻,比一般的"新历史小说"深入一步。至于《丰乳肥臀》,它似乎仍是与"革命历史小说"在同一层面上,只是对其"反着写"。这样就显得有失偏颇和肤浅。

富而能仁者有之,"为富不仁"的却也不在少数。今天的现实中就不乏其例。"为富不仁"语出《孟子》,是孟子引用阳虎的话,原文是"阳虎曰:'为富不仁矣,为仁不富矣'"。这句前面还有一句:"有恒产者有恒心,无恒产者无恒心。苟无恒心,放辟邪侈,无不为己",①与《管子·牧民》中所谓"仓廪实则知礼节,衣食足则知荣辱"意思相通。这说明古人已看到人的道德素质与其占有的财富有一定关系。前后两句各说出了问题的一个方面。两句合起来理解,才能全面,才较辩证。人有了固定的财产才会做长远打算、做事才有一定的道德观念或准则;如果一个人一无所有、生存没有保障,他为了生存就有可能不择手段,突破道德乃至法律的底线。维克多·雨果《悲惨世界》中的冉阿让偷面包,就是由于这种情况。赵树理小说《田寡妇看瓜》则证明了管子讲的道理。但是,人对财富的积累方式各不相同,确有靠勤俭而发家者,但不择手段巧取豪夺者也比比皆是。在社会制度不健全、不公正公平,社会环境黑暗的情况下,靠个人勤俭发家的希望更其渺茫。不只"红色经典"中的《创业史》这么写,新中国成立前民主作家老舍的《骆驼祥子》也这么写。美国人赛珍珠在

---

① 杨伯峻:《孟子译注》(上),中华书局1960年版,第117—118页。

《大地》中写王龙的发家,也是因得了意外之财。所以1930年代才会有鲁迅与梁实秋关于一个无产者是否能凭自己的辛勤工作而致富的争论。就世界历史而言,资本积累的过程不那么干净,这是尽人皆知。从人性本身说,固然有人穷志短的情况,但财富也有可能导致饱暖思淫欲,使人性恶的一面显现。

阶级出身对个人的政治选择、政治立场有没有影响？肯定是有的。不论旧社会新社会,一般来说,富人总是赞成对富人们有利的政治主张,穷人总是拥护代表穷人利益的政治派别。一些"革命历史小说"的偏颇只是在于对此写得过于阵线分明。一个人的政治选择,除了出于维护自己所在社会集团的利益,还取决于自己的精神信仰和人生理想。即使是"革命历史小说",也写到了剥削阶级家庭出身的刘思扬、林道静、林丽等投奔共产党的事例。《丰乳肥臀》里,上官鲁氏的几次选择,其实也与其家庭背景有关:几个女婿不同的政治身份,正是导致其政治表现上摇摆的重要原因,虽然她自己并不自觉。而她的最终选择,则取决于其并不自觉的人生追求,那就是忠实于自己的生命本能,即生存本能,以及包括生育本能和养育本能的母性本能。

《丰乳肥臀》传达的价值观念确实有很大的"突破":它从生存和繁衍这一基本价值出发,突破了此前诸多价值铁框。单看开篇部分上官鲁氏的生产与母驴生产同时进行、婆婆上官吕氏重驴轻人的描写,似乎表达的是与萧红《生死场》类似的启蒙主题;但后面的篇章中,它又从生存与繁衍的基本价值出发,突破了民族和阶级的感情界限,对不同阶级民族的一切杀戮行为予以谴责,而对一些违反人伦的行为,只要其与生存繁衍本能有关,则予以同情。①这种价值态度不只与"革命历史小说"判然有别,与《古船》《白鹿原》等"新历史小说"也不尽相同。莫言自己说过曾受"红色经典"特别是《苦菜花》的影响。笔者揣测,上官鲁氏为保护儿孙而不理会什么阶级与民族利益的描写,应该与《苦菜花》中的一些场面与情节有关:《苦菜花》中的母亲为了不说出军工厂的秘密而忍痛目睹幼女被日寇虐杀,可能使莫言觉得不太近乎普通的人情。②

---

①　起码没有给人感觉任何贬意。而若分析这部作品对一些场面和情节的或取或舍、或详或略、或渲染或淡化的不同处理,其褒贬意图是不难发现的。

②　详见下一章。

从《红高粱》开始,莫言小说就让人感到作者极强的反叛意识和宣泄欲望。反叛和宣泄,是由于以前的压抑感太强烈。而不同欲望强度或处境的人,其压抑感和叛逆意识也有差异。从一个人的成长来说,在进入青春期后,往往有一个叛逆的阶段,就是故意与家长的意思反着做,以确证自我的独立性。就文学创作而言,对过去经典作品的反叛与颠覆是由于"影响的焦虑"和创新意识。以补充或修正的方式对待以往的经典,是创新的重要方式;但若对其价值体系彻底颠覆、完全"反着写",则需谨慎。以往的经典虽有偏颇或盲点,但既是影响深远的作品,必有某种合理性;若取完全相反观点,便易导致另一种偏颇或遮蔽。在改革开放之初,写富而能仁的典型,为曾经的"富人"翻案,能给人以新鲜感并引发共鸣,因为确有大量出身富家的无辜者在极左路线时期遭受过不公正待遇。这样的典型今天仍有价值。但在当下语境中,若单纯突出、渲染贵族出身者更高贵,或富人多圣徒、穷人多恶棍,就无助于社会的和谐。

固然文学作品都具有互文性,但我们同样不可忽视其各自的独立性。一部作品倘只有狭义的互文性(需要与另外的作品合起来读才行),就难以成为流传久远的经典。若与"革命历史小说"参照来读,《丰乳肥臀》的价值取向可以理解;但不熟悉"革命历史小说"的人读《丰乳肥臀》,不知它为何突出富人的"圣"与"仁"而多写穷人中的"恶棍",就会对其产生误解。在这方面,《丰乳肥臀》不及《古船》与《白鹿原》,也不及莫言本人的《红高粱》。

# 第十四章 《丰乳肥臀》对《苦菜花》的 "改写"①

莫言《丰乳肥臀》与冯德英《苦菜花》有明显而直接的互文关系。莫言从不讳言自己的创作曾受冯德英《苦菜花》影响。他称赞《苦菜花》的爱情描写在"十七年"小说中"最为成功、最少迂腐气",并说"由于有了这些不同凡响的爱情描写,《苦菜花》才成为反映抗日战争的最优秀的长篇小说。"②在谈及自己的小说创作时,莫言坦承《红高粱家族》与《苦菜花》的关系:"如果我没有读过《苦菜花》,不知道自己写出来的《红高粱》是什么样子。"③笔者认为,较之《红高粱》,《丰乳肥臀》受《苦菜花》影响更为直接、更为明显。莫言写《丰乳肥臀》时,不再限于从《苦菜花》借鉴一些"关于战争描写的技术性的问题",④而是有意在道德观、历史观、审美观及政治观方面与《苦菜花》展开对话,对之进行颠覆式重述或补写。具体剖析两部名作之间对话的纠结点及其各自立场观点的合理性与局限性,对于更深刻地理解它们的内涵与文学史地位,将会很有意义。

## 一、母爱与道德伦理观

冯德英和莫言都对自己母亲感情极深。母亲去世时,冯德英虽然只有十

---

① 本章曾以《〈丰乳肥臀〉与〈苦菜花〉的互文性解读》为题发表于《河北大学学报》2014 年第 2 期。收入本书时有改动。

② 莫言:《我看十七年文学》,杨扬编:《莫言研究资料》,天津人民出版社 2005 年版,第 40 页。

③ 莫言、王尧:《从〈红高粱〉到〈檀香刑〉》,孔范今、施战军主编,路晓冰编选:《莫言研究资料》,山东文艺出版社 2006 年版,第 47 页。

④ 莫言、王尧:《从〈红高粱〉到〈檀香刑〉》,孔范今、施战军主编,路晓冰编选:《莫言研究资料》,山东文艺出版社 2006 年版,第 47 页。

一岁,但他受母亲影响巨大。《苦菜花》的初稿或曰雏形,名字就叫《母亲》或《我的母亲》;最后定稿中最突出、最感人的形象还是母亲。莫言《丰乳肥臀》的扉页题献是"谨以此书献给母亲在天之灵"。母亲去世时,莫言虽然已到中年,但极度的思念和悲痛还是让他"万念俱灰了很久"。[①] 在获得诺贝尔文学奖的感言中,他也重点讲述了自己母亲的故事。

　　九个孩子的母亲上官鲁氏是《丰乳肥臀》的主要人物形象。虽然《苦菜花》与《丰乳肥臀》内涵有重要差异,但我们可以说,歌颂母亲和母爱是两部作品主题上的一致之处。两部作品中的母亲形象都是作者所肯定的正面价值的直接体现,是作者道德观念的集中体现。

　　《苦菜花》中的冯大娘是一位"革命母亲"。"革命"的限制语是指其直接间接参加了中共领导的革命斗争。但在这部长篇中,作者首先是把她作为一位独特的生命个体,一位充满母性、具有深厚母爱的"母亲"来塑造的,"革命"属性并未使这一形象抽象化、概念化、意识形态化。冯大娘的勤劳、善良、坚韧、贤惠,体现的是中国传统美德。她性格的独特之处是:尽管用传统道德标准看她是个贤妻良母,但她对传统道德伦理观念有突破,对其不合理成分有挑战、有反抗。这种挑战和反抗,用今天的眼光看在某种程度上又体现了启蒙现代性的要求。不论是符合传统伦理道德还是对其挑战反抗,冯大娘均出于其天性,本着其做人的"良心",而非为了"观念"。

　　由于公婆已故,丈夫冯仁义为人忠厚且在小说开始就已逃亡在外,冯大娘不受夫权的压抑。她的反抗对象首先是族权:族里的最长辈四大爷认为娟子抛头露面有伤风化,要求冯大娘将女儿拖回家去。虽然冯大娘知道四大爷"有权叫一个女人死去",她对他也很惧怕,但有了共产党政权撑腰,更因她为女人所受不平等待遇而不平,她决定支持女儿,对四大爷宣布"孩子是我的,别人管不着"。[②] 她这样做同时也是因为疼爱孩子,与她宽容娟子不缠足、不束胸的动因一样。她对四大爷族权的反抗以本能

---

　　① 莫言:《〈丰乳肥臀〉解》,孔范今、施战军主编,路晓冰编选:《莫言研究资料》,山东文艺出版社 2006 年版,第 33 页。

　　② 冯德英:《苦菜花》,解放军文艺出版社 2001 年版,第 42—43 页。以下凡引此书均只标页码。

的人道主义为前提,并不影响她对这位长辈的尊重:当鬼子扫荡在即,四大
爷不肯撤离时,她又不计前嫌前去苦口婆心劝说,最后逐渐与老人冰释
前嫌。

也是出于母爱,她支持自己的儿子念书,也支持女儿上学,不顾家里家外
的劳动负担全落在自己一人肩上,也不顾村里封建思想重的人非议。冯大娘
同情地主王柬之的妻子与长工王长锁的私情,为帮花子解除不幸婚姻而与其
恶婆婆动手打架,为花子与老起看起来不合礼法的结合奔走呼吁,与封建意识
依然浓厚的共产党基层干部冲突,也是出于天性的善良、凭着正义感。庆林说
她倚仗自己的抗属身份欺人,她在心里气忿忿地说:

> 我倚抗属欺人吗? 不,没有,从来没有。我从没想到自己和别人有什
> 么两样。我一个老婆子有什么呢? 儿女去革命是我高兴,我情愿! 我要
> 管这事,是觉得良心过不去……。(第 400 页)

作品的具体艺术描写显示,做人的良心和正义感,比政治身份更重要。庆
林最后被说服后,心里想的就是:冯大娘"是凭一颗淳朴的良心来办事的,可
自己这个共产党员,却还在认封建社会的老理"。

冯大娘的处世哲学很简单、很朴素,就是"将心比心,推己及人":

> 我是想人都有颗心,将人心,比自心,遇事替别人想想,把别人的事放
> 到自己身上比比,看看该怎么做才对,这样做倒不一定错。(第 405 页)

正是本着这样的处事原则,她疼爱来家里养伤的赵星梅,疼爱与自己儿子
年龄相仿的八路军战士小李:她把对儿子德强的牵挂和疼爱,寄托和转移到了
赵星梅和小李身上。

冯大娘身上集中了中国农村劳动妇女的优点。这些优点被作者写得真实
可信,因为它符合人物的特定身份和特定情境中的心理,而不是以意识形态理
念进行的"拔高"。比如小说交代,冯大娘虽然知道危险,但还是同意孩子出
去参加革命,除了她认为革命正当、革命必要,也因她认为"孩子前程重要"。

（第150页）小说写冯大娘被捕、被酷刑逼供，目睹幼女受刑时，也有过巨大恐惧，也担心自己死了孩子怎么办，有强烈的求生欲望：

> 人活着，活着多么好哇！多好的故土啊！母亲心里充满了热爱生命可求生存的激情！（第278页）

思想上也产过怀疑和动摇：

> 啊！共产党八路军，抗战革命！对她这个多子女的母亲有什么好处呢？她得到了什么呢？她得到的是儿女离开她，使她做母亲的替他们担惊受怕，使她山上爬地理滚，吃不尽的苦，受不尽的痛，以致落到这个地步。这，这都怨谁呢？（第275页）

孩子被折磨时，她脑子里交替闪过"要救孩子"和"要保工厂"、"要屈服"和"要发疯"的念头。但她最终还是认定无论如何不能当汉奸、认定共产党八路军对自己有恩，作出了艰难的选择。冯德英将冯大娘置于道德的两难境地，这一情节颇有些萨特色彩。

因为冯大娘形象可敬而又可亲、可信，今天看来仍不失其思想启迪价值，不减其艺术感染力量。

虽然在谈及《苦菜花》对自己的影响时莫言一般只强调其中的爱情描写部分，虽然莫言创作《丰乳肥臀》的具体灵感来自一件外国石雕作品照片，也缘于对自己母亲的深情，但读罢全篇我们还是能感到，《丰乳肥臀》与《苦菜花》有潜在对话关系，包括对母性与母爱、对爱情与性道德的认识与表现。

看莫言与冯德英对自己母亲的描述可以发现，其许多方面几乎如出一辙。比如"勤劳"、"勇敢"、"正直"、"无私"等。就连关于母亲把碗中的菜团子分了一半给前来讨饭的外乡女人的孩子的细节，两位作家的回忆也极其相似。而这些正是《苦菜花》中冯大娘的性格与品质。不过，《丰乳肥臀》中的母亲上官鲁氏给人印象最深刻的似乎是"爱惜生命"，是"忍受着常人难以想象的痛苦顽强不屈地生活着"，①以及她为了生育和生存而被迫或自愿发生的、新旧伦理都难以接受的与众多男人的性关系，而不是其"急人所难、乐善好施"。如果说上官鲁氏"无私"，那也主要表现于她对自己子女后代的无私。至于她对邻里路人的无私，没有给人印象深刻的事例。对于上官鲁氏来说，自己和自己子女的生育、生存高于一切，为此可以打破一切伦理道德的规范，包括不惜乱伦、通奸、偷窃，甚至杀人：为了怀孕，她与姑父于大巴掌的第一次乱伦还是半推半就，而接下来和姑父的第二次，以及与赊小鸭的、江湖郎中、杀狗人高大膘子、智通和尚发生关系则完全出于自愿，有的还是主动提出。为了保护女儿上官玉女，她亲手杀死了婆婆上官吕氏，而且场面极其血腥。

　　作者为上官鲁氏的违反人伦道德提供了"充足"理由。第二次发生关系前，她对于大巴掌说：

　　　　姑夫，人活一世就是这么回事，我要做贞节烈妇，就要挨打、受骂、被休回家；我要偷人借种，反倒成了正人君子。姑夫，我这船，迟早要翻，不是翻在张家沟里，就是翻在李家河里。……不是说"肥水不流外人田"吗?!②

　　上官鲁氏打死婆婆，"主要人物表"中说是"失手打死"，而"补三"的具体描写却是，在第一杖下去婆婆的头部已被砸出凹痕，身体已开始痉挛的情况下，上官鲁氏仍"双手抡起擀面杖，噼噼啪啪地打下去，对准上官吕氏那胶泥般的脑袋。她越打越生龙活虎，越打越神采飞扬"，直至婆婆

　　　　身体渐渐瘫软，瘫软成一滩臭气逼人的腐肉，成群的虱子和跳蚤从她的身体上乱纷纷地，或爬或蹦地逃离了。腥臭的、腐乳状的脑浆从她的被打裂的脑壳里迸溅出来。（第586—587页）

　　① 莫言：《〈丰乳肥臀〉解》，孔范今、施战军主编，路晓冰编选：《莫言研究资料》，山东文艺出版社 2006 年版，第 32 页。
　　② 莫言：《丰乳肥臀》，北京出版集团公司、北京十月文艺出版社 2010 年版，第 560 页。以下凡引此书均只标页码。

这显然不是"失手",而是借机宣泄对婆婆、对上官家的满腔仇恨了。小说中上官鲁氏暴力的"合法性"、可同情性,来自前面所写婆婆和丈夫对她的虐待及暴力行为。

上官鲁氏形象的叛逆与反抗针对的是封建压迫与政治军事斗争中的非人道方面。作者莫言如此描写,也可看作对以往包括《苦菜花》在内的革命历史叙事的颠覆与反叛。对照《丰乳肥臀》里的上官鲁氏与《苦菜花》中的冯大娘,笔者感觉,莫言对冯大娘像对待自己子女一样对待八路军男女战士颇不以为然,对冯大娘眼看自己小女儿手指被一根根掰断也不肯说出八路军兵工厂机器埋藏地点的做法觉得不可思议。《丰乳肥臀》隐含作者暗示给我们的伦理观是:国家、民族、阶级斗争都是男人们的事,母亲最神圣的天职是保护自己的孩子。① 当然,我们也可将《丰乳肥臀》的这种处理解释为是对《苦菜花》相关描写的补充,即:揭示在那个年代也存在着不像冯大娘那样"进步"或那样"革命"的母亲,认为她们爱护自己的子女,为自己和子女的生存而奋斗、挣扎值得同情,对之不应苛责。

不过,看作品的具体描写及作者的创作谈,莫言对上官鲁氏的伦理观是激情洋溢地赞美,而不只是宽容和同情。

## 二、性、政治、暴力与审美

对于性道德的认识与表现,《丰乳肥臀》从正面直接受《苦菜花》启发,并将其某些方面推向极致。《苦菜花》除了写德强与杏莉青梅竹马的初恋、赵星梅与纪铁功理智克制情欲的革命之恋、王东海与白芸的无果之恋、姜永泉与娟子的终成眷属,还写了从阶级论观点与日常伦理标准看会受非议的杏莉妈与长工王长锁、花子与老起的私通,而且对这种私通持同情乃至赞赏态度。这在作品写作的年代非同寻常,也是给莫言印象最深的地方。于是,在《丰乳肥臀》中,莫言集各种不伦之恋、不伦性关系之大成,对各种发自本能、充满野性

---

① 小说第十七章大姐来弟对蒋政委关于"不该投降日寇"的指责,回答就是:"这是男人们的事,别跟我一个妇道人家说。"(第147页)她的母亲上官鲁氏的道德观应该与其差不多。上官鲁氏也佩服后来投降了日军的沙月亮"不是孬种"。

的性关系大肆渲染。除了上述上官鲁氏的行为,还写到大姐上官来弟与土匪私奔,写她性欲难耐时以乳房引诱亲弟弟并与妹夫司马库私通,后来又爱上以前的妹夫鸟儿韩。写到上官鲁氏为激发儿子上官金童身上的"男人气"而为之拉皮条。这方面,《丰乳肥臀》又是对《红高粱》主题的发扬光大,即讴歌以性本能为象征的人的原始生命力。

莫言对《苦菜花》一段情节的评论耐人寻味。

《苦菜花》第十八章写八路军排长王东海在八路军女战士白芸和寡妇花子之间进行爱情抉择,最后选择了花子。莫言说自己当初看了这段描写感觉很难过、很不舒服,觉得这样写不好。但走上文学道路之后,"才觉得这个排长的行为是非常了不起的,回头想想花子和白芸这两个女人,我竟然也感到花子好像更性感,更女人,而那个白芸很冷"。①

而《苦菜花》小说文本对王东海情爱抉择原因的解释却是:王东海虽然觉得白芸"那么可爱,那么美好",拒绝了白芸之后仍然对她有些留恋,但

　　长期的苦难生活,贫困辛劳的人们,把爱与怜混淆在一起了。由于同情而产生爱,也由于被同情而产生爱,更多的是互相同情互相感恩而产生更深沉的爱。在某种意义上说,他们认为爱怜是一个整体,不可分割,是一个东西。以同情来作为爱情的基石,这是农人们在苦难的命运中建立起的最诚挚最深湛的一种感情……(第495—496页)

当初面临生死抉择时,王东海被姜永泉的妻子冯秀娟救下,姜永泉于是陷入危险;花子为救姜永泉而牺牲了丈夫老起。所以,王东海选择花子,最初主要是因同情孤儿寡母,也为感恩报恩。可以说,莫言对王东海情爱选项的解释是一种"创造性误读":他有意将原作的理性主导、理性带动感情的思维,转换为从感性出发的思维,侧重强调其中的"性感"、"女人味儿"之类生理因素。

《苦菜花》里的爱情,有野性的、反抗的、非政治的内容,比如杏莉妈与王

---

① 莫言、王尧:《从〈红高粱〉到〈檀香刑〉》,孔范今、施战军主编,路晓冰编选:《莫言研究资料》,山东文艺出版社2006年版,第47页。

长锁、花子与老起,但更多是建立在共同政治立场上的爱恋,例如纪铁功与赵星梅、姜永泉与冯秀娟、王东海与花子等。杏莉与德强虽是少年人的朦胧初恋,二人也有相同政治立场。《丰乳肥臀》受其前一种类型(即与政治立场无关的纯野性原始性爱)启发,全书充斥着野性之恋:上官家来弟、招弟、领弟、盼弟、念弟姊妹五人分别爱上或嫁给了国民党别动大队司令司马库、土匪与汉奸沙月亮、八路军爆炸大队战士孙不言、八路军爆炸大队政委鲁立人、美国飞行员巴比特,但她们进行爱的选择时丝毫不曾考虑政治因素。即使是五姐盼弟,也是先有了野性的爱才选择了共产党和八路军。

　　按《苦菜花》以及所有"红色经典"的历史观,共产党及其军队最后能得天下,首先是因其得民心、受到下层贫苦百姓衷心拥护。冯大娘一家与八路军的关系,形象演绎了"军民鱼水情"。而《丰乳肥臀》中上官鲁氏一家与爆炸大队的关系很游离:上官鲁氏也承认"人家待咱不薄",但她绝不会把爆炸大队的官兵当成自己的子女。她在得知儿子被爆炸大队关押时,还动手打了试图阻拦的马排长一个耳光,放出磨坊里关押的人,包括国民党官兵,导致双方暴力冲突,死伤多人。在《丰乳肥臀》中,鲁立人的队伍虽然纪律不错,但在老百姓吃草根树皮时他们吃白面馒头;鲁大队长与村里的"干娘"们有暧昧关系,最后还把小号兵马童当成替罪羊杀掉;他们虽不像司马库那样滥性,却也不具备司马库堂堂正正、敢作敢为敢当的男子气,而耍小阴谋绑架沙月亮的女儿沙枣花以逼其就范。司马库赶走鲁立人时先礼后兵,动用暴力有克制、有限度,"仅仅打死打伤了爆炸大队十几个人",(第167页)而几年后爆炸大队改编成独立团杀回时,却向正在看电影的有众多乡亲在内的人群突袭,投掷十几颗手榴弹……。莫言这方面的描写,是对《苦菜花》军民关系描写的彻底颠覆。

　　作为"新历史小说",《丰乳肥臀》未必有其整体化、本质化的历史观、政治观,也未必认为是生命本能决定了历史走向、是阴谋诡计和血腥暴力决定了政权得失。它要做的只是解构和颠覆已有权威体系和主流观点,按作者自己的认识和理解来还原"历史的真相"。① 它用以解构的武器是感觉宣泄,是审美

---

① 莫言、王尧:《从〈红高粱〉到〈檀香刑〉》,孔范今、施战军主编,路晓冰编选:《莫言研究资料》,山东文艺出版社2006年版,第49页。

挑战。

　　同样耐人寻味的是莫言对于暴力的态度。

　　《苦菜花》及其姊妹篇《迎春花》出版不就受到有些批评家非议的原因，是"宣扬资产阶级人性论、阶级斗争调和论、革命战争恐怖的和平主义、爱情至上及有黄色毒素描写"。① 关于"宣扬资产阶级人性论、阶级斗争调和论"，其实只是因冯德英的艺术描写在某些方面对僵硬的阶级论框架有所突破。《苦菜花》的价值观总体上还是与当时其他"红色经典"关于"富人都坏、穷人都好"的观念一致的。至于所谓"爱情至上及有黄色毒素描写"，或曰在男女两性关系的描写上的"严重的自然主义倾向"，②这恰是莫言最欣赏的地方。莫言在《丰乳肥臀》中将冯德英作品显示出的这两方面特征发扬光大，推向极端，《苦菜花》的暴力描写更被莫言继承发扬，成为莫言创作的最显著特色之一。如果说冯德英对战争暴力的描写给人的印象是提倡"和平主义"，即反战、反暴力，那么包括《丰乳肥臀》在内的莫言作品给人的印象却是作者对暴力态度暧昧，甚至有欣赏成分。这也是莫言与其他"新历史小说"作家如张炜、陈忠实、刘震云等不同的地方。莫言欣赏《苦菜花》关于杏莉死亡描写的悲剧美，欣赏杏莉妈与王长锁偷情的病态美，赞美花子与老起爱情的野性美。③《丰乳肥臀》追求的美，就是这种悲剧美、病态美和野性美。它赞美原始生命力、同情非道德的爱情，它详尽展示暴力细节、大肆渲染暴力场面，也是为造成一种独特的"野性美"。因此，他写上官鲁氏杀死婆婆时，如同"红色经典"中的"斗地主"场面，提倡的是"以牙还牙、以暴抗暴"。

## 三、冯德英和莫言小说中的不同"真实"

　　《苦菜花》和《丰乳肥臀》前半部写的都是抗日战争时期胶东半岛军民的

---

　　① 冯德英：《写在新版"三花"前面》，冯德英：《迎春花》，解放军文艺出版社 2007 年版，第 2 页。

　　② 龚奎林：《论〈苦菜花〉的文本生产与版本传播》，《新文学史料》2010 年第 2 期，第 177 页注⑩。

　　③ 参见莫言：《我看十七年文学》，杨扬编：《莫言研究资料》，天津人民出版社 2005 年版，第 39 页。

生活,冯德英和莫言都追求艺术描写的真实性,都以真诚的态度从事创作,但《苦菜花》与《丰乳肥臀》所呈现出来的"真实"差异巨大。当下相当多新锐批评家认为《丰乳肥臀》比位列"红色经典"的《苦菜花》更真实,但当年参加过胶东抗战的老战士却认为莫言的描写不真实。这里有必要探究两部作品的不同"真实"性及其成因。

冯德英的老家昆嵛山区是革命老区,是中国共产党的抗日根据地。冯德英本人出身于革命之家:父亲、兄弟姐妹乃至姐夫都参加了革命,母亲也是位典型的"革命母亲",类似于"子弟兵的母亲"戎冠秀。战争年代,他们家"被敌人称为共产党的'干部窝'、我党干部谓之'招待所'"。① 而莫言的老家高密抗日战争时期属于"游击区",是日本人、八路军和国民党军队进行"拉锯战"的区域。② 莫言的家庭出身是中农,在战争年代他们的家庭与共产党、八路军是有距离的。

据莫言讲,他小时候也听母亲说抗战时期他们家里驻扎过游击队,母亲给他讲"那些军官和那些女兵的故事":

> 说男的如何的有才,吹拉弹唱样样行,写就写画就画,那些女的个个好看,留着二刀毛,腰里扎着牛皮带,挂着小手枪,走起来像小鹿似的。我以为母亲说的是八路军,但长大以后一查文史资料,才知道当年驻扎在我们村子里那支队伍是国民党领导的队伍。③

冯德英小时候亲眼见到母亲如何爱护八路军,八路军男女战士如何把母亲当作自己的母亲、如何依恋冯家这个"家"。他甚至亲眼见到过女八路如何唱着歌从容就义。莫言出生于1955年,他童年印象最深刻的记忆,是上世纪五六十年代的大饥荒,是饥饿感,是村社干部如何横行霸道,是自己如何受到

---

① 冯德英:《苦菜花·后记》,冯德英:《苦菜花》,解放军文艺出版社2001年版,第555页。

② 根据有关史料及笔者2013年7月5日对冯德英先生电话采访。

③ 莫言:《我看十七年文学》,杨扬编:《莫言研究资料》,天津人民出版社2005年版,第38页。

老师的歧视和体罚。从情感体验说,尽管莫言多次表达过他对母亲的深情,但
他还曾说:

> 我确实没有感到人间有什么爱。我始终认为,家庭对任何孩子来讲,
> 绝对是种痛苦,父爱、母爱非常有限度。所谓的父爱、母爱只有温饱之余
> 才能够发挥,一旦政治、经济渗入家庭,父爱、母爱就有限得脆弱得犹如一
> 张薄纸,一捅就破。当然可以歌颂母爱,歌颂父爱,但极端的爱里就包含
> 了极端残酷的虐待。①

这段话可以理解为:极端贫困的生活和过度的劳累,使莫言的父母没有像
许多父母那样表达他们对子女的温情。这也与《丰乳肥臀》中上官鲁氏显示
自己对子女母爱的方式一致。

总之,冯德英和莫言记录或表现的是他们各自感觉和认识到的"真实"。
他们都是真诚的作家。我们研究者需要注意的是,不能以其中的一种"真实"
去否认或取代另一种"真实",即使作家本人也有这种局限。比如,冯德英认
为莫言笔下的抗战不真实,②莫言在将自己的作品与"红色经典"对比时则说:

> 究竟哪个历史才是符合历史真相的呢? 是"红色经典"符合历史的
> 真相呢还是我们这批作家的作品更符合历史真相? 我觉得是我们的作品
> 更符合历史的真相。③

这一判断很容易得到新时期以后反思"十七年"文学的研究者们认同。
但笔者却认为不能轻易下此结论。包括冯德英在内的"红色经典"作家们固
然有其明显的时代局限,他们被当时的主流意识形态"规训",在"灰阑"中叙

---

① 莫言、陈薇、温金海:《与莫言一席谈》,孔范今、施战军主编,路晓冰编选:《莫言研究资
料》,山东文艺出版社 2006 年版,第 18 页。

② 根据笔者 2013 年 7 月 5 日对冯德英先生电话采访。

③ 莫言、王尧:《从〈红高粱〉到〈檀香刑〉》,孔范今、施战军主编,路晓冰编选:《莫言研究
资料》,山东文艺出版社 2006 年版,第 49 页。

事,有些确如莫言所说是"不得不那样写"(比如将穷人基本都塑造为正面人物、将富人基本都当作反面角色来写),但《苦菜花》塑造的"地主婆"杏莉妈却是例外。这是因为作者本人早年有过亲身经历:他小时候曾经常到一户地主家去玩,感觉那家的女主人心地很善良,对穷家的小孩很好。① 但他写八路军与老百姓的鱼水情深也以亲历、亲见为基础,而非被"规训"的结果。由于这些"红色经典"作家所写内容有"亲历"作基础,他们所描绘的生活画面更具历史现场感。冯德英抗日战争时期固然尚未参军,但作为已经记事的儿童他亲身经历了反扫荡时的逃难、亲眼见到了八路军与当地村民的实际交往和密切关系。莫言描绘过去年代时创作环境大大宽松,对战争和革命的书写更加自由,但他对战争年代的描绘全凭艺术想象,他所描绘的真实是想象出来的真实。他对于过去年代社会关系的描绘,也是根据自己的想象、根据自己亲历的1950年代以后的现实"逆推"历史的结果。这样,他"明确地把历史和现实联系成浑然一体","不是针对一种过去的兴趣而是针对一种现在的兴趣"。② 如同根据自己在黄县当兵时打靶的经历来想象战争生活,如同有感于现实中"种的退化"而作《红高粱》,莫言是根据现实中他遇到的"那些狡黠的村干部"而塑造鲁立人形象、表现抗日战争时期的军民关系、干群关系,根据母亲的讲述加上自己的想象塑造司马库及其手下官兵的形象。莫言在生活中"没有感到人间有什么爱",《丰乳肥臀》中就不可能出现《苦菜花》中那种关于人伦情和同志情的描写。

忠于自己的感受,能使艺术描写更显真诚,天马行空地虚构艺术世界也更为自由、更能发挥想象力;但这样描绘出的历史生活,难免与历史原貌有距离。莫言说,他在《丰乳肥臀》中"突破了所谓的'真实'",他这里本意是指在地理空间上的"突破",即把"植被啊,动物啊,沙丘啊,芦苇啊"这些"在真正的高密乡里是根本不存在的"东西写进去,③其实还应包括把历史时间中不曾存在的

---

① 参见杨政、胡蔚蘅:《大地母亲的馈赠——冯德英艺术评传》,山东文艺出版社2010年版,第56页。

② 莫言、罗强烈:《感觉和创造性想象——关于中篇小说〈红高粱〉的通信》,孔范今、施战军主编,路晓冰编选:《莫言研究资料》,山东文艺出版社2006年版,第13页。

③ 莫言、王尧:《从〈红高粱〉到〈檀香刑〉》,孔范今、施战军主编,路晓冰编选:《莫言研究资料》,山东文艺出版社2006年版,第60页。

东西写进去。

因此,如果说冯德英所写的"真实"受到主观客观限制、受到一定框范的"真实",那么莫言所写的"真实"则是作家自己心目中、自己视野中的"真实"。对此我们应有较客观的认识,看到它们各自存在的价值和所受不同类型的局限,而不应简单地厚此薄彼,或厚彼薄此。

# 下编　作家个性、创作方法与文学史写作

# 第十五章　中国现代作家的幽默特色[①]

　　"幽默"一词虽译自西文,但中国古代并不乏幽默家与幽默作品,在中国现代文学史上更出现过许多以幽默著称的作家。鲁迅、老舍、钱钟书、张天翼、赵树理就是其中最有代表性的几位。他们的幽默作品各具特色。研究其个性差异并探讨其成因,有助于更准确地把握其作品的审美特征与风格;对于丰富和深化当今的幽默文艺,纠正某些不良倾向,也具有一定的现实意义。

## 一、幽默风格与作家态度及气质修养

　　幽默是一种艺术现象,但首先是一种人生态度。有幽默感的人往往有旷达的人生观,却并非是非混淆,玩世不恭;相反,他有自己内在的价值取向,有锐利的观世目光,能发现人生种种悖谬可笑之处。由于独具慧眼,它与机智相邻;以真善美标准揭露嘲笑假恶丑,使它与讽刺相通;当作家以离奇夸张的笔触描绘客体本身的荒唐可笑时,它又与滑稽结下了不解之缘。幽默与讽刺、诙谐、滑稽往往是结合在一起的。然而,由于每个作家的人生观、创作观不尽相同,个人的气质和修养有别,作品所观照的对象以及作品所运用的艺术手法互异,在每个幽默作家那里几种喜剧因素结合的方式与侧重的方面也不相同,从而使得各位幽默作家的作品别具一格,形态丰富多样。

　　鲁迅弃医从文,主要动机是为疗治国民精神上的劣根性,或是为揭出病痛,引起疗救者的注意。这使得他的创作从一开始就体现出强烈的社会责任

　　① 本章曾以《中国现代作家幽默特色论析》为题发表于《南开学报》1997 年第 6 期。收入本书时有改动。

感和高度自觉的功利目的。幽默感和超前的思想意识使他发现了旧中国的种种荒谬可笑之处,但使命感和责任感又使他对种种假、恶、丑不可能哈哈一笑了之,于是用辛辣的笔触揭破经过矫饰的事实真相,用显微镜、放大镜让人看清社会肌体上常人视而不见的病菌。所以,他反对林语堂那种纯为寻开心而脱离社会讽刺的"幽默"。他说:幽默"非倾向于对社会的讽刺,即堕入传统的'说笑话'和'讨便宜'。"①而讽刺文学若不能切中弊端,"是能死于自身的故意的戏笑的。"②但他又认为讽刺不能脱离幽默,讽刺文学的上品是"感而能谐,婉而多讽",③也就是内容严肃而格调诙谐委婉;那种过于直露,声色俱厉、剑拔弩张的小说,他认为不是"讽刺小说"而只能称为"谴责小说"。鲁迅的幽默正是与讽刺相结合而以讽刺为旨归的幽默。

与鲁迅不同,老舍开始从事文学创作是出于兴趣爱好,多少抱着一种玩赏的态度。在谈到自己第一部有影响的小说《老张的哲学》时,他说:"我爱文学,正如我爱小猫小狗,并没有什么精到的研究,也不希望成为专家。"④他认为,幽默的人"既不呼号叫骂,看别人都不是东西,也不顾影自怜,看自己如一活宝贝",⑤而是发现事事人人皆有可笑之处,自己也不例外。在其早期创作中,他带着同情的眼光看一切人,笑一切事。对坏人笑骂却并不赶尽杀绝,对好人既表现其可爱之处,也揭示其可笑之处。这样,他有时便"失了讽刺,而得到幽默"。⑥ 他笔下的老张、孙八、王德、赵子曰、张大哥、牛老者等人都有可笑之处。其中老张可以说是一个反面人物,但作者并不写他的虚伪,而是用夸张的笔调、诙谐的语言正面写他的丑陋可笑。虽然老舍本人后来对故意惹人发笑的"滑稽戏"("闹戏")评价不高,但他早期某些作品却恰恰有一定滑稽色彩。可以说,老舍的早期作品是幽默与滑稽的结合;从创作主体来说,用智

① 鲁迅:《伪自由书·从讽刺到幽默》,《鲁迅全集》第 5 卷,人民文学出版社 1981 年版,第 43 页。

② 鲁迅:《且介亭杂文二集·〈中国新文学大系〉小说二集序》,《鲁迅全集》第 6 卷,人民文学出版社 1981 年版,第 253 页。

③ 鲁迅:《中国小说史略·清之讽刺小说》,《鲁迅全集》第 9 卷,人民文学出版社 1981 年版,第 220 页。

④ 老舍:《我怎样写〈老张的哲学〉》,《老舍论创作》,上海文艺出版社 1982 年版,第 3 页。

⑤ 老舍:《谈幽默》,《老舍论创作》,上海文艺出版社 1982 年版,第 69 页。

⑥ 老舍:《我怎样写〈老张的哲学〉》,《老舍论创作》,上海文艺出版社 1982 年版,第 5 页。

慧的眼光发现生活中的笑料,这是幽默;从作品描绘的对象来说,怪诞、丑陋、不谐却又自以为美则为滑稽。另外,老舍小说的滑稽色彩又与叙述语言的极度夸张与作家的奇特想象分不开。他认为,幽默"可以讽刺,也可以不讽刺,一高兴还可以什么也不为而只求和大家笑一场。"①然而,老舍毕竟是一位有社会责任感的作家。1930 年回国后,目睹国内的黑暗现实,他情绪低落,写了并不幽默的《大明湖》《猫城记》,后者甚至带有悲观色彩。写《骆驼祥子》时虽已恢复幽默,老舍却改变了过去那种单纯为逗人笑而幽默,"抱住幽默死啃"②的做法,"它的幽默是出自事实本身的可笑,而不是由文字里硬挤出来的。"③及至写《四世同堂》和后来的《茶馆》,对反面人物的描写,除幽默、滑稽外,也融进了讽刺。不过,对冠晓荷、大赤包、蓝东阳、唐铁嘴、刘麻子这类反面人物的描写,滑稽色彩仍然很浓,这使得老舍的讽刺与鲁迅的讽刺并不相同。

鲁迅后期小说集《故事新编》也带有明显的滑稽色彩,评论界称之为"油滑"。所谓"油滑",无非是指这些历史题材的小说中出现了许多现代生活细节,让古人有时说一些现代话。其实,这种带有滑稽色彩的幽默仍不离"讽刺"的宗旨——作者让古人说现代话、故意在作品中出现一些现代生活细节,正是为了借古讽今。这是用小说形式写的杂文,也属于投枪匕首之类。

除与人生观、创作态度相关外,幽默风格还与作家个人气质及文化素养有密切关系。和老舍一样,钱钟书也认为"幽默减少人生的严重性,决不把自己看得严重。真正的幽默是能反躬自笑的"。④ 不论是在小说《围城》中,还是在其学术著作中,钱钟书都表现出他特有的幽默感。《围城》中有不少讽刺,但作为一个纯粹的学者,他并不主张让文学直接干预社会政治。他讽刺的对象是包括作者自己在内的人类全体,特别是知识阶层,针对的是人类文化心理上的弱点。由于知识渊博、融汇古今、学贯中西,又有敏锐的观察力和想象力,其文学创作与学术著作中处处闪耀着智慧的光芒,"以突然和意外的方式揭

---

① 老舍:《谈幽默》,《老舍论创作》,上海文艺出版社 1982 年版,第 72 页。
② 老舍:《我怎么写〈牛天赐传〉》,《老舍论创作》,上海文艺出版社 1982 年版,第 41 页。
③ 老舍:《我怎么写〈骆驼祥子〉》,《老舍论创作》,上海文艺出版社 1982 年版,第 46 页。
④ 钱钟书:《说笑》,《人·兽·鬼　写在人生边上》,海峡文艺出版社 1991 年版,第 150 页。

示事物之间的雷同和对立",①充满格言警句。所以说,钱钟书的幽默是与机智结合着的幽默。

相比之下,赵树理的作品虽也不乏机智之处,如给那些有缺点人物所起的外号,但他的小说中绝不会出现钱钟书作品中那种内容丰富、涉及各学科知识及各民族、各阶层文化心理的妙趣横生的比喻,也没有什么格言警句。赵树理的幽默感主要来自他那明朗活泼的语言和欢快的叙事语调。作为一个"问题小说"家,他的创作意图主要是揭示社会问题,并非有意识追求幽默。他出身农家,从小受民间文艺影响最深,创作灵感主要来自农民大众,加之作者性格憨厚朴实,因而他的幽默辉映着农民本色。诚如茅盾所说:"幽默只是形成赵作的风趣的一种手法,而不是它的艺术构思的骨架;就它的整个风格说,应当认为明朗隽永是主导的。"②赵树理小说的幽默,即刘勰所谓"辞浅会俗,皆悦笑也",③是一种轻微而又轻松的谐趣型幽默。

## 二、幽默风格与创作对象及创作环境

作品风格的形成,除受创作主体方面因素影响之外,也与作品反映和表现的对象有关。而题材的选择又决定于作家的美学观、艺术观、人生观。就具体作家而言,其幽默风格既有其一贯性,又有着丰富性与发展性。

鲁迅作品的讽刺主要有两种:一种是无情的嘲讽,如小说《肥皂》《高老夫子》以及许多投枪匕首式的杂文,因为它针对的是社会腐朽势力,例如四铭、高尔础都是伪君子。另一种是所谓"含泪的微笑",比如对阿Q、孔乙己这类被旧社会扭曲了灵魂的小人物,作者一方面批判他们身上的劣根性,一方面又对之满怀同情;对《幸福的家庭》中那位作家,则是同情压倒了讽刺,读后让我们看到:正是那个战乱频仍、腐朽黑暗的社会使他难以拥有一个幸福的家庭,

---

① [英]哈兹列特:《英国喜剧作家讲座》第一讲《机智和幽默》,转引自陈瘦竹《论喜剧中的幽默与机智》,《南京大学学报》1982年第1期。
② 茅盾:《反映社会主义跃进的时代,推动社会主义时代的跃进!》,《茅盾全集》第26卷,人民文学出版社1996年版,第65页。
③ 刘勰:《文心雕龙·谐隐》。

甚至连幸福家庭的"白日梦"也做不成。而在《非攻》一类作品中,作者讽刺的矛头直指社会弊端,如"募捐救国队"之类,小说主人公墨子则是作者歌颂的对象。

香港新文学史家司马长风认为,张天翼"较任何向慕鲁迅风的作家更近似鲁迅"。① 在写作的目的性、文字的精练、手法的写实以及将幽默与讽刺融合上,张天翼与鲁迅确有一致之处。然而人们还是能够感到二者的区别。在张天翼的作品里,读者看不到那种"含泪的微笑"。与老舍不同,他否认幽默中含有同情,认为同情"只是读者感到的"。② 按他的理解,幽默与讽刺的不同只在于前者是客观写实,后者带有主观色彩。所以,张天翼的幽默往往表现为无情的嘲讽、鞭挞,并不含作者的自嘲与对讽刺对象的同情,因为他笔下的人物是封建卫道士、庸俗文人、向上爬的小市民与官僚政客。当他写老包(《包氏父子》)这类人物时,读者尚能感到些同情,这是因为作者讽刺的对象并不是坏人,而是穷苦的仆役;《稀松的恋爱故事》《找寻刺激的人》中的主人公是庸俗无聊的青年,作者对他们虽无同情,讽刺却也并不尖刻;而对华威、谭九、黄宜庵、谢老师、长太爷这类反面人物,作者用的则完全是尖锐的嘲笑,无情的讽刺。这后一类讽刺以其鲜明的政治倾向性而与钱钟书的文化心理讽刺区别开来。

赵树理的幽默也常与讽刺结合,但他讽刺的对象不是阎恒元、金旺、兴旺这类恶霸地痞(对这类人都用正面鞭挞),而是三仙姑、二诸葛、常有理一类有缺点的落后人物。所以,赵树理的讽刺是温和的、含笑的。它既不同于鲁迅那种"含泪的微笑",更不同于张天翼的无情讥讽,而是本着与人为善、望其改过的态度进行的善意嘲讽。

老舍笔下的人物多为下层市民。这些人有善良的一面,也有庸俗无聊的一面。老舍对他们进行的是带有调侃的肯定或含有同情的揶揄。此类作品中的正面人物往往命运多舛,喜剧形态下隐含着悲剧因素。后期写的小说《四世同堂》与话剧《茶馆》由于写了不少反面人物,作者加强了讽刺的力度。但

---

① 司马长风:《中国新文学史》中卷,香港昭明出版社 1978 年版,第 81 页。
② 张天翼:《什么是幽默——答文学社问》,《张天翼论创作》,上海文艺出版社 1982 年版,第 110 页。

他笔下的反面人物最后往往难逃可悲的结局,如大赤包在狱中精神失常,冠晓荷被日军活埋,刘麻子被诬为逃兵并杀头;这虽不是为表现他早期所说的"坏人也有好处",①读者对这些人的下场感到是其自作自受,也不会有多少同情,然而却并不感到轻松,反而会产生某种沉重感。对于祁瑞丰的死,作者更是毫不掩饰其慨叹:瑞丰虽沦为汉奸,但他并非作恶多端,罪大恶极。由于这里批判的矛头主要指向日本侵略者,作者鞭挞的是民族敌人、首恶元凶,对这些社会下层的败类,在批判上也就留有余地了。

钱钟书《围城》里的人物是形形色色的知识分子。作为知识分子的一员,又是具有敏锐洞察力的学者,他对知识分子的心理把握得细致入微。《围城》中的笑料除来自叙述语言本身的幽默俏皮外,也来自对知识分子心理的细腻刻画与嘲讽。这些知识分子很难用"好人"与"坏人"来区分,他们多是些平庸而又虚荣的人。《围城》对这些人物的揶揄嘲讽乃至某些细节的描绘,即使今天的知识分子读了也有可能耳热心跳。它一方面让人感到作者是圈内人,深知委曲,另一方面又让人感到作者是站在更高处俯瞰众生,指点其可笑之处。这种笑既不含泪,也不恶毒,道是无情却有情,虽为嘲人亦自嘲。

幽默风格的形成也能从时代社会环境方面找到动因。鲁迅所处的年代,由于统治阶级实行"文字狱",作家不能直抒己见,而国家又处于危难之中,所以,他选择了将幽默与讽刺相结合。民众的不幸与麻木使他悲哀,封建势力的阴险虚伪使他厌恶,他的幽默风格于是呈现为"含泪的微笑"与无情的嘲讽两种形态。赵树理正式开始其文学生涯是在共产党领导下的解放区。同国统区的黑暗王国相比,这里如日初升,生机勃发,光明在望,充满乐观精神。赵树理善于发现前进中的问题,对于人民内部落后知识分子的缺点,他也进行嘲讽;但他相信在党的正确领导之下,这些人物的缺点一定能得到改造。所以,在他的作品的结尾,落后人物往往有了转变或开始转变。赵树理的作品,是让落后人物在笑声中同自己的过去告别,格调是明朗欢快的。赵树理后期创作中幽默格调有所削弱,也正是由于从"反右"至"文革"期间,党内左倾路线大行其道,文艺界错误批判泛滥成灾,以致扭曲和压抑了作家的创作个性。

---

① 老舍:《我怎样写〈老张的哲学〉》,《老舍论创作》,上海文艺出版社 1982 年版,第 5 页。

## 三、作家幽默风格与艺术手法

　　幽默作家的创作个性,具体表现在艺术手法的运用上。

　　据有的学者归纳概括,鲁迅杂文的讽刺技法有 12 种之多,主要有夸张、戏拟(滑稽模仿)、归谬、对比、反语、影射等。由于体裁的特点,鲁迅小说的讽刺与幽默主要是通过写实与白描实现的。他认为:"'讽刺'的生命是真实;……它所写的事情是公然的,也是常见的,平时是谁都不以为奇的,而且自然是谁都毫不注意的。"①他善于从人们习以为常的人与事中发现可笑可鄙之处。比如,《肥皂》不过写了一个假道学听了街痞的戏语而竟欲如法炮制,买回家一块肥皂;《高老夫子》则写了一个不学无术的混混儿因发表了一篇谬论而受聘为女校教师后,在课前、课上与课后的心理与行为。《风波》中的"风波",也不过是晚饭时并未真正交火的夫妻吵嘴以及辫子的放下与盘上。阿 Q 形象看似荒唐,但阿 Q 性格却潜伏于许多人身上。即使写历史和传说中的哲人与英雄,鲁迅也将其还原为普通人,乃至满口方言俚语。这些人们司空见惯的凡人小事,由于是经过了作者那深邃犀利目光的扫描,显微镜般的放大,见微知著,其荒谬可笑之处自然而然地显露出来。鲁迅有时也用适度夸张,但仍是建立在真实可信的基础之上。

　　与客观写实相伴,鲁迅常常使用简练的白描造成喜剧效果,达到讽刺目的。作者似乎是在不动声色地叙事,交代人物的语言与行为,但读者略经寻味便能领悟到其中的幽默。这类似于今天人们常说的"冷幽默"。这一写法使得鲁迅的讽刺与幽默显得含蓄委婉。例如《风波》写九斤老太:

　　　　九斤老太自从庆祝了五十大寿以后,便渐渐的变了不平家,常说伊年青的时候,天气没有现在这般热,豆子也没有现在这般硬:总之现在的时世是不对了。

---

①　鲁迅:《且介亭杂文二集·什么是"讽刺"?》,《鲁迅全集》第 6 卷,人民文学出版社 1981年版,第 328 页。

　　明明是她的牙不行了,却抱怨豆硬;把出生时体重的多少当作判断时世盛衰的依据更为荒唐,却又符合农村老太太的心理;再加上反复出现的"一代不如一代"的诅咒,一个愚昧而又固执的老太太形象跃然纸上。是写实,也是象征。叙述人语言未加一句评断,更未加夸张渲染,用的是客观转述与直接呈示,读后却令人失笑。鲁迅认为,委婉含蓄是讽刺小说的上品。他称赞《儒林外史》:"至叙范进家本寒微,以乡试中式暴发,旋丁母忧,翼翼尽礼,则无一贬词,而情伪毕露,诚微辞之妙选,亦狙击之辣手矣"。[1] 鲁迅的用喻也极平易简练,如写杨二嫂象"圆规",老子象"呆木头",形象、传神而又诙谐风趣。

　　此外,鲁迅《故事新编》首创的古今错位、土洋杂糅以产生奇趣的手法,别具一格,常被后来的相声及喜剧小品所运用。而这些正是杂文手法在小说创作上的运用,体现了"鲁迅风"。

　　在使用写实与白描手法上,张天翼继承了鲁迅的传统。但他又有自己独特的艺术手法。喜剧产生于内容与形式、现象与本质或动机与效果的矛盾、错位、不谐,以及由此引起的欣赏者期望的消失。张天翼深谙个中三昧。鲁迅的写实尚与精当的议论结合,张天翼则几乎从不在作品中发议论,而只写人物的语言、行为与心理活动(这类心理描写也用极精练的白描),让人物的语言与其行为及心理自相矛盾,以"把世界上一些鬼脸子揭开,露出了真面目"。[2] 例如《砥柱》中的黄宜庵,一面警告女儿"非礼勿听",一面自己对"非礼"之音全神贯注,终于支开女儿,加入隔壁的"秽"谈。《蜜月生活》讽刺的是那个贫富悬殊的社会,喜剧效果却来自度"蜜月"的一对乞丐,他们身为乞丐,早起之后却谈论着吃填鸭烧鸡、海参鱼翅,这是一种不谐;身上爬满虱子,作者却形容为"白玉似的虱子",这是词语的所指与词语本身的情感色彩的不谐;而开头写的是"新郎新娘"及"洞房海参对虾鱼翅",使读者误以为作品真的是写正在度蜜月的幸福伴侣,及至读到后面对"洞房"的描绘(原来真是个"洞"——棺材洞),以及"新郎"不紧不慢的攀着"新娘"的肩,蘸着唾沫从她脖子上搓下一粒

---

　　① 鲁迅:《中国小说史略·清之讽刺小说》,《鲁迅全集》第 9 卷,人民文学出版社 1981 年版,第 223 页。

　　② 张天翼:《什么是幽默——答文学社问》,《张天翼论创作》,上海文艺出版社 1982 年版,第 109 页。着重号是原有的。

粒药丸似的泥垢时,才明白人物的真实身份,期待突然消失,而产生喜剧效果。

黑格尔在谈到德国幽默作家姜·保罗时,说他"把在客观上离得最远的东西离奇古怪地拼凑在一起,把许多事物最杂乱无章地混成一团",①以引人发笑。张天翼有时也使用这一手法。例如在《找寻刺激的人》中,江震单恋小顺而得不到回应时的心理独白:

> "她是什么人?不是个神人么?不是个玩世者么?不是个天阉么?不是个伤心人么?不是个最伟大的女子么?不是上帝么?不是个婢女么?不是我爱她的么?"

这表现了江震思路的混乱。把"天阉"与"最伟大的女子"、"上帝"与"婢女"(小顺的身份是婢女)放在一起,加上他那特有的反问语气,读之令人忍俊不禁。

张天翼有时还将戏拟与对比结合进行讽刺。如《稀松的恋爱故事》,男女主人公分别叫"罗缪"(罗密欧)与"朱列"(朱丽叶),使人联想到莎士比亚笔下那个缠绵悱恻、诗意盎然的爱情故事。但这篇小说中的一对却整日只知吃喝玩乐,庸俗不堪。读者在心中将古典的与现代的两个恋爱故事进行比较,便感到一种带有滑稽色彩的幽默,如同看到蒙娜丽莎被画上了小胡子。

与张天翼恰成对比,老舍和钱钟书作品的幽默效果主要来自叙述语言。但他们二人的叙述语言又各不相同:老舍的作品内容上体现了市民特征,风格上体现了滑稽色彩;钱钟书的作品内容上带有学者特征,风格上则体现了其机智。首先以用喻为例。老舍的用喻,喻体多采自市民日常生活或古典小说、民间曲艺,形式多为明喻或暗喻、借喻。例如《正红旗下》写大姐婆婆欲找人吵架。她的丈夫是清军佐领,儿子是骁骑校。这时:

> 佐领提前了遛鸟的时间,早已出去。老太太扑了空,怒气增长了好几度,赶快拨转马头,要生擒骁骑校。

---

① [德]黑格尔:《美学》第2卷,朱光潜译,商务印书馆1979年版,第373页。

钱钟书《围城》中的比喻更是俯拾皆是,内容新颖、丰富,涉及古今中外各种知识,形式也更加多样,除明喻、暗喻、借喻外,还运用了博喻、类比、曲喻、排曲等。他的比喻新颖奇特却又合情合理,如把鲍小姐称为"局部真理"、"熟食铺子",把方鸿渐与苏文纨的关系比作两条平行线,把科学家比作酒,把科学比作女人……老舍曾说,机智是"用极聪明的、极锐利的言语,来道出像格言似的东西,使人读了心跳。"①钱钟书作品中的比喻就充分显示了他的机智,因为巧用比喻除需要丰富的知识与想象力外,还需要机敏的头脑与敏锐的观察力;由于对世态人情的揭示一针见血而又要言不烦,所以读来如同格言。钱钟书认为"夸饰以不可能为能,比喻以不同类为类"。② 设喻新奇使得《围城》一书用喻虽多却绝无雷同之感。

老舍常用漫画式的夸张。老张、赵子曰的外貌描写自不必说,邱太太的"牙科展览"、吴太太的方墩身材、蓝东阳的吊吊眼,都是一种笑料。又如《离婚》写王二嫂:

> 王二嫂的被子能整片往下掉泥,锅盖上清理得下来一斤肥料,可是一出门,脸擦得像个银娃娃,衣裳象些嫩莲花瓣儿。自腕以上,自项而下,皆泥也。

《四世同堂》写蓝东阳去见大赤包时,后者的西太后式气派:

> 二人刚走到院里,就听见使东阳和窗纸一齐颤动的一声响。晓荷忙说:"太太咳嗽呢! 太太作了所长,咳嗽自然得猛一些!"

钱钟书也用夸张,但其夸张主要不是用于人物的外貌与行为,而是意在刻画心理。如《围城》写赵辛楣初见方鸿渐,将其视为情敌,对之傲慢无礼:

---

① 老舍:《谈幽默》,《老舍论创作》,上海文艺出版社 1982 年版,第 72 页。
② 钱钟书:《管锥编》第 1 册,中华书局 1979 年版,第 74 页。

他的表情就仿佛鸿渐化为稀淡的空气，眼睛里没有这人。假如苏小姐也不跟他讲话，鸿渐真要觉得自己子虚乌有，像五更鸡啼时的鬼影，或道家"视之不见，抟之不得"的真理了。

由于这类描写符合人物在特定情境下的心态，因而即使是夸张也显得自然，具有情感与心理的真实性，同时又体现出其学者风格。

受民间曲艺影响，老舍在《老张的哲学》中还运用了相声中"抖包袱"的手法——在介绍老张的"三位一体"哲学时，先列举宗教三种、职业三种、言语三种进行铺垫，最后引出他平生洗澡也只三次。这仍是夸张，且带有滑稽色彩。而钱钟书《围城》写苏小姐理想与现实错位一段，则类似于相声演员的"现挂"：

苏小姐理想的自己是："艳如桃李，冷若冰霜，"让方鸿渐卑逊地仰慕而后屈伏地求爱。谁知道气候虽然每天华氏一百度左右，这种又甜又冷的冰淇淋作风全行不通。

这里顺手从眼前气候取材，将对比与比喻结合，描绘人物心理，仍显示出作者的机智。

老舍、钱钟书都曾运用寓谐于庄、明褒实贬的言语反讽。老舍的反讽使人一目了然，比如写老张：

老张的身材按营造尺是五尺二寸，恰合当兵的尺寸。不但身量这么适当，而且腰板直挺，当他受教员检定的时候，确经检定委员的证明他是"脊椎动物"。……批评一个人的美丑，不能只看一部而忽略全体。我虽然说老张的鼻子像鸣蝉，嘴似烧饼，然而决不敢说他不好看。从他全体看来，你越看他嘴似烧饼，便越觉得非有鸣蝉式的鼻子配着不可。

钱钟书的反讽则较含蓄，例如写客轮上的归国留学生：

　　他们天涯相遇，一见如故，谈起外患内乱的祖国，都恨不得立刻就回去为它服务。船走得这样慢，大家一片乡心，正愁无处寄托，不知哪里忽来了两副麻将牌。麻将当然是国技，又听说在美国风行，打牌不但有故乡风味，并且适合世界潮流。

　　这类描写颇得《儒林外史》神韵，与鲁迅白描式讽刺亦有相通之处。

　　幽默细胞与语言天赋的结合，使得老舍善于从语言本身做文章，寻求喜剧效果。他既能从生活中发现富于喜剧性的人和事，又能用生动幽默的语言把它精彩地描写出来。即使本来不具有喜剧性的事物，他也能运用语言技巧使它引人发笑。请看下面一段：

　　老李怎么把夫人，一对小孩，铺盖卷，尿垫子，四个网篮，大小七个布包，两把雨伞，一篓家腌的芥菜头，半坛子新小米，全一鼓作气运来，至今还是个谜。

　　（《离婚》）

　　如果用普通平实的语言来叙述，无非是"老李接来了家眷，还带来不少家当"而已。这里故意把他的夫人、孩子与尿垫子、腌咸菜之类性质不同的东西放在一起，造成一种不和谐，便有了喜剧效果，其原理同上引张天翼写江震失恋时心理一段类似，但张是借助人物语言，老舍完全靠叙述人语言。他还利用文学语言的"内指"功能，借助上下文关系制造笑料，如《正红旗下》写家贫：

　　赊欠已成了一种制度。卖烧饼的、卖炭的、倒水的都在我们的和许多人家的门垛子上画上白道道，五道儿一组，颇像鸡爪子。我们先吃先用，钱粮到手，按照鸡爪子多少还钱。母亲是会过日子的人，她只许卖烧饼的、卖炭的、倒水的在我们门外画白道道，而绝对不许和卖酥糖的、卖糖葫芦的等等发生鸡爪子关系。

　　由于有意追求幽默且精通多种喜剧艺术手法，老舍的作品特别是早期作品笑料不断,喜剧效果非常强烈。

相比之下,赵树理作品的喜剧效果远不如老舍作品那样强烈,它带来的笑不是捧腹大笑,也不是钱钟书作品给人带来的那种"别有会心"的"欣然独笑,冷然微笑"或"要在几百年后、几万里外,才有另一个人和他隔着时间空间的河岸,莫逆于心,相视而笑"①的那种意味深长的笑,更不是鲁迅作品给人带来的"含泪的微笑"或张天翼作品给人带来的那种轻蔑的嘲笑,而是一种轻松开朗的微笑。因为赵树理作品的喜剧性主要体现在大团圆的结局以及给人物起的生动传神的外号(如"三仙姑"、"小飞蛾"、"常有理"等)上。当然,赵树理的叙述语言也自有其欢快明朗、诙谐俏皮的特色,他偶尔也从语言本身找点笑料,如《李有才板话》开头对于"板人"与"板话"的议论;有时也用些粗浅的比喻,如形容三仙姑的化妆"好像驴粪蛋上下了霜"。但是,他所使用的喜剧艺术手法并不丰富,他的幽默是一种农民式的朴实诙谐的幽默。

## 四、幽默讽刺与作家的社会关怀

D.C.米克在《论反讽》中曾讲到一种"总体反讽"(general irony),即其中几乎不存在公认的、普遍接受的价值观的那种社会所含的反讽,它的基础是"那些明显不能解决的根本性矛盾,当人们思考诸如宇宙的起源和意向,死亡的必然性,所有生命之最终归于消亡,未来的不可探知性以及理性、情感与本能、自由意志与决定论、客观与主观、社会与个人、绝对与相对、人文与科学之间的冲突等问题时,就会遇到那些矛盾。"它"是一种相当特殊的反讽,因为反讽观察者也与人类的其他成员一起,置身于受嘲弄者的行列之中。"②本世纪60年代出现于美国的"黑色幽默"小说即体现了这种"总体反讽"。它将嘲笑、讽刺的矛头指向整个人类社会及人的现实处境,并揭示其荒诞性,是一种绝望的喜剧、绞刑架下的幽默。上述几位中国现代作家虽各具特色,却也体现出某些共同特征,从而与西方现代、后现代文学判然有别。

---

①　钱钟书:《说笑》,《人·兽·鬼　写在人生边上》,海峡文艺出版社1991年版,第149—150页。

②　[英]D.C.米克:《论反讽》,周发祥译,昆仑出版社1992年版,第100—101页。

　　鲁迅思想的超前性、现代性使他认识到中国历史与现实的滑稽与荒诞,但我以为他并未像有的学者所说的那样,把它视为整个人类社会历史与现实的荒诞。他"别求新声于异邦"或从西方"盗取"马克思主义火种,都是为拯救民族。所以,尽管他也曾思考"人类"的问题,但最关注的还是"民族"、"国家"与"国民";对中国黑暗现实否定的另一面,是相信另有一个光明的社会,不论是在现实的苏俄,还是未来的中国(尽管他内心的矛盾一度很强烈)。在鲁迅作品中,虽然喜剧因素与悲剧因素相互交融,但最终还是乐观战胜了悲观。老舍曾感叹"人寿百年,而企图无限,根本矛盾可笑",[①]而在实际的文学创作中,他思考的也主要是"民族"、"国家"而不是"人类"。色调最暗淡悲观的《猫城记》否定的是"猫国",在"猫国"之外,还有更文明、更合理的"外国";老舍的作品都是否定之中有肯定:《茶馆》否定了中国近现代史上最黑暗的三个时代,却间接肯定了新时代、新社会;他绝未对整个人类失去信心。钱钟书《围城》的寓意似乎较接近"总体反讽",人们越读到后面越感到沉重,但不至对整个人类的前途、命运感到绝望,从书中也得不出人生荒诞、无意义的结论。其余两位,张天翼讽刺、鞭挞的是具体的社会制度和特定阶级、阶层的人物,赵树理作品的主调是歌颂解放区晴朗的天,揭示一片光明中的些许阴影、前进中的问题。总之,这些中国现代幽默作家均未真正走向"总体反讽",他们的幽默也不是"黑色幽默"。这固然可以归因于中国儒家入世哲学的潜在显在影响,然而,中国"前现代"的现实是影响作家思想与创作的更重要因素:当时乃至现在摆在中国人面前的迫切任务是帮助中国走向"现代",尽管国人已有了"后现代"的某些体验与感受。

　　所以,上述中国现代幽默作家都不赞成为幽默而幽默。鲁迅、钱钟书都曾反对林语堂有意识地大肆提倡幽默,老舍虽然一度与《论语》杂志关系密切,可他并非真正的论语派,而且后来越来越重视作品的社会意义,终与林语堂等人分道扬镳。这几位幽默作家都持积极进取的人生态度,有很强的社会责任感。老舍指出:"幽默的作家当然会有幽默感。这倒不是说他永远以'一笑了

---

①　老舍:《谈幽默》,《老舍论创作》,上海文艺出版社 1982 年版,第 69 页。

之'的态度应付一切。不是,他是有极强的正义感的,决不饶恕坏人坏事。"①
茅盾认为老舍在"嘻笑唾骂的笔墨后边",表现出一种"对于生活态度的严
肃"。② 这与今天某些调侃一切崇高与神圣的幽默作家亦迥然不同。

　　上述中国现代幽默作家对人生都有自己独到的发现与见解,其幽默是表
现这些发现与见解、描绘他们眼中的现实生活时的自然流露,是其幽默天赋的
外化。物极必反。把人生看得过于严重,缺乏超脱达观的态度,不会有幽默;
对一切都一笑了之,否认是非的界限,也不是真正的幽默。在国泰民安的今
天,我们不应否认格调健康的纯娱乐型幽默存在的价值,但更需要具有深刻社
会意义的幽默,反对低级趣味的噱头,因为"幽默是一种优美的、健康的品
质",③它庄中有谐,谐中见庄,是对人生独特感悟的结果。

---

　　①　老舍:《什么是幽默》,《老舍幽默诗文集》,海南出版社 1992 年版,第 7 页。
　　②　茅盾:《光辉工作二十年的老舍先生》,《茅盾全集》第 23 卷,人民文学出版社 1996 年
版,第 38 页。
　　③　高尔基:《列宁》,曹葆华译,《高尔基选集·回忆录选》,人民文学出版社 1959 年版,第
20 页。

# 第十六章　京派小说：和谐蕴藉的浪漫主义①

汪曾祺在《又读〈边城〉》一文中指出："《边城》是现实主义的还是浪漫主义的？《边城》有没有把现实生活理想化了？这是个非常叫人困惑的问题。"②不只沈从文这一单篇作品如此,他的其他作品,乃至整个京派小说创作方法的归属也未有定论。杨义《中国现代小说史》评废名小说时也说："他的创作方法别有风姿,难以言喻"③迄今为止,有关京派小说的研究论著大多谈其文体风格、艺术特色,偶或涉及思想倾向,而对其创作方法语焉不详,每每回避。京派小说的创作方法确实独特,难以简单归入我们所习见的现实主义或浪漫主义,致使京派传人汪曾祺都难下断言。钱理群等《中国现代文学三十年》初版将它定性为现实主义,认为京派"在现实主义创作方法中融入了浪漫的、讲究主观个性表现的新机,开导了现实主义多样发展的途径",④但修订本又删去了这一段。笔者认为,就其代表作家最具流派特色的作品而言,京派小说的创作方法不是现实主义,而是浪漫主义。不过,这是一种独特的浪漫主义。它在中国现代小说史上另辟蹊径,自成系统。

## 一、京派小说是浪漫主义的

由于京派小说创作方法的性质比较复杂,我们可先用排除法,验证它不是

---

① 本章曾发表于《南开学报》2000 年第 2 期。收入本书时有改动。
② 赵园等:《沈从文名作欣赏》,中国和平出版社 1993 年版,第 586 页。
③ 杨义:《杨义文存》第 2 卷(上),人民出版社 1998 年版,第 462 页。
④ 钱理群等:《中国现代文学三十年》,上海文艺出版社 1987 年版,第 325 页。

什么。

京派小说不是现实主义的。

虽然京派小说无不植根于作者早年的亲身经历,我们从中亦能窥见时代社会之一角,有些细节描写相当逼真动人,作品中也未出现腾云驾雾、三头六臂的超自然人物,但我们还不能据此断定它是现实主义的。汪曾祺所说:"《边城》既是现实主义的,又是浪漫主义的。《边城》的生活是真实的,同时又是理想化了的,这是一种理想化了的现实。"①其理论逻辑有些类似于当年茅盾论证"两结合",对此笔者不敢苟同。因为现实主义的基本精神是客观摹写现实而排斥对现实的美化、理想化,"它意味着我们摒弃神话、童话和梦的世界"。② 现实主义固然要在细节真实的基础上追求典型化,但典型化本身并不等于理想化。即使我们不用"真实地再现典型环境中的典型性格"这一现实主义的最高尺度衡量京派小说的创作方法,它在创作目的、艺术追求上与现实主义也是势同参商。不论西方还是中国的现实主义,无不重视文学的时代性,要求作家关注和反映时代重大的社会现实问题。它们把人看作社会的动物,将社会的政治经济因素看作人物行为的根本动因。比较而言,西方现实主义更强调一种科学研究式的创作态度,追求艺术反映的高度真实性(它的支派自然主义更是将这一倾向推向极端)。中国现实主义则往往要求文学直接干预社会生活特别是政治生活进程,所谓"为时为事而作"。京派小说以寻求健康完美的自然人性为宗旨,以写实记梦为手段而以记梦为主导、为特色,在某些主人公身上还刻意表现其"神性"。它淡化时代社会背景,把政治经济生活放到人物活动的幕后。它的"写实"写的也往往是记忆中带上理想化梦幻色彩的已经消失或正在消失的现实,为的是给人间"留驻一点美好的,永恒的东西"。③ 现实主义特别是自然主义表现人的生理本能是为客观剖析和展示人物行为的直接动因,京派小说描绘人物的生命冲动,却意在赞美和倡导一种合乎自然人性的理想生存方式。它也想改造社会、改良人生,但不是像现实主义

① 赵园等:《沈从文名作欣赏》,中国和平出版社 1993 年版,第 587 页。
② [美]R.韦勒克:《文学研究中现实主义的概念》,高建为译,《文学思潮和文学运动的概念》,中国社会科学出版社 1989 年版,第 235 页。
③ 赵园等:《沈从文名作欣赏》,北京:中国和平出版社 1993 年版,第 586—587 页。

作家那样关注和干预政治,而是回避和远离政治。

京派小说当然不是古典主义的。

古典主义创作方法在内容上强调一种以一定意识形态标准把握现实的僵硬理性,形式上讲究师法古典规范。古典主义作品中的人物是社会文明的化身或某种观念的符号,悲剧主人公是"典雅"的循规蹈矩者。京派小说在文体上不拘格套、独树一帜,内容上表现自然人性,推崇原始生命的强力。虽然它也怀念已经逝去的时代,但它怀念的不是封建制度、封建伦理规范,而是未被封建文明和资本主义文明浸染的梦幻中的过去。

京派小说绝不是现代主义的。

即使在肯定人的生命本能、反对文明对人性的异化方面京派小说特别是沈从文的小说有一些"现代性",即使京派作家也重视文体探索,个别地方借鉴了意识流及通感手法,沈从文在《灯》中还玩过一次"叙述的圈套",但京派小说无论如何不能说是现代主义的。姑且不论1930年代京派是作为中国"现代派"的对立面而存在,在基本价值取向与艺术追求上,京派与现代主义也难以联系在一起。京派反都市文明、肯定人的自然生命力,但并不反理性。在它的艺术世界中自有一种合乎自然的秩序。它有悲观色彩,但并不绝望,因为它认为曾经存在过合理的生命形式,在某些地方这种生命形式、生存方式并未完全消失,它相信文学能够改良人性。它有时表现出宿命思想,揭示偶然因素对事物发展及人物命运的重要作用,但并无荒诞意识。它追求和谐、优美,决不尚奇求怪。

京派小说不具备现实主义、古典主义、现代主义的本质特征,而浪漫主义创作方法的基本特征和精神实质在京派小说中却都不难找到。笔者以为主要表现在以下几个方面:

(1)主张回归自然。这里的"自然"有两重含义:一是大自然,是山川河流、田野村舍;二是人的自然本性,是自然而然的七情六欲以及原始古朴的人际关系。京派小说的两大主将——废名和沈从文,将他们主要代表作中所赞美的人和事几乎都放在了乡野背景之中,竹林、菱荡、野渡、幽谷是他们精心描绘的梦中乐园之所在。这些自然景物描写在作品中举足轻重,不可或缺,有时景物描写给人的印象不亚于人物形象甚至盖过了后者。京派小说的正面主人公多是带有野性的粗朴之人,男性粗蛮而憨厚,女性天真或淳朴,少女则往往是自然美景的人格化。京派另外两个代表人物萧乾与凌叔华虽未着力描绘村景野趣,却致力于讴歌童心或高士,讴歌那同样未被社会污浊浸染的圣土。

(2)描绘理想境界。按照理想的样子塑造艺术形象,是浪漫主义区别于现实主义的最重要特征。一提到理想化、理想主义,人们一般想到的是屈原神驰苍穹、李白梦游天姥、孙行者呼风唤雨以及冉阿让体力过人。其实,一些细节上貌似写实的作品,也有可能是浪漫主义的。它的理想化不是表现为描绘超自然的情境或人物的超人特征,而是表现为突出或淡化人物的某些品质、特征以对之进行有意美化或丑化,体现作者的审美理想,或为体现作者的某种审美理想而精心选择、设定某种情境。现实主义也要精心选材,也要虚构,但其出发点是忠实反映现实。浪漫主义在选材与虚构时则首先考虑如何体现理想。京派小说的理想主义或浪漫主义就属于这后一种情况。沈从文曾指出,他的小说主要涉及两个部分,"一是社会现象,即是说人与人相互之间的种种关系;二是梦的现象,即是说人的心或意识的单独种种活动"。① 京派小说就是以"写梦"为特色的。废名的田园牧歌、沈从文的湘西风情,都是写他们记忆中的乡村生活,带有梦的性质。作者身居闹市,与乡村隔开了距离,乡村生活阴暗沉闷的一面被淡化,美好的一面凸现出来。在京派小说中,乡村的人与事都有明显美化、理想化。在这里,对立阶级的人物和平相处,主人慈祥仁爱,仆人忠诚勤勉;愚昧麻木变成憨厚朴实、天真可爱,残暴凶蛮化为雄强有力。它也涉及丑恶、阴暗,但给人印象最深的还是清新美好。因此,沈从文所谓"社会现象"、"人与人相互之间的种种关系",其实亦非客观、真实、全面的社会关系,而是作家理想中的社会关系。现实主义作家也不是没有理想,但他们只是把它作为批判现实的尺度,而决不把理想当作现实,不把梦中的美化为笔下的美。他们突出的不是人的"神性",而是凡俗性。相反,沈从文笔下的女性如翠翠、三三,男性如龙朱、虎雏,都是理想的女性美与男性美的化身。

(3)抒情色彩。浪漫主义小说的主观抒情色彩与现实主义作品的客观冷静判然有别。从郁达夫开始,中国现代浪漫主义小说已辟出一条诗化之路,京

---

① 　沈从文:《沈从文选集》第5卷,四川人民出版社1983年版,第117页。

派小说把这一倾向发展到一个新的高度,它更加追求诗一般的意境。

(4)某些篇章致力于描绘偏远地区的奇风异俗或向民间文学借鉴,也明显体现出浪漫主义特色。

根据以上几点,我们就可以断定:京派小说的创作方法是浪漫主义。

## 二、京派浪漫主义的独特性

不可否认,京派小说与我们所习见的浪漫主义作品确有其不同的形态和审美特征。这种不同既表现在题材、主题和人物上,也表现在艺术风格和审美形态上。

浪漫主义小说在中国与西方都有着较现实主义小说更为悠久的历史。一提中国的浪漫主义,人们总是举屈原、李白的诗以及小说《西游记》为例。事实上,如果把《水浒传》《三侠五义》与司各特、雨果、大仲马的小说相比,其浪漫色彩有过之而无不及。我们不能因作品有现实依据就断定其为现实主义,也不能凭是否有超自然人物与事件来判定一部小说是否浪漫主义。浪漫主义小说其实有多种形态。依笔者所见,应分为传奇类、魔幻类、浪漫爱情类、乌托邦类和感伤抒情类五种基本类型。

(1)传奇类。这类作品往往能以离奇曲折的故事情节引人入胜,主人公虽不具有超自然神力,但在能力上高于一般人。古典小说中这一类占很大比例,如上面提到的《水浒传》等作品。外国小说如《悲惨世界》《海上劳工》《基督山伯爵》《三个火枪手》,中国现代小说如金庸的武侠传奇亦属此类。号称"两结合"的某些作品如《林海雪原》等则是一种带有新古典主义色彩的英雄传奇。上述作品虽在一定程度上反映了当时的社会现实,有的还以一定历史事件为依据,但作者主旨不在客观再现而在描绘特殊环境与理想人物、神奇人物;在现实与理想之间,前者服从于、服务于后者。

(2)魔幻类。这类小说一望便知是作者依照自己的审美理想虚构而成,如中国的《西游记》《封神演义》《聊斋志异》,外国的《巨人传》《格列佛游记》以及各种童话。

(3)浪漫爱情类。现实主义小说虽也写爱情生活,但是把它作为人类一种社会现象予以处理,重在揭示人物之间的社会关系及爱情纠葛的社会内涵,用的是客观剖析的笔调,作者的同情并不能改变人物的命运。而浪漫主义爱情故事的某些情节、人物具有一定的非现实性、非社会性,爱情纠葛是故事的主体,是作者心目中的爱情,往往写得缠绵悱恻,曲折动人。如徐讦、琼瑶的小说。艾米莉·勃朗特的《呼啸山庄》亦可归入此类。

(4)感伤抒情类。这类作品除写人生境遇的感伤外,也写爱情的苦闷,但不以曲折情节取胜。作者往往借助人物与故事进行主观抒情,具有将小说诗化、散文化的倾向。如郁达夫的小说特别是早期小说。

(5)乌托邦类。这类作品与魔幻类小说不同,里面没有神魔鬼怪,它写的都是表面形态合乎自然的人物。它也不同于浪漫传奇,并不着意塑造超凡英雄、虚构离奇情节。它不像浪漫爱情故事那样缠绵,也不像感伤抒情小说那么悲观。这类作品中人物之间的关系都是在现实生活基础上根据作者的社会理想、审美理想虚构出来的,主人公往往是作者理想的化身。它描绘的是"应当如此"的生活,总是较明确地表示出作者的正面肯定的价值取向。例如乔治·桑的小说与车尔尼雪夫斯基的《怎么办?》。

在文学史上的具体作品中,两种或多种类型之间互渗互融的现象并不罕见。比如,雨果的《巴黎圣母院》兼具传奇类和浪漫爱情类的某些特征。金庸小说基本属传奇类,但个别篇章的浪漫爱情故事成分极浓,几与前者旗鼓相当。

京派小说中最能体现流派特色的作品应当属于乌托邦类。在上世纪30年代之前,乌托邦类作品在中国小说史上尚不多见:《桃花源记》虽创造了一个乌托邦,但那不算小说;《镜花缘》中的乌托邦情节又与魔幻相伴。所以,京派小说产生以后,人们无法将它归入习见的浪漫主义小说类型,又感到它不同于现实主义或所谓新浪漫主义,便在判断其创作方法的性质时举棋不定。我们有理由推断,京派小说中的田园牧歌虽采自现实,但绝非现实的全貌,而是作者理想化的产物,因为作者早已申明,是要描绘一种不悖乎自然人性的更为健康合理的生存方式。即使翠翠们的生活方式确如作者所写,她们生活的野渡、菱荡也是与外界隔绝的世外桃源,是乌托邦式的地方。只因京派作家已感到这种乌托邦在现实中已越来越难立足,在《七个野人与最后一个迎春节》

《长河》以及《河上柳》等小说中写到了乌托邦的消失或正在消失，才使人感到作品中的某些现实主义因素。

在文体类型上京派小说与众不同，审美追求上它也独树一帜，与习见的浪漫主义小说判然有别。具体表现为以下三个方面：

（1）和谐优美而非紧张崇高。经典浪漫主义小说以雨果、大仲马等人的作品为代表。这些作品多为鸿篇巨制，在规模上首先就给人以雄伟壮观之感。京派小说则多为中短篇，不以气势见长。西方的浪漫主义是从反对古典主义的斗争中成长发育走向顶峰的。古典主义讲究和谐、典雅，浪漫主义就以对比和奇崛与之抗衡，崇山峻崖、瀚海怒涛、荒野长风、深林古堡是他们笔下经常出现的自然景观，人物往往历尽艰险九死一生，在与自然、与社会搏斗的过程中锻炼出超人的意志与力量。维克多·雨果的作品追求美与丑、悲剧与喜剧、崇高与滑稽的强烈对比。艾斯米拉达与加西莫多、与斐比斯外貌或心灵上的对比，冉阿让与沙威、与德纳第在信仰与人格上的对比给人印象极深。而在京派小说中，虽然沈从文也曾在不同作品中将城市与乡村进行对比，但在同一作品中他却不求对比而求和谐。翠翠与二佬傩送的恋爱虽以悲剧告终，但小说中并无她与天保、与天保父亲的冲突，造成悲剧的是不可知的偶然，是命运。三三与在乡下养病的少爷虽分属两个不同的世界，却能相互沟通。萧萧的命运不可谓不苦，沉潭的处罚不可谓不酷，然而小说在最后关头却用一个偶然化解了矛盾。废名和沈从文都曾写到农村旧道德的危害，但这类作品的美学效果却不是紧张对立，淡淡的哀伤并不破坏总体的静穆和谐。沈从文小说《夫妇》中那对青年夫妇虽被村民"捉奸"，却仍乐观开朗，女人还带走乡下人恶作剧放在她头上的一束花环玩耍。在京派小说的乡村世界里，人与自然是和谐的，人与人之间也以和谐为主调。忠仆的上面是仁主。沈从文另一篇小说《丈夫》写的是为生活所迫丈夫送妻卖身的惨剧，可作品并不突出血与泪，故事里的水保还不失其宽厚。京派小说中的月夜、竹林、河上柳正与淳朴的人际关系相和谐。艾米莉·勃朗特同样写乡村与田园，描绘的却是"呼啸山庄"中极为强烈以至怪异的爱与恨，给人阴森恐怖之感。京派小说不以情节取胜，也就缺少了雨果、大仲马式的惊险紧张。

（2）含蓄蕴藉而非汪洋恣肆。京派小说虽也受诗歌影响，是一种诗化小说,但它师法的不是浪漫主义的宣泄诗,而是唐人绝句式的意境诗,作者的情感蕴含在景物与人物的描绘之中。在废名与沈从文的作品中,虽然我们能明确感受到作者对笔下风土人情的赞美,但作者是借景色、人物、事件以抒情,很少直抒胸臆,在京派小说人物系列中很难找到能与作者本人等同的人。萧乾某些小说虽有一定自传性,但却迥别于郁达夫式的"自叙传"。可以说,京派小说在思想倾向与审美风格上继承的不是李白而是陶潜、王维的传统。废名本人就曾提及他对陶诗的偏爱以及对陶诗意趣的追求。陶渊明的《桃花源记》与京派小说的牧歌情调确有异曲同工之妙。有专家指出,沈从文小说受屈赋影响。笔者以为,对于屈赋,沈从文借鉴的也只是《九歌》而不是《离骚》《九章》《天问》,风格上绝无屈原式的恢宏奇瑰与炽烈狂放。

(3)疏离政治而非干预政治。中外浪漫主义大师们大多是社会政治的积极干预者:屈原是政治家兼文学家,李白的诗是政治抱负不得施展时的发泄,拜伦的诗是"被扣压的议会发言",①郭沫若的政治情愫人所共知。雨果的小说突出表现重大社会政治事件,乔治·桑借小说宣传其空想社会主义思想。与此相反,京派小说的主要代表有意疏离政治、回避政治,把政治同其他社会文明现象一概视为污浊之物。急风暴雨式的政治斗争题材,与他们所崇尚的冲淡、静穆、和谐的美学境界不相吻合。

## 三、京派小说创作方法的内部结构

京派小说的浪漫主义特色及其独特性,是由其创作方法的内在结构所决定的。创作目的或创作宗旨是这一结构的核心,它规定着创作对象与创作原则的取舍。

在 1930 年代文坛上,京派的美学观、艺术观独树一帜。当时,左翼作家们毫不掩饰自己创作的政治功利目的,把文学创作视为无产阶级革命斗争的一翼;上海现代派醉心于创作技巧的探索试验,其作品呈现出一种心理写实、感觉再现态势,讳谈创作目的;通俗小说以畅销盈利为目的;另有主张为艺术而

① ［德］J.P.爱克曼辑录:《歌德谈话录》,朱光潜译,人民文学出版社 1978 年版,第 94 页。

艺术者,将文学当作孤芳自赏的玩具。在各派作家中,应当说京派对艺术本身是最为忠诚的,他们既反对来自商业的影响,又反对来自政治的干扰;但他们却不赞同为艺术而艺术,主张文学要对现实人生有所裨益。

京派在理论上的主要发言人是朱光潜和沈从文。朱光潜把中国社会黑暗腐败的原因归于"人心太坏",他认为文学艺术就应起一种"洗刷人心"、净化灵魂、美化人生的作用。沈从文则表示赞同"文学是一种力,为对习惯制度推翻、建设或纠正的意义而存在"的口号,认为它"虽然幼稚,但却明朗健康"。①他所讲的推翻习惯制度并非指推翻某个具体的社会制度,而是一切不合理的社会文化习俗;他认为文学的使命就是以艺术的方式去改良人性,改善人的生存状态,使之过一种更为合理的生活。对此,他在《小说作者和读者》一文中讲得比较明白:

> 我们得承认,一个好作品照例会使人觉得在真美感觉之外,还有一种引人"向善"的力量。我说的向善,它的意义,不仅仅是属于社会道德一方面"做好人"为止。我指的是读者能从作品中接触了另外一种人生,从这种人生景象中有所启示,对人生或生命能作更深一层的理解。……这种激发生命离开一个动物人生观,向抽象发展与追求的欲望或意志,恰恰是人类一切进步的象征,这工作自然也就是人类最艰难伟大的工作。我认为推动或执行这个工作,文学作品实在比较别的东西更其相宜。②

在《学习写作》一文中,他又指出,文学创作就是要展示各种生存状态,使读者"看看生命有多少形式,生活有多少形式",以便"使他人生命'深'一点,也可能使他人生存'强'一点"。③ 看到民族性格的弱点并试图用文学予以改造以使之强化,这一出发点与后来七月派的小说有类似之处,但京派与七月派选择的路径不同,风格迥异:后者选择的是直接表现血与火的政治斗争、社会矛盾,表现军事冲突与尖锐激烈的内心冲突,体现出一种黄钟大吕的崇高美、

---

① 沈从文:《沈从文选集》第 5 卷,四川人民出版社 1983 年版,第 359 页。
② 沈从文:《沈从文选集》第 5 卷,四川人民出版社 1983 年版,第 115—119 页。
③ 沈从文:《沈从文选集》第 5 卷,四川人民出版社 1983 年版,第 155—156 页。

雄壮美;前者则把视点离开了社会的中心和斗争的漩涡,去向边缘处、僻静处寻找更为合理的生存方式与生命形式,追求的是一种古朴自然的和谐之美、静穆之美。它所推崇的男性的雄强有力,不是表现在社会冲突之中,而是一种与憨厚平和相统一的自然生命力。只要对比一下丘东平笔下的中校副官与沈从文笔下的会明,这种差异便不难看出。

虽然京派主将废名和沈从文对乡村比对城市更感兴趣,他们的小说也多以乡村生活为题材,但他们的读者却主要是城市人,他们本人也生活在城市,城市是他们的"现实"。他们认为这一现实远不够理想,充满了病态污浊。那么,要给城市读者展示别一种生命形式、生存方式,他们便想到了自己曾经生活过的乡村。然而,这个乡村已是记忆中的乡村,不可避免地带上了梦幻色彩。既是引来与城市的病态污浊相对照、用以批判都市文明,作者在予以描绘时便不自觉地进行了理想化处理。不论它是否确如作者所写,对于城市人来说它都是一个乌托邦。

京派最具流派特色的小说之所以不选择现实主义,正是因为作者并不意在客观再现历史和现实,揭示社会发展规律,而是为改良人性、改善民族生存状态提供一系列范本。他们不选择传奇、魔幻的形式而是以最普通、地位最低下的小人物的日常生活为对象,是因英雄与神怪的行止非常人所能取法,靠离奇情节以及缠绵爱情以获取商业利益亦非京派的创作宗旨,他们描绘爱情生活只是作为生存状态之一种来展示其健康或病态。借小说抒情宣泄亦不合他们的审美理想。因此,乌托邦式浪漫主义创作方法是他们的最佳选择。

然而,京派小说的乌托邦形态亦不可一概而论。有些小说的乌托邦世界几乎是全封闭的系统,如沈从文的《边城》《龙朱》《阿黑小史》,废名的《菱荡》《竹林的故事》。封闭的方法是将故事发生的地点选择在与世隔绝的地方,或有意淡化时代背景。第二种类型是仍然选择较封闭的地区,但为这一方天地凿开一条通往现代文明或传统阴暗角落的隧道。有时外部世界带进的东西被乌托邦同化或战胜,尚不足以完全打破乌托邦的和谐宁静,有时却导致乌托邦的毁灭。如废名的《浣衣母》《河上柳》,沈从文的《三三》《萧萧》《菜园》。第三种是整个背景是现实的,作者却在其中加上一个乌托邦人物,一个体现作者健康人格理想的人物(但并非英雄人物);或者在现实的人生场景中发掘、凸现人物的乌托邦性;或把现实图景用乌托邦的笔调进行描绘。如沈从文的《虎雏》《夫妇》《丈夫》《柏子》,废名的《桥》。萧乾、凌叔华的儿童或高士世界在整个社会结构中的位置也处于边缘,是相对封闭的世界,可视为一种与成人、俗人世界相对的乌托邦。京派小说中个别都市题材的作品可看作是对乌托邦的衬托,或"反乌托邦",不属该派主流。

由于致力于描绘乌托邦,在处理艺术与现实的关系这一创作原则问题时,京派小说选择的是以理想为主导,即以描绘健康自然的人性、人生状态为主导。他们的理想化不是表现在塑造超凡、完美的英雄人物上,而是表现在描绘理想的人际关系、生存状态与健康人格上。他们采取的方式不是将身边现实理想化,而是去描绘都市读者不太熟悉而带有神秘感的世界,细节描写又真实生动,这使得其理想化程度不易评估。然而,如果我们把他们同样描绘乡村而较多暴露其阴暗面的作品与那些典型的牧歌式作品相比较,后者的理想化色彩就十分明显了。实际上,一切浪漫主义作品都会对社会现实有所反映,除魔幻类外,其他类型在细节上也不乏逼真性,有些作品还直接涉及某些重大社会历史事件,所以许多浪漫主义作品常被误认作现实主义,或"两结合"之作。其实,由于它主旨不在于再现现实而在表现理想,其浪漫主义性质是毋庸置疑的。

必须申明,上述对京派小说创作方法特点及其构成的描述主要适用于那些最具流派特色之作,特别是废名、沈从文的代表作。至于个别京派作家所创作的某些现实主义作品,因已不属典型的京派小说,自然不在本章论述范围之内。

# 第十七章　茅盾与沈从文的殊途同归①

中国现代小说史上有两位姓沈的作家——沈雁冰（茅盾）与沈从文。就创作方法与艺术风格而言，他们两个可以说相距最为遥远，不啻南北两极；二沈之间交往很少，"笔仗"似乎也只有一次，即1930年代中期关于"差不多"的争论。但二人又确有可比性。他们的生活与创作在同一时期：茅盾生活于1896至1981年，沈从文生活于1902到1988年；他们都于1920年代走上小说创作道路，而创作鼎盛期都在上世纪30—40年代，并且都在建国后停止了小说创作；他们都是中国现代小说史上最具代表性的人物，无愧于"小说大师"称号。二沈之间除显在的异之外，还有潜在的同。二沈之异体现出他们的特色，也蕴含着其各自的偏颇；二沈之同则反映了艺术创作的共同规律。这些异同之处的比较、探讨，对于中国当代的文学创作，或许会有所启发。

## 一、投身政治与远离政治

二沈最明显的差异，表现在对于政治截然相反的态度上。

茅盾由于受父母"大丈夫要以天下为己任"的教诲，以及个人的兴趣与抱负，在步入社会伊始，便投身于社会政治洪流的漩涡之中。他最初的志愿是为官从政。作为中国共产党最早一批党员之一，大革命时期的沈雁冰是宣传部门的重要干部。他的弃政从文，是在过于残酷的政治形势下不得已而为之。茅盾曾经坦言，自己对于文学"并不是那样的忠心不贰"②。虽然后来成了小

---

① 本章曾以《"二沈"小说创作异同论》为题发表于《山西师大学报》1998年第3期，收入本书时有改动。

② 茅盾：《从牯岭到东京》，《茅盾论创作》，上海文艺出版社1980年版，第29页。

说家,但他的政治热情并未减退,因而他的小说无不带有浓厚的政治色彩。1949年后,虽然为官的热情已不再强烈,但在屡次推辞不被准许的情况下,还是担任了级别相当高的领导职务——文化部长、作协主席、政协全国委员会副主席等。由于与主流意识形态的一致,除"文革"时期外,新中国成立后茅盾的作品一直在中国新文学史上占据显赫地位,与鲁迅、郭沫若共为现代文学三巨头。

沈从文早年虽然混迹于军界,与军政官僚亦有交往,但他天性喜欢自由自在,幼年时就经常逃学。入伍后常见的打打杀杀的残酷场景早已令他厌倦恐惧,所以他是抱着"求学"的朦胧想法闯进北京的。后来,又经历了好友胡也频被杀、丁玲被捕等一系列事件,更加对政治感到恐惧、厌烦,甚至对搞政治的人也怀有某种成见。1942年他在《小说与社会》一文中指出:"过去十年新文学运动,和政治关系太密切,在政治上不稳定时,就得牺牲了些有希望的作家。又有些虽还好好地活着,因为'思想不同',就受限制不能好好地写他的作品发表。"因此他建议作家"不要把'思想'完全依赖在政治上"。① 他认为政治化与商品化同样是纯文学的大敌。沈从文把文学看得很神圣,并一再申明,写作不是一种"职业",而是一种"事业",表示要把整个生命放进去。有人把他归为某个"派",他却坚决否认自己属于任何阵营。建国后,组织上曾一度想让他接替老舍任北京市文联主席,他还是委婉而坚决地推辞了。由于从他的作品里找不到明显的政治倾向,在"政治挂帅"的年代里,沈从文的小说虽未被作为"毒草"大批特批,却难以避免打入冷宫的命运。

文学与政治的关系,是既不能完全分离,又不可以一方取代另一方。政治生活是人类社会生活的重要组成部分,文学以人类的社会生活、人的生存状态与命运作为反映或表现的对象,自然不应无视人的政治特征;但文学作为一门艺术,又自有其特殊规律,忽视了这种规律,作品就会失去其艺术性。茅盾的贴近政治与沈从文的远离政治作为个人风格特色都有其存在价值,但当他们把各自的倾向推向极端时,又显出其弱点或偏颇之处:当茅盾过于为政治效果而追逐时代,将理念化推向极端,忽视了人物形象的塑造与情节的丰富生动性

---

① 沈从文:《小说与社会》,《沈从文选集》第5卷,四川人民出版社1983年版,第141—142页。

时,其作品沉闷枯燥的倾向就格外突出,无法产生给人印象深刻鲜明的艺术形象,如《第一阶段的故事》《劫后拾遗》等。沈从文极力回避政治、回避社会重大事件而专心营造其"希腊小庙",固然留下不少意味隽永之作,但他有些作品由于过分淡化时代色彩而显得虚无缥缈,类似于一般的民间故事,如《龙朱》,这就陷入了司马长风在《中国新文学史》中所说的"赋得的言志"。

不过,二沈毕竟都是小说大师,他们在其主要作品中都能尊重艺术规律,因而能创作出传世之作。沈从文虽然本身不直接参与政治,但他并不完全否定革命家:在生活中他与革命家胡也频为友,在文章中他也曾主张文学家在信心坚定、踏实苦干方面应学习革命家,认为文学家必须兼有这种革命家的气魄和韧性。他的《长河》等小说仍间接映射出时代政治风云的变化。茅盾和沈从文一样以创作态度严肃认真而著称。他曾一再申明自己不曾粗制滥造。就连一向对左翼作家极为苛刻的美国学者夏志清,在其《中国现代小说史》中也说,茅盾在《蚀》三部曲里"对革命失败的描写比较客观",认为《虹》写作态度认真,心理描写极有深度,"同期小说家比不过他,因为他是先在写作技巧和生活体验两方面痛下苦功后,才致力于长篇小说的写作的"。① 这些话值得曾经对茅盾小说大师地位持怀疑乃至否定态度的评论家注意。对中外古今文学与文学理论的精深研究,也使得茅盾在小说创作起步伊始便远远高出于蒋光慈等同样以政治斗争为题材的作家,这也是情理之中的事。

## 二、表现社会整体与展示一角人生

对于政治的浓厚兴趣与高度热情,使得茅盾把自己小说反映、分析、研究的对象确定为"社会"和历史发展的过程与规律。虽然他说过他为写小说而把"人"作为研究对象,但随之又补充说,研究人不能把他与其余的人分隔开来单独研究,"'人'与'人'的关系,因而便成为研究'人'的时候的第一义了"②。早在1920年他就提出过:"文学家所欲表现的人生,决不是一人一家

---

① [美]夏志清:《中国现代小说史》,刘绍铭等译,(台北)传记文学出版社1979年版,第145、163页。

② 茅盾:《谈我的研究》,《茅盾论创作》,上海文艺出版社1980年版,第24—25页。

的人生,乃是一社会一民族的人生。不过描写全社会的病根而欲以文学小说或剧本的形式出之,便不得不请出几个人来做代表"①。可见,他是把重心放在了人与人的社会关系上。研究社会,就需要从宏观上把握全局、整体。他把那种只见到社会生活的一部分的作家讽刺为爬石像的蚂蚁。虽然文艺作品只能表现片段的人生,但"这片段的'人生'或者代表了'全体',那就是社会生活全体的缩影"②。为此,他特别重视重大历史事件,熟谙全国乃至全球的政治风云,并力图把他们"装"进自己的作品。茅盾检讨自己作品的失败之处,也往往从这个角度着眼。比如在分析《子夜》时,他以为最大的毛病之一是"未能表现出那时候整个的革命形势",而不是某些研究者指出的是因某些部分由于缺乏生活经验而显得死板生硬以及文风上的枯燥沉闷。他认为小说第四章与全书游离导致破坏了全书的有机机构还在其次,"而不能表现出整个的革命形势,则是重大的缺陷"③。写社会、写历史,在共时态上要求把握全局、整体,在历时态上就表现为展现历史发展的完整过程,揭示历史发展的必然规律。事实上,如果把茅盾的一系列小说连接起来,恰好构成了中国民主革命时期的形象历史。与所表现的的内容相适应,茅盾最擅运用的文学样式是中长篇小说,而且有意识地追求一种"史诗"风格。

　　沈从文并不否认小说应当反映社会,但他所追求的不是展示社会整体,而是展示处于社会之中的生命个体、人类生存状态、生存方式。"生命"二字在沈从文笔下出现的频率,正与"社会"一词在茅盾笔下出现的频率相同。在《小说作者和读者》一文中,沈从文指出:要记录"人事",就必然涉及两个部分:"一是社会现象,即是说人与人相互之间的种种关系;二是梦的现象,即是说人的心或意识的单独种种活动。"两部分缺一不可,"必需把'现实'和'梦'两种成分相混合"④并予以恰当表现,才能成为小说。而他本人所要表现的是一种"人生的形式"——或者是优美、健康、自然,不悖乎人性的形式,如《边

　　① 茅盾:《现在文学家的责任是什么?》,《茅盾文艺杂论集》上集,上海文艺出版社 1981版,第3—4页。
　　② 茅盾:《蚂蚁爬石像》,《茅盾论创作》,上海文艺出版社 1980年版,第 436页。
　　③ 茅盾:《〈茅盾选集〉自序》,《茅盾论创作》,上海文艺出版社 1980年版,第21页。
　　④ 沈从文:《小说作者和读者》,《沈从文选集》第5卷,四川人民出版社 1983年版,第117页。

城》；或者是病态、扭曲的形式，如《八骏图》。在这各种生命形态中，沈从文既"求同"，又"求差"，也就是既揭示人类的共性，又注意生命个体因身份、性别等特定条件不同而呈现的差异。"求同知道人的类型，求差知道人的特性"。①即使涉及社会，也是为了展示生命状态，即在一个无形无质的"社会"压抑下个体生命所呈现的各种方式。因此，他的小说一般不点明故事发生的具体年代，社会在沈从文的艺术世界里只是一个模糊的背景，或与人对立的力量。他特别区分了"生命"与"生活"这两个概念。按沈从文的理解，"生活"只是吃喝拉撒等表层的东西，"生命"才是人深层的真实存在状态。他的小说正是要使人更敏锐深刻地感受和理解生命。

由于主要宗旨在于研究生命个体而不是社会整体，沈从文在谈到自己小说反映对象的确定时说："我写小说，将近十年还不离学习期间，目的始终不变，就是用文字去描绘一角人生，说明一种现象。"②也是由于意在研究生命个体，沈从文并不去写在历史发展中举足轻重的大人物，而是致力于描绘平凡的普通人，不管他是教授还是水手、妓女或"野人"。他特别重视生活中微妙感觉的表现——墙上的一角阳光，树上的一滴露珠都能引起他的感兴。这也是沈从文小说具有某种诗意的因素之一。他表现的人性并非凝固僵死的。他既在"变"中看见了"常"，又在"常"中发现了"变"。作为小说家，他在作品中设计了生命的种种偶然，而对这些生命个体及其偶然的展示，目的却在解释人类某一问题，而不是针对具体的人与事。所以说，沈从文亦自有其宏观的视角。如果说茅盾小说的优势在于通过文学形象揭示社会发展的规律，展现时代的精神风貌，那么沈从文作品的长处在于探索个体生命存在的不同维度，揭示人类心灵的微波巨澜，发现人性的共性与特性。他追求的风格里是细腻隽永，使用的体裁是中短篇小说——少则三五千字，最多也不过七八万字。

然而，凡成功的文学作品，其人物无不既是各种社会关系的总和，又是有血有肉、有个人欲望与独特心灵世界的生命个体。沈从文侧重于展示生命，但他小说中的人物也并非都是荒岛上的鲁滨逊，"社会"作为一个若隐若现的影

① 沈从文：《给一个读者》，《沈从文选集》第5卷，四川人民出版社1983年版，第51页。
② 沈从文：《给某教授》，《沈从文选集》第5卷，四川人民出版社1983年版，第16页。

子,始终影响着人物的行为。只不过沈从文并未把社会势力具体化。其人物虽非作为某一阶级的代表在作品中出现,却并未违反其社会身份的特征,比如《三三》中,山村少女三三与在乡下养病的少爷的内心世界与行为方式就绝不相同。如果把沈从文一系列作品联系起来,我们可以发现:偏僻山村的质朴与野蛮都是乡村社会环境的产物。在《萧萧》中,通过过路女学生我们已感受到了现代文明的讯息,在《八骏图》里,作者却又为我们显示了现代城市文明对人类心灵的扭曲。《边城》《三三》一类作品写的是原始素朴人性,而到了《长河》中我们已经发现了时代巨变、社会动荡引起的素朴民风的丧失。避世的七个“野人”最终还是被官军枭首示众,“因为地方进步了”。另一方面,茅盾虽致力于写社会、写时代,也并未忽略对个体生命生存状态的揭示。其作品中的自然主义倾向正反映了他认识到人不只是社会的人,也是生理的人。《蚀》《虹》《霜叶红似二月花》《腐蚀》中的主人公,都是鲜活的生命个体;《子夜》里的吴荪甫等人,也并非抽象的观念符号。因此,在对小说创作艺术规律的认识上,二沈并不乏所见略同之处。沈从文对茅盾的创作非常重视。他在文章中直接提到茅盾的地方几乎都是肯定。在《蚀》发表不久,沈从文便称赞茅盾不是以文学为旗帜,而是“仅以作品直接诉诸于读者,不依赖作品以外任何手段的作家”,因而“很可注意”;还说他“在沉默中努力,一意来写作”。[①] 这是因为,沈从文对于文学研究会一派“为人生”的艺术抱同情态度,认为它虽然幼稚,却明朗健康。沈从文的“展示生命”与茅盾等人的“表现人生”毕竟有相通之处。虽然不主张文学急功近利地配合政治和政策,但沈从文也坚决反对“为艺术而艺术”。在主张文学应当指示人生向更善更美发展、振兴民族精神上,二沈是一致的。

## 三、“主题先行”与“情绪的体操”

众所周知,茅盾在创作小说时事先一般都是有一个明确的主题,比如写

---

① 沈从文:《论中国现代创作小说》,《沈从文选集》第 5 卷,四川人民出版社 1983 年版,第 379—380 页。

《子夜》是为了回答托派对中国1930年代社会性质的错误判断,说明中国并未真正走向资本主义发展的道路,而是在帝国主义压迫下更加殖民地化了。在茅盾的创作思维过程中,理性始终占主导地位。因而,他创作前往往列一个精细提纲,使作品的每一部分都向着主题辐辏。这种创作方法,到新中国成立后成了在中国大陆文学界占统治地位的方法。沈从文则从未让作品表现一个明晰的思想。他宣称自己的作品并无何等"哲学",而只是一种"情绪的体操",是一种实验或探险。在谈到他的小说《边城》时,沈从文说:"你接近我这个作品,也许可以得到一点东西,不拘是什么;或一点忧愁,一点快乐,一点烦恼和惆怅,甚至痛苦难堪,多少总得到一点点。……你们多知道要作品有'思想',有'血',有'泪',且要求一个作品具体表现这些东西到故事发展上,人物言语上,甚至于一本书的封面上,目录上。你们要的事多容易办!可是我不能给你们这个。"①直到晚年他还表示担心批评家从他作品中去找"人生观"或"世界观"。沈从文也曾说过作家应当有一个"坚强与持久的人生观",②但他指的并非某种固定的思想、理念,而是要求作家对人生有浓厚的同情与悲悯,对个人生命与工作又看得异常庄严,作品中浸透人生的崇高理想与求真的勇敢批评态度,从而铸造一种博大坚实、富于生气的人格。正因为不是从固定理念出发而是致力于展示人性与人生的复杂性、相对性,所以沈从文的小说不作简单的价值判断,不受世俗道德限制,"超越了普通人习惯的心与眼,来认识一切现象,解释一切现象"。③

　　由于茅盾在创作之前都确定一个明晰、带有理性色彩的主题,近年来被指为"主题先行论"的始作俑者。实际上,茅盾本人并不主张主题先行。在《从思想到技巧》一文中,茅盾写到:"这又是一种流行的看法,就是:作者在写作以前,先有一个'意思',用文学的术语说即是先有'主题',有了'主题',然后再想出一个故事来,……然而依兄弟来看,思想与技巧并不是可以这样机械地分开来的。"④他自己的体验是,作家头脑中出现"主题"的时候,"形象"必然

① 沈从文:《习作选集代序》,《沈从文选集》第5卷,四川人民出版社1983年版,第232页。
② 沈从文:《白话文问题》,《沈从文选集》第5卷,四川人民出版社1983年版,第115页。
③ 沈从文:《新废邮存底》,《沈从文选集》第5卷,四川人民出版社1983年版,第156页。
④ 茅盾:《从思想到技巧》,《茅盾论创作》,上海文艺出版社1980年版,第510页。

伴之而来。茅盾在创作《子夜》前确有一个明确的创作意图,即说明自己对于当时中国社会性质的认识;但这个"主题"并不是由别人灌输给他的,也不是从社会科学书籍上得来的,而是他自己对生活观察体验、独立思考的结果,这与"领导出思想、群众出生活、作家出技巧"的"文革"时期的"主题先行论"不能相提并论。

## 四、忠于"具体感受的世界观"与坚持独立思考

1936 年 10 月 25 日,沈从文以"炯之"为笔名在《大公报》文艺副刊发表《作家间需要一种新运动》一文,批评某些青年作家因盲目追逐时代而忘了艺术,导致作品都"差不多"。1937 年 7 月 1 日和 5 日,茅盾接连发表《新文学前途有危机么》《关于"差不多"》两篇文章,直接间接地反驳了沈从文的观点,声称青年作家们写工农与义勇军的作品虽缺乏生活体验,但"迫于客观的要求","描写范围的扩大不能在作家的生活体验既已充分之后"的创作方法是"正确的"。① 之所以会有这次争论,是因在当时极特殊的社会环境下,茅盾的政治责任感压倒了他的艺术责任感,而沈从文不管窗外风云变幻,仍独守他的艺术天地。其实,若客观考察茅盾一系列文论与作品,我们可以发现,他是非常重视作家的生活经验对创作的重要作用的。1952 年,他在总结自己《三人行》创作失败的教训时就说:"徒有革命的立场而缺乏斗争的生活,不能有成功的作品。"② 在《夜读偶记》中,他又指出了古典主义者以理性否定经验的片面性。因为尊重经验、尊重艺术规律,茅盾在写作《子夜》时改变了自己原来写一部"城市与乡村交响曲"的构想,对农村生活部分只保留了一章。1980 年代有些评论家曾指出过中国现代作家在新中国成立后世界观"进步"而创作反而退步的现象。对这个问题,茅盾在 1940 年代的精辟分析,其实已作了预言式的回答。他认为,作家的政治思想、政治立场与艺术"眼光"并不是一回事。1958 年他又进一步指出:"一个作家或艺术家对于现实有怎样的认识和

---

① 茅盾:《〈茅盾选集〉自序》,《茅盾论创作》,上海文艺出版社 1980 年版,第 20 页。
② 茅盾:《从牯岭到东京》,《茅盾论创作》,上海文艺出版社 1980 年版,第 32 页。

他们对于现实抱怎样的态度,也不是常常一致的。"茅盾这里所说的"态度",实际指的就是作家的政治立场、理论观点;而"眼光"与"认识",则指作家具体的审美感受。如果用这种理论分析建国后某些老作家"世界观进步"与创作退步的现象,结论不难得出:这些从旧社会过来的老作家虽然从理论上或凭感情、信仰接受了新的世界观,但多年形成的经验积累与艺术感受方式并未立刻与其理论观点融合为一。当两者产生矛盾时,由于主客观两方面的原因,他们否定了自己的具体感受而极力去紧跟并图解那些理论观点,"为了观念的东西而忘掉现主义的东西",违反了文学创作的审美规律,作品焉能不失败!茅盾本人最成功的作品,都是忠实于自己具体感受世界观的结果。在写《蚀》三部曲时,作者的情绪相当悲观消沉,这种情绪自然沉浸于作品之中。有人指责这几部小说未能指出一条出路,茅盾辩解道:"我不能使我的小说中人有一条出路,就因为我既不愿意昧着良心说自己以为不然的话,而又不是大天才能够发现一条自信得过的出路来指引给大家。"[1]

作为一个始终把忠于艺术看得高于一切的小说家,沈从文一贯坚持写自己熟悉的、有深切感受的人和事,或通过"梦"表达自己的人生感悟。在忠于具体感受世界观、坚持从生活体验出发、坚持独立思考这一点上,二沈又表现出了一致性。

关于作家独立思考的见解,二沈同中有异,异中又有同。沈从文的"独立思考"表现为严格忠实于自己的艺术信条,忠实于自己的具体感受,力图把自己的人格与生命熔铸进作品。他说:"想达到这个目的,写作时要独断,要彻底地独断!"[2]他认为作家除在见识上要有超越普通人之处外,还要有勇气、能疯狂,用他的话说就是"彻底顽固或十分冒失",[3]这样才有望产生伟大作品。茅盾既是文学家,又是理论家,他讲独立思考表现为强调作家的社会科学头脑,要求作家有独立判断能力,善于观察分析,不作传声筒。沈从文也曾表示瞧不起思想太容易"转变"而无固定见解的作家。这也许是他对作为小说家的茅盾持某种程度的尊敬态度的原因之一。

---

① 茅盾:《从牯岭到东京》,《茅盾全集》第19卷,人民文学出版社1991年版,第181页。
② 沈从文:《习作选集代序》,《沈从文选集》第5卷,四川人民出版社1983年版,第228页。
③ 沈从文:《风雅与俗气》,《沈从文选集》第5卷,四川人民出版社1983年版,第37页。

　　重视独立思考,使得二沈在研究人时都注意到了人性的复杂性。沈从文笔下的柏子、水保、老七及其丈夫、杨金标,茅盾笔下的静女士、慧女士、孙舞阳、章秋柳、梅行素、赵惠明等都是血肉丰满的立体人物。茅盾的所有成功之作,都没有因作家追求理论观点的正确深刻而损害其艺术性,因为独立思考得来的观点,是以感性经验为基础,而与"具体感受的世界观"同一的。

　　二沈在创作态度、创作对象、创作过程方面的差异是明显的,但在忠于具体感受、坚持独立思考、尊重艺术规律方面又有一致性。归根结底,这决定于他们各自的文学观:写社会、写历史发展过程、表达明确的主题、借作品阐明个人政治观点,正是为了使文学有助于促进现实的革命发展,从而也有益于人生;写生命个体、揭示人类的命运与处境,则是为了疗救人性,从而"使他人生命'深'一点,也可能使他人生存'强'一点"。① 他们各具特色,又是自我圆满的。但是,二沈又各有其缺陷:沈从文的小说过于淡化时代色彩,茅盾小说情节的丰富性与生动性稍差。因而我认为,他们还没有达到巴尔扎克、雨果、托尔斯泰、肖洛霍夫等世界一流作家的水平,创作出既充分展示人性的丰富复杂、人生场景的壮丽恢弘,又深刻反映时代精神风貌、具有撼人心魄艺术感染力的作品来。

---

　　① 沈从文:《新废邮存底》,《沈从文选集》第 5 卷,四川人民出版社 1983 年版,第 156 页。

# 第十八章　丁玲的个性主义与
## “革命”性格①

　　中国现代文学史上女性作家数量不多,其创作堪居一流的,大概要数丁玲、萧红和张爱玲了。这三位女作家的为人为文又有很大不同,她们都显示出自己独特的个性特征。张爱玲 1949 年前的创作不涉政治,之后创作的政治题材小说艺术上也并不太成功。萧红虽早期靠近左翼,后来却客居香港,保持独立姿态。与萧、张二人相比,丁玲的一生是最“政治化”的,但其强烈的个性却贯穿其整个人生历程与创作过程。这使其成为中国现代文学史乃至古今中外所有女作家中的特例。

## 一、个性主义者的人生追求

　　丁玲虽然后来“左转”成了“革命作家”,在此之前却是一个地地道道的个性主义和自由主义者。早年她曾有两次靠近和加入左翼队伍的机会:她的母亲是中共女革命家向警予的结拜姊妹,“闺蜜”王剑虹的恋人是中共领导人瞿秋白。但在很长一段时间内,丁玲与政治团体和政治活动保持着距离。她和后来成为“左联五烈士”之一的胡也频开始恋爱时,胡也并非左翼人士。丁玲走上文坛,是在中国新文学正在进入第二个十年、“革命文学”逐渐成为文学主流话语的 1927 年,然而,她的处女作、成名作,以及《韦护》之前的小说,都不涉及政治意义上的“革命”内容,不能算是“革命文学”、“革命小说”。她早

---

　　① 本章曾以《个性主义与“革命”性格——丁玲的人格与创作》为题发表于《文艺报》2011年 3 月 11 日。收入本书时有改动。

期作品的内涵仍属"五四"范畴。

但这并不意味着这些小说缺乏先锋性、创新性。从处女作《梦珂》开始,《莎菲女士的日记》《暑假中》《阿毛姑娘》《一个男人和一个女人》等接连在当时全国影响最大的文学刊物之一《小说月报》的第 18 卷 12 号、第 19 卷 2 号、5 号、7 号、12 号发表,而且不曾与之谋面的主编叶圣陶让这位青年女作家连续占据创作栏头条位置,使之甫一出手即声名鹊起,不但盖过已很少创作小说或停止创作的第一代女作家冰心、凌叔华、淦女士,就连早已成名而仍在笔耕的男作家郁达夫、废名,女作家庐隐,正连载其《蚀》三部曲的茅盾,也只好在同一期刊物上屈居其后。这些小说是凭什么打动了资深小说家、严谨的编辑叶圣陶呢?

丁玲早期作品的创作方法与更早成名的庐隐最为接近,这一特点,若将其《自杀日记》《暑假中》分别与庐隐的《或人的悲哀》《丽石的日记》加以比较即可见出。而丁玲初登文坛便迅速抢去庐隐的风头、获得更大成功,这恐怕不能单以读者的喜新厌旧来解释。苏雪林曾有一段有趣的解释,说的是她在庐隐去世后想买一本庐隐的书作为纪念,跑遍书店而不可得。她向店员询问其故,店员说"她的时代究竟是过去了","思想不前进,便一文钱不植!"然后从书架上取下几本丁玲的著作给她。① 这讲的是丁玲转向左翼以后的事,而丁玲前期作品却确是"五四"个性主义、人道主义精神的产物,它们与庐隐作品在基本性质上应当是一致的。所以,丁玲的成功,当另有缘故。

今天看来,除了中国现代文学的研究者,一般读者很难再对庐隐小说产生兴趣、发生共鸣,也就是说,庐隐小说基本只具有文献价值、文学史价值。但丁玲的《莎菲女士的日记》《阿毛姑娘》,以及《庆云里中的一间小房里》《在医院中时》《我在霞村的时候》,不只在当时具有很强的创新性,至今也仍有一定现实意义。如果说郁达夫的《沉沦》首次直率地写到了男子的性心理,那么丁玲《莎菲女士的日记》第一次从主体角度袒露了青年女子于精神需求之外的肉体要求。正如日本学者中岛碧所言:"敢于如此大胆地从女主人公的立场寻

---

① 苏雪林:《〈海滨故人〉的作者庐隐女士》,《中华日报》副刊第 21 卷第 10 期(1959 年 5 月 16 日)。

求爱与性的意义,在中国近代文学史上丁玲是第一人。""丁玲是近代中国文学中最早而且尖锐地提出关于'女人'的本质、男女的爱和性的意义问题的作家。"①也就是说,丁玲首先是以创作对象的独特性取胜的。冰心、庐隐作品的主人公基本是有灵无肉,郁达夫《沉沦》之类小说曾被同时代批评家成仿吾、苏雪林指为有肉无灵,丁玲的梦珂、莎菲、阿毛等则追求灵肉的统一并为这种统一的不能实现而痛苦。梦珂曾被表哥晓淞的"态度"和声音打动,莎菲曾迷恋于凌吉士"颀长的身躯,白嫩的面庞,薄薄的小嘴唇,柔软的头发,都足以闪耀人的眼睛",以及"说不出,捉不到的丰仪",凌吉士"两个鲜红的,嫩腻的,深深凹进的嘴角"激起她难以自控的欲望与冲动。一个女作家这样坦率地写出对于男性肉体的感觉与欲望,其对于读者心灵的冲击力确实不亚于郁达夫的《沉沦》。但丁玲笔下的女主人公都是更重视灵的欲求的满足、精神的自我实现。梦珂、莎菲最后都因自己曾经迷恋的男性灵魂的鄙陋庸俗选择了弃之而去;乡下姑娘阿毛也是死于一种对于更高级生活与爱情的精神渴求。除此之外,丁玲还表现了男女之间互相吸引与征服的复杂曲折的心理过程。特别是《莎菲女士的日记》中女主人公对于苇弟与凌吉士的不同感受以及由此决定的态度与取舍,显示出一定的人性深度。这有别于一般表现男女情爱的作品,使当时乃至今天的读者都感到新鲜,同时又真实可信。有的论者说莎菲是玩弄男性,若非别有用心,就是没有真正理解莎菲的心理欲求:她不喜欢软绵绵的男性,她需要一种能征服自己的强力,又需要异性对自己的真正理解,需要两性之间精神上的沟通。凌吉士做不到后者,苇弟则两者都做不到。这是莎菲悲哀消沉的根本原因。

此外,前期的《庆云里中的一间小房里》和发表于 1941 年的《我在霞村的时候》《在医院中》,也属于创作对象与众不同之作。其中后两篇因其在解放区文学中的"另类"性质而受批判,已属众所周知。《庆云里中的一间小房里》的命运则比较独特:它既不像上述几篇丁玲早期作品那样广受关注,又未被群起而攻之;但丁玲复出后自己编选的作品选集,几乎都没有舍弃或遗漏它。这

①　[日]中岛碧:《丁玲论》,袁良骏编《丁玲研究资料》,天津人民出版社 1982 年版,第 529、531 页。

说明作者本人对它还是比较看重的。笔者认为,无论在丁玲作品中还是在中国现代文学史上,这都是很别致的一篇小说。它写的是一个妓女的日常生活,作品所描述的不是"血和泪",象五四时期"为人生"的作品那样;也不是郁达夫小说中那些男主人公的"他者"、客体。它是从妓女阿英本人的角度写其平凡一天中的经历与感受,说到底,写的是一种日常生存状态。读者从中感受到的是活生生的生命脉动:阿英也曾做过嫁给自己中意的陈老三的梦,但醒来后又意识到自己不愿与其过那种艰苦生活,现在又不愁吃穿,与鸨母及"同事"又相处很好。最后她还是很舒服地继续过她已经习惯了的生活。

不能认为丁玲如此描写就是肯定甚至歌颂莎菲或妓女阿英的生活态度与生存方式,因为这时的丁玲并不以有意识地宣传什么作为创作宗旨。谈到自己最初进行创作时的动机,丁玲曾说是"因为寂寞"。① 她还说:"我当初也并不是站在批判的观点写出来,只是内心有一个冲动,一种欲望,想写出怎样一篇东西而已。"②中岛碧则断言:"当时她不相信什么文学的社会效果、实际的作用。不用说能否成为赚钱的手段,就连文学是否为现实的其他行为的代替物都与她毫不相干。写出好作品,这本身给她以精神上的满足"。③ 虽然据丁玲本人自述以及沈从文回忆,她当初也有卖稿谋生的动机,但这一论断基本符合事实。丁玲早期创作忠实于自己的内在生命体验和直接生命感受,她这些作品的价值,就在于真实细腻地揭示了不同类型的个体生命的不同欲求、不同运行轨迹。虽然后来丁玲逐步接受了文学为政治服务的创作模式,但从《我在霞村的时候》《在医院中》以及《太阳照在桑干河上》等成功之作中,我们仍可或多或少发现一些非主流意识形态的东西,即纯粹源于个人生命体验而与权力话语规定的"本质"不尽一致的东西。

丁玲转向左翼文学之前的创作无疑继承了"五四"新文学个性主义与人道主义的传统。这类作品的出发点是个体生命的具体存在,探索的是生命的

---

① 丁玲:《我的创作生活》,袁良骏编《丁玲研究资料》,天津人民出版社 1982 年版,第109 页。

② 丁玲:《我的创作经验》,《中华日报·文化批判》第 2 期(1932 年 12 月 24 日)。

③ 〔日〕中岛碧:《丁玲论》,袁良骏编《丁玲研究资料》,天津人民出版社 1982 年版,第538 页。

价值与意义,寻求的是自我实现。它们在继承"五四"传统的基础上又有所发展。在丁玲之前,鲁迅和庐隐都已不再把关注焦点限于表现青年男女婚恋自由的要求与社会环境以及封建家长的传统观念的冲突,而把目光投向"娜拉走后"的情况:鲁迅从经济角度宣布了这种出走的失败,庐隐从命运角度抒发了走出后的悲哀。丁玲写的也大多是离开家庭以后的青年女子,但她关注的是主人公对爱情的心理要求以及这种要求与现实的男性世界的纠葛与碰撞,以细腻笔触前所未有地描绘了女性情爱心理的不同层次与辩证逻辑。一方面她以一个女作家的身份肯定了肉,另一方面又展示了女主人公更形而上的欲求。以今天的观点看,凌吉士虽算不得高尚理想的男性,但他并未像《梦珂》中的晓淞那样欺骗玩弄女主人公,似乎也并非市侩小人、"人面禽兽",充其量是个庸人、普通人:他要找一个"在客厅中能应酬他买卖中朋友们的年青太太",想要得到"几个穿得很标致的白胖的儿子",难道有什么可耻吗? 但丁玲和她的女主人公梦珂、莎菲、阿毛等追求的是肉体吸引基础上精神的理解、融合,是自我价值的充分确证。

笔者认为,丁玲的早期创作中,《阿毛姑娘》和《庆云里中的一间小房里》还表现出一定的复调性或价值选择的两难:在没有进城目睹外面精彩的世界时,阿毛本来过得很幸福,与丈夫陆小二也相处和谐。但进城回来之后,她有了更多的欲望,也有了更多的痛苦,最后因羡慕另外一种生活不可得而患病,而丧命。与此同时,叙述者又揭示了阿毛愿景的虚幻性:

> 阿毛真不知道也有能干的女人正在做科员,或干事一流的小官,使从没有尝过官味的女人正满足着那一二百元一月的薪水;而同时也有自己烧饭,自己洗衣,自己呕心沥血去写文章,让别人算清了字给一点钱去生活,在许多高压下还想读一点书的女人——把自己在孤独中见到的,无朋友可与言的一些话,写给世界,却得来如死的冷淡,依旧忍耐着去走一条在纯物质的,趋图小利的时代所不屑理的文学的路的女人。
>
> 若果阿毛有机会了解那些她所羡慕的女人的内部生活,从那之中看出人类的浅薄,人类的可怜,也许阿毛就能非常安于她那生活中的一切操作了。

　　这里面有作者的夫子自道,更有对"启蒙"负面作用的思考。《庆云里中的一间小房里》可看作《阿毛姑娘》的姊妹篇,它从另一面表现了作者同样的一种思考,或选择的两难心境:在城里做了妓女的阿英也一度梦见过与在故乡种田的陈老三过另一种生活,但梦醒之后:

　　　　她想了许多可怕的事,于是她把早晨做的梦全打碎了。她还好笑她蠢得很,怎么会想到陈老三来? 陈老三就不是个可以拿得出钱赎她的人! 而且她真个能吗? 想想看,那是什么生活,一个种田的人,能养得起一个老婆吗? 纵是,他愿意拼了夜晚当白天,而那寂寞的耿耿的长天和黑夜,她一人如何过? 她不觉笑出声来。

　　阿英与阿毛的相同之处是都追求物质欲望的满足,又不甘精神的寂寞;不同之处是阿英满足于现状而不做进一步的奢求,因而尚能自得其乐,阿毛却作无望的挣扎,因而抑郁而死。可以设想,若阿毛真的进城生活,她有可能成为另一个阿英。

　　阿毛与阿英是低于作者丁玲的,作者是同情地描写她们的境遇与命运。但丁玲自己更像莎菲,她将精神欲求的满足看得远远高于物质,而且为此不惜赴汤蹈火。正如瞿秋白所说,她是"飞蛾扑火,非死不止"。她一方面对未来并不盲目乐观,一方面又决不放弃追求。这种性格是一种强烈要求自我实现的性格,也是一种"革命"性格。倘若不是为最低限度的生存而挣扎者或投机者,在环境艰险的年代选择"革命"的人,都有一种不羡慕或留恋世俗的荣华富贵,为理想信念、为某种精神性的东西不惜打破日常生活的坛坛罐罐,乃至拼命一搏的精神,一种特殊的"革命"性格。在参加革命、加入"左翼"队伍之前,丁玲其实早就具有了这种"革命"性格。

## 二、个性主义者的"革命"选择

　　"革命"与"个性主义"毕竟有其抵牾之处。以塑造个性主义、自由主义者形象莎菲而成名的丁玲,在进入 1930 年代以后却成为左翼文学的重要代表。

对于丁玲的左转,有的评论家为之欢呼,认为她走上了一条更加宽广的创作道路;也有评论家为之扼腕,为丧失了一位充满个性的世界级大师抱憾不已。那么,丁玲思想深处何以发生这种180度大转弯? 这种转变的现实与心理动因到底是什么? 它对丁玲这一时期小说的文学价值具有何种影响呢?

晚年的丁玲在回顾自己的一生时,清醒地意识到了个性主义的"自由"与讲究纪律的"革命"之间的矛盾,并坦率地承认,自己在走向革命之前,对"自由"有过较长时间的憧憬和迷恋。为了维护思想自由和行动独立,丁玲在平民女校和上海大学时就曾拒绝加入党团组织。她说当时不想要的"就是党组织的铁的纪律",觉得"要服从铁的纪律,命令我干一件事,就非干不可,要我去做机器里面的一颗螺丝钉,放到哪里就在哪里,我心里自问,这个太不自由,这个不行"。于是,她拿起了笔。虽然"拿笔也不一定行,但我可以自由"。①

丁玲真正急剧左转,是在胡也频牺牲之后。而这次突转,也并非一开始就毅然决然,而是经历了艰难痛苦的思索。

1930年5月,从济南回到上海之后,丁玲和胡也频共同加入了左联。据丁玲回忆:"五月从山东回来,和潘汉年聊了一阵天,喝了阵咖啡,就参加了左联。但因有小孩,不愿意活动。"②可以看出,丁玲参加左联的方式显得很随意,也没有过度的热情;初入左联,因为怀孕,不愿参加什么活动。胡也频牺牲之后,丁玲陷入了无边的黑暗,她真正觉得:"生,实在是难啊!"这时潘汉年、冯雪峰去看望她。当潘汉年说"明天你就跟我走,我给你看许多许多你从来没有见过的事","你将进入新的五花八门"时,丁玲却踌躇了。她认为自己不能一下"跨出这么大的步子","仍只能在纸格子上慢慢爬行。"③可见,立即要丁玲做党的地下工作,她还是犹疑、不太情愿的,她还是选择写作。在内心世界中,她还是把写作放在第一位。但胡也频的牺牲毕竟为丁玲的急剧左转提供了一个契机:黑暗的现实局面,逼迫孤苦无依的丁玲做出一个选择。但若将

---

① 丁玲:《我是人民的儿女》,《丁玲全集》第8卷,河北人民出版社2001年版,第306—307页。

② 王景山:《我所知道的中央文学研究所和所长丁玲》,《新文学史料》2002年第4期。

③ 丁玲:《回忆潘汉年同志》,《丁玲全集》第6卷,河北人民出版社2001年版,第208—209页。

丁玲第一次转型归结为无奈的形势所迫,也有失偏颇。笔者认为,真正使得丁玲经过十多年的磨炼和痛苦的思考,做出最终选择的根本原因,是她的人生抱负、人生理想。

丁玲的母亲是中国现代第一代具有先进思想、不断追求解放,为改变社会而坚持奋斗的新女性。但正如向警予对丁玲所说:"她为环境所围,不容易有大的作为,她是把全部希望寄托在你身上的。"母亲希望丁玲能"为社会上做一番事业","找着一条改革中国社会的路"。可以说,在很大程度上,丁玲已成为母亲的精神寄托。背负着如此厚爱、如此沉重的希望,丁玲说"那时最怕的也就是自己不替她争气,不成材,无所作为;我甚至为此很难过。"①母亲言传身教的影响和厚重的希望,使得丁玲具有了强烈的、也可说是沉重的人生抱负和事业心。她十七八岁就飞到外面的世界,从生活实践中寻找自己的人生道路。在与胡也频的同居生活中,"虽常在爱情中目眩神迷",却仍然感到缺少了些东西。她需要思索过去,计划未来。正如沈从文所体察到的:"对于这个刊物(《红黑》)十分热心的丁玲女士,刊物引起她的倾心处,与其说是这个人为了身为作家的快乐,却不如说只是这个人对于未来生活的憧憬。"②丁玲不同于普通女子、不同于一般作家的事业心,为沈从文似乎不经意间道破。

丁玲为何对那个"很丑"、"土气"的"乡下人"冯雪峰,产生了一见钟情式的倾慕、崇拜的爱情呢? 固然,在一定程度上因为与这位日文老师有共同感兴趣的话题:"畅谈国事、文学",更重要的一点是她"和胡也频都感到他比我们在北京的其他熟人——也是一些年轻的、写文章的朋友——高明!"③高明在哪里呢,丁玲没有说,但不言自明,冯雪峰进步的文艺理论,共产党员对国事、局势的眼光,使不满足于和胡也频"现在"生活的丁玲窥见了另一种生活境界,而这正是丁玲内心所需要的。正是基于这种情感上的认同和信赖,丁玲很自然地接受了冯雪峰的世界观、文艺观的影响。冯雪峰的政治态度和文艺理论观点,对丁玲的人生选择和文学创作,起着不可忽视的催化促进作用。同

---

① 丁玲:《向警予同志留给我的影响》,《丁玲全集》第 6 卷,河北人民出版社 2001 年版,第 29 页。

② 沈从文:《记丁玲》,《沈从文全集》第 13 卷,北岳文艺出版社 2002 年版,第 79—80 页。

③ 丁玲:《我与雪峰的交往》,《丁玲全集》第 6 卷,河北人民出版社 2001 年版,第 267 页。

样,丁玲的这种倾向也表现在对胡也频情感、态度和认识的变化上:丁玲对胡也频到山东之后思想左倾的变化,充满欣喜与崇拜,由先前认为胡身上有的是小孩子幼稚的热情,转而认为胡是飞跃式的成长、成熟,认为他们所做的是不计个人安危,为社会着想的事,是一份伟大的事业。

胡也频牺牲之后,丁玲将不满周岁的爱子送回老家,交由母亲抚养,自己在上海开始新的生活。丁玲也曾一度陷入夫死子别的痛苦之中。依照生活常理,失去爱侣之后,丈夫的遗子、自己的幼子——"小频",必然成为丁玲对丈夫的情感寄托,成为自己今后的生活依托。抚养和培育幼子长大成人是寡母第一等的甚至唯一的责任——如丁母之于丁玲。然而,丁玲很快丢下不满一周岁的小孩,投身左翼文艺运动。这对于普通的年轻妈妈来说是不可思议的,丁玲却这样做了。而且,她对自己的行为从未犹疑过,从未有过要把孩子接回来、或回到孩子身边的想法。可以说,丁玲非常看重自己的事业,她总是将自我实现放在第一位。在1947年给逯斐的一封信中,丁玲说得更为明白:"老实说,我还是更爱我的工作。假如孩子要成为我工作的'敌人'时,我宁肯牺牲孩子。"①她的一生正是这样:不断地追求自己的人生理想,寻求自我确立、自我实现。

最初,丁玲是因为闯世界、寻找人生出路"无路可走"才拿起笔,以文学宣泄个人的人生苦闷,将写作作为生存的手段和"朦胧"的事业。一方面,在小说创作上的迅速"走红"使得她对自己的人生充满了信心,另一方面,高起点的创作也让她产生无法超越自我的新的苦闷与不满,同时又面临题材窄化的问题。怎样突破自己,是她创作上面临的一个严峻的问题。她认为,自己之前的一些作品虽然受到青年的喜爱,但对青年和现实人生毫无用处,应该抛弃。她将自己文学的转向与生活道路的选择视为一体。这就是为什么有着强烈的人生抱负、有独立人生理想的丁玲,将自己的人生事业从最初的自由写作艰难却自然地转向革命事业与革命写作。个性主义、个人自由与革命"对决"的结果,是社会革命理想战胜了自由主义,也可说是她将"革命"看作了通向自我实现的具体途径,甚至是唯一途径。这也是同一时期许多青年作家的共同选

---

① 丁玲:《致逯斐》,《丁玲全集》第12卷,河北人民出版社2001年版,第36页。

择。只是在丁玲这里,这种转变更加具有戏剧性意味。

纵观丁玲早期和过渡时期的作品,从男女人物形象的塑造、男女主人公地位强弱的变化,以及丁玲对人物认识和审美上的变化,可以看出丁玲认识的表层正在发生渐进式的改变。从苇弟、凌吉士、子彬,到韦护、望微、若泉;从梦珂、莎菲到丽嘉、美琳,可以看出丁玲由追求个人自由独立地与社会对抗,到逐渐认同社会革命、融入社会群体的思想变化。

从作者对革命者的描写上,可以看出丁玲认识转变的轨迹。《韦护》中某些革命同志平庸无味、不懂得尊重别人,简单粗鄙令人反感。而到了《一九三〇年春上海之一》,则将他们写成对"政治的认识和理解"都很好、都很"能干",而且他们对美琳是"亲切和尊重"的。这时的革命者友好、上进、人性化。在《一九三〇年春上海之二》中,一些专注、坚定的革命者,对于不太"革命"、明显"小资"情调的青年,也并无偏见,他们似乎并未对玛丽在会场的出现表现出一点反感,像《钢铁是怎样炼成的》中保尔带领冬妮亚出现在共青团的会议上那样;也不干涉望微的私生活。

丁玲对于具有知识分子情调的雅致生活的态度,也发生了变化:《韦护》中,主人公虽然也惭愧自己过于精致洁净、略显奢华的生活,但他还是不习惯那种简单甚至肮脏的生活,认为洁净舒适的生活更有利于工作。到了《一九三〇年春上海》之一和之二里,"雅致"已完全变成"奢侈"和"虚荣"的代名词了。

## 三、"革命作家"中保持独立个性的人

成为"革命作家"之后,虽然要受革命纪律的约束,但丁玲并未失去自己一贯的个性。在生活上、思想上她虽然努力改造自己,但那种与生俱来的独立精神与独特个性,仍使得她不仅与别的女作家判然有别,在所有男女作家中也独树一帜。这些当然会表现在其创作之中。"左转"后的丁玲其个性特征主要表现为:在写"遵命文学"的时候,她依然也许是不自觉地保留了某些知识分子的生活和审美情趣,也坚持了知识分子的独立思考和批判精神,价值选择上也绝不随波逐流。

在发表于"左联"时期的《一天》和《法网》中，那些底层工人一方面生活贫困令人同情，另一方面却又愚昧、自私、肮脏、无聊乃至残忍。这是初次接触工农的知识分子自然而然的感受。甚至到了出版于1948年的《太阳照在桑干河上》中，作者眼中的农村和村妇还是污秽肮脏的。笔者在此并非说污秽肮脏在农村不存在，而是说这些描写不会出现在周立波或梁斌、柳青的笔下。丁玲这些描写与革命领袖对无产阶级文艺的要求有不尽一致之处。中共领导人彭真就批评《太阳照在桑干河上》有地富思想，把地主的女儿写得很漂亮，却把穷人家里写得很脏。① 毛泽东在《在延安文艺座谈会上的讲话》中曾检讨自己做学生时与工农的距离："那时，我觉得世界上干净的人只有知识分子，工人农民总是比较脏的。"②如果说这些知识分子的生活与审美情趣在今天宽容的语境中很难说是优点还是缺点，那么丁玲"左转"后仍保持的知识分子的独立思考和批判精神，对于其创作来说就弥足珍贵了。

1936年丁玲逃脱国民党的囹圄到达解放区后受到中共中央高度重视，中宣部专门为之召开欢迎会，中央领导毛泽东、张闻天、周恩来、博古等出席，后来毛泽东还专门为她填写《临江仙》一首。从常理推断，作为一个女性、一个寻求自我实现的人、一个作家，得此荣耀当然会有极大的成就感，感激之情自不待言。所以丁玲有强烈的报效心理。但是，当她发现解放区也有官僚主义、也有等级观念，也存在对个体生命的冷漠时，就用她的杂文《三八节有感》和小说《在医院中》予以揭示和批评，并因此受到政治上的批判，被看作"暴露文学"的领军人物。她的《我在霞村的时候》又与众不同地揭示了解放区干部和群众也有浓厚的封建意识，而且这种意识也有可能杀人。她揭露解放区的阴暗面，实际也是出于对解放区的爱。她能发现并且难以容忍别人见惯不惊的这些，则是因她骨子里的理想主义精神。那篇过去少有人注意、新时期以后逐渐被研究者予以重视的《夜》，则采用了解放区文学中少见的人性与情欲视角，显示出与丁玲早期创作在关注焦点上的一致性。

使丁玲获得巨大声誉却又在改革开放年代里受到质疑的《太阳照在桑干

① 参见王增如、李向东编著：《丁玲年谱长编》上卷，天津人民出版社2006年版，第208页。
② 毛泽东：《在延安文艺座谈会上的讲话》，《毛泽东选集》第3卷，人民出版社1991年版，第851页。

河上》，其实仍然表现出丁玲独特的个性。与差不多同时面世的《暴风骤雨》以及之前的《白毛女》一类作品不同，该作中没有《暴风骤雨》中的韩老六或《白毛女》中黄世仁那样公然违反日常伦理、无法无天的恶霸地主，这是作者有意识的艺术追求。丁玲曾说，她也曾想写一个恶霸官僚地主，也知道这样"在书里还会更突出，更热闹些"，最后之所以放弃这一打算，是因她想写出"最普遍存在的地主"。① 因此，尽管丁玲不否认"恶霸"式地主的存在，但她把这种类型的地主"放逐"到文本时空之外了：把原居住于暖水屯的较大地主许有武"放逐"到了北京，把村里斗争他的情节放到了"去年"而没有正面描述。这一带有一个"有了名的'胡髭'"陈武，此人与韩老六类似："谁要在他的地里走过，谁都得挨揍，他打人，强奸女人，都只是家常便饭。他买卖鸦片，私藏军火，也是无论什么人都知道的。"可这个人也让丁玲给放在了离暖水屯七里路远的孟家沟。暖水屯公认的地主，只剩下李子俊、侯殿魁和江世荣，而他们都不是恶霸，其中的李子俊还是个非常懦弱窝囊的人。最后工作组确定的真正斗争对象，竟是一个按土地占有量来说只能算个富农乃至富裕中农的钱文贵。钱文贵被作为主要斗争对象，主要是因他品质上是"恶霸"（虽然比较隐蔽），而非因他土地、财产上是"地主"。小说中土地比钱文贵还多的顾涌，却是个老实巴交、靠勤俭发家的人。而且丁玲的艺术描写还显示出，土改干部中也有出现新恶霸的可能。有些研究者说在这部长篇中丁玲完全丧失了自己的创作个性、完全是图解政策，这是不符合作品实际的。若把该作与同时的《暴风骤雨》以及后来的"红色经典"对比来看，其独特个性不难看出，尽管它们不可避免地都受共同的意识形态框范。

1970 年代末丁玲结束政治磨难复出后的作品与言行备受争议。客观地说，《杜晚香》一类作品艺术上确实没有给人印象深刻的东西，《歌德之歌》也肯定不是诗歌中的上品。为什么在人们普遍向右转的时候她这个多年的"老右"却以"左"的姿态出现？有人用政治功利追求解释丁玲这些言行与作品，认为她此时更看重的是作品的政治效果，这话只说对了一半，但这是把丁玲庸俗化了，没有触及其性格和人格最深处的东西。从人格结构来说，我们判断一

---

① 丁玲：《关于〈太阳照在桑干河上〉的写作》，《人民日报》2004 年 10 月 9 日。

个作家是否有个性,主要不是看他或她是否在语言文字中标榜个性主义,而是要参照其所处的时代大环境。在1970—1980年代之交的文艺界,对过去的政治信念和意识形态表示怀疑和否定的思潮占据了主流,高层政治领导人虽然对这一潮流的大方向和颠覆原有权威话语体系的分寸有所控制,但总体是支持的。此时丁玲所持的立场,确如有些批评者所说,显得有些"不合时宜"。可是,这"不合时宜"恰恰就是丁玲的个性!丁玲左转后放弃了"个性主义",却依然保持了自己独特的"个性"!这一点,她与自己在木樨地22号楼的邻居姚雪垠有些类似:在大家都"左"的时候,她和他被划成"右";而在大家都向右转的时候,她和他却显得"左"!可见,这种"左"并非政治投机。作为在社会上、在政治风浪中摸爬滚打几十年的老作家,他们对现实环境与时代的大趋势不会那么不敏感,但他们不同流俗的选择,恰恰反映了其一贯的个性、一贯的观点和信念,这种观点与信念不因环境改变而轻易改变。这种做法与"风派"恰恰相反。对丁玲的具体观点大家可以有自己不同的看法,《杜晚香》一类作品里确实没有了"五四"个性主义的声音,但,就丁玲的性格和人格精神本身而言,她的早年和晚年却有其一贯性,那就是追求某种信仰和精神性的东西,并且为此无怨无悔、不惜牺牲一切,而不肯随波逐流。这可能在如今物质欲望至上的人看来有些不可思议,但丁玲却仍然是忠于她的自我,仍然是在自我实现。也许我们可以说她为了政治信念牺牲了艺术,也许我们可以说丁玲的有些观点陈旧落伍、不够"前卫"了,但从丁玲本人来说,她生涯的起始阶段就一直是把政治和文学都看作自我实现的途径或方式,自我实现本身才是其终极目的:早期的有意与政治保持距离和晚年的坦承是"政治化了的人",都没有超出其性格逻辑。在《杜晚香》发表的1979年,要求尊重个人利益、个人欲望的思潮代表了时代的要求;但在城市和乡村社会都已全面商品化的今天,道德主题却又显得并不"过时",反而很有现实意义了!丁玲那种为理想信念飞蛾扑火的精神,虽不必、也不可能人人做到,但它却值得尊敬。我们不应用世俗的日常理念衡量它。

丁玲就是丁玲。她成不了萧红、张爱玲,萧红和张爱玲也取代不了丁玲。

# 第十九章　史诗性与"红色经典"的
## 文学价值评估<sup>①</sup>

在论及被称作"红色经典"的 1950—1970 年代中国大陆长篇小说时,许多学者指出了其对"史诗性"的追求;也有不少论者谈到了"茅盾文学奖"的史诗情结。当前文学批评界更是将是否具有史诗性、是否称得上真正的史诗,作为评估长篇小说文学价值的重要尺度,即使不是作为首要尺度。关于"红色经典"是否能称得上真正的史诗性作品,目前学界否定性意见较多;而当下研究"红色经典"的论著,多从其产生的政治文化机制以及其是否具有现代性方面着眼,从其文学审美价值本身角度研究的较少。因此,从"史诗性"角度来评价所谓"红色经典",应当还不算一个过时的论题。先要说明,本文使用"红色经典"这一称谓,指代的是以"三红一创、青山保林"以及《李自成》《三家巷》《艳阳天》<sup>②</sup>等为代表的一批一度影响极其巨大的长篇小说。这并非意味着已预先肯定或确认了这些作品的"经典"性,而是因它已约定俗成,所指比较明确,使用起来比较方便。

## 一、何为"史诗性"作品

虽然将史诗性作为长篇小说评估标准几乎已是学界共识,但究竟怎样才算真正的史诗性作品,却难以取得定论。我们不妨追本求源,先看看美学史文学史上比较公认的史诗理论和创作。谈小说作品史诗性的文章,理论上一般

---

① 本章曾发表于《文艺争鸣》2007 年第 6 期。收入本书时有改动。
② 《李自成》《艳阳天》在创作原则、审美风格与"三红一创、青山保林"并无二致,在社会影响方面甚至超过了《保卫延安》《红日》《山乡巨变》,不应被排除在"红色经典"之外。

以黑格尔《美学》为依据,创作上则通常拿列夫·托尔斯泰《战争与和平》、肖洛霍夫《静静的顿河》等作品为样本。黑格尔在提及"史诗"这一概念时,是作为与"抒情诗"和"戏剧体诗"并列的一种文学类型来理解的,基本相当于我们现在所谓"叙事类文学"。如朱光潜先生所言,黑格尔"对小说显然没有下过工夫",①他主要是将荷马史诗作为"正式的史诗",作为叙事类文学的最高范本来界定其性质与特征的。概括起来,他认为"真正的史诗"应具备如下特性:

1)以对民族和时代意义深远的事迹及其过程为对象,通过描述社会的"政治生活、家庭生活乃至物质生活的方式,需要和满足需要的手段","显示出民族精神的全貌"。

2)史诗反映的时代,民族信仰与个人信仰、个人的意志和情感还未分裂。

3)对于作者来说,史诗所反映的时代可能已成为过去,但相隔不远,作者对那种生活及其观照方式和信仰完全熟悉,作者所处时代的信仰、观念、意识与之是一致的。

4)作者在创作时未受外来强势文化的奴役,也不受固定的政治和道德教条桎梏,他在创作上自由独立,对所描述的世界了如指掌,他自己的全副心思和精神都显现在作品里,使人读后感到亲切、心情舒畅。

5)读者能从史诗中领会到"英雄人物的荣誉,思想和情感,计谋和行动",欣赏到"既高尚而又生动鲜明的人物形象"。史诗人物"表现出多方面的人性和民族性",却又是完整的人。不应只表现人物的单一特征或欲望。② 主要英雄人物"把民族性格中分散在许多人身上的品质光辉地集中在自己身上,使自己成为伟大,自由,显出人性美的人物"。

6)史诗的创作主体的因素完全退到后台,"人们从这些史诗里看不出诗人自己的主体的思想和情感",作者不在作品中露面,"作品仿佛是在自歌唱,自出现",但作者已"把他自己的整个灵魂和精神都放进去了";作品表现的是"全民族的大事"、"全民族的客观的观照方式",却是由一个具体作者来完

---

① [德]黑格尔:《美学》第3卷下册,朱光潜译,商务印书馆1981年版,第168页注释。

② 黑格尔认为中世纪某些史诗在描绘人物性格方面比较抽象,其中的英雄只为骑士阶层利益而奋斗,脱离真正带有实体性民族内容的生活理想。

成的。

7）最适宜史诗表现的题材是战争，"因为在战争中整个民族都被动员起来，在集体情况中经历着一种新鲜的激情和活动，因为这里的动因是全民族作为整体去保卫自己。"

8）用战争做情节基础，"就有广阔丰富的题材出现，有许多引人入胜的事迹都可以描述，其中起主要作用的是英勇，而环境和偶然事故的力量也还有它的地位，不致削弱。"而不同民族之间的战争是最理想的史诗情境。

9）史诗在结构上应是有机的整体。①

在黑格尔之后，人们把某些具有史诗特征的散文体叙事作品（主要是长篇小说），也称为"史诗"或"史诗性作品"。以这种标尺衡量，《战争与和平》当之无愧，《静静的顿河》虽然写的不是不同民族之间的战争，但也是公认的史诗性长篇小说。但说司汤达的《红与黑》、左拉的《卢贡·马卡尔家族》也属于"史诗性"作品，就有些牵强。中国古典名著《三国演义》也应属"史诗性"长篇，《儒林外史》却不能算，尽管他写了众多的形形色色的儒林中人。

"红色经典"中，《青春之歌》《山乡巨变》不属于史诗型，《红岩》虽然写的是英雄，但似乎也不能算。《红旗谱》《创业史》《保卫延安》《红日》《三家巷》都具有一定的史诗性，但最合乎史诗标准的，首推姚雪垠的《李自成》。这里需要辨析目前学界的一个误区：史诗性虽是对长篇小说的一种褒扬性评价，但却并非衡量长篇小说是否优秀的唯一尺度。它只是长篇小说中一个类型的标准。比如，最优秀的中国古典小说《红楼梦》就不属于史诗型，因为它的题材不是时代的重大政治或军事事件，不着力于展示广阔的社会生活画面，主人公也不是英雄；它是以细腻描述日常生活琐事取胜的。我们说苏联电影《莫斯科保卫战》《解放》是史诗性作品，美国电影《拯救大兵瑞恩》或《克莱默夫妇》不是，并不意味着后者的思想艺术水平就比前者低。

但，无论如何，史诗性作品特有的审美价值、艺术震撼力，是其文学价值的重要体现。

---

① 以上引文均见［德］黑格尔：《美学》第 3 卷下册，朱光潜译，商务印书馆 1981 年版，第107—138 页。

## 二、《李自成》的是"红色经典"中
## 最具史诗性品格者

《李自成》的史诗性并非是学界公认。肯定的观点当然不少,1987 年刘再复与姚雪垠论争之前持此论点者占多数,之后也有。① 否定性观点,当以王彬彬《论作为"人学"的〈李自成〉》为代表。概括起来,王文否定《李自成》史诗性品格的理由是:1)作者不是全力写人,人物基本淹没在事件中;2)《李自成》写人有欠缺:人物性格没有发展,没有深度,缺乏对人物心灵的洞察和灵魂的开掘,没有写出人物"心灵的搏战";3)全书结构支离破碎;4)"再现历史生活的风貌"、"反映历史的本质和规律"的创作意图是错误的,是导致全书"支离破碎"的原因;5)作者意图过于直白,不耐人咀嚼,无法形成"李学"。②

《李自成》的作者在写人方面是不是尽"全力"了,这个只有他自己最清楚。一般读者和评论家,对于其中的人物形象,还是留下了深刻印象的,并未感觉人物被"淹没"在事件中。且撇开有争议的李自成、高夫人等形象,起码刘宗敏、郝摇旗、牛金星、宋献策、张献忠性格鲜明;特别是崇祯、洪承畴、杨嗣昌、卢象升等明朝君臣的形象没有脸谱化,作者把他们当作"人"来写,比较细腻地剖析了其内心世界。崇祯借饷、杨嗣昌督师、洪承畴降清、卢象升殉国等单元应当说在中国现代小说里属于精彩篇章。至于说"人物性格没有发展",这种判断并不客观。通读全书,不难发现主人公李自成从第一、二卷的处逆境而不灰心气馁,第三卷事业鼎盛时期逐渐暴露缺点,再到第四、五卷"其兴也勃焉,其亡也忽焉"过程中显示出的自信发展为刚愎,对个人情欲从克制到逐渐放开而又并不特别放纵,与下属的关系从平等亲近到逐步拉开距离以至深居皇宫门禁森严的性格变化。即使性格没有发展,也不影响其为史诗——《伊利亚特》《三国演义》里的人物性格有几多发展? 对怎样判定作品"灵魂开

① 例如胡良桂:《从取材的角度看〈李自成〉的史诗特性》,《中国文学研究》1991 年第 3 期;胡良桂:《〈李自成〉的史诗艺术》,《文艺理论与批评》1992 年第 2 期;古耜:《史诗意识与 20 世纪中国长篇小说》,《广播电视大学学报(哲学社会科学版)》2002 年第 3 期。

② 见王彬彬:《论作为"人学"的〈李自成〉》,《上海文论》1988 年第 1 期。

掘的深度",不同的读者和批评家各有自己的理解。新时期以来似乎有一种倾向,似乎只有写出人的潜意识或突出人物灵魂的分裂才算有人性深度。确实,弗洛伊德理论产生后,现代主义、后现代主义的作品发现了以往小说不曾触及的领域,算是将心理描写深入了一步,但我们不能反过来说,写了潜意识的作品肯定比没有写的深,不能说司汤达《红与黑》就肯定比福克纳《喧哗与骚动》深刻,施蛰存《石秀》肯定比施耐庵《水浒传》高明。再说,不一定非要写了"心灵的搏战"才能算史诗性作品,恰恰相反,按黑格尔的理解,由于史诗反映的时代,民族信仰与个人信仰、个人的意志和情感还未分裂,古典史诗中的英雄人物,如阿喀琉斯、阿伽门农,并没有特别强烈的"心灵的搏战",他们很坚定地按自己的既定信念行事,"他本来是那样人,就做那样人"。①《李自成》全书的结构经过作者精心设计,并不"支离破碎",在40多年的创作过程中不断修改完善,其美学成就已被许多批评家肯定,即使否定《李自成》主人公形象的塑造与作者历史观念的,对这一点似乎也没有太多异议。先写第五卷再写第四卷,恰恰说明作者已经成竹在胸。有意追求"再现历史生活的风貌"、"反映历史的本质和规律",这几乎是史诗型作品的共同特点,与塑造人物并不矛盾。

　　还有论者认为,"红色经典"难称真正的史诗性作品,是因其依据主流意识形态,对正面人物的描写过于理想化,"缺乏对所表现历史的超越性把握"。② 那个年代的作品都受主流意识形态的框范,是不争的事实。我们理解那个年代的作家,但文学史是无情的,后世读者是无情的,他们判定作品是否具有文学价值、是否优秀之作,当然不会因理解体谅而给"感情分";作品能否传世,还得凭自身。我们就用"史"的眼光检验一下"红色经典"对人物的理想化描写,研究其"对所表现历史的超越性把握"问题。

　　先谈理想化。《李自成》在人物塑造方面的"现代化"和与正面人物形象的完美化一直是其受到诟病的主要因素,有所谓"李自成太成熟、高夫人太高、红娘子太红、老神仙太神、老八队像老八路"之说。单论"现代化",得区分

---

① 　[德]黑格尔:《美学》第3卷下册,朱光潜译,商务印书馆1981年版,第137页。
② 　凌云岚:《百年中国文学"史诗性"的个例分析与重估》,《中国现代文学研究丛刊》2000年第3期。

两种情况:如果是让古代人物具有只有现代人才有的思想,比如阶级观点,说出只有现代人才能说的话,如果不是像鲁迅《故事新编》那样有意"油滑"或如现今某些"戏说"之作那样"恶搞",无疑当属败笔;但如果说从古代题材作品那里看到某些现代气息,则属正常,如克罗齐所言,"一切历史都是当代史",现代当代人看历史,必然会站在今天高度"重读",历史小说的作者虽然写的历史,但必会将自己的现实生命体验融汇进去,这不仅不是缺憾,反而给作品带来活力。中外文学史上此类例证很多:莎士比亚的哈姆雷特是 12 世纪的丹麦人,我们却能从中感受到 16—17 世纪之交英国的现实;《三国演义》《水浒传》与之相似。至于正面人物的理想化,不只《李自成》,其他"红色经典"也普遍存在;不只"红色经典",文学史上的名著以及当今某些文艺作品也有:《三国演义》中的诸葛亮,《悲惨世界》中的米里哀、冉阿让,《还珠格格》中的紫薇格格,不都属于这种形象吗? 那些有明显缺点的人物可能更具真实感、给人印象更深刻,但塑造理想化人物,也并不一定导致艺术上的失败。现实主义与浪漫主义是文学史上两股主要潮流,因为人类既要认识现实真相,又要追求比既存现实更美好的东西;现实不完美,人们就借助艺术,在幻想中塑造这种完美,把它作为追求的目标或现实缺憾的虚拟补偿。现在青年人喜欢看"青春偶像剧"正是处于这种需求:现实中有漂亮的男女,也有心灵美好善良崇高的青年,但将出众的英俊漂亮与极致的善良聪明脱俗综合于一身的情况,一般只能在艺术世界中见到。现实中有阶级斗争,有爱情,有练功习武的人,但"红色经典"里的人每天只想着阶级斗争与革命,是对现实的高度"提纯",正如琼瑶小说里的人物毕生追求爱情、金庸小说里的人物只知练功习武一样。这类完美人物艺术上是否成功,取决于其的思想、语言、行为是否基本合乎情理,是否能从情感上打动人。如果真实反映了作者的审美理想,这类人物也具有不可取代的认识价值。

　　再看"红色经典"与主流意识形态的关系以及作品的"超越性"问题。"红色经典"对主要人物的理想化无疑基本符合主流意识形态的要求。① 这里需

---

　　① 作者个性造成的不完全符合,或主流意识形态本身发展变化造成的不完全符合,使其受到代表当时正统主流意识形态的"红色批评"的指责。

要辨析的是,作者的"具体感受的世界观"与主流意识形态的"理论观点"①是否一致。也就是说,作者本人本然的生命体验或人生见解与这种意识形态是吻合还是游离乃至对立;如果吻合,是在多大程度上吻合。"红色经典"的作者大多1949年以前就参加了中共的军事或文化斗争,成为革命队伍的成员,浩然是新中国培养的作家,主流意识形态已内化为他们自己的世界观。姚雪垠是抗战期间成名的作家,后来经过思想改造也逐步接受了主流意识形态。可以说,对于1949年以前"民主革命"阶段的历史,他们"具体感受的世界观"与主流意识形态的"理论观点"是基本一致的。这种一致性的取得,或因作者与那时的主流意识形态观点一样,都代表了农民和农村知识分子的理想,或因作者本身原有的"五四"个性主义精神远不及要求政治进步、紧跟时代主流的欲望强烈,使其自愿对自己本然的精神世界进行了改造,他们已经形成了以主流意识形态观点看人观物的习惯。因此,与茅盾、叶圣陶、沈从文等老作家不同,主流意识形态并没有对他们的创作思维形成太大阻碍,反使他们感到在把握历史时顿开茅塞,获得了他们自认为的"深度"。这正合乎黑格尔论史诗时说的"民族信仰和个人信仰还未分裂,意志和情感也还未分裂"②的情况。但是,优秀作家不可能没有自己独特的生命体验和不同程度的独立见解,这些独特之处,使得某些"红色经典"每每有溢出主流意识形态之处。例如《红旗谱》对朱严两家关系的描写、对冯家父子关系的描写,《红日》《李自成》对"反面人物"的描写,《林海雪原》对少剑波形象及其与白茹关系的描写,《青春之歌》对林道静爱情心理的描写等。究竟"红色经典"是否"缺乏对所表现历史的超越性把握",那要看对"超越性"如何理解。参照系不同,理解也会不同。比如,相对于普通的农民意识、相对于以往的农业题材作品,我们可以说《创业史》的思想观念具有明显的超越性;而若按新时期以后的意识形态,它就没有超越性,甚至明显"落伍"。那么史诗性作品是否必须与所表现的历史时期的观念拉开较大距离,乃至对之进行否定性反思批判呢? 不见得! 黑格尔的见解恰

---

① 见[苏]波斯彼洛夫:《文学原理》,王忠琪、徐京安、张秉真译,三联书店1985年版,第103—109页。

② [德]黑格尔:《美学》第3卷下册,朱光潜译,商务印书馆1981年版,第109页。我认为,中国的"新民主主义革命"能够成功,根本原因就在于它符合当时的"民族信仰"。

恰相反：

> 如果当前现实强加于诗人的那种正起作用的信仰、生活和习惯观念和诗人以史诗方式去描述的事迹之间毫无亲切的联系，他的作品就必然是支离破碎的。因为一方面是诗人所要描述的内容，即史诗的世界，另一方面是原来离开这内容而独立的诗人自己的时代意识和观念的世界，这两方面虽然都是精神性的，却依据不同时代的原则而有不同的特征。如果诗人自己的精神和他所描述的民族生活和事迹所由产生的那种精神根本不同，就会产生一种分裂现象，使人感到不合式乃至不耐烦。①

"红色经典"作者的"信仰、生活和习惯观念"正是与其"所描述的民族生活和事迹所由产生的那种精神"是相通的。当然，黑格尔针对的是古典史诗：荷马倾情歌颂希腊英雄们的英勇智慧，并未反思战争的残酷。我们引证黑格尔的论述，并非要以之作为金科玉律，衡量一切作品的史诗性品格，现代史诗型作品可以具有不同的审美选择。肖洛霍夫《静静的顿河》就属于具有历史反思意识的杰出现代史诗。笔者也并非认为《创业史》就是最典型的古典型史诗，因为它写的是和平年代的日常生活，也没有特别尖锐激烈的冲突或战争、暴力场面。但上面引述，起码说明否定性反思并非史诗性作品的必要条件。

笔者认为《李自成》是中国当代小说中最具史诗品格者，是因他具备了古典型史诗作品的几乎所有特征。它选取的是明清之际对历史影响深远的最重大的社会政治和军事斗争事件，就反映生活之广阔、人物形象之众多、矛盾冲突之复杂尖锐、篇幅之宏伟而言，几乎无可匹敌；其人物性格之鲜明、人物语言之性格化、情节之曲折生动、结构之严谨、节奏之张弛相间富于变化，是普通读者和专家们都有体会的；全书既洋溢着英雄主义主旋律，又涂抹着浓重的悲剧色彩；既写了金戈铁马的战场厮杀，又不乏饶有趣味的日常风俗画面。作者对历史的成败得失进行了认真反思研究，既看出某种必然趋向，又没有排除偶然事件对历史进程的影响；作者重点突出了人的社会属性，对于生理本能因素没

---

① ［德］黑格尔：《美学》第3卷下册，朱光潜译，商务印书馆1981年版，第110—111页。

有过多渲染,但并非没有相关描写,例如对洪承畴降清前剃头时的生理感觉描写,就堪称精彩。《李自成》在新时期以后受到冷落,有多种原因,比如"宏大叙事"被"私人化叙事"代替成为社会审美心理主流,文学界史学界对以往正统历史观的反思使其显得有些不合时宜,也不排除与作者本人性格的自负狂傲惹人反感以及某些权威批评家为推出自己新的美学主张而以之为标靶进行贬低有关。1980年后出生的读者大多没有认真读过包括《李自成》在内的"红色经典"作品,他们的阅读选择主要受传媒影响,即使是中文系的学生,也大多先接受教科书与课堂教学结论的影响;而以前读过《李自成》第一、二卷的年纪较大的读者,又大多由于种种原因没有读完其余三卷,在出版物铺天盖地令人目不暇接读者又追新逐异的今天,这也是正常现象。但我们不能因此而否定《李自成》的文学价值和文学史地位,正如我们"发现"了张爱玲之后不能反过来否定或抹杀茅盾的一样。新时期的历史小说历史观有了新的发展,但它们的总体思想艺术成就未必就能超越《李自成》。那些做历史翻案文章的作品能给人耳目一新的感觉,但用历史的眼光看,"新"也是相对的,谁能保证在它们不再显得"新"的时候仍然让读者关注而不被遗忘呢? 要知道,《李自成》作者当年也是以挑战以往的明史研究结论、以在当时看来属于"新"的历史观、美学观处理历史人物形象的! 比如对崇祯形象的塑造、对李自成帝王思想的描写,在当时就需要很大的勇气。君不见《红日》就因对敌师长张灵甫没有完全漫画化,被诬为"为蒋匪帮招魂"。① 《李自成》在这方面也许可算"红色经典"中的特例,因为它的写作得到了最高领导人的支持。② 且不论《李自成》的文学价值如何,作为曾经为文学史提供了新的因素的作品,文学史地位应当是没有疑问的。③ 历史在发展,在前进,后代的人当然要有反思超越前代的意识,不过,别忘了,我们也会成为后世眼中的"前人",与我们自己的"前人"一同接受历史的检验。历史常常以否定之否定的方式发展,今天宣布"过

---

① 长城:《吴强"塑造人物"就是为蒋匪帮招魂》,《解放日报》1968年8月25日。

② 这与没有丑化哥萨克,也没有美化红军的《静静的顿河》得到斯大林支持而成为苏联"社会主义现实主义"作品中的特例有些类似。

③ 我认为,文学史应当是每个时代文学发展状况与水平的记载描述;"潜在写作"当然也能反映这种水平,但反映没一时代文学发展状况和水平的,主要还是当时曾产生巨大而广泛的社会影响的作品。

时"的,以后未必不会"复活"。关键还是在于作品本身的价值。

## 三、构成"红色经典"文学价值的其他因素

如前所述,史诗型作品只是长篇小说中的一个类型,它并非衡量长篇小说是否优秀的唯一尺度。那些非史诗型的长篇小说,其文学价值从其他方面体现出来。

"红色经典"主题明确单纯,虽然个别作品近年也被一些学者读出了表层主题之下的另外含义,但无论如何,其文学价值毕竟不是体现在内涵深奥丰富复杂、可以作无穷解读方面。我这里要特别指出,并非所有文学名著都是内涵深奥丰富复杂的,文学史上还有大量内涵并不复杂甚至比较简单的经典。诗歌里面这类经典不少,比如《诗经》,比如贺知章的《回乡偶书》,比如李白的《静夜思》,更遑论白居易的"新乐府"。这些诗可以让你展开丰富想象,每次阅读都可能有所共鸣,但并不需要专家们不断写出专著进行无穷阐释。小说中也有内涵相对简单的经典。《欧也尼·葛朗台》不就是揭示了金钱对人性的腐蚀、对人伦关系的破坏吗?《安娜·卡列尼娜》有两条情节线索,似乎复杂些,但也不太可能形成像"红学"那样的"安学"。以萨克·辛格指出:"在我看来,好的文学给人以教育的同时又给人以娱乐。你不必坐着唉声叹气读那些不合你心意的作品,一个真正的作家会叫人着迷,让你感到要读他的书,他的作品就像百吃不厌的可口佳肴。高明的作家无须大费笔墨去渲染、解释,所以研究托尔斯泰、契诃夫、莫泊桑的学者寥若晨星。"①笔者当然决不认为需要"大费笔墨去渲染、解释"的作品就不是"好的文学",但觉得现在有必要强调并不复杂艰深的作品也自有其文学价值与文学史价值。中国现代小说中,你可以说废名、沈从文、孙犁、汪曾祺的作品别具一格,但它们的内涵究竟有多复杂? 是"说不完"、发掘、阐释不尽的吗? 你能总结出《竹林的故事》或者《荷花淀》的七种八种主题吗? 不属于说不完、阐释不尽的作品,不等于不值得反复

---

① 转引自崔道怡等编:《"冰山"理论:对话与潜对话》,工人出版社 1987 年版,第 126—127 页。

阅读。反复阅读有时只是为了品味,品味其中的韵味、趣味、情调,或感受那种情感、氛围。马克思对古希腊艺术的叹赏早已是众所周知,可希腊神话并不艰深复杂,相反,它体现的是一种童趣。

由于主客观原因,可能"红色经典"在人性开掘的深度方面有局限,但,这并不意味着它缺乏人情美。"人性"和"人情"是两个不同的概念,它是指各种人伦情感、生命感受。"文革"时期的文艺作品被新时期批评界指为普遍概念化、缺乏"人情味"。确实,这一时期作品中的正面主人公都是高度意识形态化的,就小说而言,《金光大道》里的人物除了阶级感情,人伦情感已经淡而又淡:《艳阳天》中的萧长春还有与焦淑红的爱情线索、有韩百仲与焦二菊的夫妻情,高大泉与妻子之间已经看不出多少自然的爱情因素,高二林也更主要是他的"阶级弟兄"。但,这并不是说那时期的作品都不能以情动人——京剧《红灯记》就每每催人泪下。这主要因为《红灯记》在"样板戏"中是少有的表现了感人的人伦情感的作品,尽管李玉和一家没有血缘关系,观众从感性层面上感受到的,也并非单纯的阶级关系,他们一家三口三代之间体现了一种类似血缘亲情又高于血缘亲情的"义",将与自己没有血缘关系的幼儿含辛茹苦养大成人,这比普通的父爱母爱更动人。产生于"十七年"的"红色经典",更不乏人情的描写。《创业史》中表现梁生宝与养父梁三关系的片段,也是比较动人的篇章。《红旗谱》的作者对朱老忠的夫妻情、父子情、朋友情浓墨重彩予以表现;而运涛与春兰、江涛与严萍,以及《青春之歌》中林道静与余永泽、卢嘉川、江华,《林海雪原》中少剑波与白茹,《三家巷》中周炳与几位青年女性,《红日》中梁波与华静,《创业史》中梁生宝与改霞爱情关系的描写,使那一时期的读者如饮甘泉。

重视作品的故事性与情节设计,是"红色经典"吸引读者的又一个原因。《林海雪原》《红岩》《李自成》在这方面都很突出,它们在那个特定时期既发挥了政治教化功能或传播了主流意识形态的观念,又起到了优秀通俗小说所能给予普通读者的审美娱乐的作用。《艳阳天》由于矛盾冲突紧张激烈,环环相扣,假使读者对其中的意识形态观念不是特别反感拒斥,①一旦读进去、进

---

① 比如后世读者,虽然他们对"阶级斗争"思想与那个年代的生活可能感到隔膜,但不至于深恶痛绝,也可能拉开距离欣赏,就像我们欣赏金庸的武侠小说。

入小说的特定情境,也有可能被深深吸引,手不释卷。由于题材的原因,《青春之歌》传奇性方面弱于《林海雪原》《红岩》和《李自成》,由于创作观念的差异,《创业史》在矛盾冲突的剧烈紧张程度上不及《艳阳天》,但都还是有一个能吸引读者的故事,使读者关心人物的命运,与人物产生某种程度的共鸣。《红旗谱》似乎介于情节小说与生活化小说之间,也兼备了两者的优长。我赞同王蒙的观点:"一般认为故事起的是两个作用:载体作用与结构(主线)作用。这些看法并不错,确实故事是有这样的作用。但仅仅如此讲,实际上忽视了乃至抹杀了故事本身的文学价值。"他认为"故事本身就是审美的对象。故事就是故事,而好故事就值得一看,就有文学价值。"①好的故事可以吸引读者、使之产生审美愉悦,使作者对人生与社会的感受理解以文学的审美的方式表现出来。

《红旗谱》《三家巷》以及《李自成》对日常风俗与生活环境的描写,《林海雪原》将对东北独特自然风光与神话传说结合,也是被许多读者和评论者津津乐道的。这是其文学价值的又一重要方面。

现在,虽然"红色经典"风行的年代已经过去,但它还没有真正历史化,因为与"红色经典"反映的那个年代的生活以及"红色经典"作者有利害关系的当事人仍然在世。所以,"红色经典"能否成为真正的文学经典,"红色经典"中哪些能传世、哪些会最终被文学史淘汰、被读者遗忘,还需要更长时段的历史的检验。也许需要 50 年,也许更长。

---

① 王蒙:《王蒙文存》第 21 卷,人民文学出版社 2003 年版,第 277—278 页。

# 第二十章　新写实小说的基本
## 特征与作家心态①

出现于上世纪八九十年代之交的以池莉、方方、刘震云等人的作品为代表的新写实小说,其创作方法究竟是向传统回归,还是一种否定之否定的创新? 对此中国当代文学研究界有不同看法。有学者认为,新写实小说是对 1920 年代末"新写实主义"的回归,是一种循环,是新写实作家退缩保守意识的一种表现;"新写实主义"概念本身充满矛盾,新写实作家们为创新而焦灼,但"这些作家的焦灼心态又以跌到传统的黑洞而告终,由焦灼而趋向中庸",因而新写实小说的成就、创新意味值得怀疑。② 笔者却以为它产生于对传统特别是革命现实主义传统的颠覆心理。这决定了它的基本审美特征。

## 一、新写实小说产生于对传统的逆反

在文学发展中,既有顺承式的革新,即在原有基础上进一步完善,增加一些新的因素,也有逆反式的革新,即对现行的东西反其道而行之。逆反是文学发展史上极为常见的一种现象,它往往是使文学产生飞跃的动因。当一种文学倾向、潮流或创作方法发展到它的顶点,其各种特征推向极致,文坛必然会出现逆转。倘若某种文艺思潮长期占据统治地位,它把自己的优点发挥得淋漓尽致的同时,其弱点也暴露无遗;加之社会背景的变迁,以及人们渐渐滋长

---

① 本章曾以《也论新写实小说作家的心态》为题发表于《艺术广角》1992 年第 1 期。收入本书时有改动。

② 吴义勤:《矛盾·焦灼·中庸——对新写实主义小说作家心态的假定性论述》,《艺术广角》1990 年第 6 期。

的对这种审美风尚的厌倦,当遇到某种契机之时,根据"物极必反"的道理,文艺界出现对前一阶段倾向的逆反,就顺理成章了。比如西方文艺复兴文学是对中世纪文学的逆反,浪漫主义是对古典主义的逆反,现实主义是对浪漫主义的逆反,现代主义则是对整个文学传统的逆反。中国文学史上,随时运交移而质文代变,每一变就是一次逆反。例如唐代古文运动是对六朝文学的逆反,"五四"文学是对全部封建文学的逆反,解放区文学是对"五四"以来资产阶级、小资产阶级知识分子文学的逆反,如此等等,不胜枚举。然而,"逆反"并不意味着"断裂",新的文学与传统文学总有着切不断的联系,即使是逆反,实际也是传统文学从反面对新文学产生的影响。逆反一般发生在相衔接的两代文学之间,新一代文学对更早一些的文学却往往表现出某种程度的认同。比如文艺复兴和古典主义以古希腊、罗马文学为典范。浪漫主义与中世纪文学则有一定联系。消极浪漫主义者夏多勃里昂向往中世纪,赞美基督教和中世纪文学艺术:"基督教的形成本身就是一种诗歌","在基督教的绘画中,一切都是感情和思想,一切都是内在的,一切都是为人类心灵而创造。多么惊人的沉思! 多么深邃的梦幻!""只有骑士精神能提供真实与虚构的美妙结合"。① 中世纪文学的许多艺术形式、手法和技巧,给浪漫主义者以启发。"浪漫主义"(Romanticism)就是从中世纪的"冒险故事"(Romance)一词衍化而来。十九世纪现实主义文学是文艺复兴时期现实主义文学的新发展。现代主义虽号称彻底反传统,但在重主观表现、弘扬自我这一点上,却与浪漫主义类似,故有"新浪漫主义"之称。即使相邻的前代文学,也在某些方面得到下一代文学的顺承,并非全部被"逆反";后代所逆反的,只是其主导倾向。像其他任何事物一样,文学正是依照否定之否定规律,螺旋式向前发展推进。我们不能因为发现新文学在某些方面对传统文学有所顺承,便认为是一种简单的回归、循环、退缩,关键还要通过分析它产生的特定背景,看它在顺承与逆反中有没有实质性的创新。

有学者认为,现实主义"一方面讲究作家的社会责任感,讲究社会功利性。一方面又主张客观的态度与自然主义接缘",这是难以克服的矛盾。② 笔

---

① 转引自黄伟宗:《创作方法史》,花山文艺出版社1986年版,第70—71页。
② 吴义勤:《矛盾·焦灼·中庸——对新写实主义小说作家心态的假定性论述》,《艺术广角》1990年第6期。

者却以为,应区分中国和西方两种不同的现实主义传统。在上述两个方面中,中国的现实主义突出的是前者,而西方现实主义更强调后者。西方现实主义文学的理论渊源是亚里士多德的模仿说,其最高价值标准是真,即客观逼真。为了达到真,他们对生活中的丑恶和罪行并不回避,不把现实理想化。狄更斯说,他的作品"目的就是追求无情的真实"。① 俄国批评家、作家虽然也重视文学的教科书功能,但仍把求真作为基本要求。这种求真的精神发展到极点,便出现了自然主义。我们所谓中国的现实主义文学及其理论,侧重的是文学的当代性、功利性、实践性,即为时、为事而作,"上以风化下,下以风刺上",②警世、喻世、醒世。新中国成立后"十七年"的革命现实主义,在继承中国现实主义传统基础上,逐渐向浪漫主义转化,终于被概括为以浪漫主义为主导的"两结合"。"十七年"文学塑造的一系列英雄人物,如梁生宝、朱老忠、杨子荣、许云峰、肖飞等,与雨果笔下的主人公其美学精神是一致的:他们既是生活中的人物,又经过作者理想化,具有非凡的品格、胆略和才能。文革时期的文学,则又向古典主义滑坡,现实被按照理性的要求进行了严格修剪,甚至扭曲变形,目的是使文学直接为政治、政策服务。新时期的先锋派小说是对这种传统的逆反,但又因其贵族化倾向而失去了最广大的普通读者。新写实小说的出现,正是出于对当代文学中浪漫主义、古典主义倾向及先锋派小说的形式主义、贵族化倾向的逆反。它虽然在某些方面呈现出与自然主义类似的特征,与西方写实文学传统存在着更多的顺承关系,它在逆反中对中国文学传统及新时期先锋派小说亦有所顺承,借鉴了对自己有用的东西,但这并不是在焦灼尴尬中走中庸之道,不是倒退,也不是简单的循环,而是在顺承基础上、在逆反心态中的创新。我们从人物、主题及作家与读者关系几个方面的分析中,会清楚地看到新写实小说"新"的特质。

## 二、人物:把一切人当作普通人来审视

"十七年"及文革时期的小说一般都把人分成正面人物和反面人物。有

---

① 转引自黄伟宗《创作方法史》,花山文艺出版社 1986 年版,第 133 页。
② 《毛诗序》。

人曾提出写"中间人物"或"转变人物"，还受到批判。正面人物中又有英雄人物，体现着革命理想。塑造正面人物和反面人物的方法，就是用阶级的政治的观点，对人物进行"典型化"，把革命阶级的优良品质都集中到英雄身上，把各种恶行全集中到反面人物身上。在文革前的文学中，英雄身上还可有些瑕不掩瑜的缺点（如《红日》中的刘胜、石东根偶尔表现出的落后意识），人物性格在突出一种主导倾向的同时还有一定的丰富性，而到文革时，英雄，特别是主要英雄人物，就不允许有任何缺点、任何阶级感情以外的感情了。反面人物则一无是处，没有丝毫人情味。《李自成》写了崇祯励精图治，宵衣旰食的一面，尚需作者极大的勇气；文革后《乔厂长上任记》写了乔光朴的个人感情生活，被认为是正面人物塑造上的一种开拓。

新写实小说则完全打破了英雄、坏蛋或中间人物的分法，把所有人当作一个普通的人来写。新写实小说里的人物，包括工农兵学商各界的芸芸众生，他们都有自己的喜怒哀惧爱恶欲，象亿万人一样每日吃喝拉撒睡，经历人生的生老病死，艰难而又心怀某种希望地生活着。新写实小说即使偶尔涉及那些被称作英雄的人，比如方方笔下的杨大兰（《冬日苍茫》），或是按阶级观点应被视为反动的人，如刘震云笔下的李文武（《故乡天下黄花》），也首先把他（她）们当作普通人进行审视。新写实小说家们并未否认人的阶级性，但在阶级关系之外，又揭示了人与人之间其他丰富复杂的社会关系；每个人身上除了各种社会属性外，其自然属性也受到了重视。这使新写实小说既有别于只重视人的社会属性特别是政治伦理属性的中国传统现实主义，又有别于主要把人看作生理的人的西方自然主义。比如刘恒的《伏羲伏羲》《白涡》，方方的《落日》，池莉的《不谈爱情》，刘震云的《单位》，都写了人的性意识及其对人行为的影响，但又表现了这种意识的社会化。在生理人和社会人的冲突中，往往是社会人压倒了生理的人：杨天青与王菊豆由于乱了人伦而免不了悲剧的结局，周兆路为升副院长而割断与华乃倩的私情，丁如虎因丁太反对他再婚忍痛鳏居，男老张因与女老乔一时失态而名誉扫地……。刘震云《故乡天下黄花》中，也揭示了阶级关系的客观存在以及阶级斗争的残酷：在土改中，原先作对的地主们走到了一起，赤贫的赵刺猬与赖和尚并肩战斗。然而，领导土改的工作员老贾与地主李文武之间，并不只有单纯的阶级关系：老贾曾是李文武的马伏,他考虑过去李文武待自己不薄,就没有斗倒地主,土改走了过场。如果拿同样以抗日战争为题材的《大刀记》、以土改为题材的《暴风骤雨》与《故乡天下黄花》相比较,新写实小说的逆反现象就更为突出了:在《大刀记》一类的小说中,当日本鬼子架好机枪,包围了打麦场上手无寸铁的老百姓,逼他们交出八路时,老乡们都同仇敌忾、大义凛然,一个个挺身而出,皆自称八路;而在《故乡天下黄花》中,作者虽然也写了老乡对鬼子的仇恨,但当在打麦场上面临死亡时,"几百个老百姓被围在打麦场中间,有哭的,有吓得哆嗦的,还有屙了一裤的。"这并非对老百姓的丑化,因为作为普通人,在死亡面前产生恐惧,合乎自然;能够在恐惧中奋起反抗的,便是英雄。被杀的人中,既有老实巴交、默默无闻的庄稼汉、私塾先生,也有泼妇、光棍、傻子、"老不正经",因为生活中本来什么人都有!在《暴风骤雨》中,赵玉林、郭全海经过萧队长的开导,便脱胎换骨,成了大公无私的革命战士;而在《故乡天下黄花》中,农民们并不是那么快就提高了阶级觉悟。当老贾向积极分子赵刺猬问共产党为什么好时,赵刺猬回答:"过去光鸡巴要饭,现在共产党来了,给咱分东西!"我们不能否认赵玉林、郭全海型贫雇农党员的存在,也同样不能否认赵刺猬、老贾型贫雇农党员的存在。要写赵刺猬型农民,也许正是出于对郭全海们的逆反。甚至可以说,没有郭全海,就没有赵刺猬。赵刺猬们的出现,似乎是作者的一种宣泄。刘震云本人有一段话说得更为绝对,可以作为我们这一假定性论断的佐证:

> 五十年代的现实主义实际上是浪漫主义,它所描写的现实生活实际在生活中是不存在的。浪漫主义在某种程度上对生活中的人起着毒化作用,让人更虚伪,不能真实地活着。"文革"以后的"伤痕"文学、"反思"文学、改革文学也是五十年代现实主义的延续,《乔厂长上任记》中的乔光朴、《新星》中的李向南如果在现实中一定撞得头破血流。①

新写实小说家们想要告诉读者:生活并不那么纯、那么理想,生活中还大

---

① 丁永强整理:《新写实作家、评论家谈新写实》,《小说评论》1991年第3期。

量存在着这样的人、这样的事！看了《暴风骤雨》，我们感觉受到了一次革命教育；看《故乡天下黄花》，我们像听老农讲述村里的往事。

新写实小说不像某些现代派作品那样热衷于写精神扭曲者的病态心理，它的每一个人物都是生活在我们中间的人物，每个读者可以从中看到自己。新写实小说究竟有没有典型呢？如果把典型理解成某一阶级的代表，它或许没有；如果把典型理解为既具有广泛概括性又有其独特个性的"熟识的陌生人"，新写实小说中则有不少人物当之无愧。这种典型直接取之于生活，并不是通过理性化、理想化来塑造的。

## 三、主题：不作简单明晰的结论

主题是对生活的一种解释。不论中国还是西方，传统的现实主义小说都有一个明晰的主题；有些容量较大的长篇虽然主题不止一个，但有正主题与副主题之分。作品从开端到结尾，每一部分都向着主题、向着中心辐辏。而这种主题是作家根据一定的观点对丰富复杂的生活进行选择提炼的结果。中国现实主义文学由于十分看重文学的功利性，对主题的明晰单纯性分外重视。比如白居易，他唯恐人们不理解其新乐府诗的用意，每首诗的标题下面都作说明，如《卖炭翁》是"苦宫市也"。这种取舍、集中和加工，虽使作品的艺术效果有可能增强，但也易导致另一种结果，就是作者据以取舍加工的原则和标准本身如果失之于偏颇，便会歪曲生活；如果这种准则、标准不是作家本人真实独特的认识，不是通过亲身感受得来，便会产生虚假和概念化；如果取舍的角度、标准经硬性规定成为唯一的角度和标准，便会出现公式化，使各种作品千篇一律，单调乏味。

旧现实主义之所以取得巨大成就，是由于那些优秀作家都忠实于自己的切身体验和感受，忠实于自己的眼睛、耳朵和头脑，没有"为了观念的东西而忘掉现实主义的东西"，[①]这样就能揭示出生活的某些本质方面。例如巴尔扎

---

① ［德］恩格斯：《致斐·拉萨尔》(1859 年 5 月 18 日)，《马克思恩格斯选集》第 4 卷，人民出版社 2012 年版，第 442 页。

克、托尔斯泰等,尽管其立场观点未必完全正确,但因忠于现实,受到了革命导师的赞赏。中国虽有《红楼梦》这样描写真实、内容丰富复杂、思想上具有叛逆性、艺术上具有创造性的巨著,但也有一个"依经立论"的传统。诗文理论讲"明道征圣宗经",小说也有"不害于风化,不谬于圣贤,不戾于诗书经史"①之说,这使优秀作品也带上了局限性,为宣扬封建正统思想而歪曲生活。为此,李贽才大力倡导"童心说",要求作家写自己真实的感受,反对言语不由衷,反对假人假言假事假文。中国封建时代作家凡取得较大成就者,虽不免受统治阶级思想影响,但都能根据自己的见闻感受进行独立思考,其作品往往对封建正统思想有所突破,比较接近生活现实。今天为我们所称道的,正是这类作品。自从马克思主义传入中国以来,中国作家开始自觉运用马克思主义世界观来分析生活、构造作品。其中如鲁迅等优秀作家,创作出了许多真实性与思想倾向性有机统一的好作品,但也有一些人教条地对待马克思主义,写出的作品成了标语、口号,公式化概念化了。还有一些作品,是以"领导出思想、作家出技巧"的方式创作的,这样的作品势必严重歪曲生活。最典型的例子是文革文学。这类作品主题单纯明了,一般都可以用"通过……,反映了……,批判了……,歌颂了……"的公式来概括,而且所有作品主题大抵相同或相似。

与此相反,新写实小说追求再现生活的原生态,因而反对依据某种理念、某种既定结论对生活进行剪裁,在结构上并不围绕一个中心进行刻意安排。池莉称自己的创作是一种"拼板工作,而不是剪辑,不动剪刀,不添油加醋。"②尽管作家主观思想情感不可能完全与作品绝缘,尽管在写作时对素材的选择取舍不可避免,新写实小说却给人以生活本相的感觉。比如池莉的《烦恼人生》,刘震云的《单位》《一地鸡毛》,类似流水账。作者在创作之先,并没有对于生活、对于人物的明晰简洁的结论。它所要考察、要表现的,是各阶层芸芸众生的生存状态,他们的内心世界与日常生活行为,他们活动的内在依据或具体动机。方方的《落日》写了一件应当是骇人听闻的事:辛苦了一辈子的丁太

---

① 冯梦龙:《警世通言序》。
② 丁永强整理:《新写实作家、评论家谈新写实》,《小说评论》1991 年第 3 期。

在尚未断气的时候,居然被她的儿孙们送进了火葬场。但如果仔细读过小说,我们很难对每个人进行简单的是非善恶的价值评判。似乎每个人都有每个人的道理:丁如虎由于丁太的阻挠娶妻不成,成成与汉琴因住房紧张不得不在新房里安放下老祖母的床;丁太疼爱儿孙的同时又限制着他们的自由,干涉了他们做人起码的权利。而按丁太的生活经历与价值观点来看,这一切又都理所当然。总而言之,人文的和自然的生存环境而不单纯是人物的恶劣品德,导致了这幕悲剧。新写实小说的作者从不在作品里表态,如果我们硬要搜寻作者的态度,搜到的似乎是"理解",或曰无可奈何。至于小说的主题,不单读者难以用一两句话进行概括,作者自己恐怕也说不清楚,因为生活本身就是这样复杂! 方方在谈到她的《风景》中七哥为改善生存状态不择手段的行为时说:"这里面的是非善恶难以用一个标准去判断。生存环境迫使人这样,别人为什么就应该活得比七哥好呢? 所以我们可以理解乃至原谅七哥的做法,……同情他们,但我们自己却不能这样做的。"[①]刘震云写了单位上和家庭中的"一地鸡毛",看过他发表在《中篇小说选刊》1989 年第 3 期上的创作谈我们了解到,他在思考我们生活中的"纠缠和被纠缠"。但连他自己也说,不纠缠又怎样呢? 我们每天总得吃饭穿衣,每人都要遇到生老病死。有几个能真正"潇洒"呢? 生活的"风景"就是这样,不管冷也好热也好,不论有多少烦恼,它总像"黑洞"一样吸引着每一个人,引他们去挣扎,去奋斗,使他们不因为落日而不去欢呼太阳出世。社会的本质是什么? 人生的目的和价值是什么? 人应当怎样生活? 新写实小说没给我们明确的答案,却使我们不得不进行思索、探讨,用头脑,用眼睛,用每个人的具体实践。

为避免作者主观情感的介入影响作品叙述与描写的客观性,干扰读者进行独立判断,新写实小说用平平淡淡的语言,不动声色地叙述着生活中的种种事件。即使是触目惊心,本应使人喜、使人悲、使人怒、使人惧的事,作者仍以局外人的身份平铺直叙。比如《风景》中写争码头的搏杀,《故乡天下黄花》写日寇暴行,作者在叙述语言中并未加褒贬,似乎是小说中的人物自己在向读者展示其美与丑、善与恶。这与传统小说判然有别。新写实小说往往用作品中

---

① 　丁永强整理:《新写实作家、评论家谈新写实》,《小说评论》1991 年第 3 期。

人物的口气来写其心理活动,这样,既避免了作者写心理时常常免不了的议论、评价,又与作者替作品中人物着想、对各种各样的人"理解"的态度相一致。

避免对生活轻易下结论、作判断,是作者对客观现实、对自己良心的忠诚,对作者大众的尊重。

## 四、作者之于读者:从"老师"到"同学"、朋友

新写实小说建立了作家、作品与读者之间的新型关系。传统现实主义作家总是居高临下地给读者以教育,充当读者的老师。中国以美刺教化为己任的大师们自不必说,即使重客观再现的西方现实主义巨匠也不例外。巴尔扎克在《人间喜剧》前言中,在引用了波纳尔的话"一个作家在道德上和在政治上应该持有固定的见解,他应该把自己看作人类的教师;因为人类是不需要导师去教他怀疑的"之后写道:"我很早就把这些名言奉为准则"。① 俄国现实主义者们也认为文学是要说明生活,作生活的教科书。中国当代的"两结合"小说,都是源于生活又高于生活,所以读者一般不会把作品中的生活和人物与自己的生活作类比,作者自然和读者拉开了距离,读者读作品就准备着受教育。文革时期的作家与读者的关系更为微妙:在生活中作家是被教育、被改造者,在作品中却又变成说教者、"灵魂工程师"。文革后的新潮小说则对于读者及其欣赏习惯表现出蔑视或漠视,让一般大众读后往往不知所云,终于弃之不顾。

新写实小说取消了作家与读者的距离,作家由读者的"老师"变成了他们的"同学"、朋友。这类小说写的都是普通人的日常生活,作品中的人物就像我们自己或我们周围的张三李四,作品中人物所经历的、所想的、所面临的问题,往往正是我们自己所经历过的、所想的、所面临的问题。作者并不想硬灌输给我们什么东西,他如同他笔下的人物一样,与我们是平等的。我们不能消

---

① [法]巴尔扎克:《〈人间喜剧〉前言》,陈占元译,伍蠡甫主编:《西方文论选》下卷,上海译文出版社 1979 年版,第 169 页。

极地等待他给我们以指点、以教育,我们只能自己进行思考、进行探索。让读者参与创作,强调读者在接受过程中的能动性,这是接受美学与读者反映批评的基本精神,也是当代文学发展的趋势。现代派作品曾努力去实现这一目标,然而由于它脱离了最广大的普通读者,其社会作用极为有限;纪实文学实录生活,有些作品如刘心武的《公共汽车咏叹调》等也着眼于普通人的生活琐事,但后来终于求"大"——大裂变、大串联、大流产……,追求轰动效应;而且由于写真人真事,作者又喜欢大发宏论,常常惹出麻烦,而今黄金时代已过。这样,历史的重任落在新写实小说的肩上。它在内容上和形式上都让读者感到亲切;因是小说,又不易产生副作用。所以,小说的读者渐渐又回来了。在新写实小说中,读者得到的是启发或劝告,而不是教训。池莉说:"我觉得作家有责任让越来越多的人读小说,……而要让读者接受他的劝告,你就必须很亲切地接近他们"。① 可见,这种新型关系的出现,是读者对教训式、天书式小说逆反的结果,也是作家为更好地完成自己的历史使命所作的必要调整。

　　长处往往伴随着局限。新写实小说由于不重视对生活的提炼、集中,没有理想的或具有鲜明独特性格的人物、动人的情节和精巧的结构,其艺术感染力就受到一定程度的削弱。作者把自己与读者放到平等的位置上,也许正因他自己对社会人生的认识水平并未高出读者多少,也就是像有些评论家所指出的,缺乏独到的哲学认识和雄大的人类命运感。因而,读者得到的"劝告"大多是朦朦胧胧的,读后仍有难以找到出路之感。

　　尽管如此,我们不能否定新写实小说的创新意义,否认它在小说史上的价值。新写实小说并非作家中庸心态的产物,而是对旧小说产生逆反心理、由逆反而图创新、在创新中对传统小说中的有益成分又有所顺承借鉴的结果。

　　让理念服从现实,这是一个良好的开端。新写实小说的前景,取决于它是否能克服自身的局限,克服实录与艺术感染力的矛盾。

---

　　① 丁永强整理:《新写实作家、评论家谈新写实》,《小说评论》1991 年第 3 期。

# 第二十一章　现当代文学史写作的文学视角与历史化态度①

学界对中国现当代文学从思想史与文化角度进行的研究,开阔了文学研究的视野,取得了不菲的实绩。但正如单从政治革命角度阐释文学会产生"偏离角"一样,单从思想史或文化角度进行的这种研究也导致了新的"偏离角"。笔者以为,文学史的研究和写作应更突出"文学"的特性,而对时间和心理距离都离我们比较近的中国现当代文学史的叙述,应注意采取更"历史化"的态度。与上述问题密切相关的,是作家作品的"入史"标准以及文学史著作的体例问题。新时期以来,中国现当代文学研究的专家学者为写出更完美的文学史著作进行了不懈的努力,取得了丰硕成果,给笔者许多启发。笔者非常尊重并感谢各位前辈、同辈乃至晚辈的现有成果,但也有自己的思考,认为有些问题尚有进一步研究的必要。

## 一、"文学价值"的评判标准

不论是否明言,作品"真实"与否一直是人们评判其文学价值的重要标准之一。新历史主义理论宣告了还原和重述原初历史真实的不可能。文学文本更是有意的虚构,文学世界是一种虚拟时空、想象时空,文学作品与历史真实靠近的程度不应是评判其文学价值的标准。但是,由于中国古代曾经的文史同体,以及后来"诗"与"史"的纠缠,事实上以"史"量"文"的现象非常普遍。当然,理论家们也意识到了文学与历史的差异,于是提出"艺术真实"、"本质

---

① 本章曾发表于《中国现代文学研究丛刊》2009 年第 3 期。收入本书时有改动。

真实"的概念,以图找到"真实性"与"艺术性"或"文学性"之间的连接点,但"艺术真实"、"本质真实"涵义有些模糊,有些似是而非。对"真实"的认识具有主观性,而使用"艺术真实"、"本质真实"概念的人又将其看作客观事实、看作作品的客观属性,操作起来就难免言人人殊却又都认为异于己说者错误,难以取得共识;由于不同时期、不同批评者对社会"本质"的理解不同,其"所指"就不断"滑动"。即使是细节真实、生活真实或历史真实,由于每一主体各自独特的经验与观念,也会有不同认识和理解;即便是历史"亲历者"的叙述,每个人的"亲历"不尽相同,其历史叙述也不会完全一致。拿《创业史》和《山乡巨变》来说,前者突出了农民互助合作要求的自发性,表现出合作化的必要性和必然性,后者则叙述了合作化自上而下的发生发展过程。究竟哪一个更合乎"历史真实"? 柳青和周立波都曾深入生活,其作品都不是向壁虚构的产物,我们不能在判定其中一个"真实"时就断定另一个"虚假",因为他们分别"深入"的是关中平原和湖南益阳农村的生活。在这些作品初次发表或出版的当时,评论者也无法拿出实证的材料说明其真或假。我以为,以"真实感"取代"真实性",更合乎文学活动的实际。当我们评论文学作品的"真实性"时,评论的其实是其"真实感",就是说,它们是否让我们感到真实;而我们的感觉,凭的是每个接受主体掌握的事理逻辑。符合的,就认为"合情合理",认为其"真实",不合的,就认为虚假。人类对事理逻辑的理解有超越时间和空间的一面,又有因时空而产生差异的一面。一般来讲,同一特定时期、特定地域的读者,其对事理逻辑的理解是基本相同或比较接近的,这样就有关于"真"与"假"的一些共识,而不同时期、不同地域的读者因经验与观念有异,对事理逻辑的理解会有或多或少的差异。例如,印第安人信以为真的事,我们可能感觉荒诞不经;"十七年"和文革时期人们觉得自然而然的东西,现在的人会感到荒唐可笑。时空的隔膜使"真"变为"假"是一种情况,还有一种相反的情况,就是时空差异反而使"假"成为"真"。例如我们看《三国演义》以及维克多·雨果的作品,对其中情节的离奇、人物的神奇一般不会苛责,觉得过去的人、外国人也许就是这样;而对以当下身边现实为题材的作品,对其任何失真之处都特别敏感。

已有不少人指出《三国演义》与史实乖舛之处,但这并不影响其文学价值。比较而言,与史实更靠近的《东周列国志》,文学价值却远逊于《三国》。近年又有人发表文章指出《红岩》的史实错误,但那也与其文学价值没有直接关系:只要阅读《三国》或《红岩》时读者不感到虚假,能够接受,它就具有了"真实感";多年之后时过境迁,它还能给人以真实感,那它就具备了文学价值的起码因素。得出这一结论,意味着将文学作品是否"真实"的评价权力,从批评家那里分散出一部分甚至一大部分给了普通读者。

如果说"真实感"是作品文学价值的必要条件、基本条件,那么"艺术感染力"就是作品文学价值的充分条件,也就是说,具有一定艺术感染力的作品,也就具备了一定的文学价值。在同样具备艺术感染力的前提下,有时作品的文学价值高下确实取决于其思想深度。但是,不论是抒情文学、叙事文学还是戏剧文学,都首先应诉诸读者的感性,给其以情绪的感染或情感的冲击。不能诉诸感性、激发读者想象并从情绪、情感上感染读者的文本,不是文学文本。这也正是我们区分《史记》中"表"、"书"和"列传"、"本纪"、"世家"以及"列传"、"本纪"、"世家"中不同篇目的文学价值的重要尺度。读学术著作有时也能使人激动,但那是理性的满足或陶醉。鲁迅的杂文是文学而不是一般的思想史著作,也正在于斯。上述道理似乎是老生常谈,可如今有些学者分析文学作品时,恰恰忽略或忘记了这些,他们没有被作品感动,甚至没有认真欣赏品味原著便执笔分析,有的则完全把文学文本当成了思想史研究的资料。文学史上有不少名作并不具有太大的思想史意义。《静夜思》《渭城曲》一类抒情短章姑且不论,大部头的《三国演义》《水浒传》的思想在当时也算不得最先进的思想,写中国古代思想史的不会太重视它们。换句话说,它们并不以思想的先进性取胜。外国文学史上也有许多思想并不艰深的名著。马列文论谈及巴尔扎克、列夫·托尔斯泰思想中"落后"乃至"反动"的东西与出色的艺术描写之间的矛盾,往往将其解释为世界观与创作方法的矛盾,其实,这也可说明决定他们作品文学价值的主要因素不是作者想要表现的那个"思想",而是艺术形象本身的感染力。有些经典名著,其蕴涵的思想达到当时最高水平,其观念为时代之最新,甚至具有超前性——超越了当时大多数思想家、哲学家的认识水平,例如莎士比亚既是文艺复兴时期人文主义者的代表,其作品又表现出对人文主义理想的某种怀疑;鲁迅是五四启蒙主义者之一,但其早期思想中又有对民主、科学话语负面效应的清醒认识。莎士比亚剧作、鲁迅小说与杂文至今仍能对我们认识我们当下的社会人生有参考价值。但是，并非所有文学名著、文学经典都有这么强的对现实的思想启迪价值，对这类作品我们更看重的是其审美愉悦价值与认识价值。更多的名著其思想的先进性或超前性只是相对于它那个时代而言，在今天看来这些也许已成常识或社会共识，我们对它的惊叹正如对一个出土陶罐的惊叹：惊叹的是那个时代的人居然有这么精巧的工艺，但我们自己的生活中却更愿用现今工厂生产的器皿。若论思想先进性，《神曲》一类作品也许还不及今天的一些普通作品。审美愉悦价值是文学价值的前提。在能给读者审美愉悦的前提下，文学名著、文学经典可以使我们了解过去年代或别的国家民族的人如何思，如何想，如何喜，如何怒，如何悲，如何爱和如何死，有什么欲望追求与失落苦恼，还有可能给今天我们如何对待社会人生的根本问题提供借鉴或启发。在能给读者审美愉悦的前提下，文学作品价值的高低才取决于认识、启迪价值方面的"有用"。一个文本如果单有思想的超前性或观念的先进性、现代性而无审美愉悦性，它也可以成为经典，但那不属于文学经典，而只是哲学经典或学术经典。一个过去时代产生的文本现今如果仍然具有审美愉悦价值和审美认识价值，而其思想对于后世来说已不具有先进性或超前性，它仍不失为文学名著。

过去的主流文学观念将"政治正确"作为评判作品的核心价值标准，改革开放以后在否定《创业史》等合作化题材小说时，多数论者依据的仍是这一价值观念。而若依此而论，文学史上许多名著都有了问题。其实，文学史上的名著，其政治倾向有时并非后世读者关注的焦点：读者对《三国演义》津津乐道，称颂的往往是赵子龙大战长坂坡、张翼德喝断当阳桥、关云长过五关斩六将、诸葛亮舌战群儒等情节，以及上述人物的忠勇或智慧。"关云长单刀赴会"是《三国》里的重要情节，读者佩服关公的勇气，但没有意识到这其实是他"政治上不正确"的系列行动中的一环。曹雪芹"亲满"还是"排满"与《红楼梦》的艺术魅力也没有直接关系。中共党史研究者对"二师学潮"和"高蠡暴动"以及农业合作化运动的评价，并不影响《红旗谱》对冀中平原的日常生活、柳青对关中农民人伦亲情和创业激情的描写所产生的强烈艺术感染力。浩然的《艳阳天》是文革前完成、文革时期走红的长篇小说，孙绍振是新时期前卫文

学批评家的代表性人物,他对《艳阳天》的评价值得大家注意:

> 从纯粹政治文化意识形态价值来说,在中国当代农村题材的著名的长篇小说中,《艳阳天》并不被看好,但是从今天的审美历史语境来说,它不但比之《太阳照在桑干河上》《秧歌》(张爱玲——英文版)、《三里湾》,而且比之《白鹿原》在艺术成就(审美价值)上要高得多。……排除了"四人帮"的阴谋,审美形象本身的感染力是不可否认的。①

如果不读孙氏此文,许多人恐怕想不到"三个崛起"之一的孙先生会对被视为"极左"路线产物的《艳阳天》有如此高的评价,而且居然高过了张爱玲的《秧歌》和陈忠实的获奖作品《白鹿原》! 加拿大籍华裔学者嘉陵(叶嘉莹)对《艳阳天》的评价同样值得参考:"这部小说充满了一种由热情与理想所凝成的兴发感动的力量,而凡是具有这种品质的作品,都必然可以超越不同的时代与不同的环境,而恒久地唤起人们的一种感发和共鸣。"②她还断言:"浩然的《艳阳天》之可以列入世界伟大小说之林,则是不容置疑的一件事"。③ 我认为,虽然大家不一定赞同他们的结论,却有必要对自己评价作品文学价值与文学史地位的尺度予以重新审视。

笔者丝毫没有否认或贬低对文学文本进行思想史研究的价值的意思。确实,从思想史角度对文学文本进行分析能给人许多启发,它作为文学批评方法之一种别开生面。但愚以为在进行文学史的研究及文学史著的撰述时,对作品思想史价值的评估只可作为评估其文学价值、文学史地位的参考或辅助,而不宜作为主要依据。对文学的思想史研究可以从文学史研究领域独立出去,作为一门交叉学科,或干脆划归思想史。事实上有些现代文学的研究者确已基本离开了文学而转向了纯粹的思想史研究领域并取得了重要成果。

---

① 孙绍振:《审美历史语境和当代文学史研究》,《中国当代文学史史学观念笔谈》,《文学评论》2001 年第 2 期。

② [加拿大]嘉陵:《〈艳阳天〉重版感言》,《文艺理论与批评》1994 年第 4 期。

③ [加拿大]嘉陵:《我看〈艳阳天〉》,《艳阳天》第 1 部,华龄出版社 1995 年版,第 62 页。

　　"真实感"只是文学价值的前提或起码条件,文学作品所表现的情绪、情感也不是空洞的,虽然文学作品并不都以思想内涵深刻取胜,但情感毕竟离不开思想。对读者思想的启迪升华功能是许多作品文学价值的重要体现,这是不能否认的。问题在于评判作品思想启迪升华意义的尺度。

　　"五四"启蒙思想对封建伦理进行了猛烈抨击,否定了旧道德中违反人性、压抑人性合理要求的东西,"五四"精神是彻底的反传统的精神。"五四精神"、"启蒙思想"与"现代性"紧紧连在一起。"五四"及其以后的启蒙文学、革命文学对推动人的解放、文明的发展起到了不可取代的巨大作用,但这种成绩也使人产生一种错觉,或误判,即,判断作品思想价值乃至总体文学价值的基本标准是是否具有"现代"性。相对于"古代"或"传统","现代"这个概念暗含有更"新"的意思,在 20 世纪中国文学理论批评的实际操作中,似乎有一种"新"必胜于"旧"的进化论式观念,这种观念发展的顶峰是 1980 年代中期,那时"新"成了最高价值,盖过了"真"与"善"。其实,"新"的、"现代"的未必都好,"旧"的、"传统"的未必都坏,"旧"并非"过时"的同义词。文学和人道主义有着不解之缘,在这一点上,它和历史著作的价值尺度有了区分。历史著作中视为历史"进步"予以肯定的,例如秦始皇的政治行为,文学作品却完全可以从人性的角度予以道义上的批判。

　　如前所述,在能给读者以真实感和具备较强艺术感染力的前提下,作品文学价值的高低确实取决于其思想内涵。但笔者在这里想特别强调,我们判断作品思想价值的标准,即从思想上对读者的启迪或升华意义的标准,应当是"善",即它是否能使人既获得心灵的自由、精神的解放、个性的全面发展,又变得更加善良、对他人产生更多的热情和善意,使人类更好地相互沟通、相互理解。巴金在《第四病室》里塑造了一个女医生杨木华,她努力使自己、使别人"变得善良些,纯洁些,对人有用些",这其实也是巴金本人从事文学事业的追求。也正因此,虽然巴金本人并非刻意要成为文学家,他实际却成了一位伟大的作家。"忠"、"孝"、"节"、"义"、"信"这类价值观念,完全是传统的,它们究竟是否属于"善"的范畴,要看具体情况而定。古代对它们的解释确实带有特定的封建色彩,但若抛除了其中违反人性的成分,这些观念在今天就仍有重要意义,它若能促进人性健康发展,就属于"善",就有了现代价值;创造性地、

艺术地、出色地表现了这种观念的作品,对读者就不会没有教益。2008 年 9
月中国有两个几乎同时发生的轰动全球的新闻,就是"神七"上天和"三聚氢
胺"毒奶粉事件。这两个事件非常具有象征意义:前者是最具"现代性"的事
件,说明我们的科技发展到了相当水准;后者则涉及一个既很"现代"也很"传
统"的问题,就是社会的诚信问题、社会道德问题,也就是关于上面那个"信"
和"义"的问题。这说明现在表现"信"、"义"观念的作品没有过时。另一方
面,还有一些具有"现代性"却不具有太大文学价值的作品。木子美的《遗情
书》、卫慧、棉棉的"身体写作"小说,比柳青的《创业史》、梁斌的《红旗谱》具
有更多的"现代性",但不能因此就说它们的文学价值就胜过了《创业史》《红
旗谱》。

　　近年来有人为左翼文学、为"红色经典"进行辩护,所用的尺度是"现代
性";用以衡量并不站在工业现代性、都市现代性一边的沈从文感觉不妥时,
则又以"反现代性的现代性"予以解释。这当然不失为一种新颖的研究视角,
但我以为捍卫作家的文学史地位、评判作品的文学价值,大可不必拘泥于此
"现代性"标准。

## 二、文学研究的"历史化"态度

　　文学史研究与文学批评的不同,在于它的研究对象是与当下有了一定
距离的历史现象,它更强调以历史的态度对待作家作品。做到这一点对古
代文学史研究相对容易,我们现在所谓"中国现代文学",距今天已经有了
六十年以上,那些作家们大多故去,对学者们的"历史化"研究有所影响的
是作家亲属后代。而对于现在所谓"中国当代文学"的研究,要做到"历史
化"最难,因为许多有关作家还活着,研究者与作者有可能存在某种恩怨利
害关系,而且,研究者本身对当代文学作品所反映的历史时代的恩怨利害关
系也会直接影响其述史持论的态度,要做到超越地、历史地对待这些作家作
品实属不易。

　　对当代文学进行"历史化"、"文学史化"研究、叙述、评价,需要一定的时
间距离与心理距离。首先需要时间距离。正如空间距离过近不能看到物体全

貌,时间距离过近不易发现规律。① 唐弢 1985 年提出"当代文学不宜写史",
也许就出于此种考虑。现在距唐先生提出该主张的时间已逾二十载,距离共
和国前三十年的文学也有了三十多年距离。虽然西方哲人认为确认经典需要
五十年,按此说法我们还无法肯定这一时期的某些作品能否成为"经典",但
总可以对其有无文学史价值、有无传世可能,在脱离了特定的历史环境、排除
了体制因素后这些作品本身还有无文学价值,事过境迁之后还能否给后世读
者以审美享受,作出一个初步判断了。这一时期其实从哪种意义上都已算不
上"当代",完全可以划归"中国现代文学史"。而新时期以后的文学,因其距
离现在过近,我认为还是不能纳入"文学史"研究范围,只能算"文学批评"。

比时间距离更重要的是心理距离。虽然"一切历史都是当代史",研究者
观念中现实因素的渗入难以完全避免,但规范的文学史研究要求将研究对象
(即作家作品)置于历史长河之中,将其作为一种历史现象来对待。它要追溯
特定时期文学形成的渊源,追踪其发展流脉,预测其未来命运——是否值得传
世、能否传世,评价时刻意追求"客观"。② 以"红色经典"为例,尽管它产生并
辉煌的年代距今有了一定时间距离,但现在许多研究者是当年历史的亲历者,
心理、情感的距离还不易拉开:有的当时是政治上、精神上、个人际遇上或多或
少、或大或小的受害者,有的则是或多或少、或大或小的受益者。受害者必挟
其"怨",受益者则感其"恩"。即以"样板戏"为例:巴金、汪曾祺等人的评价
就与刘长瑜、张广天等人截然相反。我们可以设想,如果让战国末期被坑杀赵

---

① 笔者认为,承认历史发展"规律"的存在和相信历史决定论是两回事。规律不等于宿
命,不等于同一现象的毫厘不差的重演,而是指现象的类似重复。"否定之否定"说与"历史循环
论"的区别正在于此。气象学家观测记录某一特定地区一定时间内气温降水等状况,可以说是
为发现气象的"规律",但气候观测记录不等于气象预报,只能是后者的参考;即使是气象预报,
也不可能绝对准确。然而我们还是可以说气象观测记录发现了特定地区气象变化的"规律"且
具有现实指导意义。对于历史来说,我们无法准确地预测预知未来,但可以参考历史上曾经发
生的事对现状作出判断、对未来作出大致的推断。否则,历史研究本身就失去了意义。

② 新历史主义"历史的文本性"观点与我们过去苏联体系文艺学教科书都否认绝对客观
的历史或现实"真相"的存在。后者特别强调不存在脱离"倾向性"的"真实性"。笔者承认绝对
准确客观地还原历史为不可能,但同时又认为,刻意追求尽量客观地揭示真相,与故意以"主观"
影响、干扰或歪曲、改写历史与现实,为了"倾向性"而有意否认自己所看到、认识到的"真实",还
是有重要区别的。

卒的后代或在秦时被"坑"之"儒"的子女评价秦始皇,究竟会是怎样。可以肯定的是,他们的评价与今人有所不同。新时期以后有些针对浩然的批评文章主要谈他在"文革"期间的"个人表现",甚至进行人身攻击,而没有对《艳阳天》等作品进行具体、细致、尽量客观的文本分析。孙绍振与嘉陵(叶嘉莹)对《艳阳天》的评价,可谓拉开距离、以"历史化"态度评价当代作品的范例。

## 三、文学史的"入史"资格与编写体例

文学史上的作家作品如满天繁星,它们都属于文学史上的"史实"。但能进入文学史叙述的,一般是取得突出成就、产生过较大社会反响的,以及在创作上有独特艺术追求、显示出鲜明创作个性的。文学史作为"史",是对曾经发生过的文学活动及其成果的记录,要反映客观史实。文学史著作不可能对曾发生过的文学现象、曾出现过的作家作品都予以评介,正如一般意义上的历史书不可能记载所有曾发生过的事件一样。它评介的是曾产生过重大影响的作品及其作者。任何作品,它之所以在特定时期发生重大影响,必有其历史的和现实的、审美的和非审美的、文学自身的和文学以外的、作者的和读者的诸多因素共同决定,单纯一种因素不可能使一部作品风靡。那些曾产生过重大影响的作品反映了特定时期读者大众的文化心态和审美心理,也反映了那一时期大众的精神需要。因而,它既有文化史研究的史料价值,也有文学史研究的价值,后世撰史者不宜弃之不顾。它是文学发展链条上的重要环节,不讲清楚它,就难以说清此前此后文学的来龙去脉。"潜在写作"的作品假如文学价值和文学史价值足够高,当然也可进入文学史,但我以为不应以此"挤掉"那些曾产生重大影响的作品。"潜在写作"的作品,即在创作刚刚完成的年代没能发表、在后来的年代才得以面世的作品,应该算它发表或初版的那个年代的作品。倘若不曾被读者接受,就只属于个人私下行为,而不能构成那个年代的文学史事实;假如创作完成后它以手抄本形式流传,史著究竟给它多大篇幅,也要看当时它产生社会影响的程度。我以为起码不能超过那些当时影响更大的作品。成就较大而因客观因素没有产生社会影响的,可作为参考史料附录,以说明那个年代文学创作曾经达到的水准。姚斯的文学史观大家未必都能全

盘接受,但他对文学作品接受史、影响史的重视毕竟大大推进了文学史的研究与书写,接受美学理论确实起到了"沟通文学与历史之间、历史方法与美学方法之间的裂隙"的作用,弥补了以往文学史研究丧失了的一个维面,"这就是文学的接受和影响之维"。①

文学史又不同于普通的历史著作,它不应满足于客观描述,而有必要对重要作品的文学价值进行具体分析并作出自己的判断。文学生产机制、作品接受环境的分析介绍也必不可少,但不能以之取代对作品本身的介绍分析,因为文学史的核心是作品,而非文学生产体制。姚斯在论及以前的文学史写作时,就曾批评过那种"缺乏对自己的研究对象——作为一门艺术的文学所必须的审美判断","作为一种附带的形式,作者及其作品的评价在文学史中一带而过","几乎禁止了文学史对过去年代的作品质量进行判断"的做法。② 文学史著作面对的不只是专家,也包括普通读者;它常常同时兼作教科书,读者是大学中文系学生。专门面对专家的,应属"史论"。笔者认为,洪子诚著《中国当代文学史》是非常有个性、有很高学术价值的著作,却不适合作大学中文系本科学生的教材,因为它对一些重要作品的内容缺乏必要的具体介绍和分析评价而只分析"体制",那些没读过作品原著的本科生读了往往会觉得莫名其妙。笔者认为有必要写出一种与此相反的当代文学史,即,有意抛开"体制"与写作背景、"历史真相"因素,而仅以其与当下及后世读者的对话意义,单论作品本身文学价值的文学史,以作为洪本文学史的对照或补充。

笔者认为,文学史对一度影响巨大或现今仍然影响巨大的作品的价值评判,应以对其基本内容尽量客观全面的介绍为前提。如今许多中文系本科生根本不去读或没时间读作品,有些人后来考取硕士、博士,也是凭教材的介绍分析理解和认识作品的,有不少人甚至据此作出先入为主的判断并撰写论文。比如对于梁斌的《红旗谱》,有些没认真读过小说原著的 80 后、90 后学生就往

① ［德］H.R.姚斯:《文学史作为向文学理论的挑战》,周宁、金元浦译,《接受美学与接受理论》,辽宁人民出版社 1987 年版,第 23 页。

② ［德］H.R.姚斯:《文学史作为向文学理论的挑战》,周宁、金元浦译,《接受美学与接受理论》,辽宁人民出版社 1987 年版,第 5 页。

往根据某些教材的介绍,仅把它当作一个传奇类作品或复仇故事来看,而不知道其日常性一面。① 作大学中文系教科书用的文学史著作,其对作品接受与影响的分析研究,应与对作品主要内容和独特文学价值的介绍分析相统一。

———————

① 参见阎浩岗:《论〈红旗谱〉的日常生活描写》,《文学评论》2008 年第 4 期。

# 后　记

　　屈指算来,自己从事中国现当代小说研究,已有二十四年。我在公开刊物发表的第一篇论文,便是当代小说研究方面的,题为《也论新写实小说作家的心态》。文末标注完成时间是1991年8月19日,恰是苏俄"8·19"事件发生的日子。挥汗如雨用稿纸誊写几份,就分别寄给自己能查到地址的几家杂志。现在一稿多投肯定不妥,但那时是默默无闻的青年教师,文章被两家刊物同时采用的概率极小。寄出去后,虽然也梦见过自己的名字变成铅字在某杂志刊出,但也不敢抱太大希望。近半年后,有一天,我去校图书馆阅览室,看到新一期我向其投寄过稿件的《艺术广角》已上架,就随意翻阅,竟发现"阎浩岗"三字赫然立于目录首页。我的文章被排在该期刊物第三位,前面是李洁非,后面是李运抟——他们都已大名鼎鼎,中间夹着我这无名小辈,能不惊喜乎?翻到内页正文,则见自己名字以小二号字体置于标题前面。那时电脑尚未普及,一般来说,见到自己名字变成印刷体,都会产生荣耀神圣感。我赶紧回家给编辑部写信,索要样刊和稿费。大概二十多天后,样刊和一百多元稿费就寄到了。又过了半年,又一次到阅览室随意浏览时,意外发现自己这篇文章被人大复印资料《中国现代、当代文学研究》全文收录在该刊1992年第4期上。又是马上给编辑部写信,索要样刊和稿费。好久不见回音,打了几次电话之后,终于收到了样刊和15元转载稿费。

　　现在的青年教师听到这些,也许会感到新鲜:如今,硕士阶段的学生就已将自己名字变成印刷体,刊登在各种增刊或变相增刊上了,而且事先都要交几百、几千元不等的版面费。我在这里说这些,不是怪当时《艺术广角》和人大复印资料的编辑不事先通知,而是要衷心感谢他们:是他们看中了我的文章,使我初出茅庐、初发拙文便有社会反响(此前所发,不是内刊,便是作者姓名置于文末的短文）。多年后我又发现，自己这篇"处女作"有幸被中国人民大学名教授陆贵山先生在其主编的"十一五"国家级规划教材《中国当代文艺思潮》中引用。另还见其他学者引用。由于中国知网没有 1995 年以前《艺术广角》的电子版，期刊网上找不到该文。作为我现当代小说研究的起点，在此有必要交代几句。

对于 1991 年 8 月 19 日这个日子，我与戈尔巴乔夫的感受是截然相反的。

初战告捷给了我自信。自此以后，虽然我担任的课程是文艺理论，学术研究却侧重于现当代小说。2000 年起专门致力于现当代小说研究，2003 年开始则专带现当代小说方向的硕士生，后来又带相关方向博士生。二十多年间，陆续发表了七八十篇与现当代小说有关的论文。其中有些已被收入我的前两部专著《中国现代小说史论》和《"红色经典"的文学价值》中。而在 2009 年以后陆续发表，以及以前发表过的诸多系列专题论文，虽然自觉其中有些也有些创见、也曾被转载引用，但因散见于各种期刊报纸之中，读者面有限，而且其系统性体现不出；近年我陆续发表的论文更加有意识地加强其间的系统联系。我以为在将其修改增删乃至部分重写之后，再编为一部著作，不仅是必要的，也是可行的。

感谢河北大学文学院田建民院长，是他提出出版河北大学文学院"博导文库"，以"中西部高校综合实力提升资金"予以资助，使得这本书得以顺利出版！

本书分"名作重读与主题新解"、"现当代小说的互文性研究"和"作家个性、创作方法与文学史写作"三编。

"名作重读与主题新解"选取的是现当代小说中具有不可取代价值，而由于各种因素被忽略或误解、曲解，存在争议的一些篇目。笔者试图通过文本细读，站在新时代高度，从新的角度予以重新分析阐释，尽量客观公正地评估其文学史地位，并给读者以新的启发。相对于《阿 Q 正传》等名篇，鲁迅的《明天》和《弟兄》被关注不多；巴金的《寒夜》虽日渐被重视，但学界对其悲剧成因的阐释却存在争议。对此，本书以文本为依据，按照事理逻辑，给出了自己的解释。对于"十七年"小说，学界的争议就更大。笔者不否认这批作品都有明显的时代局限，都受特定时期政治乃至政策的框范，但又认为，其中的优秀之作,例如《创业史》《红岩》《李自成》和《艳阳天》等,它们之所以在当时深受读者喜爱,主要还是取决于作者的艺术功力及作品自身的艺术魅力;此外它们还具有某种超越特定时空的意义。这些正需要以超越特定时代意识形态的眼光予以重新审视,给予客观分析、公正评价。几十年间作为解放区或中国大陆作家指导思想的毛泽东《讲话》,同样既有某些只适合特定时代的内容,也有其超越时代的意义,需要具体分析。

"现当代小说的互文性研究"则发挥自己研究兴趣跨越现代当代的一点小长处,体现了自己近年来侧重于运用互文性方法读解作品的特点。我从互文性方法获益匪浅,该方法使我获得了新的文学史意识、文学史观念,在理解作家作品方面有了新的心得。

"作家个性、创作方法与文学史写作"侧重探讨作家个性与创作方法、文学史地位的关系,也阐述了自己对现当代文学史写作的一点思考。其中既有我早期几篇习作,如前面提到过的"处女作",也有近年对相关问题的延续性思考。该编第十八章第二节有我的研究生蒋素珍的劳动,特此说明。

如前所述,本书涉及许多迄今仍有争议的问题。对于学术论争,大家有不同看法,比如有人就主张只要正面阐述自己主张就行,不必提及别人观点。我却以为,学术论争对于推进学术进步有重要积极意义,因为互不交锋的自言自语体现不出问题纠结之所在,有时难免无效劳动或重复劳动。论争文章一般也是问题意识最强的文章。恩格斯厚厚的一本《反杜林论》,不就是一部论争体著作么? 但是,学术论争有一个前提,就是论争各方要相互尊重,一切从学术出发,就学术论学术、就问题谈问题,论争的目的是为大家辩明是非、辨清真相,共同提高认识,推进学术发展;不可意气用事,从学术以外的东西出发。如果大家都是为了学术、为了提高自己的认识,那么论争就是交友之契机,而非结怨之根由。

自己虽然已不再年轻,但感觉还保持着旺盛的求知欲,因为我感觉现当代小说越是研究,越会发现有许多问题需要探讨,研究兴趣也越浓。许多从业者感叹选题难。确实,按照一般思路,现当代文学特别是现代小说的作家作品大部分已被研究过多遍,要谈出些新东西实属不易。但我感觉那很大程度上是因有的研究者不是从问题出发,而是从理论出发的缘故。如果每个研究者都发挥自己独特的生命体验和审美体验,在与作者进行对话的前提下再与以前研究该作家作品的研究者就一些纠结问题进行对话,就不难找到新的话题或课题,因为每个个体生命的具体体验都不会全然相同,这些差异就是产生问题的源头。如果不细读原作,而从抽象理论出发,选取某个作品作为理论的注脚,那么大家必然挤到一条路上,得出的"成果"也会大同小异。

本书所谈一些问题只代表我个人的一隅之见。尽管我尽量客观,尽量公正持平,但知识社会学告诉我们,一切人文社科知识都有其视角性。客观真理的获得,需要通过视角的转换与综合。所以,我对本书社会效果的期待,仅限于其成为引玉之砖。其实,成为引玉之砖又谈何容易!不是所有的砖都能引出"玉"来。作为学者,怕的是连"板砖"都引不出来。

书稿完成之际,中国现代文学研究会常务副会长、北京师范大学博士生导师刘勇教授答应为之作序,笔者对此深感荣幸并深表感谢!我的导师李岫教授给自己立下规矩,为避王婆卖瓜之嫌,不给自己弟子的著作作序。刘勇先生年纪上是我的兄长,学问和辈分上却是我的老师,我也确实上过刘老师一个学期的课,因而这也属老师为学生作序。

五六年前人民出版社李椒元先生曾为我出过一本书,这是我们第二次合作。感谢李先生为本书出版付出的心血!

阎浩岗

2015 年元月于河北大学